Phaedra Patrick

LES FABULEUSES TRIBULATIONS D'ARTHUR PEPPER

Traduit de l'anglais (Grande-Bretagne) par Cédric Degottex

Milady

Milady est un label des éditions Bragelonne

Titre original : *The Curious Charms of Arthur Pepper*

ISBN : 978-2-8112-1799-0

Bragelonne – Milady
60-62, rue d'Hauteville – 75010 Paris

E-mail : info@milady.fr
Site Internet : www.milady.fr

Pour Oliver

Remerciements

Tout d'abord, je tire mon chapeau à Clare Wallace, mon merveilleux agent, pour sa perspicacité, sa compétence et sa bienveillance à toute épreuve. Merci également à l'équipe de Darley Anderson pour son accueil et son soutien – et tout particulièrement à Mary Darby, Emma Winter et Darley en personne. Merci aussi à Vicki Le Feuvre de m'avoir répondu si rapidement.

Derrière chaque livre se cache un grand éditeur, et j'ai la chance d'avoir à mes côtés deux éditeurs parmi les plus chevronnés. Merci mille fois à mon éditrice anglaise, Sally Williamson, comme à mon éditrice américaine, Erika Imranyi, pour leur prévenance, leur créativité et le soutien qu'elle ont apporté à Arthur. Je tiens à remercier tout particulièrement Sammia Hamer, qui a été la première à donner un toit à Arthur au Royaume-Uni.

J'ai eu la chance de compter sur le savoir-faire des formidables équipes de Harlequin Mira et Harper Collins, avec la géniale participation, entre autres, d'Alison Lindsay, Clio Cornish, Nick Bates et Sara Perkins Bran.

Merci aux amis qui ont lu les premières versions de ce roman sans lever les yeux au ciel : Mark RF, Joan K, Mary McG et Mags B.

Mes parents ont toujours encouragé mon amour des livres et de la lecture, je leur dois une fière chandelle : Pat et Dave, rien de tout cela ne serait arrivé sans vous !
Mon ovation finale revient de droit à Mark et Oliver, pour m'avoir accompagnée à chaque stade de cette aventure sans jamais cesser d'y croire.
Merci enfin à mon amie, Ruth Moss, dont le courage et la fantaisie m'inspirent souvent.

Chapitre premier

Une surprise dans l'armoire

Arthur se levait chaque matin à 7 heures, comme lorsque sa femme, Miriam, était encore en vie. Il se douchait, enfilait le pantalon gris, la chemise bleu clair et le pull-over moutarde sans manches qu'il avait mis de côté la veille, se rasait, puis descendait au rez-de-chaussée.

À 8 heures, il se préparait un petit déjeuner en piochant parmi les restes dans son réfrigérateur, puis s'asseyait à la table en pin campagnarde qui, au lieu des six convives qu'elle pouvait accueillir, ne se faisait plus l'hôte que de lui seul. À 8 h 30, il s'occupait de sa vaisselle, puis essuyait son plan de travail de la paume, avant de le briquer à l'aide de deux lingettes antibactériennes Cif parfumées au citron. Sa journée pouvait alors commencer.

Tout autre matin ensoleillé de mai, il se serait réjoui de voir le soleil déjà radieux : quelle meilleure opportunité pour désherber et bêcher le jardin, les rayons du jour réchauffant sa nuque et léchant son cuir chevelu dégarni jusqu'à ce qu'il rosît et le picotât agréablement ? Voilà qui lui aurait rappelé qu'il respirait encore et poursuivait sur cette Terre son petit bonhomme de chemin.

Mais aujourd'hui, le 15 de ce mois, la donne était toute différente : le jour s'était levé sur cet anniversaire qu'il appréhendait depuis des semaines, cette commémoration dont la date le dévisageait chaque fois qu'il passait près de son calendrier « Envoûtant Scarborough ». Il la défiait du regard quelques secondes, puis s'efforçait de se trouver quelque menue besogne pour ne plus y penser : arroser sa fougère, Frederica, ou ouvrir la fenêtre de sa cuisine pour déloger d'un « Ouste là ! » les matous des voisins occupés à reconvertir en litière les gravillons de son jardin minéral.

Cela faisait un an, jour pour jour, que sa femme était morte.

Les gens préféraient dire d'elle qu'elle était « partie », comme si le mot « morte » avait quelque chose de blasphématoire. « Partie ». Arthur ne supportait pas cette formulation. Elle avait quelque chose de doux, de délicat : une péniche voguant, paisible, sur l'onde frémissante d'un canal ou une bulle de savon flottant dans la lumière d'une journée sans nuages, oui, c'était délicat, mais la mort de sa femme n'avait rien eu de cette douceur-là.

Après plus de quarante ans de mariage, voilà qu'il se retrouvait seul dans cette maison de trois chambres avec cette salle d'eau que leurs adultes d'enfants, Lucy et Dan, leur avaient conseillé de faire installer avec l'argent de leur pension. La cuisine en hêtre véritable, refaite à neuf, disposait d'une cuisinière qui, avec ses boutons et autres options futuristes, aurait tout aussi bien pu avoir été dérobée à la NASA ; d'ailleurs, Arthur ne l'utilisait jamais, de peur de voir la maison filer droit vers la Lune. Comme les rires lui manquaient, ici… Les bruits de pas dans l'escalier, aussi, et même les claquements de portes ; il aurait tant aimé redécouvrir des piles de vaisselle sur le plan de travail et trébucher dans l'entrée sur des bottes en caoutchouc couvertes de gadoue. Les « bottes à patouille », comme les appelaient les enfants… Le silence de sa solitude était plus assourdissant que la somme entière du chaos sonore familial qui, autrefois, lui tirait des grognements.

Le plan de travail propre, Arthur se rendait dans le salon lorsqu'un son criard lui vrilla les tympans. Dos au mur, les paumes grandes ouvertes plaquées contre le papier peint magnolia intissé, Arthur sentit ses aisselles devenir moites de sueur. Derrière la porte d'entrée, de l'autre côté de la vitre sablée ornée de marguerites, se découpait, menaçante, une grande ombre violine. Il se retrouvait prisonnier de son propre vestibule.

La sonnette tinta de nouveau. Comment diable cette femme pouvait-elle la faire sonner si fort ? Changer sa mélodie en tocsin ? Ses épaules se levèrent d'elles-mêmes dans une vaine tentative de protéger ses oreilles. Son cœur martelait ses côtes. Encore une poignée de secondes, et elle finirait bien par partir…

Sauf que la trappe de la boîte à lettres se souleva.

— Arthur Pepper ! Ouvrez cette porte : je sais que vous êtes là !

C'était la troisième fois cette semaine que Bernadette – sa voisine – le hélait ainsi depuis le perron. Cela faisait quelques mois qu'elle avait entrepris de le nourrir de ses tourtes au porc mijoté et de ses tartes à l'oignon « maison » : parfois, il cédait et ouvrait la porte, mais, la plupart du temps, il feignait d'être absent.

La semaine passée, il s'était retrouvé nez à nez avec un friand à la saucisse échoué devant sa porte, le malheureux risquant le bout de sa croûte en dehors de son sachet tel un petit animal effarouché. Arthur avait mis des heures à ôter toutes les miettes de pâte feuilletée qui s'étaient répandues sur le « Bienvenue ! » de son paillasson en toile de jute…

Surtout, garder le contrôle : le moindre geste, et elle saurait qu'il se cachait. Après quoi, il devrait lui servir une excuse imaginée à la hâte ; lui expliquer qu'il avait l'esprit tout à la sortie des poubelles ou à l'arrosage des géraniums de son jardin. Or, s'il était un jour durant lequel il ne se sentait pas la force de fabuler, c'était bien celui-là.

— Je sais que vous êtes là, Arthur… Vous n'êtes pas obligé de supporter ça tout seul : vous avez des amis dévoués pour vous soutenir.

Le clapet de la boîte à lettres cliqueta, et un petit fascicule lilas voleta jusque sur le sol. Orné d'un lys odieusement dessiné, s'y lisait le titre suivant : « Les Compagnons du deuil ».

Certes, il n'avait parlé à personne depuis plus d'une semaine ; certes, son réfrigérateur n'avait guère plus à lui offrir qu'un vieux bout de cheddar et une bouteille de lait périmé, mais il avait sa fierté ! Hors de question qu'il devînt l'une des causes perdues de Bernadette Patterson !

— Arthur…

Il scella ses paupières au mortier de la détermination et s'imagina en statue immobile dans l'un de ces riches jardins de manoir ouverts au public : Miriam et lui adoraient visiter les joyaux du patrimoine national en semaine, lorsque les curieux se comptaient sur les doigts d'une main. Comme il aurait aimé, à cet instant, entendre les gravillons de ces allées crisser sous leurs semelles, tandis que, impatients de savourer dans le salon de thé une généreuse part de gâteau éponge, ils s'extasiaient tous deux devant les nuées de piérides du chou qui voletaient dans les rosiers.

Repenser ainsi à sa femme lui noua la gorge, mais il tint bon et garda la pose, non sans regretter de ne pas être véritablement fait de pierre brute : les statues avaient cet avantage sur l'homme de ne jamais souffrir la moindre crampe.

Le clapet de la boîte à lettres retomba d'un coup sec – enfin –, et la silhouette violine s'éloigna. Arthur détendit les muscles de ses doigts, de ses coudes, puis fit rouler ses épaules pour en évacuer la tension.

Soupçonnant Bernadette de s'être attardée devant le portail du jardin, il entrouvrit la porte d'entrée et scruta les alentours en risquant un œil à l'extérieur : dans le jardin d'en face, Terry – ratiboiseur de gazon devant l'Éternel –, dreadlocks nouées par un bandana rouge, sortait sa tondeuse de sa remise ; pieds nus, les deux petits rouquins des voisins cavalaient à n'en plus finir dans la rue, et les pigeons avaient moucheté de fientes le pare-brise de sa Micra à l'agonie. Arthur soupira de soulagement : la normalité avait repris ses droits sur le voisinage, lui rendant sa routine rassurante.

Il lut le fascicule, le déposa sur la pile de tous ceux que Bernadette lui avait déjà apportés – « Amis avec un grand A », « Association des résidents de Thornapple », « Les Troglodytes » et « Gala Diesel de la North Yorkshire Moors Railway » –, puis s'imposa d'aller se préparer une tasse de thé.

Bernadette l'avait décontenancé en troublant ainsi sa routine matinale. Perturbé, il priva son infusette d'un séjour convenable dans la théière et, lorsqu'il huma le lait qu'il venait de sortir de son frigo, dut se résoudre en grimaçant à l'abandonner au siphon de son évier. Il boirait son thé nature, quand bien même il savait qu'il aurait un goût de limaille. Il poussa un profond soupir.

Aujourd'hui, il n'astiquerait pas plus le sol de la cuisine qu'il ne passerait sauvagement l'aspirateur sur le chemin d'escalier à en tonsurer davantage les marches à la calvitie déjà bien avancée. Il ne briquerait pas non plus les robinets de la salle de bains ni ne plierait les serviettes au millimètre près.

Il tendit une main vers le rouleau de grands sacs-poubelles noirs posé au bord de la table, l'effleura du bout des doigts, puis s'en empara à contrecœur. C'était du solide, ces sacs-là : ils seraient parfaits pour ce qu'il avait en tête.

Pour rendre l'entreprise plus facile, il lut une fois de plus le fascicule de l'association de protection des chats : « Les Chatmaritains : la vente des objets récoltés permettra la constitution d'une cagnotte qui nous aidera à porter secours aux chatons et chats victimes de maltraitance. »

Arthur n'était pas particulièrement en bonne entente avec les chats, d'autant moins depuis qu'ils avaient saccagé son parterre de gravillons, mais Miriam, elle, les aimait au point de leur pardonner les crises d'éternuement qu'ils lui provoquaient : comme elle avait conservé le fascicule – qu'elle avait glissé sous le téléphone –, Arthur y avait vu un signe que cette œuvre caritative serait celle qui profiterait des possessions terrestres que son épouse avait laissées derrière elle.

Il gravit l'escalier d'un pas lent qui témoignait de son envie de remettre cette tâche à plus tard, s'arrêtant même sur le premier palier : trier les vêtements de sa femme, c'était comme procéder aux derniers adieux. Comme s'il la rayait définitivement de sa vie.

Les yeux humides, il jeta un coup d'œil par la fenêtre au jardin derrière la maison : s'il se hissait sur la pointe des pieds, il apercevait tout juste le haut de la tour lanterne de la cathédrale d'York dont les doigts de pierre semblaient soutenir le ciel. Thornapple, le village qu'il habitait, jouxtait la ville. Déjà, les pétales des cerisiers commençaient à tomber en volutes de confettis roses. Sur trois de ses quatre côtés, une clôture de bois offrait au jardin son intimité, trop haute pour qu'un voisin pût tendre le cou pour bavarder. Miriam et lui se suffisaient l'un à l'autre : il n'était rien qu'ils ne fissent pas ensemble, et c'est ainsi qu'ils aimaient la vie. Le voisinage ? Merci, mais non merci.

Arthur possédait quatre jardinières – confectionnées à partir de traverses de chemin de fer – où poussaient des rangs de betteraves, de carottes, d'oignons et de pommes de terre. Cette année, il se demandait même s'il n'allait pas essayer les citrouilles… Avec tout cela, Miriam préparait souvent un fabuleux ragoût de poulet aux légumes et quelques potages à sa façon. Lui, en revanche, n'était pas à son aise en cuisine : les magnifiques oignons rouges qu'il avait cueillis l'été dernier avaient été délaissés si longtemps sur le plan de travail que leur peau s'était faite aussi parcheminée que la sienne. Ils avaient fini droit dans le bac de recyclage.

Il gravit le reste des marches et arriva pantelant devant la salle de bains. Dire qu'autrefois il pouvait cavaler sans problème dans ce même escalier après Lucy et Tom : aujourd'hui, tout lui semblait plus lent. Arthur sentait bien que ses genoux grinçaient, et il aurait juré qu'il commençait à se tasser. Ses cheveux bruns d'alors avaient désormais la blancheur des colombes – même s'ils restaient encore trop épais pour se résoudre à s'aplatir sur son crâne – et le bouton rond que faisait le bout de son nez semblait jour après jour un peu plus carmin. Quand le jeune homme d'antan s'était-il métamorphosé en vieillard ? Il aurait été bien en peine de le dire.

Il se souvint de ce que lui avait dit sa fille, Lucy, quelques semaines plus tôt, la dernière fois qu'ils avaient discuté : « Tu devrais faire un peu de tri, papa : ça te fera du bien. Voir tous les jours les affaires de maman, ça ne peut pas t'aider à aller de l'avant… » Dan appelait parfois d'Australie où il vivait à présent avec sa femme et leurs deux enfants. Il y mettait souvent moins les formes : « Fous tout à la benne, papa ! C'est ta baraque, pas un musée… »

Aller de l'avant ? Mais pour aller où, bon sang ? Il n'avait plus vingt ans ! Difficile, à soixante-neuf ans, d'aller cirer les bancs de l'université ou de prendre une année sabbatique à l'autre bout du monde !

Aller de l'avant…, soupira-t-il en pénétrant dans la chambre d'un pas traînant.

Il ouvrit d'un geste lent les portes-miroirs de l'armoire : du brun, du noir, du gris. Les vêtements devant lui avaient, dans leur couleur, quelque chose de tellurique. Curieusement, il ne se souvenait pas d'avoir jamais vu Miriam porter d'habits si ternes. Son image lui revint soudain en mémoire : jeune, elle tenait Dan par une jambe et un bras et le faisait tournoyer comme un avion. Elle portait une robe bain de soleil bleue à pois, un foulard blanc et, la tête légèrement relevée, riait et l'invitait à les rejoindre. L'image s'évanouit aussi vite qu'elle était apparue. Ses derniers souvenirs de Miriam avaient la morosité du gris de ces vêtements : elle y avait une coiffure argentée qui donnait l'impression qu'elle portait un bonnet de bain en aluminium et, comme les oignons rouges sur le plan de travail, la peau parcheminée.

Sa maladie avait duré quelques semaines. Tout avait commencé par une infection des voies respiratoires, un mal qu'elle contractait une fois l'an et qui la poussait à rester quinze jours alitée en se gavant d'antibiotiques. Cette fois, pourtant, l'infection s'était changée en pneumonie. Le médecin lui avait prescrit davantage de repos et, Miriam n'étant pas du genre à faire des histoires, elle s'y était résolue.

Arthur l'avait retrouvée au lit, le regard fixe, immobile. Au début, il avait cru qu'elle observait les oiseaux dans les arbres au-dehors, mais lorsqu'il lui avait secoué le bras avec délicatesse, elle n'avait pas réagi.

La garde-robe était composée pour moitié de gilets de laine qui pendouillaient, déformés, leurs manches tombant avec mollesse comme s'ils avaient été remisés ici après que des gorilles les avaient essayés. Il y avait ses jupes, aussi : bleu marine, grises, beiges, qui lui tombaient quinze centimètres sous les genoux. Le tout diffusait encore son parfum aux fragrances de rose et de muguet, et il s'imagina nicher son nez une dernière fois – *une dernière, s'il plaît à Dieu…* – au creux de son cou. Souvent, il fantasmait que tout cela n'était qu'un mauvais rêve, et qu'elle était en bas, aux prises avec les mots croisés de son hebdomadaire pour femmes d'âge mûr ou en train d'écrire une lettre à l'un des amis qu'ils avaient rencontrés au hasard de leurs vacances.

Il s'assit sur le lit où il s'octroya quelques minutes d'apitoiement, puis, d'un geste vif, préleva deux sacs du rouleau et les agita pour les ouvrir : il devait le faire. L'un des sacs accueillerait ce qu'il céderait à l'œuvre caritative, l'autre les affaires bonnes à jeter. Plusieurs brassées de vêtements atterrirent dans le premier sac ; les pantoufles de Miriam, usées et trouées aux orteils, terminèrent à la poubelle. Arthur œuvra vite, en silence, de façon à ne pas laisser l'affectif s'en mêler. Il avait trié la moitié de l'armoire lorsqu'il fourra dans le sac destiné aux bonnes œuvres une paire de Hush Puppies grises à lacets, suivie d'une paire de Clarks quasiment identique. D'une grande boîte à chaussures, il tira de solides bottes en daim marron bordées de fourrure.

Lui revint en mémoire cette histoire que racontait Bernadette à propos de ce ticket de loterie – perdant – qu'elle avait trouvé dans une paire de bottes dénichées dans un marché aux puces et, sans plus y réfléchir, il glissa une main à l'intérieur de la première botte – vide –, puis de la seconde : cette fois, à sa grande surprise, ses doigts se refermèrent sur quelque chose de dur.

Étrange…, songea-t-il.

Il passa tant bien que mal les doigts autour de l'objet en question et le sortit de la botte… Il s'agissait d'une petite boîte en forme de cœur. En cuir grené écarlate, elle était scellée par un minuscule cadenas doré. Sans trop qu'il sût pourquoi, cette couleur l'agaça : elle donnait à l'objet les atours du ruineux et du frivole. Était-ce un cadeau de Lucy ? Non, il s'en serait souvenu… Quant à lui, jamais il n'aurait offert ce genre de chose à sa femme, elle qui aimait l'utilité et la sobriété de dormeuses tout argent ou d'une belle paire de manicles. Toute leur vie, ils avaient peiné à joindre les deux bouts, si bien qu'ils avaient dû économiser sur tout, thésauriser pour se préserver d'éventuels coups durs. Miriam n'avait d'ailleurs pas profité longtemps de leur clinquante cuisine et de leur salle de bains flambant neuve dans lesquelles ils avaient dilapidé leur maigre butin… Non, jamais elle n'aurait acheté une petite boîte pareille.

Après un rapide examen du cadenas et de sa serrure, Arthur farfouilla parmi les paires de chaussures, mais, s'il parvint à semer le chaos au bas de l'armoire, il ne retrouva pas la clé de la boîte. Armé d'une paire de ciseaux à ongles, il maltraita la serrure, mais le cadenas insolent ne voulut rien entendre. Voilà qui piquait sa curiosité… Refusant de déposer les armes, il redescendit : cinquante ans à travailler dans la serrure, et voilà qu'une fichue boîte en forme de cœur le narguait ! Placard de la cuisine, tiroir du bas… Il sortit de sa cache le bac en plastique de deux litres de crème glacée dont il se servait comme boîte à outils : son petit arsenal de faiseur de miracles.

De retour dans la chambre, il s'assit sur le lit et s'empara d'un anneau garni de crochets de serrurier : il inséra le plus petit dans la serrure et donna un petit mouvement de poignet… Cette fois, un léger « clic » retentit et la boîte s'ouvrit de quelques millimètres à peine telle une bouche murmurant un secret. Sans tarder, il retira le cadenas et souleva le couvercle.

Bordée de panne de velours noire, la boîte évoquait richesse et décadence, mais ce fut le bracelet à breloques qu'il découvrit à l'intérieur qui le laissa bouche bée : d'or somptueux, il était fait de larges maillons et d'un fermoir en forme… de cœur. Une fois de plus.

Le plus singulier restait ces breloques attachées aux mailles du bracelet, comme les rayons d'un soleil de livre pour enfants. Il en compta huit : un éléphant, une fleur, un livre, une palette de peintre, un tigre, un dé à coudre, un cœur et un anneau.

Il sortit le bracelet de la boîte. Il était lourd et cliqueta dans sa main lorsqu'il l'y fit rouler. On aurait dit un bijou antique ou, à défaut, qui avait bien vécu. Sa facture délicate se devinait aux détails – d'une grande précision – des huit petits bijoux. Il eut beau fouiller sa mémoire autant qu'il put, il ne se souvenait pas d'avoir jamais vu Miriam le porter ou lui montrer l'un des charmes. Peut-être l'avait-elle acheté pour quelqu'un d'autre… Mais pour qui ? Il avait l'air cher, qui plus est… Lucy ? Elle ne portait que des bijoux ultramodernes faits de boucles de fils d'argent assortis d'éclats de verre et de coquillages polis.

Il envisagea un instant d'appeler les enfants, histoire de leur demander s'ils savaient quoi que ce soit à propos d'un bracelet à breloques dissimulé dans l'armoire de leur mère. Après tout, ce n'était pas une si mauvaise excuse que cela pour prendre des nouvelles. Il se ravisa néanmoins : ils étaient probablement trop occupés pour que leur vieux père vînt les enquiquiner. Sa dernière conversation téléphonique avec Lucy commençait à dater ; cette fois-là, il avait prétexté qu'il ne comprenait rien au fonctionnement de la cuisinière. Quant à Dan, il ne lui avait pas parlé depuis deux mois. Dire que Dan avait quarante ans et Lucy trente-six… Le temps filait si vite…

Les enfants avaient leur vie, à présent : si, autrefois, Miriam avait été leur soleil et lui leur lune, Dan et Lucy étaient aujourd'hui de lointaines étoiles qui baignaient de vie leur propre galaxie.

Toujours est-il qu'il était improbable que le bracelet fût un cadeau de Dan… Impensable, même : chaque année, avant l'anniversaire de Miriam, Arthur appelait son fils pour lui rappeler que la date approchait, et Dan lui assurait qu'il n'avait pas oublié et qu'il était justement sur le point de passer à la poste pour y déposer un petit quelque chose. Très petit, même, puisqu'il la gratifiait chaque année d'un petit magnet figurant l'opéra de Sydney pour son frigo, d'une photo de leurs petits-enfants – Kyle et Marina – dans un cadre en carton ou d'un petit koala aux longs bras cajoleurs qu'elle s'empressait d'accrocher au rideau de l'ancienne chambre de leur fils.

Lorsque les présents de Dan la décevaient, elle se contentait de les remiser et de ne les montrer à personne. « Oh, c'est mignon ! », s'exclamait-elle tout de même, comme s'il s'était agi du plus beau cadeau qu'on lui eût jamais offert. Arthur aurait aimé qu'à l'occasion elle se montrât honnête et demandât à son fils de faire un petit effort. Cela étant, même enfant, Dan ne s'était jamais montré bien attentif ni aux autres ni à leurs sentiments : en réalité, jamais il n'était plus heureux que lorsque, couvert d'huile de vidange, il démontait un moteur de voiture. Si le fait que son fils possédât trois ateliers de carrosserie à Sydney rendait Arthur fier, il aurait apprécié que Dan se montrât aussi soucieux des êtres humains que des carburateurs.

Lucy avait l'âme plus prévenante : elle n'omettait jamais – jamais ! – ni carte de remerciements ni anniversaire.

Petite, elle faisait montre d'une telle discrétion qu'Arthur et Miriam s'étaient demandé si elle ne souffrait pas de quelque trouble du langage ; mais non, leur avait expliqué ce médecin qui leur avait appris que leur fille était simplement d'une grande sensibilité et d'une empathie bien supérieure à la moyenne. Elle aimait à se poser des questions et explorait sans retenue le spectre de ses émotions. D'après Arthur, c'était cette sensibilité qui l'avait tenue loin des funérailles de sa mère. Quant à Dan, il avait simplement prétexté qu'il se trouvait à des milliers de bornes de là. Si Arthur leur trouvait tous deux des excuses, le fait que ses enfants n'aient pas été présents pour saluer leur mère une dernière fois l'avait blessé bien plus qu'ils ne l'imaginaient. C'était d'ailleurs la raison pour laquelle, lors de leurs sporadiques conversations téléphoniques, il ressentait ce gouffre quasi infranchissable entre eux. En plus d'avoir perdu sa femme, Arthur sentait qu'il était en train de perdre ses enfants.

Il eut beau tenter de former un cône le plus mince possible avec ses doigts, il ne parvint pas à pousser le bracelet plus haut que ses premières phalanges. De tous les charmes, c'était l'éléphant qu'il préférait, avec sa trompe relevée et ses petites oreilles ; un éléphant d'Asie, donc. Arthur esquissa un sourire ironique : Miriam et lui avaient parlé de partir un jour à l'étranger, mais ils finissaient toujours dans la même chambre d'hôtes de Bridlington, en bord de mer. Lorsqu'ils en rapportaient un souvenir, il s'agissait davantage d'un lot de cartes postales à détacher ou d'un nouveau torchon que d'un charme en or.

Sur le dos de l'animal, on avait sculpté un *howdah* dans lequel avait été sertie une pierre à facettes d'un vert profond. Lorsque Arthur la touchait, elle roulait sous ses doigts. Une émeraude ? Non… Bien sûr que non ! Ce ne devait être qu'une pierre factice, en verre coloré probablement. Il laissa courir son doigt le long de la trompe, sur son train arrière rebondi, puis s'intéressa à sa queue minuscule. Ici, le métal était lisse, là un peu plus rugueux. Plus Arthur rivait les yeux sur l'animal, plus il devenait flou : il avait besoin de lunettes pour lire, mais il ne se rappelait jamais où il les avait fourrées. Il devait bien en avoir cinq paires dissimulées çà et là dans la maison. De sa boîte aux merveilles, il tira sa loupe d'horloger – qui devait bien se montrer salutaire une fois l'an –, la cala dans son orbite, puis se mit à étudier l'éléphant avec minutie. Après avoir ajusté la distance avec laquelle il se prêtait à l'examen, il découvrit que ce qu'il avait pris pour quelques rugosités du métal était en réalité de petits chiffres et lettres gravés sur l'animal. Il les lut une première fois, puis une seconde : « Ayah. 0091 832 221 897 ».

Arthur sentit son pouls s'accélérer.

Ayah…, songea-t-il.

Qu'est-ce que cela pouvait bien signifier ? Et ces nombres, à quoi faisaient-ils référence ? S'agissait-il de coordonnées géographiques ? D'une sorte de code, peut-être ? Il sortit de sa boîte un petit crayon ainsi qu'un carnet sur lequel il reproduisit l'étrange séquence… puis sa loupe échappa à son orbite pour tomber mollement sur le matelas : la veille, il avait regardé un jeu télévisé de questions-réponses durant lequel un présentateur à la chevelure folle avait demandé aux candidats quel était l'indicatif à utiliser pour téléphoner en Inde depuis le Royaume-Uni… La réponse ? « 0091 »

Arthur referma son bac de crème glacée et porta le bracelet au rez-de-chaussée où il vérifia dans son petit Oxford de poche la définition du mot « Ayah »… Elle s'avéra bien mystérieuse : il s'agissait, en Inde et en Asie orientale, de la désignation des nourrices ou de certaines domestiques.

Appeler quiconque sur un coup de tête lui ressemblait peu – il aurait même préféré ne jamais avoir à téléphoner –, notamment parce que ses appels à Lucy et Dan le laissaient toujours déçu : il s'empara néanmoins du combiné.

Il s'installa sur cette même chaise qui l'accueillait toujours lorsqu'il téléphonait et, se concentrant autant que possible pour ne pas se tromper, composa le numéro, au cas où… C'était un peu fou, mais quelque chose dans cet éléphant l'intriguait, l'invitait à en savoir plus.

La sonnerie mit de longues secondes à résonner à son oreille, et il lui fallut encore attendre pour qu'on décrochât enfin.

— Résidence des Mehra, bonjour. En quoi puis-je vous aider ? répondit une voix de femme à l'accent indien.

Elle devait être très jeune.

— Je vous appelle au sujet de mon épouse, annonça Arthur d'une voix fébrile. (Tout cela était bien ridicule !) Elle s'appelait Miriam Pepper. Miriam Kempster, avant notre mariage. J'ai trouvé dans son armoire un petit charme en forme d'éléphant sur lequel était inscrit ce numéro. Je… J'étais en train de faire un peu de tri, voyez-vous…

Sa voix se fit traînante. Quelle mouche l'avait piqué ?

La femme resta silencieuse un instant, et Arthur ne douta pas qu'elle raccrocherait bientôt, voire lui reprocherait vertement de se rabaisser à ce genre de plaisanteries téléphoniques. Pourtant, elle finit par lui répondre.

— Oui, je vois. J'ai entendu parler de Miss Miriam Kempster. Je vais chercher Mr Mehra, monsieur. Il pourra certainement vous en dire plus.

La bouche d'Arthur lui en tomba.

Chapitre 2

L'éléphant

La main d'Arthur se crispa autour du combiné. Dans sa tête, une petite voix lui murmurait de raccrocher et d'oublier cette histoire. Déjà, appeler ainsi en Inde ne devait pas être donné ; il se souvenait d'ailleurs comme Miriam gardait un œil sur la facture téléphonique, surtout depuis qu'ils s'étaient mis à appeler Dan en Australie.

Et puis, il s'était senti coupable de fourrer son nez dans les dossiers secrets de sa femme. La confiance avait toujours été l'une des pierres angulaires de leur mariage : Miriam lui avait avoué qu'elle redoutait de le voir succomber aux charmes d'une inconnue entreprenante lorsqu'il parcourait le pays pour vendre coffres et cadenas. Il lui avait alors assuré que jamais il ne ferait quoi que ce soit qui pût compromettre son couple ou sa vie familiale. Sans omettre qu'Arthur n'était pas véritablement le genre d'homme que les femmes trouvaient attirant… L'une de ses anciennes petites amies l'avait d'ailleurs comparé à une taupe, lui reprochant d'être à la fois timide et un peu anxieux. Cela ne l'avait pas empêché, si surprenant que ce fût, d'avoir eu droit à quelques propositions, même s'il les avait moins mises sur le compte de son charme que sur celui de l'opportunisme ou de la détresse sentimentale des femmes – et une fois d'un homme – concernées.

Il avait parfois connu de bien longues journées de travail : il voyageait beaucoup aux quatre coins du pays. Une chose qu'il avait toujours adorée, c'était de présenter fièrement ses derniers modèles de serrures encastrées, expliquant à ses clients tout ce qu'il y avait à savoir sur les clenches, les loquets et autres leviers. Les serrures l'avaient toujours séduit : elles étaient solides, sûres, vous protégeaient en vous mettant à l'abri du danger. Il aimait l'odeur d'essence de sa voiture et adorait bavarder avec ses clients dans leur boutique. Et puis il y avait eu l'arrivée d'Internet et des commandes en ligne : les serruriers n'avaient plus besoin de VRP… Les commerces encore en activité s'étaient mis à commander leur matériel depuis leur ordinateur, et Arthur s'était bientôt retrouvé cantonné à un emploi de bureau. Ses clients, il leur parlait au téléphone plutôt qu'en personne. Il n'avait jamais aimé cela, le téléphone : on ne voyait jamais son interlocuteur sourire à l'appareil, ni même ses yeux lorsqu'il posait une question.

L'absence des enfants ne lui était pas moins douloureuse, surtout lorsqu'il rentrait pour les trouver déjà au lit. Lucy le comprenait très bien et se réjouissait de le revoir à son réveil : elle se jetait à son cou et lui confiait comme il lui avait manqué. Avec Dan, c'était plus compliqué : en ces rares occasions où Arthur rentrait tôt, son fils semblait presque lui en vouloir. « Je préfère passer du temps avec maman », lui avait-il dit un jour. Miriam lui avait conseillé de ne pas prendre cela trop à cœur. Il était courant qu'un enfant se sentît plus proche de l'un de ses parents que de l'autre. Néanmoins, cela n'avait pas empêché Arthur de culpabiliser de travailler autant, même si son seul but était de subvenir aux besoins de sa famille.

Miriam, quant à elle, lui avait fait vœu de fidélité quels que fussent ses horaires de travail, et jamais il n'avait mis en doute son engagement, pas plus qu'elle ne lui avait un jour donné la moindre raison de le faire. Jamais il ne l'avait vue flirter avec d'autres hommes ou n'avait découvert quelque part de preuve d'une éventuelle coucherie. Non qu'il eût aimé que ce fût le cas, bien entendu, mais parfois, après une absence professionnelle, il se demandait si on lui avait tenu compagnie : c'est que cela ne devait pas être simple de se retrouver seule avec deux enfants. Elle ne s'en était pourtant jamais plainte… Quelle battante, cette Miriam ! Ça, on pouvait compter sur elle…

Tandis qu'il déglutissait pour se débarrasser de la boule qui s'était formée dans sa gorge en repensant à sa famille, il commença à éloigner le combiné de son oreille. Ses mains tremblaient : mieux valait laisser le passé au passé, raccrocher. Mais voilà qu'une voix rendue fluette par l'éloignement l'interpella.

— Bonjour. Monsieur Mehra à l'appareil. J'ai cru comprendre que vous appeliez au sujet de Miriam Kempster. C'est bien cela ?

Arthur déglutit, la gorge sèche.

— Oui. Oui, c'est bien ça. Je m'appelle Arthur Pepper : Miriam est mon épouse.

Il y avait quelque chose de dérangeant à dire que Miriam était encore sa femme, mais, après tout, même si elle n'était plus à ses côtés, ils étaient encore mariés, non ?

Il expliqua qu'il avait trouvé un bracelet orné de breloques, dont un éléphant gravé de lettres et de nombres, qu'il ne s'était pas attendu à ce qu'on répondît à son coup de téléphone, puis annonça à Mr Mehra que sa femme était morte.

Ce dernier resta silencieux de longues secondes, une minute peut-être, avant de reprendre :

— Mon bon monsieur… Je suis terriblement désolé de l'apprendre. Elle s'est si bien occupée de moi quand j'étais petit garçon. C'était il y a de longues années, bien sûr… J'habite encore la maison, figurez-vous ! Le changement n'est pas vraiment l'apanage de notre famille. Même notre numéro de téléphone n'a pas changé ! Quant à moi, je suis médecin, comme mon père et mon grand-père avant moi. Jamais je n'oublierai la bonté d'âme de Miriam. J'espère qu'un jour je la retrouverai. J'aurais dû faire davantage d'efforts auprès d'elle…

— Elle s'est occupée de vous ?

— Oui. Miriam était mon *ayah*. Elle s'est occupée de moi et de mes petites sœurs.

— Elle était votre nourrice lorsque vous viviez en Angleterre ?

— Non, monsieur : elle était notre nourrice ici, en Inde. Je vis à Goa.

Arthur en resta sans voix, abasourdi : il ne savait rien de tout cela. Miriam ne lui avait jamais dit qu'elle avait vécu en Inde. Comment était-ce possible ? Il riva les yeux sur le pot-pourri en tissu qui tournoyait dans l'entrée, suspendu au plafond.

— Puis-je me permettre de vous parler un peu d'elle, monsieur ?

— Oui. Oui, je vous en prie, murmura-t-il.

Il avait besoin d'en savoir plus, de glaner les pièces manquantes de ce puzzle, dans l'espoir de découvrir qu'ils ne parlaient pas de la même Miriam Kempster.

Mr Mehra parlait d'une voix à la fois sûre et apaisante, et Arthur oublia bien vite ces histoires de coûts d'appel à l'internationale : il brûlait d'entendre cet homme – qui avait lui aussi aimé Miriam – lui parler de sa femme, quand bien même il lui était totalement étranger. Parfois, il avait le sentiment que ne plus parler d'elle ternissait un peu plus son souvenir.

— Nous avons eu de nombreuses *ayahs* avant l'arrivée de Miriam dans nos vies. J'étais un enfant difficile… Je leur jouais sans cesse de mauvais tours : je cachais des salamandres dans leurs chaussures, gâchais leur soupe en y mettant des flocons de piment. Avec moi, elles ne faisaient pas de vieux os. Mais Miriam était différente des autres : elle terminait sa soupe sans mot dire, retirait les salamandres de ses chaussures pour les relâcher dans le jardin…

J'étais toujours attentif à ses changements d'expression, mais, en comédienne habile, elle ne laissait rien paraître de ses émotions. Jamais le moindre indice ne m'a permis de deviner son agacement, voire son amusement. J'ai fini par jeter l'éponge ; j'ai arrêté de l'enquiquiner. À quoi bon ? Elle connaissait toutes mes entourloupes ! Je me souviens de son sac de billes : de vrais joyaux, d'une brillance lunaire. Il y en avait une qu'on aurait cru tout droit tirée de l'orbite d'un tigre… Miriam n'était pas du genre à craindre de mettre un genou à terre, fût-ce dans la poussière, ajouta-t-il avant de partir d'un rire guttural. J'avais un peu le béguin pour elle, je l'avoue.

— Combien de temps est-elle restée dans votre famille ?

— Quelques mois. Son départ m'a brisé le cœur. C'était entièrement ma faute, d'ailleurs… Je n'en ai jamais parlé à personne, monsieur Pepper, mais si quelqu'un doit l'apprendre un jour, c'est bien vous. Je regrette d'avoir gardé cela pour moi de si longues années.

Arthur s'agita sur sa chaise.

— Cela ne vous dérange pas que je vous raconte ? Ce serait important pour moi : ce secret me ronge de l'intérieur depuis trop longtemps. (Mr Mehra poursuivit sans même attendre la réponse d'Arthur.) Certes, je n'avais que onze ans, mais j'étais amoureux de Miriam. C'était la première fois, d'ailleurs, qu'une fille attirait mon attention. Elle était belle, et ses vêtements toujours d'une élégance remarquable. À mes oreilles, son rire tintait comme les clochettes d'un carillon. Chaque matin, ma première pensée était pour elle et, le soir venu, je brûlais de me lever le jour suivant. Je sais aujourd'hui qu'il ne s'agissait pas, alors, du véritable amour, comme je l'ai rencontré ensuite avec mon épouse, Priya, mais, pour le jeune adolescent que j'étais, cela n'en semblait pas moins absolu. Je la trouvais si différente des filles que je côtoyais à l'école. Elle avait pour elle l'exotisme de sa peau d'albâtre et de ses cheveux châtains. L'aigue-marine de ses yeux… Je lui collais probablement un peu trop aux basques, mais, pour me garder de tout embarras, jamais elle ne s'abaissait à me le faire remarquer. Je n'étais qu'un garçonnet lorsque ma mère est morte et, souvent, je demandais à Miriam de s'asseoir avec moi dans sa chambre où nous regardions ensemble les trésors de sa boîte à bijoux. Elle adorait ce charme, le petit éléphant. Chaque fois, nous regardions, à travers l'émeraude, le monde teinté du vert précieux.

C'est donc bel et bien une émeraude…, songea Arthur.

—Et puis, un jour, Miriam a commencé à sortir seule. Deux fois par semaine. En bonne logique, nous passions moins de temps ensemble. Si j'étais assez âgé pour ne plus avoir besoin d'une *ayah*, ce n'était pas le cas de mes deux sœurs. Aussi s'occupait-elle davantage d'elles que de moi. Un jour que je l'avais suivie, j'ai découvert que c'était un homme qu'elle était partie retrouver ; un enseignant de mon école. Un Anglais. Un jour, il est venu chez nous pour profiter avec elle de l'heure du thé. J'ai bien remarqué qu'elle lui plaisait. Il avait même cueilli pour elle une fleur d'hibiscus dans notre jardin.

» Comprenez bien, monsieur Pepper, que j'étais jeune homme : mes hormones faisaient la pluie et le beau temps sur mon comportement. De la colère, voilà ce que j'ai ressenti. J'ai dit à mon père – cet homme de traditions – que j'avais vu Miriam et l'enseignant s'embrasser ; il s'était déjà séparé d'une *ayah* pour cette raison. Fatalement, il est allé lui annoncer sur-le-champ qu'il la congédiait. La surprise de Miriam a été totale, mais, d'une dignité admirable, elle a fait sa valise.

» J'étais dévasté. Jamais je n'avais voulu en arriver là. Sans tarder, j'ai tiré l'éléphant de la boîte à bijoux, l'ai porté au village pour l'y faire graver, puis l'ai glissé dans la poche avant de sa valise qui l'attendait près de la porte. J'étais bien trop lâche pour aller lui dire au revoir, mais elle m'a débusqué et donné un baiser. « Au revoir, mon Rajesh à moi », m'a-t-elle dit. Jamais je ne l'ai revue. Croyez-moi sur parole, monsieur Pepper, quand je vous dis que, depuis ce jour, toujours, j'ai tenté de ne rien dire d'autre que la stricte vérité. Finis les mensonges : j'avais payé bien cher ma leçon... Toute ma vie, j'ai prié pour qu'elle me pardonne un jour. Vous avait-elle parlé de tout cela ?

Arthur n'avait jamais rien su de cet épisode de la vie de Miriam. Ce qu'il savait, en revanche, c'était que c'était bien la même Miriam qu'ils avaient tous deux aimée : son rire, en effet, tintinnabulait à l'oreille comme les clochettes d'un carillon, et ce sac de billes, elle l'avait offert à Dan. Tout abasourdi de surprise qu'il était, Arthur ne manqua pas de remarquer que Mr Mehra attendait sa réponse avec impatience. Il se racla la gorge.

— Oui. De fait… elle vous a pardonné il y a bien longtemps déjà. Elle m'a toujours parlé de vous avec une grande affection.

Mr Mehra partit d'un éclat de rire aussi bref que tonitruant.

— Ha, ha ! Monsieur Pepper ! Vous n'imaginez pas le bien que cela me fait de l'entendre ! Des années que cela me pèse sur le cœur ! Merci, quoi qu'il en soit, d'avoir pris la peine de m'appeler. Je suis vraiment navré d'apprendre qu'elle n'est plus à vos côtés…

Arthur sentit poindre en lui, discrète, une vague de chaleur : cela faisait bien longtemps qu'il ne s'était pas senti ainsi. Utile.

— Une chose est sûre, monsieur Pepper, vous avez été bien heureux d'être marié si longtemps à une femme comme Miriam. A-t-elle été heureuse, monsieur ?

— Oui. Je crois, oui. Elle a vécu… une vie tranquille, à tout le moins. Nous avons eu deux magnifiques enfants.

— En ce cas, assurez-vous d'être heureux encore. Aurait-elle souhaité pour vous une vie de tristesse ?

— Non. Mais je dois avouer que le bonheur a l'écaille bien glissante, sans elle.

— Je n'en doute pas. Pour autant, n'oubliez pas celui qu'elle vous a laissé en héritage.

— C'est vrai.

Les deux hommes se firent silencieux.

Arthur fit rouler le bracelet dans sa paume : l'éléphant lui avait révélé son secret…, mais qu'en était-il des autres charmes ? S'il ignorait tout de la vie de Miriam en Inde, quels autres mystères les autres breloques recelaient-elles ? Il demanda à Mr Mehra s'il savait quoi que ce soit à propos du bracelet.

— Je ne lui ai donné que l'éléphant. Notez qu'elle m'a écrit un jour, quelques mois après son départ, pour me remercier. Comme je suis un incorrigible sentimental, j'ai conservé sa lettre. Je me suis toujours dit qu'un jour, je la contacterais à mon tour, mais j'avais tellement honte d'avoir menti que je ne l'ai jamais fait. Si vous le souhaitez, je peux noter l'adresse renseignée sur l'enveloppe.

Arthur déglutit.

— Ce serait fort aimable, merci.

Il attendit cinq minutes que Mr Mehra le rappelât : pour passer le temps, il arrêta d'une main le tournoiement du pot-pourri et farfouilla dans les fascicules que Bernadette lui avait glissés sous la porte.

— Voilà ! lança Mr Mehra après qu'Arthur eut décroché. Graystock Manor, à Bath en Angleterre. C'était en 1963. J'espère que cela vous aidera dans vos recherches. Tant que j'y suis, il était question de tigres, dans cette lettre.

— L'un des charmes du bracelet est un tigre.

— Ha, ha ! En ce cas, il me semble que vous savez maintenant quel doit être votre prochain coup de téléphone : les charmes vous livreront leur histoire l'un après l'autre, semblerait-il.

— Oh, je ne mène pas non plus l'enquête, vous savez, commença Arthur. J'étais simplement intrigué…

— Quoi qu'il en soit, monsieur Pepper, si d'aventure vous venez en Inde, ne manquez pas de passer me voir. Je me ferai un plaisir de vous montrer tous les endroits qu'affectionnait Miriam. Son ancienne chambre, également. Rien n'y a vraiment changé au fil des ans. Cela vous plairait-il ?

— Votre prévenance me touche, mais je n'ai jamais quitté le Royaume-Uni, et je crains que cela ne compte pas parmi mes priorités.

— Il y a une première fois à tout, monsieur Pepper : acceptez simplement de ne pas oublier ma proposition.

Arthur le salua et le remercia pour l'invitation. Lorsqu'il raccrocha le combiné, les mots de Mr Mehra résonnèrent sans fin en son esprit : « votre prochain coup de téléphone », « les charmes vous livreront leur histoire l'un après l'autre »...

Après tout... pourquoi pas ?

Chapitre 3

La grande évasion

Lorsque Arthur s'éveilla le lendemain matin, il faisait encore nuit. Les chiffres de son réveil digital passèrent sous ses yeux de 5 h 31 à 5 h 32, et il resta un moment allongé, le regard rivé au plafond. Dehors, une voiture passa, et Arthur observa la lumière de ses feux avant balayer la pièce telle celle d'un phare glissant sur l'onde. Bien qu'il sût son absence, il laissa glisser ses doigts sous le drap de coton froid, là où il aurait voulu trouver la main de Miriam.

Chaque soir, lorsqu'il se couchait, il s'étonnait de ce que leur lit était froid sans elle. Lorsqu'elle était allongée à ses côtés, il dormait jusqu'au matin d'un plein sommeil, s'endormait paisible pour ne s'éveiller qu'au matin au chant des grives. Chaque fois, elle secouait la tête et lui demandait s'il n'avait pas entendu le tonnerre, cette nuit, ou l'alarme des voisins, et chaque fois, il lui répondait que non.

Désormais, son sommeil était agité, fragmenté : il s'éveillait souvent et se nichait, tremblant, dans le cocon de son duvet. Peut-être devrait-il prendre une couverture de plus pour empêcher le froid de lui glacer le dos et de lui engourdir les pieds. Son corps avait trouvé un rythme de repos à lui – éveil, tremblements, sommeil, éveil, tremblements, sommeil… –, certes singulier et inconfortable, mais qu'il se refusait à abandonner, de peur de s'éveiller au ramage des oiseaux sans trouver Miriam à ses côtés. Ces nuits de lutte avaient pour elles d'être habitées par son souvenir, et jamais il n'aurait voulu prendre le risque de l'oublier.

S'il avait dû résumer en un mot son état d'esprit ce matin-là, il aurait probablement choisi la perplexité : se débarrasser des affaires de Miriam – de ses chaussures, ses affaires de toilette – était un rituel censé l'aider, même modestement, à supporter son deuil et aller de l'avant. En cela, la découverte du bracelet n'était pas pour Arthur le moindre des obstacles : il avait invoqué des mystères inconnus jusqu'alors, ouvert une porte qu'il avait aussitôt franchie.

Miriam et lui n'avaient jamais vécu le mystère de la même façon : le dimanche après-midi, lorsqu'ils profitaient d'un épisode d'Hercule Poirot ou de Miss Marple, Arthur se montrait toujours absorbé par l'enquête.

— Ce doit être lui, tu ne crois pas ? l'interpellait-il. Il n'arrête pas d'aider les enquêteurs, mais n'apporte pas vraiment à l'intrigue… Je suis sûr que c'est lui, l'assassin.

— Contente-toi donc de regarder le film, lui répondait invariablement Miriam, une main délicate posée sur son genou. Profite ! Cesse de disséquer le comportement de chaque personnage : on dirait un psychiatre. Tu n'es pas obligé de deviner le fin mot de l'histoire…

— Mais c'est tout l'intérêt des enquêtes que d'essayer de trouver le coupable : si on ne s'échine pas à essayer de dénouer les fils du mystère, pourquoi regarder ?

Chaque fois, Miriam riait et secouait la tête. Même si cette idée le mettait profondément mal à l'aise, force était d'admettre que s'il était mort à sa place, elle n'aurait sans doute pas porté de réel intérêt à un objet inconnu retrouvé dans ses affaires. Lui, en revanche, était là, le cerveau turbinant aussi vite que la roue d'un moulin d'enfant soumise au vent du jardin.

Les articulations grippées, il se leva et, une fois sous la douche, laissa longtemps l'eau chaude cascader sur son visage. Il se sécha ensuite, se rasa, enfila son pantalon gris, sa chemise bleue et son pull-over moutarde, puis descendit au rez-de-chaussée. Miriam avait toujours aimé ces vêtements : ils le rendaient présentable, disait-elle.

Les premières semaines qui avaient suivi sa mort, il n'avait même pas eu la force de s'habiller. Faire des efforts ? Pour qui, au juste ? Sa femme et ses enfants n'étaient plus là, alors quelle importance ? Jour et nuit, il ne quittait plus son pyjama et, pour la première fois de sa vie, il s'était laissé pousser la barbe… Barbe qu'il avait rasée sitôt qu'il s'était découvert, en se regardant dans le miroir, une ressemblance troublante avec le Captain Iglo.

Il avait pris l'habitude de laisser dans chaque pièce les radios allumées, de façon à ne plus entendre l'écho de ses propres pas, survivait en se nourrissant de yaourts et de conserves de soupe qu'il ne se fatiguait même pas à réchauffer : une cuillère, un ouvre-boîte, et le tour était joué. Au quotidien, il s'occupait à de menues besognes : resserrer les boulons du lit pour qu'il cessât de grincer, gratter le joint noirci de la baignoire…

Miriam avait décoré le rebord de la fenêtre de la cuisine d'une fougère aux longues feuilles mitées, tombantes et molasses. Les premiers jours, il l'avait eue en horreur, incapable de comprendre comment une chose aussi pitoyable pouvait respirer encore quand sa femme était morte, et l'avait remisée par terre, près de la porte de derrière où elle attendait de finir aux ordures. Et puis, assailli par la culpabilité, il avait fini par se résoudre à la remettre à sa place. Après l'avoir baptisée Frederica, il s'était mis à l'arroser, à lui parler et, au fil des jours, elle avait commencé à se ragaillardir : ses feuilles cessèrent de pendouiller, verdirent. Rendre la vie à un être vivant avait un peu apaisé Arthur qui, au final, s'était rendu compte qu'il avait bien plus de facilité à choyer et côtoyer cette plante qu'un autre être humain. S'occuper lui faisait du bien : de cette façon, il n'avait pas le temps d'être triste.

C'était ce dont il tentait de se convaincre, en tout cas, car dès qu'il s'affairait à ses tâches quotidiennes, gardant le moral bon an mal an, il apercevait du coin de l'œil le pot-pourri de tissu vert qui pendait dans l'entrée, les chaussures de marche crottées de boue de Miriam dans le cagibi ou la crème pour les mains Weleda sur l'étagère de la salle de bains. Chaque fois, ces objets d'abord insignifiants lui déchiraient le cœur, lui donnaient l'impression d'être dévasté par un glissement de terrain.

Il s'asseyait alors sur la dernière marche de l'escalier, la tête dans les mains et les paupières scellées, se balançait d'avant en arrière, persuadé qu'il finirait ses jours ainsi à se répéter que son deuil était jeune et finirait par passer, que Miriam était probablement plus heureuse là où elle se trouvait et qu'elle ne voudrait pas qu'il vécût ainsi, et patati et patata… En résumé, toutes ces fadaises qu'il lisait sur les fascicules laissés par Bernadette. Néanmoins, sa détresse s'était bel et bien estompée, même si elle n'avait jamais totalement disparu. Partout, il portait son deuil comme une enclume pesant dans sa poitrine.

Chaque fois, il imaginait son père, sévère, gaillard, le rappeler à l'ordre : « Dedieu d'dedieu, fiston ! Ressaisis-toi ! Y a qu'les gonzesses qui chialent ! », puis il relevait le menton et tentait de reprendre courage.

Ne s'était-il pas enferré trop longtemps dans cet apitoiement ?

Ces souvenirs des jours anciens avaient quelque chose de passé, comme ces vieilles images en noir et blanc qui crépitaient d'interférences sur les antiques écrans cathodiques. Il se voyait bien, pitoyable, traîner des pieds aux quatre coins de la maison.

Pour être tout à fait honnête, l'aide de Bernadette lui avait été précieuse : elle s'était présentée à sa porte tel un génie importun, insistant pour qu'il prît un bain tandis qu'elle préparait le repas. Arthur n'éprouvait plus, alors, le moindre plaisir à manger : tout lui paraissait fade.

— Considérez votre corps comme une locomotive à vapeur en manque de charbon, lui avait-elle dit lorsqu'il avait rouspété devant les tourtes, soupes et ragoûts qu'elle avait apportés chez lui, réchauffés, puis étalés sous ses yeux. Comment voulez-vous continuer à avancer sans carburant ?

Continuer à avancer ? Sur quels rails ? Et puis, il n'avait pas la moindre envie de quitter la maison. Ses seules destinations se trouvaient à l'étage : les toilettes et son lit. Le reste n'avait plus pour lui la moindre saveur. Pour qu'elle cessât de l'importuner, il avait mangé ses plats – ce qui l'avait préservé de ses sermons – et lu ses fascicules, n'aspirant qu'à se retrouver seul le plus vite possible.

Mais elle s'était faite insistante : parfois, il lui ouvrait la porte, d'autres, il se recroquevillait dans son lit, la tête sous les couvertures, quand il n'adoptait pas la stratégie dite « du joyau du patrimoine » en jouant la statue de marbre, mais jamais – jamais ! –, elle ne l'avait laissé tomber.

Un peu plus tard ce matin-là, comme si elle l'avait surpris en train de penser à elle, Bernadette sonna à sa porte. Arthur, alors dans sa salle à manger, se leva, puis resta immobile quelques secondes, le temps de décider s'il allait ou non lui ouvrir. Comme les autres résidents de Bank Avenue se régalaient de leur petit déjeuner, l'air fleurait bon le bacon, les œufs et les tartines tout juste expulsées du grille-pain.

La sonnette tinta de nouveau.

— Carl, son mari, est mort il y a peu, lui avait raconté Miriam quelques années plus tôt, tandis qu'elle observait du coin de l'œil Bernadette qui, à l'occasion d'une fête organisée par une paroisse locale, vendait à un étal muffins papillons et parts de gâteau au chocolat.

— J'ai vraiment l'impression que les veufs réagissent au deuil de deux façons bien différentes : il y a ceux qui s'accrochent bec et ongles au passé, et ceux qui se retroussent les manches et poursuivent leur chemin. Cette dame rousse a choisi la seconde stratégie. Et elle s'occupe comme elle peut.

— Tu la connais ?

— Elle travaille à *Vous êtes Cybèle*, la boutique du village. Je lui ai acheté une robe bleu marine avec des petits boutons en perle. Ce jour-là, elle m'a dit que pour honorer la mémoire de son mari, elle allait utiliser ses talents de cuisinière pour aider les autres. Selon elle, lorsque l'on se sent fatigué, seul, désespéré ou que l'on manque simplement d'énergie, le meilleur remède, c'est un bon repas. Je me souviens de l'avoir trouvée bien courageuse de s'être ainsi donné pour mission d'aider les autres.

Depuis ce jour, Arthur lui avait accordé un peu plus d'attention : chaque fois qu'il la voyait – à la kermesse estivale de l'école, à la poste, quand, en peignoir dans son jardin, elle s'occupait de ses roses –, ils se disaient « bonjour », mais cela n'allait pas plus loin. Parfois, il les voyait, Miriam et elle, bavarder au coin de la rue : elles riaient, parlaient de la pluie et du beau temps, de la saveur des fraises cette année…

Bernadette parlait si fort que, même depuis la maison, il entendait tout de leur conversation.

Bernadette avait assisté aux funérailles de Miriam. Le souvenir était flou, mais il la revoyait apparaître près de lui et lui tapoter le bras : « Si vous avez besoin de quoi que ce soit, surtout, n'hésitez pas », lui avait-elle dit. Arthur s'était demandé ce qu'il aurait bien pu avoir un jour à lui demander. Et puis elle avait commencé à venir frapper à sa porte.

Au début, sa présence l'irrita, et il se demanda même si elle n'avait pas des vues sur lui ; si elle le considérait comme un second mari potentiel. Il n'aurait pu être moins intéressé par un remariage. Après Miriam, il en serait proprement incapable. Toutefois, après plusieurs mois d'apparitions à sa porte, Bernadette ne lui avait encore jamais donné la moindre raison de penser que son aide était intéressée. Après tout, il n'était qu'un numéro parmi la foule de veufs et de veuves dont elle s'occupait. Jamais il n'aurait pensé qu'un jour il compterait parmi ses victimes.

— Tarte à l'oignon ! lança-t-elle lorsqu'il lui eut ouvert la porte. Elle sort du four !

Elle s'invita dans l'entrée, tarte la première, puis passa un doigt sur l'étagère fixée au-dessus du radiateur. Pas de poussière : elle eut un hochement de tête satisfait, puis se mit à humer l'air.

— Ça sent un peu le renfermé, ici : vous avez du désodorisant ?

Abasourdi que cette femme pût se montrer d'une telle impolitesse sans même s'en rendre compte, Arthur partit en chercher : quelques secondes plus tard, une odeur chimique écœurante de lavande de montagne envahit le vestibule.

Bernadette entra dans la cuisine d'un pas affairé, puis posa la tarte sur le plan de travail.

— C'est une bien belle cuisine que vous avez là ! commenta-t-elle.

— C'est vrai.

— La cuisinière, quelle merveille !

— C'est vrai...

Bernadette était l'exact opposé de Miriam : là où sa femme était fluette, Bernadette était replète, et même dodue. Ses cheveux étaient du même rouge que la boîte aux lettres et le bout de ses ongles pailleté de strass ; l'une de ses incisives avait jauni, et sa voix puissante rompait à la machette le silence de la maison.

Arthur fit cliqueter le bracelet dans sa poche avec nervosité. Depuis sa conversation de la veille avec Mr Mehra, il le gardait avec lui et en avait examiné plusieurs fois chacun des charmes.

L'Inde. C'était si loin... Quelle aventure cela avait dû être pour Miriam ! Pourquoi avait-elle voulu lui cacher cette histoire ? De toute évidence, l'histoire de Mr Mehra ne méritait pas tant de discrétion.

— Tout va bien, Arthur ? Vous avez l'air ailleurs.

La voix de Bernadette le tira de ses rêveries.

— Moi ? Oh, oui, tout va bien.

— J'ai sonné à votre porte hier matin, mais vous étiez absent. Vous étiez chez les Troglodytes ?

« Les Troglodytes » : une association de quartier pour hommes célibataires. Deux fois, Arthur s'y était rendu pour se retrouver nez à nez avec des hommes sinistres occupés à manipuler bouts de bois et outils d'ébéniste. Bobby, l'animateur, avait des airs de quille avec sa petite tête et son corps trop large.

— Les hommes ont besoin d'une caverne ! lui avait-il lancé un jour, enthousiaste. Une grotte dans laquelle ils peuvent se réfugier pour se ressourcer.

Le voisin d'Arthur – Terry, l'homme aux dreadlocks – était présent, ce jour-là, occupé à limer un bout de bois.

— Jolie voiture ! lui avait lancé Arthur par politesse.

— C'est une tortue. Terrestre.

— Oh…

— J'en ai vu une, la semaine dernière, en tondant ma pelouse.

— Une tortue sauvage ?

— Non. C'était celle des petits rouquins. Ceux qui n'ont pas de chaussures. Elle s'était échappée.

Arthur n'avait pas su quoi lui répondre : les chats qui dévastaient son gravier lui donnaient déjà bien assez de soucis pour se préoccuper en plus d'une tortue en cavale. Il s'en était donc retourné à sa création : une plaque de bois gravée du numéro de sa maison, le 37. Quand bien même le 3 était bien plus gros que le 7, il avait accroché la plaque à sa porte de derrière.

Il lui aurait été facile de répondre à Bernadette que oui, il était avec les Troglodytes – même si elle était passée bien trop tôt pour que ce pût être vrai –, mais elle se tenait là, devant lui, tout sourires… Et puis, cette tarte sentait tellement bon… Non, il ne pouvait décemment se résoudre à lui mentir, encore moins après les regrets qu'avait avoués Mr Mehra concernant son mensonge passé. Oui, il ferait comme lui et essaierait de ne plus jamais raconter d'histoires.

— Je me suis caché de vous, hier, avoua-t-il.

— Vous… vous êtes caché ? répéta-t-elle.

— Je ne voulais voir personne. Pour tout dire, je m'étais imposé de faire du tri dans l'armoire de Miriam, alors, quand vous avez sonné, j'ai essayé de rester le plus immobile possible dans l'entrée pour vous faire croire que j'étais absent.

L'aveu lui était comme tombé des lèvres, mais cet élan d'honnêteté lui avait fait un bien inattendu.

— Hier, c'était le premier anniversaire de sa mort.

— Voilà qui a le mérite d'être honnête, Arthur ! J'apprécie que vous me disiez la vérité, et je comprends que cela vous ait affecté à ce point. Quand Carl est mort, eh bien… Eh bien, cela n'a pas été facile de tourner la page. J'ai donné ses outils aux Troglodytes, d'ailleurs.

Voilà qui plomba le moral d'Arthur : il avait espéré qu'elle ne lui parlerait pas de son mari. Il n'avait pas la moindre envie d'échanger avec elle des anecdotes à propos de leurs conjoints disparus : les veufs se disputaient la médaille du plus malheureux au point d'avoir élevé la lamentation au rang de discipline olympique. La semaine passée, à la poste, il avait été témoin de ce qu'il n'avait pu qualifier que de combat de fanfarons entre quatre retraités.

— Ma femme a souffert dix longues années avant de mourir.

— Ah oui ? Eh bien, moi, mon Cédric s'est fait écraser par un poids lourd. Les infirmiers n'avaient jamais rien vu de pareil : « Plat comme une crêpe, madame », qu'ils disaient…

Un homme avait alors rejoint leur discussion.

— Moi, c'est les médicaments qui l'ont tuée. Vingt-trois comprimés par jour, elle prenait. Dès qu'elle se penchait, ça faisait un bruit de maraca…

— Quand ils l'ont ouvert, le mien, y avait plus rien. Le cancer avait tout bouffé…

Ils parlaient de ces êtres qu'ils aimaient comme s'ils n'avaient été que de vulgaires objets. Miriam ne cesserait jamais d'être la femme de sa vie : jamais il ne raconterait d'anecdotes macabres à son sujet.

— C'est son truc, les causes perdues, lui avait dit Vera, la gestionnaire du bureau de poste, lorsqu'il avait posé devant elle un paquet de petites enveloppes en papier kraft.

Elle calait toujours un crayon entre sa tempe et la monture en écaille de ses lunettes, et s'était fait un principe de connaître tout sur tout le monde dans le village. Sa mère, qui avait tenu le bureau de poste avant elle, était exactement comme elle.

— Qui donc ?

— Bernadette Patterson. On a remarqué qu'elle vous apportait des tartes.

— Qui a remarqué cela ? s'était enquis Arthur, soudain agacé. Un groupe d'espions payés à fouiner dans ma vie ?

— Non. Mes clients avec qui j'échange régulièrement... Une sorte de troc d'informations tout à fait amical ! En l'occurrence, je sais que Bernadette est comme ça : elle aime venir en aide aux désespérés, aux dépressifs, aux rebuts...

Arthur avait payé ses enveloppes et s'était empressé de sortir.

Il se leva et alluma la bouilloire.

— Je vais donner les affaires de Miriam aux Chatmaritains. Ils vendent des vêtements, objets de décoration et autres dans le but de récolter des fonds pour aider les chats maltraités.

— Excellente idée ; même si, personnellement, je préfère les petits chiens. C'est plus reconnaissant, un chien.

— Je crois que Miriam aurait aimé secourir des chats.

— Dans ce cas, *Les Chatmaritains*, c'est l'idéal. Vous voulez que je mette la tarte au four ? Nous pourrions déjeuner ensemble, si vous n'avez rien de mieux à faire.

Arthur s'apprêtait à lui murmurer quelque excuse, mais se souvint une fois de plus de l'histoire de Mr Mehra. Non, il n'avait rien de mieux à faire.

— Rien de prévu, non, répondit-il.

Vingt minutes plus tard, tandis qu'il enfonçait dans la tarte la lame de son couteau, il repensa au bracelet : Bernadette pourrait peut-être lui offrir sur le bijou un point de vue féminin. Ce qu'il voulait entendre, c'était que cela n'avait que peu d'importance et qu'en sus, s'il avait l'air d'une grande valeur, on pouvait de nos jours acheter pour un rien de convaincantes reproductions. Cependant, il savait désormais que l'émeraude enchâssée dans l'éléphant était une vraie… Et puis, il y avait le risque que Bernadette allât en parler à cette commère de Vera, voire à ses autres protégés en détresse.

— Vous devriez sortir davantage, lui conseilla-t-elle. Vous ne vous êtes mêlé qu'une fois aux Troglodytes.

— Deux fois, rectifia-t-il. Je sors, vous savez.

Elle haussa un sourcil.

— Ah oui ? Où donc ?

— Je vous prête une lampe pour l'interrogatoire ?

— J'essaie juste de prendre soin de vous.

Vera avait raison : Bernadette voyait en lui une autre cause perdue. Or il n'avait pas le moins du monde envie qu'on lui donnât l'impression d'en être une, pas plus qu'il ne souhaitait qu'on le choyât ainsi. Quelque chose se rebella en lui : il fallait qu'il trouvât un argument qui pût convaincre Bernadette qu'il n'avait rien d'une âme en détresse ; qu'il n'avait rien à voir avec Mrs Monton, qui n'avait pas quitté sa maison depuis cinq ans et fumait un paquet de Camel par jour, ou Mr Flowers, convaincu qu'une licorne avait élu domicile dans sa serre. C'est qu'Arthur n'avait pas perdu toute dignité, lui qui avait un jour été père et mari, lui qui avait un jour été homme d'esprit, de rêves et de projets !

Repensant à l'adresse laissée par Miriam sur sa lettre à Mr Mehra, Arthur se racla la gorge.

— Eh bien, si vous voulez vraiment le savoir, j'avais dans l'idée de me rendre bientôt à Graystock Manor, à Bath.

— Oh, je vois…, lâcha Bernadette, pensive. C'est là qu'il y a des tigres en liberté.

Les sites touristiques du Royaume-Uni n'avaient aucun secret pour cette femme : Carl et elle avaient sillonné le pays entier dans leur luxueux van aménagé. Arthur sentit les poils de sa nuque se hérisser, inquiet que Bernadette se lançât dans l'énumération des lieux qu'il serait avisé d'éviter ou de visiter à Graystock. Et, de fait, tandis qu'elle s'affairait dans la cuisine, calibrant sa balance et s'assurant de la propreté de ses couteaux, elle partagea avec lui tout ce qu'elle en savait…

Non, Arthur ignorait que lord Graystock boitait depuis que, cinq ans auparavant, un tigre lui avait mutilé le mollet en y fichant crocs et griffes. Non, il ne savait pas davantage que, jeune homme, le lord s'était constitué un harem de femmes de toutes les nationalités du monde, à la manière d'un Noé hédoniste à l'arche dionysiaque, ni qu'il était connu pour les orgies sauvages qu'il organisait au manoir dans les années 1960. Il n'avait pas plus entendu dire que ce même Graystock ne portait – sous-vêtements compris – que du bleu électrique, car on lui avait dit en rêve que cela lui porterait chance. Arthur ne manqua d'ailleurs pas de se demander si, le jour de l'attaque du tigre, le lord s'était risqué à porter une autre couleur…

Désormais, Arthur savait également que ce même lord Graystock avait tenté de vendre son manoir à Richard Branson, mais que, aujourd'hui brouillés, les deux hommes ne s'adressaient plus la parole. Graystock vivait à présent en reclus et n'ouvrait les portes de son manoir au public que le vendredi et le samedi, sans plus autoriser les visiteurs à voir les tigres.

Après le récit de Bernadette, Arthur se sentit particulièrement érudit à propos de lord Graystock.

— Seuls la boutique de souvenirs et les jardins sont ouverts au public, désormais. Ces derniers ne sont plus de première fraîcheur, d'ailleurs. (Bernadette acheva d'un geste théâtral le nettoyage du mitigeur d'Arthur.) Qu'allez-vous faire là-bas, dites-moi ?

Arthur regarda sa montre : vingt-cinq minutes qu'elle le régalait de ses anecdotes. Il ne sentait plus sa jambe gauche.

— Je me suis dit que c'était une belle destination pour me changer les idées, répondit-il.

— Figurez-vous que Nathan et moi descendons à Worcester et Cheltenham la semaine prochaine pour faire le tour des universités. Vous n'avez qu'à venir avec nous : vous pourrez prendre le train pour Graystock de là-bas.

Une drôle de sensation agita l'estomac d'Arthur. Il n'avait pas envisagé de se rendre à Graystock de façon sérieuse ; il n'avait encore rien décidé. D'ailleurs, il n'avait pour habitude de ne sortir qu'avec Miriam. Quel intérêt de partir seul ? Il n'avait parlé de Graystock à Bernadette que pour la convaincre qu'il n'était pas si désespéré qu'elle devait le penser.

Mais voilà que, désormais, l'appréhension le rongeait au point qu'il désespérait de ne pouvoir remonter le temps : ainsi, il ne glisserait jamais la main dans cette botte et ne découvrirait pas le fameux bracelet. Par suite, il n'appellerait pas le numéro gravé sur l'éléphant et ne se retrouverait pas là à discuter de Graystock Manor avec Bernadette.

— Je ne sais pas trop, répondit-il. Une autre fois, peut-être...

— Vous devriez venir. Il faut que vous alliez de l'avant, pas à pas. Un voyage vous fera du bien.

À son grand étonnement, il sentit poindre en lui une lueur d'enthousiasme : il venait de découvrir un pan caché de la vie de sa femme, et sa curiosité naturelle le poussait à enquêter plus avant. Ces derniers temps, il n'avait guère ressenti que de la tristesse, de la déception et de la mélancolie, alors cet élan avait quelque chose de rafraîchissant.

— J'aime l'idée de voir des tigres déambuler dans un jardin anglais..., dit-il.

Et c'était vrai. Il aimait bien les tigres ; ces bêtes puissantes, majestueuses et colorées le fascinaient, à rôder ainsi sans s'attarder à rien d'autre que chasser, manger et copuler. La vie des humains était si différente, plombée par leur docilité et leur anxiété incorrigibles...

— Vraiment ? Je vous aurais plutôt vu aimer les petits chiens : un terrier, par exemple. Ou les taupes, tenez, oui : je vous aurais bien vu aimer les taupes. Mais bref : pourquoi ne vous joindriez-vous pas à nous dans la voiture ? Nathan prendra le volant.

— Vous ne prenez pas le camping-car ?

— Je l'ai mis en vente. Il est trop grand pour moi, si bien que, depuis la mort de Carl, je dépense inutilement pour le garage. Nathan s'est acheté une Fiesta : c'est un vieux tacot, mais elle tient bien la route.

— Peut-être devriez-vous lui demander son avis : il avait peut-être autre chose de prévu, la semaine prochaine...

Arthur tentait instinctivement d'échapper à la virée : il aurait mieux fait de ne rien dire. S'il quittait la maison, il ne pourrait pas se charger de ses tâches quotidiennes, et cela ficherait en l'air toute sa routine. Sans lui, qui arroserait Frederica la fougère et empêcherait les chats de venir faire leurs besoins dans son jardin ? S'il prenait la route du Sud, il devrait probablement découcher. Sans compter qu'il n'avait jamais fait une valise de sa vie : Miriam s'en occupait toujours pour lui. Ses neurones s'activèrent, s'échauffèrent, tandis qu'il cherchait une bonne excuse à servir à Bernadette… Le problème, c'était que s'il n'avait pas non plus l'intention de fouiner de façon irrespectueuse dans le passé de sa femme, l'idée lui plaisait tout de même d'en apprendre davantage sur sa vie avant leur rencontre.

— Non, non, pas d'inquiétude : les décisions, je les prends pour lui, de toute façon. Ce n'est pas son fort. Et puis, ça le responsabilisera un peu ; il en a bien besoin. Sans moi, il n'aurait même pas pensé à se chercher une université. Je sais que les inscriptions n'ouvrent que dans quelques mois, mais j'aimerais qu'on s'y prenne tôt… Je vais me sentir bien seule quand il ne sera plus à la maison : ça va me faire bizarre de me retrouver de nouveau sans personne. Et puis, je ne sais pas trop comment il va s'en sortir sans moi : ça m'angoisse un peu. J'ai l'impression que, un de ces jours, je vais aller lui rendre visite dans son foutoir d'étudiant et n'y retrouverai que son squelette parce qu'il aura oublié de manger…

Arthur était sur le point de lui dire que, tout bien réfléchi, il irait peut-être à Bath plus tard dans l'année : il commençait à douter sérieusement de pouvoir supporter un voyage aux côtés de Bernadette et son fils. Il avait déjà rencontré Nathan, d'ailleurs, un jour que Miriam et lui étaient tombés sur Bernadette dans un café un beau matin : le gosse semblait peiner à formuler des phrases de plus d'une syllabe…

Non, Arthur n'avait aucune envie de quitter la sécurité de sa maison et le confort de sa routine.

Mais voilà, il fallut que Bernadette ajoute :

— Lorsqu'il sera parti, je me retrouverai plus seule que jamais. Heureusement, vous serez encore là, vous et mes autres amis. Vous êtes comme une famille pour moi.

Il céda à un accès de culpabilité : cette femme se sentait si seule. Pourtant, jamais il ne l'aurait définie ainsi… Et puis, si jusqu'à la dernière de ses cellules lui hurlait qu'il ferait mieux de rester chez lui, il n'en brûlait pas moins de découvrir quel rapport pouvait exister entre Miriam et Graystock. Il lui semblait étrange qu'elle eût pu vivre là-bas. Cela dit, elle avait bien vécu en Inde, alors… Ce lord Graystock avait tout d'intrigant, et sa famille semblait posséder le manoir de longue date : peut-être savait-il quelque chose à propos de Miriam… s'il ne se souvenait pas carrément d'elle ! Peut-être avait-il quelque chose à lui apprendre au sujet des breloques…

Arthur pouvait-il vraiment espérer oublier un jour le bracelet et ses charmes ? Le ranger dans sa boîte et bâillonner l'envie d'en apprendre plus sur la vie de jeune fille de sa femme ?

— Je peux être honnête avec vous, Arthur ? lui demanda Bernadette.

Elle s'assit à côté de lui en entortillant un torchon dans ses mains.

— Euh… Je vous en prie…

— Ce n'est pas facile pour Nathan depuis la mort de Carl. Il en parle peu, mais je le sens bien. Ça ne lui ferait pas de mal de passer un peu de temps avec un homme. Il a ses copains, c'est vrai, mais ce n'est pas la même chose. Si vous pouviez lui parler un peu durant le voyage, le conseiller, le guider… je pense que cela lui ferait du bien.

Arthur dut mobiliser toute sa détermination pour ne pas refuser d'un hochement de tête. Il pensa à Nathan, à sa carrure de brindille, à la mèche de cheveux noirs qui retombait sur l'un de ses yeux comme un linceul. Lorsqu'il l'avait rencontré – le nez du jeune homme perché au-dessus de son café et de sa part de cake –, il avait à peine ouvert la bouche, et voilà que Bernadette lui demandait d'engager avec lui une grande discussion ! D'homme à homme !

— Oh, je doute qu'il m'écoute, vous savez…, tenta-t-il sans grande conviction. Nous ne nous sommes vus qu'une fois.

— Moi, je pense que si : cela lui fera le plus grand bien d'entendre autre chose que ce que sa mère lui rabâche au sujet de ce qu'il est ou non en droit de faire.

Arthur examina Bernadette. D'ordinaire, il détournait les yeux en sa présence, mais cette fois il prit le temps d'observer sa chevelure écarlate piquetée de racines gris anthracite. Sa bouche tombante la trahissait : elle mourait d'envie qu'Arthur accepte.

Pour le veuf, le plus simple aurait été d'apporter les affaires de Miriam aux Chatmaritains, de replacer le bracelet dans l'armoire et d'oublier cette histoire, mais deux choses l'en empêchaient. La première, c'était le mystère qui entourait ce bijou, aussi envoûtant que ces histoires policières que Miriam et lui regardaient le dimanche après-midi : découvrir l'histoire de ces breloques l'obsédait quelque peu. Cela lui permettrait d'en apprendre davantage sur Miriam ; de se sentir proche d'elle. La seconde, c'était Bernadette. Elle était passée lui apporter ses tartes un nombre incalculable de fois et elle n'avait jamais demandé quoi que ce fût en échange : ni argent, ni faveur, ni même qu'il l'écoutât lui parler de Carl. Aujourd'hui, en revanche, elle lui demandait un service.

Il était évident que cette demande était très importante à ses yeux – il le voyait à la façon qu'elle avait, assise en face de lui, de tripoter avec nervosité son alliance –, mais Arthur savait qu'elle n'insisterait pas. Elle voulait vraiment qu'il les accompagnât, Nathan et elle, durant leur voyage. Elle en avait besoin, même.

Il gigota un peu sur sa chaise, tâchant de se convaincre qu'il devait accepter.

— M'est avis qu'un petit séjour à Graystock me ferait le plus grand bien, annonça-t-il, envoyant au diable les petites voix qui se révoltaient au fond de son crâne. Et puis je suis sûr que Nathan et moi allons nous entendre à merveille. J'en suis !

Chapitre 4

En chemin

Son corps, sa tête, ses jambes et ses bras étaient les seules preuves concrètes de l'existence de Nathan Patterson. Que cette enveloppe charnelle ne fût pas qu'une coque vide, Arthur en doutait fortement. Le jeune homme ne se déplaçait pas vraiment, semblant plutôt glisser sur le sol comme s'il était tracté par un tapis roulant. Il avait tout du roseau habillé, avec son jean slim noir qui pendouillait à ses hanches, son tee-shirt noir frappé d'une tête de mort et ses baskets d'un blanc éclatant. Sa frange masquait presque entièrement son visage.

— Bonjour, Nathan ! lança Arthur avec un grand sourire en lui tendant la main, tandis qu'ils se tenaient sur le trottoir, devant chez Bernadette. Nous nous sommes rencontrés au café, un matin, tu te rappelles ?

Nathan dévisagea Arthur comme si ce dernier venait d'une autre dimension, ses mains pendant le long de ses cuisses.

— Nan.

— Oh, nous n'étions pas restés bien longtemps… J'ai cru comprendre que tu cherchais une université : tu dois être un jeune homme plein d'esprit !

Nathan détourna le regard, ouvrit la portière de la voiture et s'assit sans un mot derrière le volant. Arthur l'observa, perplexe : le voyage allait être long.

— Je m'installe à l'arrière, si tu n'y vois pas d'inconvénient, lui dit-il sans obtenir de réponse. Comme ça, ta mère et toi pourrez discuter un peu…

Arthur avait traîné derrière lui sa valise à roulettes jusque chez Bernadette après le déjeuner. Il avait arrosé Frederica plus généreusement qu'à l'accoutumée, non sans culpabiliser de l'abandonner ainsi.

— Ce n'est que pour quelques jours, tu sais…, avait-il marmonné en passant sur ses feuilles un tissu humide. Ça va bien se passer, tu verras. Tu sais, toi et moi, on ne peut plus rester plantés là à rien faire. Enfin, toi, si… Moi, par contre, il faut que je sorte un peu. Et puis, je pars apprendre des choses que j'ignorais à propos de Miriam. Je suis sûr qu'au fond, toi aussi, tu penses que ça me fera du bien…

Il avait observé Frederica en quête d'un signe d'approbation – un hochement de feuille ou une bulle d'eau s'échappant du terreau –, mais rien n'était venu.

Il avait ensuite rangé dans une valise une chemise et des sous-vêtements de rechange, ses affaires de toilette, un pyjama en coton, un sac en plastique – en cas d'urgence dans la voiture – et un sachet de chocolat en poudre.

Bernadette lui avait réservé une chambre dans la maison d'hôtes de Cheltenham qui les accueillerait cette nuit.

— Ça a l'air très beau, là-bas, lui avait-elle dit. Il y a des chambres avec vue sur l'église St Mary. Cela vous donnera l'impression d'être à York, vous verrez : adieu, le mal du pays !

Bernadette déboula hors de sa maison et se tourna pour en sortir une valise à roulettes bleu marine, puis une violette, et enfin quatre sacs en plastique *Marks & Spencer*.

Arthur baissa la vitre de sa portière. Il s'était dit que Nathan allait se précipiter à la rescousse de sa mère, mais le jeune homme, les pieds sur le tableau de bord, se contentait de piller un paquet de chips.

— Besoin d'un coup de main ?

— Ça va aller, merci ! Je charge encore ce petit sac dans le coffre, et roulez jeunesse ! (Elle fit claquer la porte du coffre, puis vint s'installer sur le siège passager, à côté de Nathan.) Bon, tu connais le chemin ?

— Oui, soupira son fils.

— Nous devrions arriver à la chambre d'hôtes dans trois heures, ajouta Bernadette.

Dans la voiture, Nathan poussa si fort le volume de la radio – qui beuglait un rock nerveux – qu'Arthur ne s'entendit plus penser : le chanteur hurlait à qui voulait l'entendre qu'il brûlait d'assassiner sa petite amie. À intervalle régulier, Bernadette se retournait vers Arthur en souriant : « Tout va bien ? »

Cette fois encore, Arthur acquiesça et l'assura d'un pouce levé que tout allait pour le mieux. Pourtant, il commençait déjà à se sentir troublé d'avoir ainsi chamboulé sa routine matinale : il ne s'était pas rasé et ne se souvenait pas d'avoir lavé sa tasse de thé. Quand il rentrerait de leur voyage, il y retrouvait à coup sûr une épaisse trace circulaire noisette... Avait-il trop arrosé Frederica ? Et les miettes sur le plan de travail, les avait-il nettoyées ? À cette seule pensée, il frissonna. Au moins, il avait correctement fermé la porte d'entrée... N'est-ce pas ?

Pour mieux oublier ses tracas, il fourra la main dans sa poche et enserra de ses doigts la boîte en forme de cœur : il caressa le cuir grené, puis le petit cadenas. Cela le rassurait d'avoir si près de lui un objet qui avait appartenu à sa femme, quand bien même il ignorait tout ou presque de son histoire.

Tandis qu'il roulait sur des routes bordées d'arbres en direction de l'autoroute, Arthur sentit ses paupières se fermer : il lutta un moment, mais, lentement, cilla puis s'endormit, bercé par le ronronnement hypnotique des pneus sur le goudron.

Arthur se rêva en plein pique-nique en bord de mer aux côtés de Miriam, Dan et Lucy. La ville dans laquelle ils se trouvaient lui était familière, mais il aurait été incapable de la nommer. En tout cas, Dan et Lucy étaient encore assez jeunes pour être enthousiastes à l'idée de se trouver à la mer et d'y déguster une glace.

— Viens te baigner, papa ! lui lançait Dan en le tirant par la main.

La lumière du soleil lançait sur l'onde marine d'innombrables reflets pareils aux papiers argentés des bonbons, et l'air embaumait des senteurs mêlées de vinaigre et de beignets – tout juste sortis du four – des fourgonnettes de la promenade. Au-dessus de leurs têtes, des mouettes virevoltaient en criant sous l'astre du jour, haut perché, éblouissant.

— Allez, Arthur, viens ! insista Miriam, debout devant lui.

Sa tête semblait nimbée d'or. Il admira la ligne de ses jambes sous sa robe de bain blanche translucide. Il s'assit sur le sable, le pantalon relevé aux chevilles, des auréoles de sueur au niveau des aisselles sur son haut moutarde.

— Je suis un peu fatigué, répondit-il. Je vais vous regarder nager en me reposant un peu sur le sable. Et puis, j'aimerais lire les nouvelles, ajouta-t-il en tapotant d'une main son journal.

— Tu as tout le temps de le faire, ça : allez, viens avec nous ! On se reposera ce soir, quand les enfants dormiront.

Arthur lui sourit.

— Je vais rester ici. Je te laisse aller patauger avec les enfants, conclut-il en ébouriffant les cheveux de Lucy.

Sa femme et ses enfants le dévisagèrent quelques secondes, puis abandonnèrent leur tentative de persuasion. Arthur, lui, les regarda s'éloigner main dans la main vers les vagues. Il s'en fallut de peu qu'il se levât pour courir les rejoindre, mais ils avaient déjà disparu dans une mer de parasols et de serviettes de bain colorées. Il retira son pull-over sans manches, le roula en boule, puis le cala sous sa nuque.

Comme tout cela n'était qu'un rêve, il put rembobiner la séquence et, cette fois, quand sa femme se tint devant lui, l'invitant à aller se baigner, il accepta ; car il savait qu'il ne revivrait probablement jamais un tel moment ; car il savait que c'était un temps précieux que celui passé avec ses enfants, conscient aujourd'hui que Dan vivrait plus tard à des milliers de kilomètres et que Lucy se montrerait distante. Aussi, il savait comme, dans les années à venir, il fantasmerait de se retrouver ainsi sur la plage avec les siens.

Ainsi, cette fois, il se leva et prit dans les siennes les petites mains mouillées et couvertes de sable de Dan et Lucy. Tous les quatre, main dans la main, ils se mirent à courir sur la plage qu'ils inondèrent de rires et de cris de joie. Bientôt, ses jambes giflèrent la mer qui trempa son pantalon et humecta ses lèvres d'un voile iodé. Miriam barbota jusqu'à lui : elle riait et laissait glisser l'eau entre ses doigts. Lucy s'agrippait à ses jambes, Dan à ses hanches, comme assis sur l'onde. Arthur passa un bras autour de la taille de sa femme et l'attira contre lui : le soleil avait fait naître sur son nez quelques taches de rousseur et sur ses joues de petits cercles roses. Il n'aurait pu se trouver plus heureux qu'ici, avec eux. Il se pencha vers elle, sentit son souffle caresser ses lèvres, et…

— Arthur… Arthur !

Il sentit une main sur son genou.

— Miriam ? bredouilla-t-il.

Les images de cet instant passé aux côtés de sa femme et de ses enfants s'évanouirent soudain. Bernadette se penchait vers lui, tournée sur son siège : par sa portière ouverte, il découvrit un vaste espace goudronné.

— Vous vous êtes endormi. Nous sommes dans une station-service : j'avais une envie pressante !

— Oh…

Arthur battit des paupières, tâchant de réintégrer le monde réel. Il sentait encore sur la sienne la main de Miriam : comme il aurait aimé qu'elle fût ici avec lui, déposer un baiser sur ses lèvres. Il se tortilla sur son siège pour mieux se réveiller.

— Où sommes-nous ?

— Tout près de Birmingham, déjà : il n'y a pas grand monde sur les routes. Sortez donc vous dégourdir les jambes !

Il obéit et sortit de la voiture. Il venait de dormir deux heures. Tandis qu'il avançait en direction du moellon géant qu'était la station-service, il n'aspirait qu'à une chose : retourner à son sommeil, à ce rêve partagé avec sa famille. Cela lui avait semblé si réel… Pourquoi n'avait-il su apprécier ces instants à leur juste valeur par le passé ?

Il erra dans la section magazines et revues de la station-service où il acheta l'édition du jour du *Daily Mail*, puis sortit prendre un gobelet de café au distributeur. De café ou d'huile de vidange ? Difficile à dire. L'entrée de la station résonnait des sons des bornes d'arcade aux loupiotes colorées et clignotantes, leur musique électronique à deux sous ajoutant à la cacophonie ambiante. Des senteurs d'oignons frits et de détergent envahissaient l'air. D'un geste discret, il plaça son gobelet de café à moitié vide dans une poubelle, puis disparut aux toilettes.

Une fois de retour dans la voiture, il se retrouva seul avec Nathan : le jeune homme avait de nouveau abandonné ses jambes au tableau de bord, exposant à la vue ses chevilles d'un blanc laiteux. Assis à l'arrière, Arthur ouvrit son journal : on annonçait une vague de chaleur dans les jours à venir. Ce serait même, lisait-il, le mois de mai le plus chaud depuis des décennies. Il pensa aussitôt au terreau de Frederica, et pria pour qu'il restât suffisamment humide en son absence…

Nathan sortit une fine tranche blonde et délicieusement curviligne de son paquet de chips, puis – après ce qu'Arthur estima être le record du monde de la dégustation de chips la plus longue de l'histoire de l'humanité – lui adressa la parole.

— Donc, maman et vous… Si j'ai bien compris…

Arthur attendit la suite de la phrase, mais rien ne vint.

— Excuse-moi ?

— Maman et vous. Vous sortez ensemble ? (Il se tourna vers Arthur et poursuivit, prenant un accent bourgeois.) Vous vous fréquentez ?

— Non, répondit Arthur, redoublant d'effort pour ne rien laisser paraître de sa surprise. (Comment une telle idée avait-elle pu passer par la tête de Nathan ?) Du tout. Nous sommes amis, rien de plus.

Nathan acquiesça à la manière d'un vieux sage.

— Donc, vous avez pris une chambre à part dans la maison d'hôte ?

— Bien entendu.

— Non, je me demandais, voyez…

— Nous sommes amis. Rien de plus, répéta Arthur.

— Non, parce que j'ai remarqué qu'elle vous préparait ses petites gâteries de luxe : des tartes, ce genre de conneries… Les autres profitent de bons p'tits plats, ouais, mais pour vous, elle tape dans le délicieux…

Les autres ?

Les autres causes perdues…, songea Arthur. *Ce vieux maboul de Mr Flowers, cette recluse de Mrs Monton, et toute la clique…*

— J'apprécie sincèrement tout ce que ta mère fait pour moi : j'ai connu une année difficile, et elle m'a beaucoup aidé. Et puis, j'ai toujours préféré les plats délicieux aux plats simplement bons.

— Tu m'étonnes ! lâcha Nathan en finissant de mâchouiller sa chips. (Il plia le haut du paquet, le noua, puis le plaça sous son nez pour s'en faire une moustache.) Ça la fait kiffer, ma mère, d'aider les autres. C'est une pure sainte.

Arthur n'aurait su dire si la remarque avait été ou non sarcastique.

— Votre femme, elle est morte, non ?

— Elle est morte, oui.

— 'tain, ça a dû être carrément la merde…

L'espace d'une seconde, Arthur s'imagina bondir par-dessus les sièges, atterrir à l'avant, et arracher le paquet de chips de sous le nez de Nathan. Comment les jeunes pouvaient-ils se montrer à ce point insouciants ? Comment pouvaient-ils parler de la mort comme s'il s'agissait d'un continent lointain dont ils ne verraient jamais les côtes ? Et puis, comment Nathan pouvait-il se permettre de parler de Miriam avec autant de légèreté ? Les joues chauffées par l'agacement, Arthur enfonça ses ongles dans la banquette en cuir et tourna la tête vers la vitre pour ne pas risquer de croiser le regard du jeune homme dans le rétroviseur.

Sur le parking, une femme au tee-shirt noir décoré d'un blaireau tirait derrière elle sa fillette de trois ou quatre ans : hurlante, la petite serrait dans sa main un Happy Meal. Une vieille dame tout juste sortie d'une Ford Focus rouge se mit à hurler à son tour, l'index pointé en direction de la boîte. Le hamburger de la discorde voyait s'affronter trois générations…

Par correction, Arthur se devait de répondre à Nathan ; en revanche, il ne se devait en rien de partager avec lui ses états d'âme.

— Oui, carrément la merde…, répondit-il sans même se rendre compte qu'il venait de jurer.

— Quelle merde, cette merde…

Mansuétude du destin, la portière avant s'ouvrit, et Bernadette fourra dans l'espace libre à ses pieds quelques sacs bien dodus, avant de se contorsionner pour s'accommoder du peu de place restant.

— Prêts à décoller ? lança-t-elle en rattachant sa ceinture.

— T'as acheté quoi, m'man ? Y a qu'un McDo et des bouquins dans ce truc…

— Oh, pas grand-chose : des magazines, à boire, des friandises au chocolat… Des petites choses pour le voyage ! Arthur et toi aurez peut-être un petit creux.

— Mais t'avais pas d'la bouffe dans l'coffre ?

— Si, mais c'est bien, aussi, d'avoir deux ou trois petites choses à portée de main.

— Mais… on va pas se prendre un thé à la chambre d'hôte ?

— Dans une heure, oui. C'est un peu long.

Arthur se sentit mal à l'aise : Bernadette essayait simplement de se montrer prévenante.

— J'ai justement un petit creux, déclara-t-il pour la soutenir, même s'il n'avait pas faim du tout. Je n'ai rien contre un petit quelque chose à boire et à grignoter !

Bernadette lui offrit en récompense un sourire solaire, un Twix géant et une bouteille de deux litres de Coca.

La chambre d'Arthur, minuscule, était tout juste assez grande pour contenir un lit simple, un placard rachitique et une chaise. Dans un coin trônait le plus petit lavabo qu'il avait jamais vu, assorti d'un savon de la taille d'un Babybel. La tenancière de l'établissement l'avait informé que les toilettes et la salle de bains se trouvaient à l'étage au-dessus, qu'il était formellement interdit de se laver après 21 heures, et qu'il fallait tirer la chasse des toilettes d'un geste énergique, sans quoi elles peinaient à tout évacuer.

Arthur n'avait pas dormi dans un lit simple depuis des lustres : en plus de lui paraître bien étroit, il lui hurlait qu'il était veuf. Le linge de lit, toutefois, était aussi coloré qu'il fleurait bon la propreté. Assis au bord du matelas, Arthur regarda par la fenêtre à guillotine : une mouette sautillait sur le rebord, et de l'autre côté de la rue s'étendait un parc accueillant.

D'ordinaire, la première chose que faisaient Arthur et Miriam lorsqu'ils arrivaient en chambre d'hôtes était de s'offrir une petite tasse de thé, histoire de voir quel genre de biscuits accompagnaient le breuvage. Ensemble, ils avaient mis au point tout un système d'évaluation. En toute logique, si le plateau n'était orné d'aucun biscuit, la prestation méritait un 0 pointé. Les sablés peinaient à obtenir un petit 2, quand les biscuits fourrés – un tantinet plus respectables – s'en tiraient avec un 4. À ses débuts comme juge, il octroyait un honorable 5 aux biscuits Bourbon à la crème au beurre, mais, au fil du temps, il s'était pris d'affection pour eux au point de leur accorder un joli 6 : comment ne pas honorer de son admiration un gâteau saveur chocolat qui, pourtant, n'en contenait pas le moindre gramme ? Plus haut dans leur échelle de notation venaient les biscuits raffinés offerts par les grandes chaînes hôtelières – les cookies citron-gingembre ou ceux aux pépites de chocolat – qui valaient un 8 bien mérité. Pour atteindre le 10, les biscuits devaient être faits maison par les maîtres des lieux : des trésors d'une grande rareté.

Ici, le thé était accompagné d'un paquet de deux biscuits secs au gingembre au demeurant tout à fait convenables, mais dont la vue lui pesa lourdement sur le cœur. Il en croqua un, mâchouilla un peu, puis referma le paquet qu'il reposa sur le plateau : le second, c'était celui de Miriam, et il ne pouvait se résoudre à le manger.

Il restait deux heures à Arthur avant le dîner prévu dans le restaurant au-dessous avec Bernadette et Nathan. Avant, avec Miriam, ils avaient pour habitude d'enfiler leurs anoraks et de sortir faire un tour, histoire de repérer un peu les lieux et prévoir ce qu'ils feraient les jours suivants. Mais sortir seul ne lui disait rien : quel intérêt de découvrir sans partage ? Par la fenêtre, il observa Nathan qui, le buste incliné, filait vers le parc : une main fourrée dans la poche, de l'autre, il fumait une cigarette. Arthur se demanda si Bernadette était au courant de la fâcheuse habitude de son fils.

Arthur sortit l'écrin et le posa ouvert sur le rebord de la fenêtre : il avait beau s'être habitué à sa vue, à le manipuler, il peinait encore établir un lien entre cet objet et sa femme. Cela lui paraissait improbable qu'un bijou si volumineux et excentrique eût pu pendre un jour à son petit poignet. Miriam s'était toujours enorgueillie de son goût raffiné, et ses tenues d'un classicisme élégant lui valaient souvent de passer pour française. Cela dit, elle n'avait jamais caché son admiration pour la façon dont s'habillaient les Françaises, et disait souvent qu'elle aimerait un jour se rendre à Paris. Elle estimait que la France était la patrie de l'élégance.

Lorsqu'elle était tombée malade – que sa poitrine avait commencé à se crisper et que son souffle s'était fait court –, ses tenues avaient changé : elle avait troqué ses chemisiers de soie bleu marine, ses jupes crème et ses perles pour des gilets informes. Son besoin de rester au chaud avait eu raison de son amour pour la mode : même en plein soleil, Miriam frissonnait. Même pour quelques pas dans le jardin, elle enfilait son anorak ; alors, elle offrait son visage au soleil comme pour le défier : « Ah… Je ne te sens même plus… »

— Mais pourquoi ne m'as-tu rien dit à propos de ton séjour en Inde, Miriam ? lança-t-il à voix haute. C'est une triste histoire que celle de Mr Mehra, mais tu n'avais rien à te reprocher…

De l'autre côté de la fenêtre, une pie l'observa quelques instants avant de baisser les yeux vers le bracelet. Arthur tapota contre la vitre.

— Ouste !

Il récupéra la boîte qu'il serra sur son cœur, puis examina les charmes avec attention : la fleur était faite d'une minuscule perle cernée de cinq pierres colorées ; la palette de peintre présentait un petit pinceau et six bulles d'émail figurant la peinture ; le tigre exhibait des dents d'or pointues et menaçantes… Arthur regarda de nouveau sa montre : encore une heure quarante-cinq avant le dîner.

S'il avait été chez lui, il aurait déjà mangé. Miriam et lui dînaient toujours à 17 h 30 tapantes, une tradition qu'il perpétuait. Alors, il mettait le couvert, pendant qu'elle cuisinait et, après le repas, il faisait la vaisselle qu'elle essuyait aussitôt. Il n'y avait guère que le vendredi qu'ils échappaient à cette routine : ils s'offraient ce jour-là un plateau télé avec thé, poisson, frites et purée de petits pois qu'ils mangeaient à même leur boîte en polystyrène. Arthur s'allongea sur le lit, les mains derrière la tête : manger était bien différent sans sa femme.

Pour passer le temps, il songea au lendemain. Il ne prendrait probablement pas sa tasse de thé et son petit déjeuner à l'heure habituelle… Il parcourut du regard les horaires de train qu'il avait griffonnés au bas d'une feuille de papier et tenta de les mémoriser. Il se mit ensuite à imaginer lord Graystock en train de l'accueillir en vieil ami, la main tendue vers lui, puis se représenta Miriam en train de jouer aux billes avec de jeunes enfants, à genoux dans la poussière indienne… Comme le tout ne lui avait pris qu'une dizaine de minutes, il s'empara de la télécommande de la télévision miniature qui pesait lourdement contre le mur de la chambre, alluma le poste, zappa d'une chaîne à l'autre jusqu'à ce qu'il les eût toutes fait défiler, et regarda finalement les vingt dernières minutes d'un épisode de *Columbo*.

Chapitre 5

Lucy et la tortue

Debout sur le seuil de son ancienne demeure, Lucy Pepper leva les yeux vers la fenêtre de la chambre qui avait été la sienne. À chaque nouvelle visite, la maison lui semblait avoir rapetissé. Comme elle lui paraissait grande, lorsque Dan et elle cavalaient dans l'escalier, tandis que leurs parents lisaient dans le salon ! Ils étaient comme cul et chemise, tous les deux ; aussi inséparables que les deux chiens de porcelaine postés de part et d'autre de la cheminée.

Son père aussi, autrefois fort d'une silhouette droite et imposante, lui semblait plus petit désormais. Son dos se courbait, et ses cheveux châtain foncé dont elle aimait tant éprouver l'élasticité faisaient désormais comme des filaments de fer-blanc. Tout était arrivé si vite : adieu, l'insouciance juvénile qui lui montrait ses parents en immortels.

Lucy avait toujours rêvé d'être mère. Enfant, déjà, tandis qu'elle s'imaginait que ses poupons étaient ses bébés, elle se projetait en maman de deux enfants. Un garçon et une fille, deux garçons, deux filles : qu'importe ! À trente-six ans, en toute logique, elle aurait déjà dû être accompagnée de deux enfants de trois ou quatre ans… Sur Facebook, elle avait même lu le statut d'une de ses anciennes camarades de classe tout juste devenue grand-mère ! Comme elle brûlait de sentir sur ses joues ces baisers mouillés et maladroits…

L'idée pouvait paraître saugrenue à certains alors : n'aurait-elle pas plutôt dû rêver d'une brillante carrière ou d'un voyage aux quatre coins du monde ? Pourtant, elle ne désirait rien de plus que de devenir comme sa mère, Miriam, qui avait été si heureuse d'élever ses enfants. Elle et leur père avaient connu un mariage parfait : jamais ils ne se disputaient, ils riaient de leurs blagues respectives et n'avaient jamais cessé de se donner la main. Lorsqu'elle était petite, Lucy trouvait d'ailleurs légèrement embarrassant que le couple s'exhibât ainsi, un bras passé autour de la taille de l'autre comme deux ados amourachés. Ce ne fut que lorsqu'elle avait commencé à fréquenter des garçons et qu'aucun ne posait une main au creux de ses reins lorsqu'elle traversait la rue – comme si elle était une petite chose précieuse –, qu'elle s'était rendu compte de l'amour qui unissait ses parents. Non qu'elle ait eu besoin de la protection de qui que ce fût – elle possédait une ceinture marron de karaté –, mais elle aurait tant aimé sentir qu'on tenait à ce point à elle…

Son frère Dan n'avait jamais fait montre du moindre intérêt pour la parentalité. Tout ce qui l'intéressait, c'était monter son entreprise et s'établir avec succès à l'étranger. Il y avait aux yeux de Lucy quelque chose d'injuste au fait que Dan et sa femme, Kelly, avaient réussi à avoir deux magnifiques enfants, et chaque fois au premier essai… Dan semblait toujours jouir d'une chance inouïe, là où Lucy devait batailler pour obtenir la moindre réussite, que ce fût dans son mariage, son rapport avec leur père ou son travail.

Le soir, au lit, elle s'imaginait une vie idéale, se fantasmant au parc avec son mari à pousser tous deux en riant les balançoires des enfants. Sa mère aussi était là, prête à dégainer mouchoirs et baisers en cas de genoux égratignés.

La vérité, c'était que non, sa mère n'était pas là et qu'elle ne le serait plus jamais. Jamais elle ne tiendrait la main des petits-enfants que Lucy aurait pu lui donner. Jamais elle ne les verrait.

À l'école primaire où elle enseignait, Lucy avait remarqué que les mères qui déposaient leurs enfants étaient désormais plus jeunes qu'elle. Elle grimaça en repensant à tout ce temps perdu auprès d'Anthony : il avait insisté pour qu'ils partent une dernière fois en vacances à l'étranger avant d'envoyer à la poubelle ses pilules contraceptives. Et puis, avant d'avoir un enfant, il faudrait penser à racheter un nouveau canapé, non ? En bref, ils n'avaient pas tout à fait les mêmes priorités.

Cela ne l'avait pas empêchée d'arrêter la pilule à son insu. Elle avait beau être du genre posée, elle avait compris qu'à ce sujet, si elle voulait atteindre son objectif, elle allait devoir s'efforcer d'agir d'abord et de réfléchir ensuite. Si Anthony avait tenu les rênes concernant les enfants, il n'en aurait probablement pas eu avant la cinquantaine.

Finalement, quelques semaines plus tard, elle était enceinte et, quelques mois plus tard… elle ne l'était plus.

Anthony était parti depuis, Miriam aussi, et avec eux les rêves de famille de Lucy avaient fondu comme neige au soleil.

Lucy se maudissait encore de ne pas avoir assisté aux funérailles de sa mère. Quel genre de fille esquivait l'enterrement de sa mère ? Les filles ingrates, voilà lesquelles. Elle aurait dû lui faire ses adieux… mais elle en avait été incapable. Elle n'avait même pas eu le courage de dire à son père pourquoi elle n'était pas venue. Elle lui avait simplement glissé un mot sous la porte :

Désolée, papa, mais c'est trop difficile. Dis au revoir à maman pour moi. Je t'aime. Lucy.

Après quoi, elle était allée se coucher pour ne plus sortir du lit pendant une semaine.

La routine que s'était aménagée son père avait calibré son quotidien, si bien que, lorsque Lucy passait, elle avait l'impression de ne jamais tomber au bon moment : il n'arrêtait pas de regarder sa montre et de s'affairer autour d'elle comme si elle n'existait pas ou qu'ils évoluaient tous deux dans des dimensions parallèles. Lors de son dernier passage, elle avait allumé la bouilloire et préparé deux tasses de thé, mais son père avait refusé la sienne, prétextant qu'il ne buvait son thé qu'à 8 heures, 11 h 30 et, à l'occasion, à 16 heures ; une tasse. Parfois, il lui donnait l'impression d'être entrée chez Howard Hugues.

Elle aurait aimé que sa mère fût encore là pour le remettre sur pied et, par moments, s'attendait encore à la trouver assise à la table de la cuisine ou en train de tailler les rosiers du jardin. Sans même s'en rendre compte, Lucy avança une main devant elle, prête à caresser avec délicatesse l'épaule de plus en plus chétive de sa mère.

Lucy aurait aimé que son frère se montrât plus soucieux de sa vie et de celle de leur père. Dan et leur père ne s'étaient jamais vraiment entendus : c'était comme s'ils ne pouvaient ni l'un ni l'autre admettre les priorités et la personnalité de l'autre. Ils semblaient à Lucy comme deux pièces de puzzle en apparence voisines que, pour une raison obscure, nul ne pouvait assembler. Et cela était encore plus manifeste depuis la mort de leur mère : Lucy se voyait désormais obligée d'indiquer à Dan et leur père quand et comment ils devaient communiquer...

Lorsqu'elle venait de passer une heure de pleine frustration aux côtés de son père, elle regrettait de n'avoir personne dans les bras de qui se blottir, quelqu'un qui pût lui dire que tout finirait par s'arranger.

Cela faisait maintenant six mois qu'Anthony avait tourné le dos à leur mariage. Son départ n'aurait pu être plus cliché : un jour qu'elle rentrait du travail, elle avait trouvé sa valise dans l'entrée. Elle avait d'abord pensé à un déplacement professionnel qu'il avait oublié de mentionner, mais, lorsqu'il s'était approché de ses affaires, elle avait compris. Il avait aussitôt baissé les yeux.

— Ça ne fonctionne pas, Lucy. On le sait tous les deux, lui avait-il dit.

Elle n'avait eu aucune envie de le supplier : à bien regarder en arrière, leur quotidien avait été futile. Pourtant, elle l'avait supplié : elle lui avait demandé de rester, lui avait dit qu'elle le souhaitait plus que tout, qu'il serait le père de ses enfants ; que quels que soient les emmerdements qui avaient gâché leur quotidien ces dernières années, tout ça était derrière eux désormais. Qu'ils pouvaient aller de l'avant. Qu'elle savait bien qu'elle l'avait négligé depuis que sa mère était morte… et qu'ils avaient perdu le bébé.

Mais rien n'y avait fait : il avait secoué la tête.

— Tout ça… ça a été trop de tristesse. C'est au bonheur que j'aspire, pour moi comme pour toi ; mais avec tout ce qu'on a traversé, c'est impossible. Si on ne se sépare pas, notre passé ne nous lâchera jamais. Il finira par nous détruire. Il faut que je parte.

Et puis, le mois précédent, depuis le rayon confiseries baigné de lumière blafarde de la coopérative, elle avait espionné Anthony : il poussait un Caddie aux côtés d'une autre femme. Avec son carré et son long cou, elle ressemblait un peu à Lucy.

Lucy les avait suivis dans le rayon jus de fruits, puis jusqu'aux desserts surgelés, mais avait finalement abandonné sa traque : si Anthony l'avait vue, il aurait pensé qu'elle s'était mise à le suivre à la trace, lui aurait malgré tout présenté sa nouvelle petite amie, et Lucy n'aurait rien pu faire d'autre que sourire en prétextant qu'elle allait devoir filer, car, si revoir Anthony avait été un véritable plaisir, à la vérité, elle était passée ici en coup de vent pour acheter une barquette de fraises. Lorsqu'elle n'aurait plus pu les entendre, Anthony aurait murmuré à l'oreille de sa petite amie quelque chose comme : « C'est ma femme, elle est un peu… dérangée. Depuis qu'elle a perdu notre enfant à quinze semaines de grossesse, elle n'a plus toute sa tête. C'est comme si quelque chose s'était éteint en elle. Qu'est-ce que je pouvais faire d'autre que partir ? » Après quoi, sa petite amie l'aurait rassuré d'un hochement de tête compatissant, puis lui aurait serré la main avec tendresse, comme pour lui signifier qu'elle était aussi fertile que la vallée du Nil, et que s'il voulait fonder une famille, son corps à elle ne le laisserait pas tomber.

Si Lucy put se retenir aux caisses, elle s'était mise à pleurer sur le parking en rangeant son Caddie : elle avait beau le cogner encore et encore contre celui de devant, il semblait ne pas vouloir s'y encastrer. Alors, elle l'avait laissé là, abandonnant dans la fente son jeton frappé d'une rose blanche d'York. Un homme au cou aussi large que sa taille lui avait offert un mouchoir, et elle s'était mouchée, avant de rentrer chez elle où elle avait descendu une demi-bouteille de vodka.

Après cette mésaventure, elle avait abandonné son nom d'épouse et retrouvé son nom de jeune fille. En même temps, Lucy Pepper sonnait tellement mieux que Lucy Brannigan… Sans tarder, elle s'était débarrassée en silence de tout ce qui lui rappelait Anthony, avant de jeter au recyclage tous les fascicules vantant les mérites de tel ou tel lait maternisé et les coupons de réduction pour des couches ou des coussins d'allaitement. Son ancien nom de famille lui avait insufflé une force nouvelle qui lui donnait le sentiment d'être mieux équipée pour affronter l'avenir.

Et voici, donc, qu'elle se retrouvait devant la maison où elle avait grandi, là où ses parents avaient changé mille et une fois ses propres couches. Une chaleur bienvenue l'envahit tout entière et, le sourire aux lèvres, elle sonna. À travers la vitre de la porte décorée de marguerites, elle voyait le manteau de son père suspendu dans l'entrée. Du courrier s'entassait sur le paillasson, et Lucy s'étonna qu'il ne l'ait pas encore récupéré. Elle sonna de plus belle, puis donna un coup de heurtoir… Rien.

En levant la tête, elle remarqua que toutes les fenêtres étaient fermées. Elle emprunta donc le petit chemin qui contournait la maison et alla voir le jardin à l'arrière : il n'était pas là non plus.

La lumière aveuglante du soleil la poussa à plisser les yeux. Si elle trouvait son père, peut-être parviendrait-elle à le persuader d'aller faire un tour à la jardinerie pour profiter de cette belle journée.

Elle avait quitté son travail une heure plus tôt : c'était le jour du sport, et elle aurait été bien utile avec les enfants pour bander les genoux blessés ou servir l'orangeade, mais lorsqu'elle avait vu les petits se casser la figure pendant la course en sac, elle avait ressenti le besoin dévorant de voir son père. Avec Dan en Australie et leur mère décédée, il était tout ce qui lui restait de famille proche. Elle avait feint une migraine et, tandis qu'on sonnait le début de la course de relais, au volant de sa voiture, elle s'était éloignée des rires et des applaudissements enjoués.

Elle se mit sur la pointe des pieds, plaça l'une de ses paumes sur son front comme une visière, puis tenta d'apercevoir quelque chose à travers la vitre de la porte de derrière. Frederica la fougère n'avait pas l'air dans son assiette : les extrémités des feuilles regardaient un peu leur pied. Cette plante était devenue une véritable obsession pour son père.

Tout à coup, une pensée glaçante lui traversa l'esprit : et s'il était mort ? Peut-être était-il tombé dans l'escalier, s'il n'était pas mort dans son lit, comme sa mère ! Et s'il avait glissé sur le carrelage de la salle de bains sans pouvoir se relever ?

Non, non…

Lucy sentit une vague de panique lui brûler l'estomac et se précipita de nouveau devant la maison.

— Je peux vous aider ? l'interpella un homme depuis le jardin d'en face.

C'était le voisin de son père, le type au bandana. Lucy l'avait déjà vu. Appuyé sur sa tondeuse, il semblait tenir à la main une sorte de coupelle brune renversée.

— D'où que je l'appelle, mon père ne répond pas. J'ai peur qu'il ne lui soit arrivé quelque chose ; qu'il soit tombé ou autre. Terry, c'est bien ça ?

Lucy regarda des deux côtés de la route, puis traversa.

— C'est ça, oui. Ne vous inquiétez pas, en tout cas : votre père est parti ce matin avec sa valise.

Lucy se passa une main dans les cheveux.

— Sa valise ? Vous êtes sûr ?

— Hé, hé… Je crois qu'il se rendait chez cette dame qui a les cheveux framboise, là ; j'ignore comment elle s'appelle.

— Bernadette ?

Un jour que Lucy rendait visite à son père, elle avait trouvé cette femme assise à la table de la cuisine, à la place de sa mère. Elle avait préparé des friands à la saucisse. Lucy ne cuisinait pas : elle s'était faite experte dans l'art du maniement du gril et du micro-ondes.

— Aucune idée. Ils sont montés dans une voiture. C'est un gosse avec un œil planqué sous une mèche qui conduisait. Je me demande bien comment il pouvait voir la route avec une coupe pareille.

— Mon père vous a dit où il allait ?

Terry fit « non » de la tête.

— Non. Vous êtes sa fille ? Vous avez ses yeux.

— Vous trouvez ?

— Hé, hé… Il m'a pas dit où il allait, non. C'est que c'est pas vraiment une pipelette, votre papa.

— On est d'accord… (Lucy plissa les yeux : la coupelle brune que tenait Terry venait de bouger, une tête en était sortie et deux yeux s'étaient mis à la regarder.) Hmm… C'est moi ou vous avez une tortue dans les mains ?

Terry acquiesça.

— Elle s'est enfuie de chez les voisins. Je ne sais pas trop pourquoi, mais elle adore ma pelouse : je n'arrête pas de la tondre, alors je ne vois pas trop ce que ça lui laisse à mastiquer… Chaque fois que cette chipie essaie de se faire la malle, je la récupère, puis je la rapporte à côté. Elle appartient aux gosses sans chaussures, les petits rouquins. Vous les connaissez ?

Lucy lui répondit que non.

— Si je vois votre père, vous voulez que je lui dise que vous le cherchez ?

Elle lui répondit que oui, que cela lui rendrait bien service, et qu'elle lui téléphonerait de toute façon. Elle se demandait vraiment pourquoi il avait une valise et où il pouvait bien aller. Le seul fait de se rendre au centre-ville pour acheter du lait lui paraissait une aventure, alors partir en voyage…

— Vous devriez peut-être essayer de laisser la tortue se balader un peu : si ça se trouve, ça assouvira sa soif d'aventure, et elle sera bien contente de rester dans son… enclos – où je ne sais quoi – la prochaine fois.

— Ah ben, je n'y avais jamais pensé, tiens… (Terry retourna la tortue vers lui.) Qu'est-ce que tu penses de ça, copine ?

— Merci pour votre aide ! lança Lucy avec nonchalance par-dessus son épaule, tandis qu'elle retraversait la rue.

Elle retourna dans le jardin derrière la maison et s'assit sur le bord d'un grand pot de fleurs. Là, elle composa sur son téléphone portable le numéro de son père. Comme à l'accoutumée, il sonna une bonne vingtaine de fois : Arthur ne savait jamais où il l'avait fourré ni même sur quel bouton il fallait appuyer pour décrocher.

Il finit tout de même par répondre.

— Arthur Pepper, bonjour.

— Papa ? C'est Lucy, s'annonça-t-elle, soulagée d'entendre sa voix.

— Oh, bonjour, ma puce !

— Je suis chez toi, mais tu n'es pas là.

— J'ignorais que tu comptais passer.

— Je… j'avais envie de te voir. Ton voisin – celui qui adore tondre sa pelouse – m'a dit qu'il t'avait vu partir avec une valise.

— Exactement, oui. J'avais envie d'aller visiter le Graystock Manor. Tu sais, cet endroit où il y a des tigres en liberté. À Bath.

— Oui, j'en ai entendu parler. Par contre… Je ne compr…

— Bernadette et son fils Nathan y allaient, et ils m'ont proposé de les accompagner.

— Et tu as accepté ? De bon cœur, je veux dire ?

— Eh bien… Disons que Nathan cherche une université, tu vois. Et puis, je me suis dit que ça me changerait un peu les idées.

Lucy ferma les yeux : son père refusait de prendre une tasse de thé avec elle à l'improviste, mais il acceptait désormais de prendre la poudre d'escampette avec une voisine à la chevelure d'allumette. Cela faisait un an qu'il restait terré dans sa maison… Non, ce voyage improvisé cachait quelque chose ; son père, en tout cas, ne lui disait pas tout.

— Tu n'as pas choisi la destination la plus proche pour filer sur un coup de tête.

— Certes, mais au moins, je suis sorti de la maison !

Lucy avait toujours eu peur de laisser son père vivre seul ; il lui semblait trop fragile. Qui plus est, les journaux regorgeaient d'anecdotes au sujet de personnes âgées qui avaient présumé de leur capacité d'autonomie. Elle ne savait trop quoi penser : pourquoi avait-il accepté de partir avec Bernadette quand elle-même était incapable de le convaincre d'aller acheter un nouveau bac pour ses plantes à repiquer ? Elle s'efforça de ne rien laisser paraître de son anxiété.

— Quand est-ce que tu rentres ?

— Je ne sais pas trop, pour tout dire. Je suis en chambre d'hôtes pour l'instant : je n'irai à Graystock que demain. D'ailleurs, je suis navré, ma puce, mais je vais devoir te laisser. Je t'appelle dès que je suis rentré à la maison, d'accord ?

— P… papa, j…

Mais il avait déjà raccroché. Lucy contempla son portable. Elle s'apprêtait à le rappeler lorsqu'elle repensa aux habitudes si singulières qui faisaient la routine de son père. Chaque fois qu'elle le voyait, il portait cet affreux pull-over moutarde sans manches. Il ne l'avait pas appelée depuis des semaines et parlait à sa plante…

Avant la mort de sa mère, jamais elle n'avait considéré ses parents comme des personnes âgées… C'était le cas, aujourd'hui. Si son père venait à perdre son autonomie au quotidien, elle allait devoir se mettre à chercher pour lui une aide à domicile, voire une maison de retraite. Elle se demanda combien de temps encore il aurait toute sa tête…

Elle déglutit en s'imaginant l'aider à monter l'escalier, le nourrir, l'emmener aux toilettes. Elle qui rêvait de s'occuper d'un bébé, elle s'occuperait bientôt de son père.

Elle se leva et, les genoux flageolants, elle se dirigea vers l'entrée du jardin : en plus de tout ce qui, dans sa vie, avait tourné au vinaigre, elle se retrouvait à devoir affronter la sénilité de son père.

Chapitre 6

La chambre d'hôtes

Le petit déjeuner servi au rez-de-chaussée de la chambre d'hôtes diffusait partout une odeur alléchante. Chez eux, Miriam et lui ne mangeaient que des céréales. Si pain grillé il y avait, alors il devait l'accommoder de margarine, plutôt que de beurre Anchor ou Lurpak : Miriam insistait pour qu'il fît attention à son cholestérol, quand bien même le médecin lui avait dit après ses examens que son taux était fort raisonnable. Arthur avait pour habitude de s'éveiller à l'odeur de draps en coton propres, plutôt qu'aux senteurs d'œufs, de saucisses et de bacon poêlés. Savoureux… Cela ne l'empêcha pas de se sentir coupable d'en profiter sans Miriam…

Le fait d'avoir piqué du nez dans la voiture sur le chemin de la chambre d'hôtes ne l'avait pas empêché de dormir d'une traite jusqu'au matin. C'étaient les cris des mouettes et le tintamarre de leurs coups de pattes sur le toit qui l'avaient éveillé.

La veille, il avait commencé à se sentir las après sa conversation téléphonique avec Lucy : il était allé frapper à la porte de la chambre de Bernadette pour lui demander si elle ne voyait pas d'inconvénient à ce qu'il ne se joignît pas à Nathan et elle pour le dîner. Il ressentait le besoin de se coucher tôt, mais les retrouverait au matin. Bernadette avait acquiescé, non sans lui adresser un regard de maîtresse d'école exagérément déçue.

Il se doucha, s'habilla, se rasa, puis partit pour la salle où était servi le petit déjeuner : l'endroit avait quelque chose d'accueillant avec ses nappes jaunes d'une propreté impeccable, ses tulipes de soie et ses cartes postales encadrées du bord de mer accrochées aux murs. Bernadette et Nathan s'étaient déjà installés près d'une fenêtre à une table de quatre.

— Bonjour ! lança-t-il, tout sourires, en se joignant à eux.

— 'jour, articula Nathan à grand-peine, tandis qu'il piquait de son couteau les fleurs en tissu.

— Bonjour, Arthur, le salua Bernadette, tout en baissant d'une main le bras de son fils. Vous avez bien dormi ?

— Comme un loir, à vrai dire. Et vous ?

— Pas très bien : je me suis réveillée vers 3 heures et j'ai commencé à gamberger. Impossible de mettre mon esprit en veilleuse…

Alors qu'Arthur s'apprêtait à lui demander ce qui l'avait ainsi tenue éveillée, une jeune serveuse en jupe noire élégante et chemisier jaune vint leur proposer du thé ou du café. Il remarqua que l'un de ses poignets était tatoué d'une ancre, et l'autre d'une rose. C'était troublant, cette nouvelle mode chez les jeunes : Arthur peinait à comprendre pourquoi une si jolie jeune fille désirait tant ressembler à un vieux loup de mer. Il s'en voulut aussitôt de penser ainsi en vieux schnoque, et repensa à Miriam qui l'avait si souvent invité à se montrer plus ouvert.

— Très jolis tatouages, déclara-t-il en souriant. Cela vous va très bien.

La serveuse lui adressa un regard confus, comme si elle avait bien conscience que ces dessins avaient tout d'œuvres réalisées par un gosse de deux ans armé d'une aiguille et d'un pot d'encre. Arthur lui demanda du thé, ainsi qu'un petit déjeuner anglais complet à l'exception des tomates rôties.

Bernadette et lui se levèrent en même temps et se dirigèrent vers le buffet où les attendaient de petites boîtes de céréales et un pot de lait en verre. Arthur jeta son dévolu sur une boîte de Rice Crispies et s'en retourna à table. Bernadette, elle, choisit deux boîtes de Frosties.

— Il n'y en a jamais assez dans ces petites boîtes, commenta-t-elle.

Tous trois mangèrent en silence. La tête qui pendouillait et les cheveux à deux doigts de baigner dans son bol, Nathan donnait l'impression de s'endormir sur place.

Lorsqu'ils eurent terminé, la serveuse débarrassa la table, puis leur apporta les plats cuisinés pour leur petit déjeuner.

— Ces saucisses ont l'air délicieuses, lança Arthur à Nathan pour engager la conversation.

— Clair.

— « C'est vrai, oui », le corrigea Bernadette.

Nathan ne cilla pas, empala une saucisse entière et la mangea à même sa fourchette. Arthur dut se retenir d'envoyer un petit coup de pied au gamin sous la table : il était convaincu que Bernadette lui avait appris à se tenir bien mieux que cela à table.

— Nous allons visiter la première des universités de notre liste, aujourd'hui. Elle a l'air très prometteuse, annonça Bernadette. Vous venez avec nous, Arthur ?

— Si cela ne vous dérange pas, j'aimerais me rendre à Graystock dès aujourd'hui. Je compte gagner Bristol en train, puis y prendre une correspondance pour Bath.

— Je suis quasi certaine que le manoir n'ouvre que les vendredis et samedis, et nous sommes mardi.

— Peu m'importent les heures d'ouverture au public : je peux tout aussi bien frapper à la porte.

— Peut-être devriez-vous passer un coup de fil avant de vous y risquer.

Arthur n'était pas spécialement d'humeur à se faire dicter sa conduite : il avait décidé de poursuivre sa quête avec une détermination nouvelle. Il coupa un bout de bacon.

— Bon. Et où voulez-vous que nous vous récupérions, après votre visite ?

— Ne prenez pas la peine de venir me chercher. Je me débrouillerai pour rentrer depuis Graystock.

Bernadette eut un rictus défait.

— Arthur, voyons… Cela va vous prendre des siècles ! Nous n'avons réservé ici que pour une nuit.

— Vous en avez déjà assez fait pour moi, rétorqua Arthur, catégorique. Je vais profiter de ma petite visite, puis j'aviserai !

— Ne commettez pas d'imprudences, en ce cas : passez-moi un coup de fil histoire de me tenir au courant. Si vous voulez rentrer avec nous, vous êtes le bienvenu dans la voiture. Sachez simplement que j'aimerais ne pas manquer mon cours, aujourd'hui.

— Votre cours ?

— Maman apprend la danse du ventre, pouffa Nathan.

À défaut de savoir comment réagir, Arthur mâchouilla son bacon : une image fort malvenue de Bernadette en train de se déhancher vêtue d'une tenue en mousseline de soie violette vint hanter son esprit.

— Je l'ignorais. Voilà qui doit être fort… éprouvant.

— Cela me fait faire un peu d'exercice.

Nathan pouffa de plus belle.

Bernadette fit mine de ne rien avoir entendu.

— Alors, ce bacon, Arthur ? lui demanda-t-elle.

— Un vrai délice ! répondit Arthur, heureux à l'idée qu'il serait seul aujourd'hui : ce qu'il allait apprendre sur Miriam relevait de sa vie privée, et il aimait autant pouvoir y réfléchir en toute tranquillité. J'aime le bacon bien croustillant ! Quoi qu'il en soit, ne vous inquiétez pas pour moi : visiter le manoir seul me convient très bien.

Chapitre 7

Le tigre

Bernadette et Nathan déposèrent Arthur à la gare de Cheltenham. Une fois arrivé à Bath, il décida de marcher jusqu'à Graystock Manor, situé à trois kilomètres de là.

Cela lui avait semblé une excellente idée : le soleil brillait haut et les oiseaux chantaient sans finir. Aussi Arthur avait-il commencé sa promenade le cœur léger, traversant l'esplanade de la gare, sa valise dans son sillage, snobant la file de taxis noirs. Suivant les indications d'une carte qu'il avait lui-même tracée sur un bout de papier, il se dirigea vers un petit rond-point, puis emprunta une route secondaire qui filait jusqu'au manoir. Ah, le charme de l'aventure ! Il se félicitait d'avoir pris cette excellente décision et avançait vers son objectif d'un pas triomphant.

Bientôt, pourtant, le trottoir disparut, et il dut fouler orties et chardons qui le piquaient aux chevilles. Sous ses pieds, le sol inégal lui faisait regretter d'avoir opté pour ses mocassins gris plutôt que pour ses solides chaussures de marche. Qui plus est, faire rouler sa valise au milieu de la caillasse et des gravillons tenait de l'impossible, si bien qu'il devait, en alternance, la traîner et la porter.

— Salut, papi !

Une voiture de sport rouge scintillante fusa près de lui, et il jura qu'un popotin fort peu vêtu l'avait salué depuis la lunette arrière.

Au bout d'environ cinq cents mètres, la route rétrécissait, et il se retrouva coincé entre une haie rêche et une bordure de trottoir aussi haute que large. Incapable de manier sa valise sur ce terrain impraticable, il s'arrêta et resta un instant debout, les mains sur les genoux pour reprendre son souffle. Depuis la mort de Miriam, jamais il n'était allé plus loin que le bureau de poste : de toute évidence, sa forme physique laissait à désirer.

Il se redressa bientôt pour observer un bourdon qui voletait dans un trou de la haie. Plus loin, des vaches broutaient, impassibles. Il prit plaisir à regarder quelques instants un tracteur rouge labourer les champs, puis reprit sa route, mais, bien vite, un tas de briques et un panier de course en métal lui bloquèrent le passage : la coupe était pleine. Impossible pour lui de continuer à traîner sa valise derrière lui. Il la souleva donc, la cala dans le trou qu'il avait découvert dans la haie, puis la dissimula comme il put derrière le feuillage.

Étudiant les alentours, il tenta de mémoriser les lieux : de l'autre côté de la route se trouvait un panneau qui annonçait qu'une vente de voitures d'occasion se tiendrait ce dimanche, et un autre qui indiquait, à moins de deux kilomètres, la ferme des Longsdale. C'était décidé : il laisserait sa valise ici, se rendrait à Graystock comme il l'avait prévu, puis reviendrait chercher ses affaires au retour. Cette valise en Nylon résistant ne risquait rien dans cette haie.

Bien ! Avec ce poids en moins, la marche était à la fois plus confortable et plus rapide ! D'ordinaire, c'était Miriam qui préparait leurs affaires avant leurs voyages. Chaque fois, des tas de petites choses bien ordonnées poussaient partout dans la maison : sous-vêtements, matériel de rasage, sachets de biscuits et crèmes solaires de tous les indices de protection possibles et imaginables. Miriam n'aurait sûrement pas jugé très ingénieux de fourrer ainsi sa valise dans un buisson, mais cela n'empêcha pas Arthur d'être joliment fier de lui. C'est qu'il se montrait plein de ressources à prendre ainsi des décisions et à faire montre d'une telle détermination.

Graystock étant encore à bonne distance, il pressa le pas sans s'attarder à admirer les bourses-à-pasteur qui pointaient çà et là dans les buissons, ni même les étendues jaunes des champs de colza. Il déclina l'offre de deux superbes jeunes filles blondes qui avaient arrêté leur décapotable grise à sa hauteur pour lui proposer de le déposer, et informa le conducteur d'un tracteur que, non, il n'avait pas à s'inquiéter, car il n'était pas perdu le moins du monde. Les gens étaient décidément fort aimables par ici, au point qu'il était tout à fait enclin à oublier le fâcheux épisode des zigotos dans le bolide rouge : le soleil avait dû exalter l'insouciance dont les gratifiait leur jeunesse.

Arrivé enfin devant les portes du Graystock Manor, il se retrouva nez à nez avec une pancarte en bois dont la plupart des lettres s'étaient fait la malle. On pouvait y lire :

« BIENVENUE AU _RA__T___ M__OR »

Si c'était un présage, Arthur préféra l'oublier aussitôt, et posa un regard dépité sur l'interminable allée qui serpentait jusqu'au manoir dont la silhouette se dessinait entre les arbres.

Graystock Manor, autrefois magnifique, n'offrait plus désormais à la vue que le charme désuet que chérissaient les créateurs de ces clips vidéo qui accompagnaient les tubes pop des années 1980. Les colonnes doriques qui flanquaient les immenses portes d'entrée s'effritaient, leur pierre de la couleur des moutons qu'Arthur trouvait dans son aspirateur Dyson après une belle récolte. À l'étage, quelques fenêtres aux vitres brisées.

Les mains sur les hanches, il resta un instant immobile, bien conscient qu'il lèverait bientôt le voile sur un nouveau pan de la vie de Miriam. Il ignorait s'il devait le craindre ou s'en réjouir.

Cela étant, pour l'heure, sa priorité absolue était de trouver des toilettes : il scruta les alentours avec le fol espoir de voir une pissotière apparaître sous ses yeux, comme par enchantement, mais dut rapidement se rendre à l'évidence : à ce stade, le salut aurait plus probablement l'apparence d'un buisson. Espérant qu'il n'y aurait là aucun touriste pour le surprendre, il fila dans les sous-bois et commença à se soulager : un petit écureuil gris s'approcha d'un bond et, après un rapide coup d'œil, fuit le long d'un tronc. Une fois perché sur une branche, les moustaches frémissantes, il étudia Arthur qui achevait son affaire. Fort heureusement, Arthur avait emporté un paquet de lingettes de poche, ce qui lui permit de se laver les mains avant de reprendre son chemin.

C'est la respiration sifflante qu'il poursuivit son ascension jusqu'au manoir : pourquoi diable avait-il refusé la proposition de Bernadette de le déposer ici ? Ce qu'il pouvait se montrer têtu par moments !

Une haute grille de fer noir ceignait le manoir, et la double porte se trouvait scellée par un lourd cadenas cuivré. Arthur pressa le front contre la grille pour mieux observer l'intérieur de la propriété : les portes qui ouvraient sur le manoir étaient fermées. Comment avait-il pu s'imaginer qu'il lui suffirait de débarquer ici et de sonner chez un inconnu ? Sans compter qu'il avait mal aux pieds et que les lingettes lui avaient laissé les mains collantes.

Il dut bien rester là dix minutes à se sentir bête, sans trop savoir quoi faire. C'est alors qu'il repéra une silhouette en mouvement derrière les rosiers du jardin. Une silhouette bleue : lord Graystock. Arthur se hissa sur la pointe des pieds. Le lord s'éloignait des buissons, torse nu – et rouge homard –, mais vêtu d'un pantalon bleu électrique.

— Bonjour ! le héla Arthur. Lord Graystock !

Le lord ne l'entendit pas ou, peut-être, fit mine de ne pas l'avoir entendu. Ce n'est qu'à cet instant qu'Arthur aperçut, dissimulée parmi les branchages, une cloche de cuivre équipée d'une poignée en fer incurvé. Il tenta de la faire tinter, mais la végétation étouffante l'empêcha de vibrer. Il fit un petit bond pour dégager les branches et autres brindilles, mais, remontées comme autant de ressorts, elles se remirent aussitôt en place. Il tenta une dernière fois de faire sonner la cloche et d'agiter la grille, en vain. Il épia quelques instants sa cible au loin : Lord Graystock, les mains dans les poches, arpentait ses terres. À l'occasion, il se baissait pour humer une rose ou arracher une mauvaise herbe. Son bidon grassouillet et rougeaud dégoulinait sur sa ceinture.

Ce type était-il sourd ? Arthur commençait à s'en convaincre. Comment avait-il jamais pu se constituer un harem ? Impossible, quoi qu'il en soit, que Miriam ait fait un jour partie de ses conquêtes...

Frustré, il commença à suivre la grille qui ceignait la propriété, laissant une main marteler mollement le métal sur son passage. Parfois, il s'arrêtait, se hissait sur la pointe des pieds pour mieux observer les jardins. Ce manoir était une véritable forteresse...

Toutefois, lorsqu'il fut arrivé à l'arrière de la bâtisse, il finit par trouver un endroit dissimulé par un chêne massif où, au lieu de jaillir du sol, la grille avait été rivée à un muret de pierres. Une idée lui traversa l'esprit.

Il jeta un coup d'œil alentour de façon à s'assurer qu'on ne l'observait pas, puis entreprit de lever assez haut son genou droit pour pouvoir grimper sur le muret : en passant la tête par-dessus la grille, il aurait une meilleure vue.

Ironie du sort, son genou se bloqua dans un craquement pour le moins déconcertant, sitôt qu'il tenta de le lever… Il se pencha, le frotta, puis retenta sa chance : plaçant ses mains derrière son articulation, il hissa son genou jusqu'à ce qu'il pût poser le plat du pied sur le muret. Il saisit ensuite la grille, puis tira de toutes ses forces sur ses bras pour hisser son autre jambe sur son perchoir : sitôt stabilisé convenablement sur le muret, il se laissa emporter par un élan d'euphorie. C'est qu'il y avait encore de la vie dans cette vieille carcasse ! Il s'autorisa quelques respirations profondes, puis pressa de nouveau son visage contre la grille.

Soudain, il entendit des bruissements au-dessous, et se rendit compte qu'un jack russel l'observait de ses yeux orange. À quelques pas de là, une femme vêtue d'un foulard brodé de soie et d'une veste Barbour kaki le dévisageait des pieds à la tête.

— Je peux vous aider ? lui lança-t-elle.

— Non. Tout va bien, merci.

Arthur tentait de paraître aussi nonchalant que possible, en dépit de ses deux mains agrippées à la grille.

— Qu'essayez-vous de faire, exactement ? insista l'inconnue.

Arthur tenta d'improviser une excuse. Peu convaincante, en l'occurrence.

— Je cherche mon chien ! Je me demande s'il n'est pas passé par-dessus la grille.

— Cette grille fait près de trois mètres de haut.

— C'est vrai ! acquiesça-t-il. Pas croyable, hein ?

S'il ne disait rien, ne s'embourbait pas dans quelque explication vaseuse, elle finirait peut-être par partir : il usa aussitôt de sa fameuse stratégie de la statue de marbre.

La femme pinça les lèvres.

— Je vais promener mon chien dix minutes : si vous êtes encore ici lorsque je reviens, j'appelle la police. Compris ?

— Compris ! lâcha Arthur en agitant l'une de ses jambes pour remettre en place son pantalon qui, lors de son ascension, s'était pris dans sa chaussette. Je ne suis pas un cambrioleur, vous avez ma parole, en tout cas.

— Ravie de vous l'entendre dire. J'espère que vous retrouverez votre chien. Dix minutes…, l'avertit-elle de nouveau.

Il attendit qu'elle se fût éloignée. Quelle journée désastreuse ! Il aurait mieux fait de rester chez lui à lire le *Daily Mail*… Mais voilà que reparut le pantalon bleu électrique : il allait bien réussir à attirer l'attention du bonhomme, cette fois ! Il se redressa et agita la grille, mais elle ne bougea pas d'un pouce. Dépité, il se mit à faire de grands signes au lord.

— Lord Graystock ! Lord Graystock ! cria-t-il. Lord Graystock !

Il se sentait ridicule : où se croyait-il ? En plein concert de rock ? Qu'importe ! Il fallait que cela fonctionne ! Il avait parcouru des kilomètres rien que pour voir cet homme ! Il avait snobé les petites voix dans sa tête qui avaient tenté de le persuader de ne pas renoncer à sa routine quotidienne. Hors de question qu'il rentre sans avoir obtenu les réponses qu'il était venu chercher.

La femme et son chien reviendraient bientôt : s'il voulait passer à l'action, il allait devoir faire vite. Sans plus y réfléchir, il redoubla d'efforts pour se hisser sur le rebord de la grille et, mû par une énergie insoupçonnée, parvint à grimper maladroitement jusqu'en haut du rempart. Il resta suspendu là quelques instants, se taquinant un peu pour se donner du courage : « Demain, l'Everest ! Allez, on lève la jambe, fiston ! »

Une fois son équilibre trouvé, il fit passer l'une de ses jambes par-dessus la grille… et sauta de l'autre côté. Ce qu'il ignorait, c'était que la fleur de lys en fer qui coiffait la grille s'était prise dans la couture de son pantalon : un bruit de déchirure se fit entendre, tandis qu'Arthur atterrissait pesamment sur la pelouse. Lorsqu'il baissa les yeux, il découvrit que la jambe gauche de son pantalon était déchirée jusqu'à la cuisse, donnant l'impression qu'il était venu visiter le manoir en sarong. Qu'importe ! Il avait réussi ! Il se redressa et fila à grands pas vers le manoir, sa jambe gauche à moitié nue.

Rendue scintillante par les rayons du soleil, l'herbe humide couinait sous ses pieds : le jour était beau. Arthur poussa un soupir de soulagement. Des oiseaux chantaient çà et là, et un papillon vulcain se posa même quelques instants sur son épaule.

— Salut, toi ! Je suis venu me renseigner sur le passé de ma femme, lui dit-il, avant de lever la tête pour le regarder s'envoler.

Cela ne l'aida pas à voir la brique abandonnée sur la pelouse, et que son pied percuta aussitôt : il sentit sa cheville se tordre, chancela sur le côté, s'effondra au sol, puis culbuta pour se retrouver finalement sur le dos. Tel un scarabée retourné, il battit vainement l'air des bras et des jambes… Sa deuxième tentative n'eut d'autre résultat que de lui tirer un grognement d'effort : la chute l'avait laissé le souffle court, et sa cheville le lançait. Lui qui avait si vaillamment relevé le défi vertigineux de la grille venait d'être terrassé par une vulgaire brique.

Vaincu, il laissa retomber ses jambes et ses bras et garda le regard rivé sur le ciel au-dessus : bleu céramique, y filait un nuage en forme de ptérodactyle. Un avion laissait dans son sillage une traîne de fumée blanche. Deux piérides du chou voletèrent de plus en plus haut jusqu'à se soustraire à sa vue. La brique gisait près de son oreille : usée aux arêtes, elle donnait l'impression d'avoir été mâchouillée.

Il tenta de se relever en inspirant à fond, puis en redressant d'un coup le buste pour s'asseoir, mais échoua de belle manière.

Pathétique…, songea-t-il.

Il allait devoir endosser son costume de statue grecque un bon moment, avant d'avoir recouvré assez de force pour tenter de nouveau le moindre déplacement. Il leva tout de même sa jambe pour essayer de faire pivoter sa cheville meurtrie : elle tourna un peu, craqua, mais cela ne semblait pas si méchant qu'il l'avait craint. La bonne nouvelle, c'était que le manoir n'était plus très loin : il y serait bientôt ! Encore quelques minutes de repos, puis il roulerait sur le ventre et se relèverait. Au besoin, il ramperait jusqu'à la porte !

Il mit quelques secondes à se rendre compte qu'il n'était plus seul. Les premiers indices d'une autre présence que la sienne furent les vibrations au bout de ses doigts et les bruissements de l'herbe. Quelque chose frotta son pied droit… La sensation était troublante : ce n'était pas plus un piétinement qu'un fourmillement, plutôt une sorte de caresse molletonnée. Était-ce un chien ? Un écureuil ? Il tenta de bouger la tête, de la relever, mais une douleur soudaine lui vrilla la nuque.

La vache, ça fait mal !

Une seconde de plus, et une silhouette massive lui masqua le ciel. Cette chose avait une fourrure. Une fourrure orange, noire et blanche.

Bon sang, dites-moi que je rêve…

Le tigre se tenait au-dessus de lui, sa face si proche que son haleine fétide de carnassier lui brûlait la joue. Une insoutenable odeur d'urine empuantissait l'air, et quelque chose de lourd plaquait son épaule au sol. Une patte. Une énorme patte. Arthur aurait préféré fermer les yeux, mais, à la vérité, il ne pouvait s'empêcher de braquer des yeux ronds sur la bête colossale, hypnotisé.

Le fauve avait des moustaches aussi épaisses que des aiguilles de crochet, et un long filet de bave dégoulinait de ses babines noires directement dans l'oreille d'Arthur. Il aurait aimé essuyer le fluide animal d'un revers de main, mais n'osait plus faire le moindre geste. Le glas sonnait pour Arthur : son heure était venue. Il tourna légèrement la tête pour que la bave dégoulinât dans l'herbe.

Lorsqu'il s'imaginait la façon dont il quitterait ce monde – ce à quoi il pensait bien plus souvent depuis la mort de Miriam –, il avait toujours estimé que le plus appréciable aurait été de s'endormir pour ne jamais plus se réveiller. Bien entendu, il aurait apprécié – ne serait-ce que pour son malheureux découvreur – qu'on le retrouvât très vite, avant qu'il eût commencé à exhaler l'odeur fort désagréable des cadavres en décomposition. Et puis il aurait aimé qu'on le découvrît avec un air serein sur le visage, plutôt qu'une sorte de rictus de douleur ou autre… Ce serait probablement Lucy qui trouverait son corps, alors autant lui épargner ce triste spectacle. Ah, ça aurait tout de même été bien plus simple s'il avait pu avoir une sorte de prémonition lui soufflant de quelle façon il allait mourir : au moins, il aurait pu s'y préparer convenablement ! S'il avait pu être sûr que, disons, quinze ans plus tard – le 8 mars, par exemple –, il allait s'endormir pour ne plus jamais se réveiller, eh bien, il aurait pu en avertir Terry la veille !

« Si jamais vous ne me voyez pas demain matin, lui aurait-il expliqué, n'hésitez pas à entrer chez moi sans frapper. Je serai dans mon lit, mort. Mais ne vous bilez pas, hein ! Tout est prévu, donc tout va bien ! »

Alors, c'est vrai, il avait cru comprendre que le cancer était la cause de décès la plus courante pour le troisième âge : un matin, il avait même vu un reportage qui expliquait qu'il était bon de se palper les testicules pour vérifier qu'aucune bosse suspecte n'y avait élu domicile. Pour être honnête, il s'était senti un peu décontenancé, au saut du lit, par l'apparition d'une paire de roupettes poilues sur l'écran de télévision. Quoi qu'il en soit, après une rapide exploration dans son caleçon, il lui avait semblé que le cancer de la prostate n'avait pas dû l'ajouter à sa liste de victimes.

Ce qu'il n'avait pas envisagé, en tout cas, c'était de casser sa pipe sous les canines d'un tigre. Il voyait déjà les gros titres du lendemain :

UN RETRAITÉ MÂCHOUILLÉ À MORT PAR
UN TIGRE : UN FÉMUR BAVEUX RETROUVÉ
À GRAYSTOCK MANOR.

Il n'allait tout de même pas finir comme ça !

Le tigre laissa glisser sa patte le long du bras d'Arthur. Terrifié par la sensation des griffes qui déchiquetaient son avant-bras, il ne pouvait faire le moindre geste. Ressentant une douleur violente, il baissa les yeux vers son avant-bras pour y découvrir quatre traînées écarlates : le sang coulait, et il sembla à Arthur qu'il quittait son corps et observait la scène de haut.

Un jour, dans un livre, il avait vu une peinture – d'Henri Rousseau, peut-être ? – représentant un homme au-dessus duquel se penchait un tigre. Eh bien, cet homme, c'était lui, désormais. D'ailleurs, cette pauvre victime semblait-elle terrifiée sur le tableau ? Y voyait-on du sang ? Quoi qu'il en soit, Arthur gisait là, paralysé par l'effroi, et avait perdu toute notion du temps : depuis combien de temps était-il étendu là sur le sol ? Cela se comptait-il en secondes, en minutes, en heures ? Le tigre le dévisageait sans ciller, immobile, sans faire montre de la moindre émotion. C'était comme si la bête le défiait de faire le moindre geste : « Fais ton malin, et tu vas passer un sale quart d'heure », semblait lui souffler le fauve.

Arthur posa de nouveau les yeux sur le tigre dont le regard sembla s'attarder sur sa jambe dénudée. La voix de Bernadette résonna dans sa tête : « Mais qu'est-ce qui vous a pris d'escalader cette fichue grille, vieille canaille ! »

— Elsie, non ! tonna soudain une voix colérique. Méchante fille ! Ouste !

Le tigre – tout du moins, la tigresse, comme Arthur venait de l'apprendre – se retourna vers l'homme qui venait de lui beugler son mécontentement, puis reporta son attention sur Arthur. Pendant quelques secondes, Arthur et le fauve échangèrent un regard : la bête semblait peser le pour et le contre. Elle aurait pu lui arracher la tête d'un coup d'un seul : se délecter d'un petit croûton aux cheveux blancs, voilà qui devait être un exquis amuse-gueule pour un fauve. Arthur était peut-être un brin tendineux, certes, mais il avait dans l'idée que la tigresse ne ferait pas la fine bouche.

— Elsie !

Arthur entendit un bruit sourd et mou, et vit aussitôt qu'un épais steak sanguinolent venait d'atterrir dans l'herbe près de son oreille. L'offrande devait avoir l'air bien plus appétissante que sa caboche, car, après un regard hautain – qui semblait vouloir dire : « Ça ira pour cette fois, je te laisse filer » –, la tigresse s'éloigna d'un pas nonchalant.

Arthur n'avait pas le juron facile, mais…

Oh, bordel…

Il souffla bruyamment, puis sentit un bras puissant se glisser dans son dos et l'aider à se redresser. Il tenta de participer au mieux à son propre sauvetage, mais ses bras ne parvinrent qu'à pendouiller à ses côtés.

Lord Graystock se tenait accroupi près de lui. L'homme avait enfilé une chemise bleue assortie d'un gilet – de la même couleur que son pantalon – orné de petits miroirs qui scintillaient au soleil.

— On peut savoir ce que vous fabriquez ici ?

— Oh, je voulais simplement…

— Je serais en droit d'appeler la police : vous avez pénétré sur une propriété privée. Vous auriez pu y passer, qui plus est.

— Je le sais bien, lâcha Arthur d'une voix râpeuse.

Il baissa les yeux pour observer son bras sur lequel semblait avoir éclaté une bille de paintball écarlate.

— Ce n'est qu'une égratignure, râla Graystock. (Il remonta sa jambe de pantalon pour exhiber bientôt une cicatrice s'étendant de sa cheville à son genou.) Ça, c'est une vraie blessure ! Vous avez eu de la chance. Les tigres ne sont pas des chatons que l'on caresse quand l'envie vous en prend…

— Je ne suis pas venu pour les tigres, avoua Arthur.

— Ah ? En ce cas, pour quelle raison vous ai-je retrouvé en pleine chamaillerie avec Elsie ?

Arthur ouvrit la bouche pour la refermer aussitôt. Comme cet homme avait-il pu considérer comme une chamaillerie l'épreuve effrayante que venait de vivre Arthur ? Ridicule !

— Je suis venu vous voir.

— Moi ? Ah ! Et vous ne pouviez pas sonner comme tout le monde ?

— Écoutez, je viens de très loin. Je ne pouvais pas partir sans vous avoir parlé.

— Au début, j'ai cru que vous comptiez parmi ces jeunes fripouilles qui jouent à se lancer des défis stupides. Il m'arrive à l'occasion de retrouver l'un de ces inconscients suspendu à la grille par le tee-shirt, terrifié, hurlant à l'aide. Vous avez eu bien de la chance qu'Elsie ait simplement voulu jouer avec vous. (Il était toujours accroupi.) Et puis, vous n'êtes pas un peu vieux pour jouer les acrobates ?

— Si. C'est vrai.

— Vous n'êtes pas l'un de ces activistes qui luttent pour la protection animale ?

Arthur fit « non » de la tête.

— Juste un serrurier à la retraite.

Graystock grogna, puis aida Arthur à se relever.

— Allons à l'intérieur, le temps de bander votre bras.

— Je crois que je me suis également tordu la cheville.

— Oui, eh bien, ne pensez même pas à me faire un procès pour ça : un journaliste a déjà tenté le coup après que l'un des tigres a joué avec son épaule à l'en égratigner, et il s'est retrouvé bien bête lorsqu'il a su que je n'avais pas un sou.

— Je n'ai pas en tête de vous poursuivre en justice, répondit Arthur. Tout cela, c'est entièrement ma faute. Je ne le dois qu'à ma propre bêtise.

Le manoir sentait l'humidité, la patine et la moisissure. Les murs de l'entrée en marbre blanc étaient ornés de portraits alignés des ancêtres de Graystock. Le sol carrelé blanc et noir faisait comme un immense damier. Depuis le centre du vestibule s'élevait un escalier tournant en chêne. Le manoir était délabré au point qu'Arthur peina à comprendre comment on pouvait accepter de dépenser 10 livres pour le visiter ; pourtant, c'était bien le prix inscrit sur un comptoir situé en face de la porte qu'ils venaient de franchir. Autrefois, sans doute, la grande demeure avait été majestueuse, mais, aujourd'hui, la peinture de la fresque murale – qui figurait, flanquée de longs rideaux rouges, des chérubins descendant des cieux – s'écaillait.

Graystock menait la marche, et Arthur claudiquait quelques pas derrière lui sans trop savoir quelle partie de son corps le faisait le plus souffrir.

— Cela fait des lustres que la maison appartient à ma famille. Je n'en utilise que quelques pièces, expliqua Graystock. Je n'ai pas suffisamment d'argent pour entretenir les lieux, mais je n'ai pas non plus le cœur de les quitter. Par ici !

Arthur le suivit jusque dans une pièce sombre meublée de fauteuils en cuir et dans laquelle crépitait un véritable feu de bois. Au-dessus de la cheminée de pierre avait été suspendu un tableau d'inspiration préraphaélite représentant une femme vêtue d'une longue robe blanche et flottante. Assise dans l'herbe, elle enlaçait un tigre qui fourrait le museau sous son menton. Il étudia le tableau en détail, s'imaginant un instant qu'il s'agissait de Miriam. Ce n'était pas le cas.

Tandis que Graystock lui versait un cognac, Arthur se laissa glisser dans un fauteuil vert fort confortable installé près de l'âtre.

— Non, je…, commença Arthur.

— Vous venez de voir la mort en face, mon cher. Buvez un coup : vous en avez besoin.

Arthur accepta et prit une gorgée de cognac.

Assis en tailleur près du feu, Graystock but une gorgée de liqueur à même la bouteille.

— Pourquoi êtes-vous venu rôder dans mon jardin et agacer mes petites, alors ?

— Vos petites ?

— Mes tigresses, l'ami. C'est que vous me l'avez tout excitée, mon Elsie.

— Ce n'était pas dans mon intention. Je suis venu vous poser quelques questions à propos de ma femme.

— Votre femme ? se renfrogna Graystock. Vous a-t-elle quitté ?

— Non.

— Appartenait-elle à mon harem ?

— Vous aviez vraiment un harem ?

Il se rappela Bernadette et son récit du train de vie dionysiaque de Graystock : orgies et autres réceptions décadentes.

— Est-ce si surprenant ? J'avais de l'argent et j'étais séduisant : quel homme n'en aurait pas profité ? (Il s'empara d'une petite cloche en cuivre posée dans l'âtre et la fit tinter.)

Hélas, je suis un vieillard, aujourd'hui. Je n'ai plus qu'une femme, et c'est bien assez.

Quelques minutes plus tard, une dame entra dans la pièce, vêtue d'une robe flottante bleue retenue par une petite chaîne en argent. Arthur reconnut aussitôt la femme représentée sur la toile, plus âgée aujourd'hui. Elle marcha jusqu'à Graystock, s'inclina, déposa un baiser sur sa joue, et les deux amants se regardèrent en lâchant des grognements sonores.

Arthur en resta interdit sur son fauteuil, s'imaginant comment aurait réagi Miriam s'il l'avait convoquée d'un tintement de clochette. Ou s'il avait grogné en rivant son regard dans le sien. Probablement qu'il aurait été l'heureux bénéficiaire d'une magistrale gifle de manicle.

— Je vous présente Kate. Son infortune veut qu'elle soit mon épouse depuis trente ans et vive avec moi depuis bien plus encore. Même lorsque j'ai dilapidé ma fortune en alcool et en drogue, elle est restée près de moi. Elle m'a sauvé.

Kate fit « non » de la tête.

— Ne dis pas de bêtises : je ne l'ai pas fait par bonté d'âme, mais parce que je t'aimais.

— Je corrige donc : l'amour m'a sauvé.

Kate se tourna vers Arthur.

— Ne faites pas cas de la cloche : ce n'est qu'un moyen comme un autre pour nous de communiquer dans cette grande maison. J'en ai une, moi aussi.

— Cet homme..., commença Graystock en désignant Arthur de l'index.

— Arthur.

— Voilà. Arthur est ici pour se renseigner au sujet de sa femme. Il a escaladé la grille, et j'ai dû le tirer des griffes d'Elsie. (Il fronça les sourcils, comme en quête d'un vieux souvenir.) Que voulez-vous savoir, exactement ?

— Ma femme a laissé votre adresse sur un courrier en 1963.

— Hmm… 1963 ! répéta le lord, avant de partir d'un rugissement hilare. J'ai déjà du mal à me souvenir du thé que j'ai bu la veille, alors ce qui s'est passé en 1963 !

Arthur se redressa dans son fauteuil.

— Elle s'appelait Miriam Pepper.

— Ça ne me dit rien.

— Miriam Kempster ?

— Non plus.

— J'ai apporté ceci, annonça Arthur en tirant le bracelet de sa poche.

— Ha, ha ! rit-il en se penchant pour le récupérer. Ça, oui, j'ai quelque chose à vous en dire !

Il soupesa le bijou, se leva, puis se dirigea vers un placard laqué noir et or, qu'il ouvrit. Il en sortit une coupe en verre qu'il tendit à Arthur. S'y massait un tas de charmes dorés ; une cinquantaine à vue d'œil. Que des tigres. Tous identiques.

— Je gage que l'un de vos charmes vient d'ici ! J'en ai fait fabriquer un millier dans les années 1960. Je les offrais comme gage de ma… reconnaissance.

— De votre reconnaissance ?

Graystock agita l'index.

— Je sais ce à quoi vous pensez, mon ami : que ces babioles récompensaient quelques faveurs charnelles, déclara-t-il en gloussant. Parfois, oui, c'était le cas. Toutefois, j'en offrais aussi à mes amis, mes collègues... Pas uniquement à mes maîtresses. C'était un peu mes cartes de visite.

— Il adore les tigres, commenta Kate. Moi aussi, d'ailleurs. Les nôtres sont un peu les enfants que nous n'avons jamais eus.

Lord Graystock la serra dans ses bras et déposa un baiser sur son front. Arthur posa un regard triste sur les tigres massés dans la coupe et les mélangea d'un doigt. Il avait espéré que, comme l'éléphant, le tigre du bracelet de Miriam aurait une signification cachée, singulière : mais voilà, le fauve rayé n'était qu'une tigresse parmi un millier d'autres. Il se demanda dans quelle catégorie de méritants Graystock avait rangé Miriam : avait-elle été son amie, son associée ou sa maîtresse ? Il descendit d'une traite le reste de son cognac. Kate lui prit la coupe des mains et la replaça dans le placard.

— Je suis navré, s'excusa Graystock dans un haussement d'épaules. J'ai accueilli des centaines de personnes ici au fil des ans, et je n'ai pas plus de mémoire qu'un poisson rouge. Je crains de ne rien pouvoir faire pour vous.

Arthur acquiesça. Il tenta de se relever, mais une terrible douleur lui vrilla la cheville, et il retomba sur son fauteuil.

— Ne bougez plus, mon pauvre ! lança Kate d'une voix prévenante.

— Raaah !

— Où logez-vous ?

— Pour ce soir, je ne sais pas encore. (Il se sentait totalement perdu ; perdu et las.) J'ai passé la nuit dernière dans une chambre d'hôtes. Je ne pensais ni que le trajet jusqu'ici me prendrait si longtemps ni que je serais accueilli par une tigresse.

Arthur ne tenait pas à appeler Bernadette pour qu'elle vînt le chercher : elle devait se concentrer sur Nathan. C'était important.

— Vous n'avez qu'à passer la nuit ici, l'invita Kate d'un air déterminé. Cela me permettra de panser correctement votre plaie. Il faudra que vous pensiez à demander à votre médecin une injection antitétanique à votre retour.

— J'ai eu un rappel l'année passée.

Arthur repensa à ce jour au bureau de poste où un terrier trop nerveux lui avait croqué la main, alors qu'il s'était baissé pour ramasser un rouleau de papier cadeau. Peut-être était-ce son destin de se faire attaquer par des animaux ?

— Quand bien même. Vous devriez aller voir un médecin. Où sont vos affaires, dites-moi ?

Arthur se représenta sa valise planquée dans la haie qui bordait la route de campagne, et se trouva trop gêné pour leur en parler.

— Je n'en ai pas, mentit-il. Je n'avais pas prévu de rester.

— Nous trouverons une solution.

Kate quitta la pièce, puis revint bientôt avec un petit panier rempli de bandages et de pommades. Elle s'agenouilla près de lui et tamponna son avant-bras avec une boule de coton imbibée d'antiseptique. Elle pansa ensuite la plaie et fixa le bandage à l'aide d'une épingle à nourrice. Après quoi, elle lui ôta ses chaussures, ses chaussettes et massa sa cheville pommadée d'une épaisse crème blanche.

— Pour l'instant, vous pouvez garder ce pantalon : je vous en trouverai un propre demain matin. (Elle se redressa.) Je viens de préparer un velouté de pois au jambon : je peux vous en offrir un bol ?

L'estomac d'Arthur se mit à gargouiller.

— Si cela ne vous dérange pas, oui…

Les Graystock et Arthur mangèrent le velouté près du feu, dans de grands bols posés sur leurs genoux. Ses hôtes s'étaient installés par terre sur un tas de coussins, alors qu'Arthur s'était rencogné dans un grand fauteuil en cuir vert comme s'il tentait de se soustraire à son environnement. Le velouté avait beau être délicieux – avec ses épais morceaux de jambon et ses belles tranches de pain beurrées –, Arthur regrettait de ne pas être chez lui à se régaler d'un plateau saucisse, œufs et chips devant un jeu télévisé.

C'était la première soirée qu'il passait chez des hôtes depuis la mort de Miriam. Il écouta Graystock lui parler de ses fêtes épicuriennes et de ses incroyables amis, et Kate lui expliquer avec le sourire comme son mari avait tendance à exagérer. Comme il aurait aimé que Miriam fût ici avec lui… Elle aurait eu d'amusantes anecdotes à opposer aux histoires du lord. Arthur, lui, ne savait jamais trop quoi dire en société ; l'interaction n'avait jamais été son fort.

Il eut beau protester, il fut bien incapable d'empêcher lord Graystock de remplir son verre de toutes sortes de liqueurs jaillies de bouteilles aux formes hétéroclites. Il avait bien tenté de poser sa main sur son verre, mais, chaque fois, le lord l'avait dégagée sans autre forme de procès. Pour ne pas faire affront à leur hospitalité autant que pour calmer la douleur de sa cheville foulée et de son avant-bras meurtri, il avait consenti à boire chacune de ces offrandes. « Cet excellent gin a été fait avec nos baies de genièvre », annonçait lord Graystock. « C'est Marlon Brando qui m'a offert ce cognac millésimé ! », « Nul doute que cette eau-de-vie va vous assouplir la cheville ! »

Si l'alcool brûlait les poumons d'Arthur et rendait sa gorge rêche, il atténuait aussi la déception qu'il avait eue de voir la piste du tigre déboucher sur une impasse. La vérité, c'est que sa quête du passé de Miriam s'achevait ici faute d'indice supplémentaire. Il n'aurait bientôt plus qu'à rentrer chez lui et à oublier le mystérieux bracelet. C'est le cœur lourd qu'il se voyait abandonner ses recherches, aussi accepta-t-il un nouveau verre d'alcool ambré et inconnu.

— Freine donc un peu sur la bouteille, rit Kate – dont l'alcool et la chaleur des flammes avaient rougi les joues – à l'intention de son mari. Tu vas nous enivrer ce pauvre Arthur !

— J'avoue me sentir déjà un peu dans les vapes, réagit Arthur.

— Je vais vous chercher un verre d'eau, dit-elle en se levant. C'est un heureux hasard que vous nous ayez trouvés, Arthur : nous n'accueillons plus grand monde depuis quelque temps. Nous nous satisfaisons souvent l'un de l'autre.

Lord Graystock acquiesça.

— Ma pauvre femme ne doit plus en pouvoir de voir ma trogne matin, midi et soir.

— N'importe quoi…, lança Kate avec un grand sourire. Jamais je ne m'en lasserai.

Elle revint quelques minutes plus tard avec un verre d'eau qu'elle tendit à Arthur. Il le but d'une traite, puis observa cette façon qu'avaient les Graystock de se tenir la main. Miriam et lui le faisaient aussi, certes, mais en balade surtout, rarement à la maison. Soudain, le besoin lui vint de parler un peu de son épouse à ses hôtes. Il se racla d'abord la gorge, comme pour se donner du courage.

— Miriam et moi aussi aimions profiter des plaisirs simples de la vie. Nous étions rarement séparés. Les visites de grandes maisons et de manoirs, nous appréciions beaucoup. Elle aurait adoré cet endroit.

— Je suis tellement navré de n'avoir aucun souvenir d'elle, s'excusa lord Graystock, la voix légèrement pâteuse.

— Moi aussi.

Lorsque Arthur ferma les yeux, la pièce commença à tourner. Il les rouvrit.

— Bref : ouvrons donc une autre bouteille. Du whisky, peut-être ?

Lord Graystock se leva et trébucha sur un coussin.

Kate se leva à son tour et le serra contre elle.

— Je pense que ça suffira pour ce soir. Qui plus est, notre ami aimerait peut-être aller se coucher.

— En effet, confirma Arthur. J'ai passé une soirée fort agréable, mais je tombe littéralement de sommeil.

Arthur apprécia grandement que Kate passât son bras de vieil homme sur ses épaules pour l'accompagner à l'étage. Comme l'alcool avait endormi sa douleur à la cheville, il la sentit à peine durant le trajet jusqu'à sa chambre. Sa griffure à l'avant-bras le picotait, mais il n'y avait là rien d'insoutenable. Son bandage d'un blanc immaculé avait quelque chose d'élégant et, étrangement, il se sentait presque d'humeur chantante.

Sa chambre avait été peinte en orange rayé de noir.

Forcément ! se dit-il en se laissant tomber sur le lit. *Des rayures de tigre !*

Kate lui apporta une tasse de lait chaud.

— Je vais farfouiller dans nos vieilles photos histoire de voir si je peux retrouver quelque chose concernant votre femme, mais j'avoue que tout cela est bien vieux.

— Je ne voudrais pas vous ennuyer avec mes histoires…

— Cela ne me dérange pas, vraiment. Je donnais dans la photographie avant de contracter ce métier à temps-plein qui consiste à être l'épouse de Graystock. Je n'ai pas regardé ces vieilles photos depuis un bout de temps, et cela me donne une bonne excuse pour le faire. J'aime bien me perdre dans le passé de temps à autre.

— Merci beaucoup, cela pourrait m'aider, oui.

Il sortit son portefeuille et en tira une photo en noir et blanc de Miriam qu'il avait prise durant leur lune de miel : le cliché présentait des bords abîmés et un pli diagonal barrait la chevelure de Miriam, mais il avait toujours adoré cette photo. Miriam avait, sur l'instantané, l'un de ces visages radieux qu'on ne se lasse jamais de regarder. Elle avait un nez légèrement aquilin et des yeux qui incitaient à la conversation. Ses cheveux châtains étaient coiffés en chignon rétro, et elle portait une élégante robe fourreau blanche.

— Je vais faire mon possible. Graystock est un vieux dragon : il ne jette rien, alors nous avons peut-être une chance.

Allongé sur le lit, les yeux ouverts, Arthur réfléchit quelque temps au fait que Kate et lord Graystock semblaient plus proches de leurs chers félins que lui-même l'avait jamais été de Dan et Lucy. Lui qui avait toujours considéré les chats comme de sournois émissaires de l'Antéchrist, il était peut-être simplement mal tombé avec ceux qui sabordaient son gravier… Lorsqu'il se pelotonna dans son lit, il se demanda si Miriam y avait un jour dormi et ce qui avait pu l'amener ici. Qu'avait-elle bien pu faire dans ce manoir ?

Tandis qu'il s'assoupissait, il imagina Miriam courir pieds nus dans les jardins, encerclée par une garde de tigres protecteurs.

Chapitre 8

La photographie

Au matin, on frappa à la porte d'Arthur. Réveillé, il traînassait au lit, se demandant s'il n'avait pas rêvé ces étranges dernières vingt-quatre heures : les toiles représentant des tigres accrochées aux quatre murs, le linge de lit orange, sa cheville douloureuse et son avant-bras blessé, tout ajoutait à la singularité de la situation. Il releva la couverture jusque sous son menton.

— Bonjour, lança-t-il.

Kate entra. Elle lui apportait une tasse de thé.

— Comment va mon patient ?

Arthur se tâta le bras : il avait mal, certes, mais la douleur était moins vive. Lorsqu'il fit pivoter sa cheville, il la trouva plus raide que meurtrie. Les premiers soins de Kate avaient fait leur effet.

— Pas si mal, répondit-il.

Lorsque son regard se posa malgré lui sur le réveil noir – laqué et orné d'un tigre cuivré – installé sur la table de nuit, il se rendit compte qu'il était 10 heures passées. Voilà qui le contrariait et le rendait quelque peu grincheux : sa routine était une fois de plus passée à la trappe. Comment allait-il pouvoir investir cette journée, lui qui aimait planifier heure par heure son programme du jour ? Il avait manqué le petit déjeuner, et arroser Frederica lui manquait…

Qui plus est, il venait de se rendre compte qu'il avait oublié son téléphone portable dans sa valise. Si quelqu'un l'appelait, quelque part au beau milieu de la campagne, un buisson se mettrait à jouer « God Save the Queen »… Il se redressa et grimaça : des fourmillements lui chatouillaient le menton, et l'alcool avait rendu sa bouche pâteuse.

— J'ai pu nettoyer la plupart des taches d'herbe sur votre chemise et je vous ai apporté un pantalon propre. Je n'ai pas réussi à ravoir le vôtre. Graystock ne rentre plus dans celui-ci. Descendez prendre le petit déjeuner quand vous serez prêt : n'hésitez pas à utiliser la baignoire de la salle de bains. C'est la porte à côté.

Arthur préférait les douches, mais après une demi-heure d'immersion dans l'eau chaude, il dut se rendre à l'évidence : sa cheville en avait retiré le plus grand bénéfice. Sous son bandage, qui plus est, les griffures avaient commencé à former des croûtes de bon augure.

Lorsqu'il se fut habillé, il se regarda dans le miroir en pied de la salle de bains. Jusqu'à la taille, il avait l'air d'un retraité bien mis, mais en dessous… Eh bien, si le pantalon de nabab bleu électrique de Graystock était des plus confortables – à la fois doux et ample –, il lui donnait des airs de touriste scandinave…

Kate avait disposé sur la table des tranches de pain grillé, du beurre et une carafe de jus d'orange. Ici aussi, des photos et tableaux des tigres du couple décoraient les murs. Un feu crépitait dans l'âtre, mais la pièce était si grande qu'il peinait à réchauffer les lieux. Un coup d'œil au-dehors lui suffit à voir que le soleil n'avait pas encore réchauffé le matin. Kate portait une chemise de nuit blanche cachée à ses épaules sous une couverture écossaise.

— Nous n'achetons plus beaucoup de viande, à l'exception de celle qui nous sert à nourrir les tigres. Si quelqu'un doit mourir de faim ici, Graystock préférerait que ce soit nous plutôt que ses petites, plaisanta-t-elle en riant, tandis qu'elle venait s'asseoir à côté de lui sur le banc.

— C'est tout de même fou que vous viviez avec vos… hmm… petites.

— Mon père était forain : il a voyagé avec différents cirques en Italie, en France, aux États-Unis… Partout dans le monde, en fait, et il me trimballait avec lui : déguisée en petit clown, je courais sur la piste avec un seau d'eau que je devais jeter à la figure des autres clowns. En réalité, il ne contenait que des paillettes, mais la blague faisait toujours son effet sur le public. Mon père buvait dru. La bouteille avait tendance à jouer beaucoup sur son tempérament. Il me battait… Un jour qu'il entraînait un bébé tigre bien trop jeune pour comprendre ce qu'il essayait de lui apprendre, il s'est emparé d'une cravache, prêt à le corriger. J'ai accouru pour prendre le pauvre animal dans mes bras… et mon père m'a dit que si je ne le lâchais pas, il me battrait, moi aussi ;

que je n'aurais plus qu'à disparaître de sous ses yeux pour ne jamais plus revenir.

» Arthur, ce que j'ai fait, alors... J'ai serré ce petit contre mon cœur et je me suis enfuie. Des amis m'avaient présenté Graystock, si bien que je suis venue sonner à sa porte. J'avais dix-huit ans à l'époque. Graystock, comme les fauves, avait besoin d'attention et de protection... Nous considérions un peu le tigron que j'avais sauvé comme notre premier enfant. Nous en avons eu bien d'autres par la suite.

— Et donc, vous n'avez pas eu d'enfants vous-même...

Kate fit « non » de la tête.

— Je n'ai jamais ressenti le besoin d'en avoir. J'ai eu beaucoup d'amis qui sont devenus parents, et si j'ai beaucoup aimé câliner leurs petits et les bercer jusqu'à ce qu'ils s'endorment, cela n'a jamais fait notre quotidien, à Graystock et à moi. Et je ne le regrette pas. Ces tigres constituent ma vraie famille, quand bien même nous n'avons plus que les trois adultes : Elsie – que vous avez eu le plaisir de rencontrer –, Timeous et Theresa. Enfin, quand je dis « plus que »... Suivez-moi, Arthur.

Il se leva et la suivit jusque dans un coin de la cuisine où ils se postèrent près d'une énorme cuisinière noire en fonte au pied de laquelle se trouvait un grand panier plat en osier rempli d'un fouillis de couvertures ; au milieu sommeillait un bébé tigre. Arthur en eut le souffle coupé : il était magnifique... On l'aurait pris sans mal pour une peluche abandonnée là par un enfant si son poitrail blanc ne s'était pas soulevé au rythme de sa respiration et que la commissure de ses babines n'avait pas sursauté à l'occasion, comme soulevée d'un coup sec par une ficelle invisible.

— N'est-il pas magnifique ?

Arthur acquiesça.

— Il n'est pas au mieux de sa forme depuis quelque temps, et Elsie est un peu ronchonne en ce moment, alors j'ai préféré le prendre avec nous cette nuit. J'ai pu garder un œil sur lui pendant que j'étudiais les photos, comme je vous l'avais promis.

Arthur n'avait jamais aimé les chats. Jamais. À ses yeux, ils n'étaient qu'autant de canailles dégoûtantes et capricieuses qui musardaient des heures, puis bondissaient sans prévenir pour aller saccager son gravier. Mais ce petit ange-ci, cet adorable félin, était incroyable.

— Je peux le toucher ?

Kate acquiesça.

— Discrètement : je préférerais qu'il ne se réveille pas.

Arthur tendit une main hésitante vers le poitrail du bébé tigre.

— C'est fou ce qu'il est doux…

— Il a trois mois. Il s'appelle Elijah.

Arthur s'accroupit près du petit tigre. Il comprenait à présent ce qui avait pu séduire Miriam ici.

Kate posa une main amicale sur son épaule.

— Voyons ce que nous pouvons trouver au sujet de votre femme, voulez-vous ? (Elle désigna plusieurs boîtes à chaussures disposées sur la table.) Je me suis levée tôt pour farfouiller un peu dans de vieux documents, des photos, des lettres… J'avais oublié que nous en avions tant. Mon mari est affreusement désordonné, mais, par chance, j'aime l'organisation : toutes mes photos sont datées au verso.

— Merci beaucoup… (Arthur considéra les piles de photos, se demandant par où commencer.) Lord Graystock est-il déjà levé ?

Kate fit « non » de la tête.

— C'est un lève-tard. Je ne verrai le bout de son nez qu'après le déjeuner, comme d'habitude. Et puis, vu tout ce qu'il a bu hier soir… Il n'a plus l'habitude.

— J'ai passé une excellente soirée, hier.

— Moi aussi. Après le petit déjeuner, lorsque nous aurons fini de parcourir ces photos, je vous déposerai où bon vous semble. (Elle lui tendit une pile de photos.) Celles-ci datent de 1963 : pour ne rien manquer, j'y ai ajouté celle de 62 et 64. Regardez donc s'il y a quelque chose pour vous.

Arthur prit les photos : nombre des clichés montraient des femmes en robes flottantes, chignon sixties et yeux en amande surlignés au khôl. Elles riaient, faisaient la fête, posaient. Quelque part, il craignait de découvrir que sa femme eût pu faire partie du harem de Graystock ; qu'elle n'eût été qu'un numéro, une bienfaitrice quelconque dont l'offrande au lord – quelle qu'elle ait pu être – lui avait valu de recevoir l'un de ses petits tigres.

— Pourquoi cet endroit attirait-il autant de monde ? se demanda-t-il à voix haute.

— J'étais la Kate Moss de l'époque, lui annonça Kate. Graystock, lui, aussi excentrique fût-il, était d'une beauté folle. Notre demeure était toujours ouverte aux artistes, interprètes rêveurs et autres voyageurs. Certains étaient attirés par notre prestige, d'autres avaient simplement besoin d'une retraite. D'autres, encore, aimaient les tigres. Cela a duré de nombreuses années, et puis Graystock a sombré dans la drogue. Il est devenu paranoïaque, agressif. Petit à petit, les gens ont commencé à prendre leurs distances… Je suis la seule à être restée à ses côtés. Je l'aimais, comme les tigres l'aimaient. J'ignore pourquoi, mais ce petit noyau fonctionnait ; nous allions bien tous ensemble.

Arthur faillit passer trop vite sur une photo d'un homme superbe vêtu d'un col roulé noir et d'un pantalon noir serré. Il avait les cheveux gominés en arrière et, une main sur la hanche, regardait droit vers l'objectif d'un air si confiant et insolent qu'Arthur faillit ne pas voir le petit bout de femme qui se tenait près de lui. Petit bout de femme qui n'était autre que Miriam : sa femme se tenait à côté de ce coq prétentieux qu'elle contemplait, les yeux brûlants d'admiration.

Arthur fut pris d'un haut-le-cœur en voyant son épouse au bras d'un autre homme. Il but une gorgée de jus d'orange pour noyer sa nausée. Jamais il ne se serait cru être capable d'une telle réaction de jalousie, mais le fait est que la seule pensée de cet homme et de Miriam en train de batifoler dans un lit lui donnait envie de serrer les poings et de les fracasser contre un roc. Il tourna la photo pour la montrer à Kate.

— Vous connaissez cet homme ?

Kate partit d'un petit rire amer qui ne lui ressemblait pas.

— François De Chauffant, l'homme le plus arrogant que cette Terre a jamais porté. Graystock et lui étaient amis dans les années 1960. Il a fait plusieurs séjours ici, souvent avec une conquête différente. Un soir, Graystock et lui discutaient dans le salon et, après de trop nombreux verres de liqueur, mon mari lui a raconté une histoire de famille vieille de plusieurs siècles. Un an plus tard, De Chauffant a publié un nouveau livre racontant l'histoire de Graystock. Sauf qu'il l'a intitulé *Nos confessions*… « Mes mensonges » aurait été plus juste. Il a eu l'outrecuidance d'affirmer qu'il s'agissait de l'histoire de sa famille. La vermine… Après cet épisode, Graystock et lui ne se sont plus parlé. De mon point de vue, cela n'a pas été une grosse perte.

— Il était romancier ? demanda Arthur en tirant le bracelet de sa poche.

— Qu'il affirmait ! Il n'était rien de plus qu'un plagiaire. Un Français pédant qui a fait souffrir Graystock.

La veille, l'origine du tigre de Graystock dont avait hérité Miriam avait troublé Arthur, si bien qu'il avait tenté de se convaincre qu'il comptait parmi ces cadeaux que le lord avait offerts un peu à l'aveuglette. Mais voilà qu'il l'avait mené à la découverte d'un nouveau chapitre de la vie de Miriam : une romance avec ce De Chauffant…

Arthur repensa à ses propres photos de l'époque : ses cheveux à lui n'étaient pas gominés en arrière, pas plus qu'il ne portait de pantalon moulant. Il n'avait pas le moindre vêtement noir : c'était bien trop rebelle ou tourmenté. Ce seul cliché avait suffi à faire de De Chauffant l'archétype du danger et de la contestation. Il irradiait l'impétuosité, suscitait la fascination. Comment Miriam avait-elle pu passer de cet homme à Arthur ? De Chauffant et sa femme avaient-ils été amants ? Il préféra laisser la question sans réponse.

Lorsqu'il avait rencontré Miriam, elle lui avait semblé si pure : ils n'avaient pas fait l'amour avant leur nuit de noces, et jamais il ne s'était imaginé qu'un homme avait pu le précéder dans le lit de Miriam. Aujourd'hui, il était forcé d'admettre qu'il avait fait fausse route. Il tenta de se remémorer leurs nuits ensemble : rien ne lui avait jamais donné l'impression qu'elle avait de l'expérience, qu'elle avait entretenu une romance passionnée avec un écrivain français… Arthur avait l'impression qu'un colosse lui nouait les entrailles.

D'où lui venait cette soudaine émotion ? Jamais il n'avait ressenti le besoin de se montrer jaloux : sa femme n'avait jamais flirté qu'avec lui et, lorsque d'aventure un homme – puisqu'ils sont ainsi faits – l'avait regardée d'un œil intéressé, il en avait conçu une certaine fierté.

Kate posa une main sur son épaule.

— C'est Miriam. J'en suis certain, déclara Arthur.

— Elle est très belle. Je ne me souviens plus d'elle, en revanche.

Ils posèrent ensemble les yeux sur le bracelet, et Kate effleura le charme en forme de livre.

— Un livre… De Chauffant était écrivain. Peut-être que…

Arthur avait pensé à la même chose. Il prit le livre entre le pouce et l'index.

— Vous avez essayé de l'ouvrir ? lui demanda Kate.

Arthur fronça les sourcils.

— L'ouvrir ?

— Il y a un minuscule fermoir sur le côté.

Arthur tenta d'étudier le charme avec plus de précision, mais il se faisait de plus en plus flou : quel dommage qu'il n'ait pas apporté sa loupe d'horloger. Il n'avait jamais remarqué ce petit fermoir. Kate se pencha, farfouilla dans un placard de la cuisine et en sortit une grande loupe.

— Cela pourrait vous aider.

Ils regardèrent tous deux à travers la lentille, et Kate ouvrit le petit livre : ne s'y trouvait qu'une unique page – en or, non en papier –, minuscule, sur laquelle était écrit : « Ma chérie[1] ».

— Ma chérie…, lut Kate.

Arthur l'avait bien lu, lui aussi. Il contempla une fois de plus cet instantané de sa femme qui dévorait des yeux un autre que lui.

— Gardez donc la photo, lui offrit Kate d'une voix assurée. Graystock ne supporterait pas de savoir que nous avons un cliché de cette vermine à la maison.

Arthur acquiesça.

1. En français dans le texte.

— Auriez-vous une enveloppe ?

Arthur avait besoin d'autant d'obstacles possibles entre cette photo et son cœur. Il la préférait distante.

— Allez-vous tenter de le retrouver ?

Arthur déglutit. Il pourrait se contenter de rentrer chez lui et de s'installer devant la télé, une jambe sur un pouf pour soulager sa cheville ; de se reposer un peu en badigeonnant son bras de pommade antiseptique. Chaque jour, Bernadette lui apporterait tourtes et autres gâteries, garderait un œil sur lui. De l'autre côté de la route, Terry tondrait sa pelouse, et les petits rouquins cavaleraient pieds nus devant sa porte. La vie reprendrait son cours. Il pourrait même retourner voir les Troglodytes et fabriquer quelque chose pour la maison… Pourquoi pas une sous-tasse en bois ?

Sauf que cette normalité-là appartenait au passé : ses recherches avaient éveillé quelque chose en lui. Cette quête n'avait plus pour seul objectif d'en apprendre davantage sur Miriam : Arthur avait également quelque chose à apprendre sur lui.

Il ressentait désormais des émotions qui lui étaient inconnues : il avait rencontré des gens et des bêtes qui avaient suscité chez lui un intérêt aussi nouveau qu'intense. Non, il ne pourrait plus se laisser pourrir dans son fauteuil à pleurer sa femme en attendant un coup de téléphone de ses enfants, avec pour seules occupations l'arrosage d'une fougère et le programme télé.

Voilà pourquoi, même s'il ne ressentait pour ce prétentieux De Chauffant que de la jalousie et qu'il était nerveux à l'idée de le rencontrer bientôt, il se sentait plus que jamais en vie. Il avait besoin de cette décharge émotionnelle ; de quelque chose qui l'animât, lui qui s'était enfermé dans cette prison aux allures de routine confortable. Dans cette demeure où s'entassaient les souvenirs tenaces de l'existence de Miriam, il avait besoin de nouveauté. Aussi rentrerait-il s'assurer de la bonne santé de Frederica, de sa bonne hydratation, puis réunirait quelques affaires et poursuivrait son périple.

— Oui, répondit-il. Je vais essayer de le retrouver.

Dans la voiture, Arthur ne sentait pas l'envie de discuter. Kate lui confia qu'elle ignorait si De Chauffant était encore en vie et que, quoi qu'il en fût, elle s'en contrefichait. Elle ne cilla pas lorsque Arthur lui demanda de le déposer près du fameux buisson de la petite route de campagne.

— Je peux vous déposer à la gare, si vous le souhaitez.

Arthur fit « non » de la tête.

— C'est parfait comme ça, la rassura-t-il, même s'il n'avait pas la moindre idée de la façon dont il allait se rendre la gare. Il ne pourrait pas claudiquer bien loin, et son bras le lançait sacrément. Pour autant, il trouverait un moyen de rentrer chez lui ; il n'en doutait pas.

Il sortit du véhicule et, une fois sur le bord de la route, remercia Kate d'une poignée de main, lui promettant une fois de plus qu'il ne poursuivrait pas les Graystock en justice. Il y eut un instant de flottement, alors qu'Arthur se demandait s'il devait lui faire la bise ou se contenter de lui avouer ce qu'il avait sur le cœur. Au final, il opta pour un « Bon, eh bien… Ciao ! » assorti d'un geste de la main.

Lorsque Arthur s'efforçait de marcher en canard – voire en manchot – plutôt que d'autoriser à sa cheville son mouvement naturel, il progressait avec plus d'aisance. Il retrouva sa trace, celle qui menait au trou dans la haie. La brise, absente la veille, s'infiltrait dans son pantalon bleu, flattant de manière aérienne et troublante ses parties intimes. Il extirpa sa valise de la végétation, et découvrit un grand trou dans l'un des coins : le nylon déchiré s'effilochait. Qui diable pouvait vandaliser ainsi la valise d'un vieil homme ? Arthur jeta un coup d'œil dans le champ derrière la haie et y aperçut sa trousse de toilette abandonnée à la rosée matinale, son tube de dentifrice écrabouillé dans la boue. Au loin l'observait un troupeau de chèvres dont l'une semblait mâchouiller un bout de tissu moutarde…

Mon pull-over, bon sang !

Au même instant, Arthur entendit « God Save the Queen » s'élever de sa valise et plongea aussitôt une main dans le trou pour en tirer son téléphone : il avait douze appels en absence, tous de Bernadette, à l'exception d'un coup de fil de Lucy. En d'autres circonstances, il aurait fait mine de ne pas avoir entendu l'appel de Bernadette, mais cette fois, le cœur battant, il appuya sur le bouton vert.

— Bonjour ! Arthur Pepper, j'écoute !

— Arthur ! Dieu merci, je vous trouve enfin ! Où êtes-vous ? Vous ne répondiez pas à mes appels !

Arthur trouva son inquiétude touchante ; c'était agréable de savoir que l'on se souciait de lui ainsi.

— Je vais bien : j'avais simplement égaré ma valise, et mon téléphone était à l'intérieur. Je viens de la récupérer.

Bernadette lui expliqua que Nathan et elle avaient passé une nuit de plus dans la maison d'hôtes, et que, comme ils s'apprêtaient à rentrer, ils pouvaient le raccompagner chez lui si cela lui convenait. Arthur ne se souvenait pas d'avoir souhaité quelque chose à ce point depuis longtemps.

— Ce serait bien aimable, oui. Je suis sur la route de campagne qui mène au Graystock Manor. Guettez un pantalon bleu électrique…

Chapitre 9

Lucy et Dan

Lors de son repas à l'école, Lucy découvrit en consultant sa boîte vocale que son père lui avait laissé un message chaotique à propos d'une visite du Graystock Manor. La veille, elle avait manqué son appel, noyée par les interminables récits de ses deux amies, Clara et Annie, au sujet de leurs enfants. Le message coupait sans cesse, donnait à son père une voix de robot en plein bug. En fond sonore, le rock se mêlait aux bruits de la circulation, et la voix d'une femme demandait si quelqu'un voulait l'accompagner pour sa pause sandwich… Lucy se boucha une oreille d'un doigt et fronça les sourcils, essayant de mieux entendre les mots de son père. Il semblait lui dire qu'il avait été attaqué par un tigre, mais ce n'était pas si clair que cela… Elle secoua la tête et tenta de le rappeler, mais une voix masculine lui annonça d'un ton hautain que la ligne était indisponible.

Attaqué par un tigre ? Lucy imagina son père gisant au sol, mort, pendant qu'un fauve lui boulottait la jambe. Avait-elle bien entendu ? Était-il blessé ?

Depuis leur dernière conversation au téléphone – celle durant laquelle il lui avait dit être parti avec Bernadette –, elle n'avait cessé de s'inquiéter pour lui. Cela lui ressemblait si peu de s'éclipser comme cela... Et voilà qu'il lui parlait de tigres dans ses messages ! Peut-être faudrait-il que, à terme, elle abandonnât son poste d'institutrice pour s'occuper davantage de lui... qu'elle réinvestît son ancienne chambre à coucher pour veiller sur lui à plein-temps.

Elle le ferait sans hésiter : elle aimait son père. La contrepartie, fâcheuse, c'était que plus elle s'investirait auprès de lui, moins elle aurait de chance de pouvoir fonder un jour sa propre famille... De toute évidence, les femmes qui vivaient sous le même toit que leur vieux père avaient moins de succès sur Match.com.

Pendant sa pause déjeuner, Lucy s'était installée dans sa salle de classe où elle corrigeait des devoirs. Les élèves de CE2 étudiaient les Tudors, et elle leur avait demandé de dessiner une scène de l'époque : elle était restée littéralement interdite lorsqu'elle avait découvert que plus de la moitié des dessins représentaient des exécutions et des têtes coupées. Peut-être aurait-elle dû leur préciser qu'elle attendait des illustrations de personnes encore en vie...

« Je suis si fière de toi », lui avait dit sa mère lorsqu'elle avait obtenu son diplôme d'enseignante. Elles étaient sorties déjeuner ensemble – forçant légèrement sur la bouteille –, avant d'aller sentir d'innombrables parfums chez *Marks & Spencer*. « Je suis sûre que tu vas veiller sur ces enfants comme s'il s'agissait des tiens. »

Lucy aimait toujours autant son travail, mais elle n'en avait pas moins l'impression de passer son temps à s'occuper des autres. Alors qu'elle passait déjà des heures à prendre soin des enfants – à les accompagner aux toilettes, couper leurs saucisses à la cantine, nettoyer des taches de peinture sur des jupes, traquer des chaussons perdus –, il allait falloir désormais qu'elle veillât sur son père.

Un jour de déprime, elle s'était imaginé que, de ses deux parents, c'était son père qui partirait le premier. Elle était convaincue que sa mère lui survivrait : là où elle était autonome et perceptive, son père portait toujours sur le visage un air décontenancé, surpris par le moindre petit événement du quotidien. Comment aurait-elle pu imaginer qu'un jour il agirait de façon si inattendue ?

— Tu veilles sur papa et maman, OK ? lui avait demandé Dan en lui déposant un baiser sur la joue, juste avant d'embarquer pour sa nouvelle vie en Australie.

Cela avait semblé facile à son frère d'articuler ces sept mots, puis de disparaître fonder son heureuse petite famille aux antipodes.

Dan et leur père entretenaient une relation assez tendue, ce dernier considérant que son fils aurait dû rester à York, au prétexte que c'était là que les Pepper avaient leurs racines ; qu'il n'aurait pas dû abandonner leur mère et priver ses enfants de connaître leurs grands-parents. Lucy appelait Dan chaque année pour lui rappeler les anniversaires de leurs parents. Lorsqu'il n'appelait pas leur père, Lucy s'excusait pour lui… Parfois, elle se sentait comme une araignée qui, au milieu de la toile familiale, luttait pour en maintenir ensemble les fils de soie.

Lorsqu'ils étaient plus jeunes, Dan traînait avec un groupe de garçons du lotissement. Ils passaient leur temps à fumer et traînasser au coin des rues, près des boutiques du quartier ou au parc : qu'importe, tant qu'ils pouvaient s'en griller une en douce et chahuter les filles qui avaient le malheur de passer par là. Quand elle avait onze ans, Lucy avait surpris Dan en haut de la cage à poules : une cigarette pendouillant aux lèvres, il s'affairait à graffer au marqueur noir le métal rouge. Il n'avait pas vu sa sœur et son amie Eliza passer tout près, tandis qu'il écrivait « COUILLES » en lettres stylisées de trente centimètres de haut.

— C'est ton frère Dan, non ? lui avait demandé Eliza, une petite brune aux longues nattes qui se balançaient comme deux pendules.

— Je crois...

Lucy avait tenté de faire comme si elle n'en était pas affectée, se contentant d'un bref coup d'œil dans sa direction.

— Il va avoir des problèmes s'il continue à faire des trucs pareils...

Lucy éprouvait un cocktail étrange d'admiration et de colère envers son frère. Il était plus âgé – en seconde –, traînait et flambait avec ses copains ; en définitive, tout cela le rendait audacieux. Il avait sa vie, secrète, loin de leurs parents, un privilège dont elle était privée : elle devait toujours les informer d'où elle se rendait, avec qui elle était et quand elle serait rentrée. Dan, lui, pouvait se contenter de marmonner un vague « Je sors… » et de claquer la porte sans avoir à souffrir d'interrogatoire.

— Il paraît que Dan a fait deux, trois bêtises dans l'aire de jeux, tu en as entendu parler ? lui avait un jour demandé son père.

— Non, avait menti Lucy.

Son frère, charismatique, avait cette faculté magistrale de feindre l'ignorance qui, s'il n'avait pas fini mécanicien garagiste, lui aurait sans nul doute valu l'oscar du meilleur interprète. Alors, quel intérêt de se risquer à moucharder ?

— Je sais pas, désolée.

Après quoi, elle avait réprimandé Dan qui s'était contenté de lui rire au nez en la traitant de gamine coincée.

Lucy jalousait l'assurance et la nonchalance prétentieuse de ce frère qui avait quitté l'école pour monter sa petite entreprise : il avait démarché les banques, assuré ses locaux et acheté des pièces détachées de voiture sur ses propres deniers, tout cela sans la moindre hésitation. Il donnait l'impression de pouvoir se fixer un objectif et ne jamais le perdre de vue jusqu'à sa concrétisation, sans la moindre émotion ni la moindre hésitation.

Lucy aurait tant aimé pouvoir aborder ainsi sa vie et ses doutes, recevoir un message de son père lui expliquant qu'il s'était fait attaquer par un tigre et se contenter de se dire : « Oh, ça va, il n'est pas mort, hein… Ça arrive ! » C'est ainsi que Dan aurait réagi face à un tel événement.

Parfois, Lucy cédait à la pression : trop fatiguée pour sortir après une journée passée à l'école et n'ayant pas le courage d'appeler son père pour l'entendre se lamenter de combien sa femme lui manquait, elle débouchait une bouteille de rouge qu'elle buvait au goulot devant une série policière américaine. D'ailleurs, elle s'était quelque peu entichée de l'un des inspecteurs rouquins dont elle aimait la nonchalance face aux sales coups que lui réservait le destin. Il abordait la vie de la même façon que Dan, au final : un cadavre dans son cadavre ? Aucun problème ! Un groupe d'immigrants morts dans une camionnette incendiée ? Il trouverait sans se morfondre qui avait fait le coup…

Debout devant sa fenêtre, elle observait les enfants qui s'amusaient dans l'aire de jeux. Tapotant son téléphone portable sur son menton, elle pensait à son frère.

Dan doit être en pleine séance de bronzette…, songea-t-elle.

Quel plaisir ce devait être de vivre en bord de mer avec les vagues qui venaient s'échouer à quelques mètres de son jardin… Elle n'était pas encore allée en Australie, mais elle avait vu toutes les photos que Dan avait postées sur Facebook en prenant grand soin de les liker sans exception. Elle n'avait aucune idée de l'heure qu'il pouvait être à l'autre bout du monde, tandis qu'elle se mit à faire défiler ses contacts pour retrouver le numéro de son frère. Ce qu'elle savait, en revanche, c'est qu'elle devait lui parler : elle avait besoin d'avoir son avis sur ce qui arrivait à leur père. Pragmatique comme il était, il aurait une réponse salvatrice, comme toujours.

Un enfant à l'accent australien décrocha le téléphone, et Lucy, prise de court, se creusa les méninges : quel âge avaient Marina et Kyle, déjà ? Ils étaient assez grands pour décrocher le téléphone, en tout cas. Dans sa tête, c'étaient encore des nourrissons…

— Oh, bonjour ! Kyle, c'est bien ça ?

— Oui.

— Est-ce que je pourrais parler à Dan, s'il te plaît ? À papa.

— C'est qui ?

— Tante Lucy. D'Angleterre. Tu ne te souviens peut-être plus de moi…

Sa voix se fit traînante lorsqu'elle se rendit compte que Kyle était déjà parti.

Elle entendit la voix de Dan, avant qu'il décroche.

— Qui est-ce, mon bonhomme ?

— Une dame. Je sais pas qui c'est.

Le téléphone cliqueta à l'oreille de Lucy.

— Les Garages Pepper, bonjour.

— Salut, Dan, c'est moi.

— Lucy ?

— Oui.

— Oh, quel plaisir de t'entendre ! Ça fait un bail !

Elle se retint de lui rétorquer que c'était en grande partie parce qu'il n'appelait jamais.

— Quelques mois, oui.

— Autant que ça ? Ça file, dis donc… (Elle entendit soudain la voix de son frère se teinter d'inquiétude, ce qui ne manqua pas de la rassurer.) Tout va bien, rassure-moi ?

— Ça peut aller. Je me suis juste dit que j'allais te passer un petit coup de fil… Ça fait un an depuis la mort de maman, alors…

— Oui, je me doutais bien que la date approchait… J'ai décidé de me réfugier dans le travail pour ne pas trop y penser.

— C'était la semaine dernière, Dan…

— Oh… OK… Je savais bien que c'était la période… Mon plan a fonctionné, du coup !

Le trait d'humour ne suscita chez Lucy rien d'autre qu'un accès de colère. Parfois, il donnait l'impression à Lucy qu'elle avait toujours onze ans.

— Je m'inquiète pour papa, dit-elle d'une voix plus ferme qu'elle ne l'aurait voulu. Il réagit étrangement ces derniers temps.

— Ah oui ? Qu'est-ce qu'il nous a fait ?

— Eh bien, tu sais qu'il ne quitte jamais la maison, sauf pour descendre en ville… C'est devenu un véritable ermite… Il porte toujours les mêmes vêtements, et il est totalement obsédé par la fougère qu'avait maman. Et là, sans prévenir, il est parti en voyage avec sa voisine, Bernadette. Je suis passé à la maison, et il n'était nulle part ; c'est là que j'ai appris qu'il était parti pour Bath.

— Je ne vois pas tellement ce qu'il y a d'inquiétant : il a dû oublier de te prévenir, rien de plus.

— Je ne sais pas. J'ai eu l'impression qu'il me cachait quelque chose.

— Bon, c'est vrai que ça ne lui ressemble pas, mais si ça a pu le faire sortir de la maison, c'est plutôt bien, non ?

— Honnêtement, je ne sais pas : pendant son absence, il m'a dit qu'il était parti dans un manoir pour y rencontrer un lord. Ce n'était pas clair, mais je crois qu'il m'a dit s'être fait… attaquer par un tigre.

Dan éclata de rire.

— Par un quoi ?

— Un tigre.

— Parce qu'il y a des tigres au Royaume-Uni ? Autre part qu'au zoo, j'entends.

— Je crois que le lord, Graystock, en garde dans son jardin.

Comme Dan restait silencieux, Lucy se demanda s'il n'était pas en train de se dire que c'était elle qui avait perdu la tête.

— Sincèrement, c'est un peu abracadabrant…

— C'est vrai, je t'assure.

— Quoi qu'il en soit, c'est une super nouvelle, non ? Toi qui n'aimes pas le savoir cloîtré à la maison à se morfondre du matin au soir ! Ça prouve qu'il reprend peu à peu goût à la vie.

Lucy poussa un soupir.

— C'est peut-être un peu tôt, je ne sais pas : cela ne fait que douze mois que maman est morte.

— Douze mois, ce n'est pas rien, Lucy. Si ça l'aide à ne plus être triste, écoute…

— Je sais, mais…

— Et tu penses qu'il est en train de se mettre en couple avec cette Bernadette, alors ?

— Non. Enfin, je n'y avais pas vraiment réfléchi, pour tout dire.

— Bon, après, je doute que ça dépasse le cadre des balades au parc main dans la main, hein. Faut pas non plus s'attendre à des galipettes enflammées dans la chambre à coucher !

— Dan !

— Non, mais c'est vrai ! Le plus croustillant à leur niveau, ce sera quoi ? Un sandwich au concombre et une glace avec un peu de meringue ? Papa a toujours été du genre pépère discret ; je le vois mal changer maintenant.

Lucy cilla : son père et Bernadette. Était-ce pour cela que son père se comportait de façon si singulière ?

— J'ai du mal à me dire qu'il est prêt pour ce genre de relation… Sans compter qu'il faut qu'il s'occupe de la maison…

— Du calme, Lucy… Il part en balade et tu le vois déjà se marier et délaisser la baraque. Tu t'inquiètes trop : laisse-le vivre sa vie et concentre-toi sur la tienne.

— Je le laisse vivre sa vie, Dan.

— Lucy, il vit seul. C'est super qu'il ait autre chose à faire de ses journées que regarder *Countdown* ou je ne sais quelle autre série policière en buvant des tasses de thé. *Countdown*, ça passe toujours chez vous, hein ?

Lucy se gratta le cou, nerveuse, puis s'assit à son bureau.

— Oui. Bref : tu penses que tu pourras venir bientôt ? Ça va faire un an et demi, Dan. Je pensais que tu reviendrais au moins pour les funérailles… Et puis, j'aurais besoin d'un peu d'aide avec papa.

— Tu sais bien que je ne pouvais pas venir pour les funérailles, répliqua Dan aussitôt. Kelly était en pleins examens médicaux, Kyle venait de se casser le bras et Marina avait la rougeole. Ça n'aurait pas pu tomber à un pire moment. Et puis je te rappelle que toi non plus, tu n'y es pas allée…

— Eh, je ne te reprochais rien…

— J'entends bien, mais je voulais juste te rappeler que tu n'y étais pas non plus.

— Je sais…

— Bon…

— Eh bien…

Voilà qu'ils étaient tous deux redevenus ces gosses passant leur temps à se chamailler.

— C'est juste que je m'inquiète beaucoup pour papa. Toi, tu vis à l'autre bout du monde, alors tu n'as pas à te soucier des petites choses du quotidien : t'assurer qu'il a mangé, essayer de lui remonter le moral quand il broie du noir… (Incapable de se retenir, elle se fit plus acerbe.) Tu me diras, tout a toujours été simple pour toi. Déjà, quand on était gosses…

— Eh, c'était quoi, ça ?

— Désolée, mais…

— Écoute, Lucy : papa et toi, vous ne cesserez jamais d'être ma famille, d'être dans mon cœur, mais j'ai une femme et des enfants dont je dois m'occuper en Australie.

Ils passent avant tout le reste. Peut-être que toi aussi, tu devrais te poser. Un jour viendra où papa ne sera plus là : tu deviendras quoi, si tu es seule ?

Lucy eut la soudaine impression qu'un bonbon acidulé venait de se coincer dans sa gorge : elle désirait plus que tout avoir un enfant. Dan ignorait qu'elle avait fait une fausse couche.

— Tu es encore là ?

Elle tenta de déglutir.

— Oui, oui…

— Je suis désolé, je n'aurais pas dû m'emporter…

— Ça va aller.

— Tu es sûre ?

— Pas vraiment, non…, soupira-t-elle.

— Je ne vois pas ce que je peux faire de plus, Lucy. Maman est morte, et je suis effondré, moi aussi. Pour papa, par contre, je pense que tu t'inquiètes pour rien. S'il t'a laissé un message, c'est que tout va bien. Et puis, je ne vois rien d'anormal à ce qu'il ait filé avec cette voisine, Bernadette. Quand il aura vraiment besoin d'aide, tu n'as aucun souci à te faire : tu m'appelles, et je serai là. Promis.

— Justement, je pense qu'il commence à avoir vraiment besoin d'aide.

— Ça m'a l'air d'aller, Lucy.

— Comment tu pourrais le savoir ? Tu n'es pas ici.

— N'essaie pas de me faire culpabiliser : je suis parti parce qu'une chouette vie m'attendait en Australie, pas parce que je voulais fuir qui que ce soit. OK ?

Comme elle ne se sentait pas la force de poursuivre la conversation sans s'emporter, Lucy raccrocha. Son téléphone vibra aussitôt – Dan essayait de la rappeler –, mais elle rejeta son appel. Dan essaya encore une fois, sans plus de succès.

Elle avait besoin de temps pour réfléchir à tout ça. La tête dans les mains, elle n'entendit pas la sonnerie retentir, et resta dans cette position jusqu'à ce qu'elle sentît une petite main se poser sur son épaule.

— On peut entrer dans la classe, maîtresse ?

Chapitre 10

Téléphonie mobile

Lorsque Arthur, Bernadette et Nathan arrivèrent devant la maison de Bernadette, cette dernière insista pour qu'Arthur entrât prendre un café. Tout ce qu'il voulait, c'était se réfugier chez lui, appeler son médecin et prendre rendez-vous pour une injection antitétanique. Il brûlait de regagner le sanctuaire paisible qu'était sa demeure, fuir l'étrangeté folle des derniers jours ; il n'aspirait qu'à retrouver ses murs beiges, le pot-pourri dans l'entrée… et à arroser Frederica. Il voulait rappeler Lucy, aussi, pour lui raconter ses aventures par le menu détail : les messages sur répondeur, ce n'était pas son fort.

Tandis que, d'une voix perchée, Bernadette entonnait une chanson qu'Arthur ne reconnaissait pas, il se glissa dans le canapé du salon. D'une main, il appuya sur son avant-bras : sa peau était aussi sensible qu'après une brûlure… Mais, comme il repensait aussitôt à Elijah, l'adorable bébé tigre recroquevillé dans sa panière près de la cuisinière, il se prit à sourire : il devait avoir l'air bien excentrique avec sa valise trouée et son pantalon bleu !

C'était la première fois qu'il entrait chez Bernadette : partout où il était possible de caser une touche de couleur, elle ne s'était pas privée de le faire. Les murs étaient jaune jonquille, les plinthes et les portes vert chlorophylle, les rideaux en velours élégant ornés de grandes fleurs rouges et violettes. Partout où cela était possible trônaient des bibelots : fillettes en céramique portant de petits chiens, vases en verre coloré garnis de fleurs synthétiques, souvenirs de vacances… L'endroit était fort accueillant ; vivant, aussi, contrairement à l'antre d'une propreté quasi médicale qu'il habitait. Miriam aussi avait des tendances maniaques : dès qu'un journal traînait ou qu'un objet ne se trouvait pas au bon endroit, une petite tornade s'empressait de le remettre à sa juste place.

— Souffle un peu sur le canapé, mon amour, lui disait souvent Arthur lorsqu'il rentrait du travail et la trouvait qui repassait, rangeait ou astiquait.

— La maison ne va pas se pomponner toute seule, répliquait-elle chaque fois. Demeure ordonnée : esprit apaisé !

Aussi, Arthur s'installait dans le canapé, tandis que sa femme s'activait tout autour. Après sa mort, il avait repris le flambeau, histoire de s'occuper de la maison comme elle l'aurait fait elle-même.

Nathan entra dans la pièce.

— Yo, MC Hammer ! lança-t-il à Arthur en désignant du menton son pantalon bleu. Y. O. R. K., représente !

Il se jeta sur un fauteuil et laissa pendre ses bras derrière le dossier, ses jambes pareilles à deux bâtons de réglisse. Il reniflait toutes les dix secondes, s'essuyant le nez à l'occasion d'un revers de main.

Arthur se tortura l'esprit pour trouver quoi lui dire : il n'avait pas la moindre idée de qui pouvait être MC Hammer, si seulement il s'agissait de quelqu'un. Se souvenant qu'il avait promis à Bernadette d'avoir une conversation avec son fils, il se lança.

— Alors, cette recherche d'université ?

Nathan haussa les épaules.

— Peinard.

— Tu as trouvé un endroit qui t'a plu ?

Une fois de plus, les épaules du jeune homme parlèrent pour lui.

Arthur jeta un coup d'œil aux photographies encadrées sur la cheminée. L'une honorait la « Meilleure Maman du monde », une autre montrait Nathan, Bernadette et Carl – plus jeunes – tout sourires, brandissant un énorme poisson devant l'objectif. Un troisième cliché, de Carl seul, attira plus particulièrement son attention : l'homme se faisait bronzer, un verre de vin rouge à la main.

— Quel était le métier de ton père ?

Nathan se tortilla sur son fauteuil.

— Dépanneur. Y réparait des ascenseurs, j'crois… Un truc comme ça, avec l'électricité et tout…

— C'est ce que tu aimerais étudier à l'université ?

— Pas vraiment.

— Qu'est-ce qui te plairait ?

— Je cherche un cours de littérature. Ma mère pense que ce serait pas mal pour moi.

— Et toi, qu'en penses-tu ?

— Pas grand-chose.

Comme Arthur bataillait pour amorcer une conversation qui convînt à Nathan, il se lança dans une tirade qui, si elle n'était peut-être pas passionnante, avait le mérite d'être moins risquée. Il se retrouva donc à raconter à Nathan que de son temps, il était tout naturel de marcher sur les traces de son père : le sien exerçant le métier de serrurier, sa route à lui avait été toute tracée.

— On ne parlait pas vraiment de carrières à l'époque ; plutôt de travail ou d'affaires. J'ai été en apprentissage pendant deux ans : cela consistait, peu ou prou, à suivre un serrurier comme son ombre. Je restais debout à côté de lui à regarder tout ce qu'il faisait pour être payé au lance-pierre. C'était un chic type, ce Stanley Shearing. Il prenait toujours le temps de m'expliquer ce qu'il faisait, de m'apprendre le métier. Je doute que nos jeunes bénéficient vraiment d'un tel suivi, aujourd'hui ; de la proximité d'une personne qui s'intéresse vraiment à ce qu'ils font. J'ai l'impression qu'on vous pousse du nid vers l'université en vous avertissant que, maintenant que vous êtes libres, vous allez devoir vous tracer votre propre chemin de vie. On se mariait bien plus jeunes, aussi, à l'époque. Par chance, comme on travaillait également plus jeune, j'avais déjà mon affaire quand je me suis marié ; je gagnais un salaire confortable. Nous n'aurions jamais pu survivre avec mon maigre revenu d'apprenti ou une bourse d'études.

Tout au long de sa tirade, Nathan avait gardé les yeux rivés sur son téléphone, martelant l'écran de ses pouces.

Bernadette arriva bientôt avec trois tasses de café.

— Alors, messieurs, ça papote ? Je vais me faire discrète dans ce cas.

Comme elle quittait la pièce, Arthur la dévisagea d'un regard alarmé. Que diable pouvait-il avoir en commun avec ce jeune homme ? De toute évidence, Nathan ne voulait pas plus échanger à propos de l'université qu'au sujet du travail. Finalement, il se jeta à l'eau sans trop y réfléchir.

— C'est qui, au juste, ce MC Hammer ?

Nathan leva les yeux vers lui.

— Un rappeur américain des années 1980. Y portait des baggys genre « j'ai fait dans mon froc », comme celui que vous portez. Il est prêtre maintenant. Enfin, un truc religieux, quoi...

Il tapota de nouveau l'écran de son téléphone, puis le brandit devant Arthur : s'y affichait la photo d'un Afro-Américain à lunettes vêtu d'un pantalon argenté d'une largeur irréelle.

— Ah ! Tu aimes la musique, dis-moi ?

Nathan acquiesça.

— Le rock, surtout. Mais j'aime aussi des trucs de dinosaure, genre les Beatles.

— Il me semble que j'ai un vieil album des Beatles quelque part, figure-toi. Je te le laisserai, si tu veux. C'est un vinyle, par contre. Sans platine, tu ne pourras pas l'écouter.

— Je crois que maman en a une au grenier. C'est quel album ?

— *Rubber Soul*, je crois.

Nathan acquiesça.

— Ah, je l'ai en mp3. Ce serait cool de l'écouter en vinyle. Je pensais pas que vous aimeriez les Beatles.

— C'était surtout Miriam qui appréciait. Elle était fan de John Lennon. J'ai toujours préféré Paul McCartney, personnellement.

— Ouais, c'était des boss. Mais pour moi, c'était George Harrison le plus cool. De loin.

Arthur s'approcha de quelques centimètres sur le canapé.

— Tu peux trouver ce que tu veux sur ton téléphone ? C'est un peu comme une bibliothèque, c'est ça ?

— Un peu.

— Tu pourrais chercher quelque chose pour moi ?

— OK.

— Je cherche des informations sur un romancier français. François De Chauffant. J'aimerais savoir où il vit.

Nathan tapota une fois de plus sur son téléphone.

— Facile...

Lorsque Nathan tendit son mobile à Arthur, ce dernier y découvrit la petite photo carrée d'une maisonnette somptueuse à la façade décorée de stuc blanc. Juste en dessous apparaissait une adresse à Londres.

— Cette adresse est correcte ?

Nathan pianota de plus belle.

— C'est la seule que je trouve, en tout cas. Il est peut-être retourné en France cela dit. En fait, il est belge à l'origine : sa famille s'est installée à Nice quand il était enfant.

— Tout ça, tu l'as trouvé sur ton téléphone ?

— J'savais déjà deux ou trois trucs : on a étudié De Chauffant en cours. C'est l'un des romanciers les plus influents des années 1960. Son bouquin *Nos confessions*, c'est un classique. Vous voyez ce que c'est ?

— Je vois, oui...

Arthur repensa à ce que lui avait raconté Kate – de ce que De Chauffant avait volé le récit à Graystock –, et se demanda comment on pouvait décemment faire une chose pareille.

Nathan posa de nouveau le regard sur l'écran de son téléphone.

— Vous avez votre téléphone sur vous ? Je peux vous envoyer le lien par Bluetooth.

— Oh, je vais le noter quelque part, répliqua Arthur. (Il sortit un crayon et un bout de papier de sa valise.) Tu pourrais me le lire, s'il te plaît ? Je n'y vois plus bien net.

Nathan leva les yeux au ciel, mais lui dicta néanmoins le lien d'une voix désincarnée.

— Vous vous êtes vraiment fait attaquer par un tigre ? lui demanda-t-il, tandis qu'Arthur rangeait le morceau de papier dans sa poche arrière.

Arthur acquiesça, défit le bouton à son poignet, puis remonta sa manche : le bandage qu'avait fixé Kate tenait encore, mais du sang coagulé l'avait traversé et faisait sur le tissu de longues stries couleur de rouille. Nathan écarquilla les yeux avant de se rappeler qu'il n'y avait rien de bien « cool » à se montrer affecté par quoi que ce soit. Aussi s'empressa-t-il de hausser les épaules et de s'affaler dans son fauteuil.

Bernadette reparut : cette fois, elle leur apportait un plateau de bouchées au jambon.

— Je les ai préparées pendant que vous bavardiez. Il suffit de rouler la pâte, de la couper en cubes, puis d'y enfoncer un bon gros morceau de jambon. Ensuite, on enfourne : et voilà[1] ! C'est bête comme chou ! Allez ! Mangez tant que c'est chaud !

Arthur et Nathan tendirent une main de concert pour se servir une bouchée au jambon, soufflèrent dessus pour les tiédir, puis les dégustèrent.

— Nathan et moi avons dans l'idée de visiter Manchester, la semaine prochaine, annonça Bernadette en s'installant sur le canapé à côté d'Arthur. Si une sortie vous fait envie, vous êtes le bienvenu, une fois de plus. Il paraît que c'est une fac très animée et que le cours de littérature de l'université est de très grande qualité.

Arthur s'empara de sa tasse de café, froid désormais.

— Pour tout dire, j'envisageais Londres comme prochaine escale. S'y trouve la maison d'un romancier que j'aimerais rencontrer. Il est possible que ma femme l'ait connu.

Il ne pouvait dire si, sous sa frange de cheveux noirs, Nathan avait ou non levé un sourcil suspicieux, mais en eut bel et bien l'impression.

---

1. En français dans le texte.

Chapitre 11

Londres

La découverte de Londres fut, pour Arthur, aussi surprenante que savoureuse : il s'était attendu à la trouver grise et impersonnelle, chargée d'immeubles oppressants et arpentée par des employés de bureau au visage spectral tout juste sortis d'un tableau de Munch. Au contraire, la capitale s'était montrée aussi vivante qu'une terre exotique. Il faisait lourd, ce jour-là et, autour de lui, tout se mouvait en un maelström kaléidoscopique de sons, de couleurs et de formes : les taxis klaxonnaient, les vélos fusaient en tous sens, les pigeons trottinaient, les gens parlaient fort... Arthur n'aurait jamais pensé qu'il pût exister tant de langues différentes, d'ailleurs. Il avait l'impression de se retrouver au centre d'un carrousel, immobile, invisible, tandis que le monde tourbillonnait autour de lui.

À son grand étonnement, il ne s'en sentit pas submergé ou agressé, même lorsque des passants le bousculaient sans même prendre la peine de s'excuser. Il n'appartenait pas à ce monde étrange dont il n'était qu'un visiteur éphémère : n'importe quand, et il le savait, il pourrait s'en retourner à la sécurité de son foyer, et cela lui donnait du courage, il se sentait presque d'humeur intrépide.

Descendu en gare de King's Cross, il avait décidé de se déplacer à pied autant que possible : la carte qu'il avait achetée sur place lui donnait l'impression que tout était à deux pas.

Comme il avait estimé que ses pantalons habituels seraient un brin trop chauds pour un voyage en train assorti d'une visite de la capitale, il avait lavé, repassé et enfilé le pantalon bleu que lui avait donné Kate Graystock. Bernadette lui avait donné un bon de réduction valable dans un magasin de randonnée de Scarborough, aussi s'y était-il autorisé une petite excursion dont il était revenu riche d'un sac à dos en Nylon bleu marine garni de multiples poches, d'une gourde, d'une boussole et d'une paire de sandales de marche certes un brin mastoc, mais qui auraient l'avantage de garder ses pieds au frais.

La cheville bandée, il allait donc avec entrain. Lorsqu'il croisa une jeune fille aux cheveux roses et un homme dont les oreilles trouées auraient pu accueillir des canettes de Coca-Cola, Arthur se fit la remarque qu'ici son pantalon bleu n'avait rien de bien insolite. Il rencontra même un caniche à la queue coiffée d'un pompon violet, et un homme qui allait en monocycle, son téléphone portable greffé à l'oreille.

À la vue de ce dernier passant, Arthur se rappela d'ailleurs qu'il n'avait pas réussi à joindre Lucy depuis le message sibyllin qu'il lui avait laissé depuis la banquette arrière de la voiture de Nathan. Il ne s'était passé que vingt-quatre heures entre son retour du Graystock Manor et son départ pour Londres. Il l'avait appelée deux fois, mais était tombé sur son répondeur, si bien qu'il se demandait si elle filtrait ses appels ou avait simplement été trop occupée pour lui répondre.

Il poursuivit sa promenade, profitant des bruits et des images de la ville, mais plus il avançait, plus naissait en lui un sentiment désagréable de gêne et de regret mêlés. Lorsque Miriam avait suggéré un voyage à Londres pour fêter leur trentième anniversaire de mariage – ils auraient pu profiter d'un spectacle et, pourquoi pas, d'un déjeuner à Covent Garden –, il lui avait ri au nez. Purement et simplement. « Pourquoi cette envie d'aller à Londres ? », lui avait-il rétorqué. La ville était sale, malodorante, gigantesque et personne n'y prenait le temps de vivre ; une sorte de Newcastle ou de Manchester en plus grand. Des pickpockets et autres mendiants grouillaient à chaque coin de rue, et le moindre repas leur coûterait une fortune. « Oh, c'était une idée en l'air… », Miriam avait-elle répliqué d'une petite voix.

Elle n'avait pas non plus eu l'air de prendre trop mal qu'il eût ainsi discrédité sa proposition sans plus y réfléchir. Il regrettait sa réaction aujourd'hui. Ils auraient dû visiter davantage de nouveaux endroits, ensemble ; profiter de nouvelles expériences une fois les enfants devenus autonomes. Ils auraient dû saisir ces occasions de faire ce qu'ils souhaitaient, d'élargir leur horizon ; Arthur le pensait d'autant plus aujourd'hui qu'il savait que Miriam avait vécu une vie bien plus riche et haletante avant leur rencontre. Il l'avait affadie, prisonnier qu'il était de ses habitudes et de ses convictions.

Un mois après leur conversation, Arthur leur avait réservé un petit séjour dans un spa de Scarborough, une ville bien plus civilisée que Londres, selon lui. Il avait dépensé quelques billets de plus pour les gâter d'une suite sur les tables de chevet de laquelle trônaient de petits sablés au chocolat. Le soir de leur anniversaire, il avait invité Miriam à un spectacle d'Alan Ayckbourn qu'elle avait beaucoup apprécié. Ensuite, ils s'étaient offert des frites dont ils s'étaient régalés sur la plage, se baladant l'écharpe enturbannée autour de la tête pour se protéger du vent.

Un moment tout simplement magique. Enfin, magique pour lui, en tout cas. Aujourd'hui, il se demandait si sa femme ne s'était pas, elle, ennuyée à en pleurer… Pensait-elle à De Chauffant lorsqu'elle lui avait proposé le voyage à Londres ? Espérait-elle y apercevoir son ancien amant ?

La jalousie était un sentiment encore bien étranger à Arthur, et il détestait la sentir s'immiscer ainsi en lui et lui tordre les entrailles, moqueuse. Il avait eu tort de se moquer de Miriam. Elle avait eu raison ; lui tort. Point.

Il passa sa journée en bon touriste, profitant de ce que Miriam et lui auraient dû découvrir ensemble : les yeux écarquillés, il admira les monuments illustres de Londres – le London Eye, le palais de Westminster, Big Ben – et apprécia chaque seconde du spectacle. Il effectua un circuit touristique dans l'un des fameux bus rouges à ciel ouvert, puis déambula au hasard dans les rues qui s'ouvraient devant lui, les veines chargées d'adrénaline. C'était comme si la ville l'avait englouti, le baignant d'excitation plutôt que de cette peur de l'inconnu qu'il avait tant redoutée.

Il s'offrit un magnet en forme de bus rouge et un crayon couronné d'une tour de Londres en plastique doré, puis s'installa au *Pearly Queen* pour profiter d'un déjeuner à l'une des tables chromées posées de guingois sur le trottoir. Un homme s'installa à sa table sans même lui demander son avis : il portait un costume gris à fines rayures de la poche avant duquel pointait une pochette rose. Il avait le visage rouge du sprinter ou de celui que l'on a mis un peu trop en colère. Ses genoux écartés touchaient presque ceux d'Arthur qui décala ses jambes et s'appliqua à regarder droit devant lui pour fuir le regard de l'inconnu. Fort malheureusement, lorsque l'homme commanda un panini bacon-cheddar, il riva son regard dans celui d'Arthur et le salua d'un hochement de tête.

— Ça va ?

— Bien, merci.

— Vous êtes marié ?

— Oui.

D'instinct, Arthur fit tourner son alliance autour de son annulaire.

— Depuis combien de temps ?

— Plus de quarante ans.

— La vache ! Même pour un meurtre, on en prend pour moins que ça…, plaisanta l'homme en souriant.

Arthur ne lui rendit pas son sourire. Il n'avait pas invité cet homme à sa table. Tout ce qu'il voulait, c'était profiter en toute tranquillité d'une tasse de thé et d'un sandwich au bacon, avant de poursuivre sa visite : tout cela l'aiderait à aborder avec confiance ses recherches de la maison de François De Chauffant. Il lança un regard par-dessus l'épaule de l'intrus pour attirer l'attention de la serveuse qui avait pris sa commande : il avait commandé sa tasse de thé dix minutes plus tôt, mais rien ne venait.

— Désolé, l'ami, s'excusa l'homme en changeant soudain d'expression. C'était pour plaisanter. C'est que c'est rare, les mariages qui durent, aujourd'hui. Ça doit être agréable, cela dit, d'avoir quelqu'un à retrouver en rentrant à la maison.

— C'était agréable, oui.

— *C'était* ?

Arthur déglutit.

— Ma femme est morte il y a un an.

Il parvint enfin à attirer d'un geste l'attention de la serveuse : elle articula un « désolée » silencieux et lui apporta son thé.

— Toutes mes excuses, monsieur : je sais plus où donner la tête, expliqua-t-elle avec un petit accent polonais. (Sa robe rose avait glissé sur son épaule, révélant une bretelle de soutien-gorge violette.) Je vous offre un grand sandwich au lieu de petit.

— Le petit que j'ai commandé suffira amplement.

— Ce sera même prix !

Ses doigts ressemblaient à de longues craies.

—C'est très aimable à vous. (Elle acquiesça et s'inclina légèrement.) Je n'ai pas vraiment un appétit d'ogre, expliqua Arthur à l'inconnu. J'avais peur qu'elle ne prenne personnellement le fait que j'insiste pour avoir un plus petit sandwich.

L'homme suivit du regard la serveuse qui, partie derrière le comptoir, préparait un chocolat chaud.

—C'est un petit canon, dis donc : yeux bruns, cheveux bruns… Tout à fait mon style.

Arthur versa un nuage de lait dans son thé et en sirota une gorgée. La confiance en lui qu'affichait cet homme, sa manière d'envahir son espace et de reluquer la serveuse, tout cela le mettait mal à l'aise.

—Je peux vous poser une question, l'ami ? lui demanda l'inconnu en se penchant vers lui. (Il ne s'embêta pas à attendre la réponse d'Arthur.) J'ai en tête de me marier, moi aussi, voyez ? Vous m'avez l'air de bon conseil : vous avez de la bouteille, de l'expérience, quoi…

—Je ferai de mon mieux pour vous répondre, répondit Arthur, sur ses gardes.

—OK, dit l'homme en sortant de sa poche un petit carnet. Je couche mes réflexions par écrit, ça m'aide à me focaliser pour prendre la bonne décision. Je les relis avant d'aller dormir.

—Se marier, c'est sûr que ce n'est pas un choix qu'on fait à la légère.

—Je ne vous le fais pas dire. Comment avez-vous su que votre femme était la bonne ?

— Je l'ai su à l'instant même où je l'ai rencontrée.

— Ah oui ? Vous m'en parlez un peu ?

— Lorsque j'étais avec elle, jamais je ne ressentais le besoin de me trouver avec qui que ce soit d'autre : je ne me demandais pas si c'était ou non la femme de ma vie, je ne voyais qu'elle. J'aimais la simplicité de notre quotidien. J'avais vingt-six ans quand nous nous sommes rencontrés, et elle vingt-cinq. Lorsque nous nous donnions la main, que nous nous promenions ou nous embrassions, je ne pensais qu'à elle. Jamais je n'ai ne serait-ce que regardé une autre femme. Nous nous sommes fiancés, puis mariés deux ans à peine après notre rencontre. C'était comme si je suivais la route invisible que le destin avait tracée pour moi. Il existait bien d'autres sentiers de vie qui filaient en d'autres lieux, vers d'autres avenirs, mais jamais je ne me suis posé la question de savoir ce qu'ils avaient à m'offrir. J'allais mon chemin, tout simplement.

— Hmm… Dit comme ça, ça semble facile, effectivement. Ça laisse rêveur !

Arthur sirota une gorgée de thé. L'autre reprit :

— Vous étiez fidèle ?

La question n'était pas si insolente de la part de quelqu'un qui envisageait de s'unir à une autre pour le restant de ses jours.

— J'étais fidèle, oui.

— Vous ne vous êtes jamais demandé ce qu'aurait pu être votre vie avec quelqu'un d'autre ? Je veux dire… Vous n'avez jamais regardé une autre femme en vous disant que, peut-être… J'espère que vous ne me trouvez pas trop indiscret !

Si. Arthur trouvait cet homme particulièrement fouineur. Pour autant, il y voyait moins du voyeurisme qu'une simple envie de tracer un parallèle entre l'expérience d'Arthur et ses propres projets.

— J'ai pu être amené à me poser la question, oui, car c'est dans la nature humaine. En revanche, jamais cela n'a été motivé par un quelconque désir. J'ai vu des femmes que j'ai trouvées élégantes ou au sourire séduisant, mais j'étais suffisamment conscient de ce que j'avais à perdre pour balayer aussitôt de mon esprit tout questionnement parasite.

— Vous êtes d'une grande sagesse. J'aimerais que ce soit aussi simple pour moi. Je n'ai jamais su ordonner mes pensées comme vous le faites. J'ai deux femmes, voyez-vous…

— Oh…

— Je crois vraiment que je les aime toutes les deux. J'ai trente-cinq ans. J'aimerais me marier bientôt et avoir des enfants.

— Quand j'ai fêté mes trente-trois ans, nous avions déjà les deux nôtres.

— J'aimerais vraiment me lancer dans l'aventure familiale… La maison, tout ça. (L'homme pencha la tête en avant et, du bout du doigt, dessina un rond sur son crâne.) Visez un peu la tonsure ! Il est grand temps que je me case et que je donne dans la balade à la campagne avec ma femme et mes gosses. Le truc, c'est que je suis vraiment déchiré entre ces deux femmes… Cela vous dérange, si je vous parle un peu de chacune d'entre elles ? Ça se lit sur votre visage que vous serez de bon conseil.

La serveuse leur apporta leur commande : le sandwich au bacon d'Arthur débordait presque de l'assiette sur laquelle il était posé.

— C'est bien comme ça, oui ? lui demanda-t-elle.

— Excellent, lui répondit-il en levant le pouce.

L'homme prit une bouchée de son panini, et un filament de fromage fondu dégoulina jusque sur son menton.

— La première, c'est ma petite amie. Ça fait trois ans qu'on est ensemble. Toute mignonne, cette fille, vraiment : je l'avais vue derrière la vitre d'un salon de thé, et j'ai tellement flashé que je suis entré acheter une part de gâteau. J'ai marché droit vers elle et je lui ai filé rencard dans un petit resto. Elle a d'abord refusé, et ça m'a plutôt plu : j'aime les défis. Alors je ne me suis pas laissé abattre, et je lui ai laissé ma carte avant de partir. J'ai acheté un bouquet, et je l'ai attendue à la sortie du salon de thé. Quelque chose m'attirait chez elle ; du même genre que ce dont vous parliez au sujet de votre femme. J'ai redoublé d'efforts, sans jamais baisser les bras ; j'ai fait marrer sa copine… Au final, elle a accepté, et on est allés se mater un Hugh Grant au cinoche. Super soirée, vraiment. On se tenait la main comme deux ados. Au final, elle n'a même pas voulu d'un resto chic après le ciné, juste d'un bon burger. Donna est vraiment une chouette fille. Elle bosse dur, aussi : elle est coiffeuse.

Il sortit de son portefeuille une photo qu'il tendit à Arthur : une fille au visage d'ange avec un foulard rouge noué dans les cheveux lui rendit un sourire.

— C'est une femme charmante.

— Peut-être, mais l'autre femme avec qui je sors, Manda… (Il se souffla sur les doigts comme s'ils avaient pris feu.) Une vraie bombe. Et puis elle me laisse lui faire de ces trucs… Voyez le genre ?

Arthur ne voyait pas spécialement, mais il acquiesça.

— Je l'ai rencontrée dans un institut de massage. Elle y bosse comme réceptionniste. Sincèrement, si je me suis retrouvé dans un endroit pareil, c'est que quelque chose devait clocher avec Donna, non ? Mais bref : elle était partie pour une convention de coiffure, et Manda m'a invité chez elle. Je ne la connaissais que depuis une heure et demie, mais… « BAM ! » (Il frappa dans ses mains et sourit à pleines dents.) Un vrai feu d'artifice ! Cette fille sait faire des trucs dont je ne soupçonnais même pas l'existence… On peinait à tenir debout quand on s'est levés…

— Et Donna dans tout ça ?

— Je ne lui demande pas ce genre de choses, parce que si elle acceptait, j'aurais l'impression de lui manquer de respect. Ce n'est pas son genre… contrairement à Manda. C'est compliqué tout ça.

— Vous n'avez pas culpabilisé d'avoir trompé votre petite amie ?

L'homme fronça les sourcils.

— Un peu… Après coup. J'aurais préféré qu'elle ne soit jamais partie à cette foutue convention : ça m'aurait évité d'aller chercher les ennuis.

Arthur en avait perdu l'appétit. Il coupa son sandwich en quarts, les assaisonna de sauce brune relevée, mais ne mangea pas.

— Alors ? Qui je devrais choisir, selon vous ? Pour le mariage, j'entends. J'aimerais être fidèle, moi aussi. J'aimerais essayer, en tout cas. Avoir des gosses, ça fera de moi un père de famille ; un mec casé, quoi. De ce point de vue, faudrait que je choisisse Donna : c'est l'épouse idéale. Mais je sais que la vie n'est pas faite que d'un quotidien pépère. Avec elle, j'aurais peur d'une routine plan-plan sans grande saveur… J'ai peur que ça manque de piment, quoi. Et puis, Manda est en train de changer : elle commence à parler de faire deux, trois trucs en dehors du plumard, genre de vrais rencards en tête à tête. On est allés au théâtre, l'autre fois : elle était sur son trente et un, et on a vraiment passé une super soirée. J'en suis sorti plus confus que jamais.

— Le problème du piment, c'est que, à la longue, on s'en lasse. Et je ne parle pas des brûlures d'estomac.

Arthur ne supportait pas de comparer ainsi les femmes à de la nourriture, mais, visiblement, c'était le seul langage que l'homme en costume semblait comprendre.

— Vous feriez quoi, du coup ? Vous resteriez avec votre plat traditionnel ou vous opteriez pour l'exotisme de la version pimentée ?

Arthur joua le jeu et réfléchit, retournant la question dans sa tête. Si cet homme en était arrivé à demander à d'illustres inconnus quels choix faire dans sa vie privée, c'est que ce devait être très important à ses yeux.

— Le souci, à notre époque, c'est l'avalanche de choix. Quand j'étais jeune, on savait se satisfaire de ce que l'on avait.

Une paire de chaussettes à Noël ? Fort bien ! Aujourd'hui, les jeunes gens voudraient tout avoir. Un téléphone, ça ne suffit plus : il faut en plus qu'il fasse la vaisselle et le café ! Ils veulent des ordinateurs, des maisons, des voitures, qu'on leur paie leur soirée beuverie et restos. Et attention : je ne parle pas du premier resto venu ! Il faut que ce soit chic ! Et pour la bière, il faut de la bouteille hors de prix !

» Vous dites ne pas vouloir manquer de respect à Donna en lui demandant de vous faire ces… choses dont vous parlez, mais la respectez-vous quand vous la trompez avec Manda ? Si Donna acceptait de vous épouser, la respecteriez-vous, sachant que vous êtes infidèle et que vous ne méritez pas sa confiance ? Quant à cette autre fille qui a… des intérêts bien différents, dirons-nous : combien de temps avant que tout cela vous lasse ? Vous projetez-vous en train d'épousseter votre maison ou d'y passer ensemble l'aspirateur ? Voudra-t-elle que vous continuiez à lui faire toutes ces choses lorsqu'elle sera devenue mère ? Ces faveurs, d'ailleurs, en fait-elle profiter d'autres hommes que vous ? Voici ma réponse à votre question : peut-être qu'au lieu de vous demander laquelle de ces deux femmes ferait pour vous la meilleure épouse, vous feriez mieux de vous demander si l'une comme l'autre est véritablement la femme que vous recherchez ! Si j'étais Donna, je rechercherais quelqu'un qui mérite mes qualités et me traite avec respect. Si j'étais Manda, je n'aimerais pas avoir comme époux quelqu'un qui, je le sais, est capable d'infidélité. Aussi, m'est avis que vous ne devriez demander la main d'aucune de ces deux jeunes femmes, car, sait-on jamais, l'une d'elles risquerait d'accepter !

L'homme resta assis là en silence quelques secondes, les sourcils froncés et les mains plaquées sur les genoux. Il secoua la tête.

— Je n'avais pas envisagé cette hypothèse… Vous venez de me vriller encore plus l'esprit, là…

— Navré, mais j'estimais plus avisé de vous dire la vérité.

— J'apprécie, l'ami, mais je me suis mangé une belle droite, là… Ça me fait une troisième option à envisager… Selon vous, alors, faudrait que je les largue toutes les deux et que je trouve quelqu'un d'autre ?

— Peut-être. Un plat traditionnel un peu relevé, par exemple ?

— La vache, vous envoyez du bois, l'ami… Laissez-moi vous inviter, vous voulez bien ?

— Ne vous embêtez pas, j'ai les moyens.

— Bon, je crois que je n'ai plus besoin d'autres sons de cloche. (L'homme se leva et secoua la tête une fois de plus, avant de poser un billet de vingt livres sur la table.) Il faut que je me dépêtre de ça tout seul.

— Navré si je vous ai perturbé.

— Ne vous inquiétez pas : je vous ai demandé votre avis, vous me l'avez donné. Sans détour.

Arthur se demanda quoi faire : il avait remarqué comme l'homme avait changé d'attitude avec ses épaules voûtées et son regard qui cherchait partout la solution à son problème. Il déglutit : peut-être que lui aussi avait besoin d'entendre la vérité sans détour.

— Avant que vous ne partiez, interpella-t-il l'inconnu, puis-je vous poser une question à mon tour ? Je doute que nous nous recroisions, et j'aimerais votre avis, moi aussi.

— Bien sûr. Dites-moi tout.

— Si vous rencontriez une fille qui, par le passé, avait vécu avec d'autres hommes, et voyagé et vécu aux quatre coins du monde pour y expérimenter bien des choses, sans jamais vous en avoir rien dit… cela vous ennuierait-il ?

L'homme pencha légèrement la tête sur le côté, pensif.

— Nan… Ça ferait partie de sa personnalité. Si elle ne m'a rien dit, c'est qu'elle doit avoir ses raisons. Certaines personnes vivent dans le présent sans jamais regarder en arrière. Pourquoi s'encombrer du passé, quand le présent nous rend heureux ?

Arthur médita là-dessus quelques instants. Il prit une serviette, puis y rangea son sandwich qu'il remisa dans l'une de ses poches.

— Manda et Donna… Vous leur achetez des bijoux, parfois ?

— Carrément : Donna aime les babioles clinquantes. Elle en a de pleins tiroirs. Manda préfère les trucs qui coûtent un bras : diamants, platine… C'est un indice de mon affection pour elle à ses yeux. Et ça me coûte une fortune.

— Vous passez beaucoup de temps à choisir ce que vous allez leur offrir ? lui demanda Arthur en repensant à l'unique page gravée du livre accroché au bracelet de Miriam, et à combien De Chauffant s'était peut-être épris d'elle.

— Pas vraiment, non. C'est leur boulot, ça : elles me montrent quoi acheter, quand elles ne se l'achètent pas seules de leur côté. Parfois, je profite aussi de certaines connaissances qui me proposent de chouettes trucs à bas prix. Pour une alliance, je ferai un effort, par contre, bien sûr… C'est que c'est pour l'éternité, ces trucs-là !

— Merci. Cela m'aide beaucoup, dit Arthur qui se leva et se tint ainsi devant l'inconnu. Vous m'avez demandé si je pensais avoir fait un bon choix en épousant ma femme. C'est indubitable. En revanche, j'ignore encore si j'étais moi-même le meilleur choix de mari pour elle.

L'homme tendit une main et pinça d'un geste amical l'épaule d'Arthur.

— Ne vous bilez pas : vous avez l'air d'un très chouette type. Je suis sûr que vous avez été un bon mari pour elle.

— Vous le pensez vraiment ?

Arthur ressentait le besoin soudain d'être rassuré, fût-ce par cet étranger infidèle et bougrement culotté.

— Vous lui êtes resté fidèle, vous avez bon fond, vous savez écouter, vous êtes un homme avisé et de bon conseil, et vous n'êtes pas moche : oui, je pense vraiment qu'elle avait fait le bon choix avec vous.

— Merci, répondit Arthur d'une voix discrète.

Il régla son repas et laissa deux livres de pourboire. La serveuse le salua en le voyant partir.

— Elle est vraiment mignonne, la petite, commenta l'homme tandis qu'ils s'éloignaient, Arthur et lui. Vous pensez que, peut-être…

— Non, répondit Arthur, péremptoire. Non, je ne pense pas.

Chapitre 12

Le livre

La maison de François De Chauffant était plus grande que ce à quoi Arthur s'était attendu : extravagante, opulente, elle avait tout de ces hôtels cinq étoiles devant les portes desquels attendaient des grooms à haut-de-forme gris. Sa façade blanche brillait sous les rayons du soleil. Arthur se sentit soudain honteux de sa maison mitoyenne en briques rouges et de ses trois chambres… Jamais il n'avait aspiré à quoi que ce soit de plus luxueux : Miriam et lui s'étaient un jour demandé s'ils n'allaient pas déménager plus près de l'école de Dan et Lucy, et c'était tout. Jamais il n'avait jugé de sa valeur ou de celle des autres à la taille de leur maison. « On n'est vraiment bien que chez soi », avait pour habitude de dire sa mère. Aurait-il dû se montrer plus carriériste de façon à pouvoir offrir à sa famille un foyer de meilleur standing ? Aurait-il dû se démener davantage pour profiter d'un emploi plus prestigieux ? Autant de questions qu'il ne s'était jamais posées avant de commencer son périple.

Tandis qu'il se tenait devant la maison à observer la rue en croissant, les peupliers et le jardin parfaitement entretenu, il s'imagina De Chauffant et Miriam en train de se promener main dans la main, elle de blanc vêtue, lui de noir, sous les regards émerveillés des voisins et des passants. Il les voyait aller d'un même pas, complices. Enfin, ils riaient et s'embrassaient sous le porche, avant de disparaître dans la maison.

Arthur fourra ses mains dans ses poches et examina son pantalon bleu ridicule, ses sandales de marche disgracieuses, son sac à dos en Nylon et sa boussole. Quelle élégance ! Si Miriam était restée avec l'écrivain français, elle aurait pu vivre dans le luxe et la créativité, plutôt que de souffrir une existence casanière avec un serrurier sans éclat. Ses enfants auraient pu jouir d'une instruction en établissement privé et n'auraient jamais manqué de rien. Il était souvent arrivé à Arthur de refuser à Dan ou Lucy l'achat d'un jouet sous prétexte qu'il était trop cher.

Malgré tout, jamais sa femme ne lui avait laissé le moindre indice qu'elle ne le trouvait pas à sa mesure. Cette culpabilité, il se l'était infligée tout seul.

Arrivé en haut de l'escalier qu'il avait gravi les genoux tremblants, il posa la main sur le heurtoir en fer noir en forme de tête de lion, se redressa avec autant de dignité que possible et s'attendit à voir bientôt la porte devant lui s'ouvrir sur un Éros français vieillissant aux cheveux de jais.

Arthur s'était convaincu que De Chauffant porterait encore son pantalon noir et son col roulé, certain qu'il s'agissait là de sa signature vestimentaire. Il apparaîtrait pieds nus, un crayon à papier derrière l'oreille. Comment ouvrirait-il la porte ? D'un geste théâtral ou dans un soupir, agacé d'avoir été interrompu durant l'écriture de son nouveau chef-d'œuvre ?

Arthur frappa avec autant d'assurance que possible, attendit quelques instants, puis frappa de nouveau. Il se sentait aussi nauséeux qu'au sortir d'un long voyage en train, mais si sa tête lui soufflait de se retourner, partir et oublier cette quête absurde, son cœur lui imposait de rester et d'aller au bout de sa mission.

Il entendit derrière la porte le cliquetis d'une chaîne que l'on retirait de son loquet. La porte s'ouvrit de quelques centimètres, et Arthur aperçut un mince filet de vêtement rose. Un œil apparut dans l'entrebâillement.

— Oui ?

Il n'aurait su dire si la voix était celle d'un homme ou d'une femme, mais, ce qui était certain, c'est qu'elle ne ressemblait pas à celle qu'il aurait prêtée à son rival en amour.

— Je cherche François De Chauffant.

— Vous êtes ?

— Arthur Pepper. Il me semble que ma femme et Mr De Chauffant étaient amis. (Comme la porte ne se refermait pas, il poursuivit.) Elle est morte il y a un an, et j'essaie de retrouver ses anciennes connaissances.

La porte s'ouvrit doucement sur un jeune homme d'un peu moins de trente ans : très mince, il portait un pantalon qui lui tombait sur les hanches et un tee-shirt à l'effigie des Led Zeppelin si court qu'il laissait voir son nombril orné d'une pierre rouge étincelante. Ses yeux caves bleu marine scintillaient entre des mèches de cheveux rose bonbon.

— Il ne s'en souviendra pas, de votre femme, répondit-il, sa voix teintée d'un léger accent d'Europe de l'Est.

— J'ai une photo avec moi.

L'homme secoua la tête.

— Il n'est plus très physionomiste…

— J'ai cru découvrir que ma femme et lui étaient proches. C'était il y a longtemps. Dans les années 1960.

— Il a Alzheimer.

— Oh…

Voilà une chose à laquelle Arthur ne s'était pas préparé : l'image du beatnik prétentieux vêtu de noir s'évapora aussitôt de son esprit, sans qu'il sût par quelle autre la remplacer.

Le jeune hésita à refermer la porte, mais releva finalement les yeux vers Arthur.

— Vous voulez entrer ? J'ai l'impression que ça ne vous ferait pas de mal de vous asseoir un peu.

Ce n'est qu'à cet instant qu'Arthur se rendit compte que sa cheville tendue était à deux doigts de se bloquer. Il n'avait pas cessé de marcher depuis sa rencontre avec l'homme aux deux petites amies.

— Ce ne serait pas de refus, merci. Vous êtes adorable.

— Moi, c'est Sebastian, lança le jeune homme par-dessus son épaule.

Ses pieds faisaient sur le sol des bruits de succion et laissaient sur la mosaïque de l'entrée des empreintes qui disparaissaient en quelques secondes.

— Faites comme chez vous, je vous en prie, invita-t-il Arthur en désignant une porte d'un geste. Du thé, ça vous dirait ? Je n'aime pas n'en faire que pour moi.

Ses grands yeux semblaient presque le supplier d'accepter.

— Avec grand plaisir.

Arthur ouvrit la porte et entra dans une pièce aux murs meublés du sol au plafond d'étagères pleines de livres. Un long escabeau était calé contre l'un des murs. Les meubles étaient faits d'un bois sombre et massif, et se trouvaient là des chaises rembourrées au velours fatigué ornées de coussins rubis, saphir, or ou émeraude. Des étoiles d'argent mouchetaient le plafond indigo.

La vache…, songea Arthur.

Il resta là quelques secondes à admirer la pièce, tournant sur lui-même. On aurait dit un décor de film. S'asseoir ? Non, il avait mieux à faire : faire le tour de la salle et toucher ces livres. Dans l'oriel, tourné vers la rue, se trouvait un grand bureau à cylindre en chêne sur lequel trônait une vieille machine à écrire : une feuille y attendait, prête à accueillir le nouveau chef-d'œuvre de De Chauffant. Ou sa prochaine contrefaçon. Arthur s'approcha pour voir si quelques mots avaient déjà été tapés sur la feuille immaculée : ce n'était pas le cas, et il sentit poindre en lui une légère déception. La vérité, c'était que, Arthur n'ayant pas l'âme créative, il avait toujours été intrigué qu'on pût gagner sa vie en vendant sa peinture ou ses écrits.

Ce n'est qu'au bout de longues secondes qu'Arthur se rendit compte qu'une fine couche de poussière voilait le buffet, que des mugs gisaient éparpillés sur le sol de la pièce et que des emballages de barres chocolatées dépassaient des coussins du canapé. Tout ce vernis était donc écaillé ? Arthur jeta son dévolu sur un fauteuil recouvert de chartreuse de velours et s'y installa.

Sebastian revint bientôt dans la pièce avec un plateau à pois rouge et blanc en plastique sur lequel il avait disposé deux tasses de thé rustiques et la théière assortie. Il déposa le plateau sur une table basse, poussant par terre une pile de magazines pour se faire de la place. Arthur se pencha aussitôt pour les ramasser et les poser sur une chaise.

Sebastian fit comme si de rien n'était, habitué semblait-il à semer la pagaille sur son passage.

— Et voici... Je fais le service ? proposa-t-il en singeant avec humour l'accent britannique.

— Merci beaucoup, sourit Arthur, se retenant de tendre une main pour aider le jeune homme lorsqu'il se rendit compte que ce dernier tremblait.

— Bon...

Sebastian tendit tasse et soucoupe à Arthur, désigna à tour de rôle différents fauteuils dispersés dans la pièce et choisit le plus large – dont les coins bleu canard usés recrachaient quelques fibres de bourre.

— Parlez-moi un peu de votre femme. Pourquoi êtes-vous venu, exactement ?

Arthur lui parla du bracelet et lui expliqua qu'il cherchait à percer les mystères de ces charmes afin d'en apprendre davantage sur la vie de sa femme avant leur rencontre.

— Cela me permet d'en apprendre plus sur moi également, avoua-t-il. Chaque fois que je rencontre quelqu'un de nouveau, son histoire me laisse différent... Me fait grandir à sa mesure. Et puis, peut-être que les autres aussi bénéficient un peu de leur rencontre avec moi, qui sait ? C'est une aventure tout à fait intrigante, vraiment.

— Ce doit être très stimulant.

— En effet. Mais c'est aussi culpabilisant, d'une certaine manière : je suis vivant, alors que ma femme est morte.

Sebastian hocha discrètement la tête, comme s'il comprenait.

— Moi aussi, j'ai été vivant un jour. J'allais ici ou là, et tout était source d'excitation pour moi. Aujourd'hui, je ne suis plus qu'ici. Prisonnier.

— Pas au sens propre, rassurez-moi ? Vous pouvez aller et venir à votre guise ?

Sebastian balaya la remarque d'un revers de main.

— Permettez-moi de vous parler un peu de ma vie, Arthur : pendant que vous êtes en train de découvrir la vôtre, la mienne est à l'agonie. Vous avez peut-être l'impression que je dramatise, mais je ne pourrais être plus sincère. François et moi vivions ensemble depuis déjà quelques années avant qu'il soit dans son état actuel. Ça a commencé avec des détails : il oubliait d'éteindre les lumières, égarait ses lunettes... Le genre de choses qui arrivent à tout le monde, en somme. Qui n'a jamais rangé les céréales avec les tasses à café, perdu ses chaussures sous un lit, oublié ce qu'il était venu faire dans telle ou telle pièce ou acheté une brique de lait alors qu'il en avait déjà une dans le frigo ? Le problème, c'est que François, lui, a manqué de peu d'incendier la maison. (Ses yeux brillaient d'émotion.) L'après-midi, il fait une sieste à l'étage entre 14 heures et 16 heures, et je le laisse tranquille de façon qu'il puisse recouvrer des forces avant de se remettre à écrire. Ce jour-là, quand je suis remonté dans la chambre pour le réveiller, le lit était en feu… Les flammes montaient presque jusqu'au plafond. François, lui, était là, assis, à regarder par la fenêtre.

» Il ne s'était même pas rendu compte qu'il était en danger. J'ai bondi comme une gazelle, saisi une couverture, j'ai filé jusqu'à la salle de bains pour la mouiller sous la douche, puis m'en suis servi pour étouffer les flammes. Le matelas était noir, fumant… et François n'avait toujours pas prononcé le moindre mot. Je l'ai pris par les épaules et lui ai demandé si tout allait bien : il m'a dévisagé d'un regard vide. C'est à cet instant que j'ai compris qu'il avait perdu l'esprit… et que son génie s'était envolé à tout jamais.

Arthur sentit monter en lui une impression étrange : Sebastian ne semblait pas parler de De Chauffant comme l'aurait fait son assistant.

— Comment l'avez-vous rencontré ?

— Je suis arrivé à Londres il y a quatre ans : j'ai commencé à travailler dans une boîte de nuit, derrière le bar. Dès que je cassais un verre, mes patrons m'incendiaient et en retenaient le prix sur mon salaire. J'étais trop jeune pour me défendre. François est venu un soir avec des amis, et nous avons papoté de tout et de rien. Bientôt, il s'est mis à venir tous les soirs ou presque pendant trois semaines : chaque fois, nous discutions, et il a fini par me proposer un travail. Il m'a dit que j'aurais à faire un peu de ménage, un peu d'administratif, et à lui tenir compagnie le reste du temps. Je le trouvais totalement fascinant, et j'étais flatté qu'un écrivain aussi célèbre s'intéresse à moi. J'ai donc emménagé pour l'aider au quotidien, et notre relation a commencé à s'épanouir.

Arthur sirota son thé, s'attardant en pensée sur le mot « relation ».

— J'espère que cela ne vous dérange pas que je vous raconte tout ça, Arthur. La vérité, c'est que ça sort tout seul : j'ai gardé ça pour moi trop longtemps. Si vous saviez combien de gens le détestent... Ses amis comme sa famille n'en ont plus rien à faire de lui. Il a changé d'agent, mais ce type n'en avait rien de plus à foutre : l'argent était tout ce qui l'intéressait. François n'a plus que moi. Comment pourrais-je partir ? Alors je reste et je prends soin de lui. Je ne peux pas l'abandonner, n'est-ce pas ? Voilà comment on se retrouve prisonnier à vingt-huit ans.

— Vous êtes son... aide à domicile, en quelque sorte ?

— Je ne suis plus que ça, maintenant, oui. Avant, c'était différent. Quand on s'est rencontrés, il était superbe de liberté et d'autonomie. C'est ce que j'aimais chez lui. Je l'aidais à taper ses textes, à s'occuper de la maison, à rédiger son journal... Il me comparait à un chiot, parfois, tout mignon et enthousiaste qu'il me trouvait. J'en riais, et cela lui plaisait que je n'en sois pas offensé. C'est vrai, il a parfois eu des mots durs, s'est montré bougon, peu commode... mais il m'a offert un foyer. Il m'a appris à prendre confiance en moi. Grâce à lui, j'ai pu envoyer de l'argent à ma famille... Je lui dois de m'occuper de lui aujourd'hui. Si je pars, qui s'en chargera ? Ça me... turlupine, tout ça..., acheva-t-il en faisant tournoyer ses mains près de ses tempes pour mimer le trouble dans son esprit.

— Il doit bien y avoir des gens capables de vous aider, non ? lui demanda Arthur.

Sebastian secoua la tête.

— Lui, peut-être. Moi, non.

— Vous avez quelqu'un à qui vous confier ?

— Quelques connaissances, mais personne de très proche... En tout cas, ça m'a fait du bien de vous parler, Arthur. D'extérioriser un peu tout ça. J'avais besoin de parler, et je me sens un peu mieux, maintenant. Je sais bien qu'il me faudra le quitter, un jour, si je ne veux pas devenir dingue...

— Personnellement, cela m'a fait beaucoup de bien de quitter mon chez-moi et de rencontrer de nouvelles personnes, admit Arthur. Honnêtement, je doutais d'en être capable.

Sebastian acquiesça.

— Merci d'avoir pris le temps de m'écouter.

Lorsqu'ils eurent terminé leur thé, Sebastian réunit les tasses et les posa sur le buffet avec quatre autres.

— Vous pensez que François et votre femme ont eu une liaison ? demanda-t-il à Arthur.

La question était certes directe, mais Arthur la ruminait depuis que Kate Graystock lui avait montré la photo.

— C'est possible, oui…

— Ça vous rend triste, n'est-ce pas ?

— Triste, pas véritablement… Mais cela me trouble, ça, oui. J'ignorais qu'elle avait vécu avec un autre homme avant notre rencontre. Je me demande comment j'ai pu ne pas faire pâle figure face à un séducteur de sa trempe…

— Hmm…, lâcha Sebastian, pensif. Vous savez que François est homosexuel, n'est-ce pas ?

Arthur secoua la tête.

— Non… Comment est-ce qu…

Sebastian, oui, il avait deviné sans mal qu'il aimait les hommes, mais De Chauffant ? Kate l'avait dépeint comme un libertin patenté.

— Que votre femme et lui aient pu être amants, ce n'est pas impossible. Dans les années 1960 et 1970, c'était un chaud lapin. Mais il aimait les hommes aussi : le souci, c'est que le dire aurait ruiné sa carrière et sa réputation. Comme il aimait se fantasmer en légende, il lui semblait logique, pour parfaire le tableau, de multiplier les conquêtes féminines. Il en a eu un nombre incalculable… Trop, sûrement. Cela dit, je doute qu'il soit resté avec l'une d'entre elles assez longtemps pour lui briser le cœur. Ou alors la demoiselle était vraiment désespérée.

Il avait prononcé cette dernière phrase d'une voix interrogative.

— Miriam était solide de cœur et d'esprit.

— En ce cas, je doute qu'il l'ait rendue triste un jour. Pour ce que ça vaut…

Ça ne valait pas grand-chose, pour tout dire.

— Pensez-vous que je pourrais le rencontrer ?

— Je peux lui dire que vous êtes ici, oui. Il ne reçoit pas beaucoup de visites. Ça lui fera peut-être plaisir.

Arthur voulait voir de ses yeux cet homme qui avait menti à tant de femmes, à Miriam, et qui avait volé à lord Graystock le récit de sa vie. Il voulait se retrouver devant cette énigme vivante qu'était pour lui De Chauffant.

— J'aimerais beaucoup le voir.

Il gravit deux volées de marches à la suite de Sebastian et, lorsqu'ils furent arrivés devant une porte à l'étage, Arthur se rendit compte qu'il serrait les poings. Pour autant, il n'avait pas le choix : il devait découvrir ce pan de la vie de Miriam et faire face à cet homme qui représentait tout ce que lui-même n'avait jamais été. Ce génie désinvolte et fougueux avait-il conquis le cœur de Miriam ?

Sebastian ouvrit la porte et entra dans la pièce le premier.

— Il est réveillé, dit-il. Ne restez pas trop longtemps, par contre : il se fatigue vite, et c'est moi qui me retrouve en première ligne quand il est en rogne.

Le jeune homme mima un canon de pistolet avec son index et son majeur et fit mine de se tirer une balle dans la tête.

Arthur acquiesça, hésita quelques instants devant la porte…, puis entra.

Il avait beau savoir que De Chauffant était malade, il ne s'était pas attendu à la vue de ce vieil homme recroquevillé sur un fauteuil roulant dans un coin de la pièce. Il était petit avec des cheveux blancs hirsutes et des sourcils trop longs, et avait des doigts crochus et le visage distordu. Ses yeux caves se perdaient dans le vide… L'homme, qui n'était plus que l'écho du jeune séducteur qui se pavanait sur la photo de Kate Graystock, ne réagit pas à la présence d'Arthur et de Sebastian.

La pièce empestait l'urine et le désinfectant empestait la pièce, ainsi que le désodorisant utilisé en vain pour la masquer. Un pot de chambre en céramique reposait près d'un lit simple drapé de couvertures en laine grise. Arthur vit aussi une table de chevet où s'empilaient des livres, ainsi qu'un babyphone dont le voyant rouge était allumé.

Au moins, il peut encore lire…, songea Arthur, soulagé que cette pauvre créature pût encore profiter de quelque chose en ce bas monde.

Il fit un pas en avant, et Sebastian recula, puis sortit de la chambre.

— Je reviens dans cinq minutes.

Arthur hocha la tête, puis se tourna de nouveau vers la chambre.

— Bonjour, monsieur De Chauffant. Je m'appelle Arthur Pepper. Il me semble que vous avez connu ma femme. (Il lui tendit la photographie d'une main tremblante.) C'est une bien vieille photo, je m'en excuse. C'était en 1963. C'est elle, tout à côté de vous. Vous voyez ? Je dois vous avouer que la façon dont elle vous dévore des yeux sur ce cliché m'a rendu quelque peu jaloux.

Il tapota avec délicatesse la tête de Miriam sur la photo, puis attendit la réaction de De Chauffant, guettant sur son visage flétri une étincelle de sourire ou une subtile dilatation de la pupille. Mais rien ne vint.

Il sortit le bracelet de sa poche.

— Je suis venu vous demander si c'était bien vous qui lui aviez donné la breloque qui se trouve sur ce bijou. C'est un livre à l'intérieur duquel se trouve une discrète inscription : « Ma chérie ».

Arthur ne doutait pas qu'il parlait en pure perte : le vieil homme ne donnait pas le moindre signe de conscience ; il semblait ne pas se rendre compte qu'on lui parlait. Arthur resta devant lui quelques secondes, puis se détourna dans un soupir de De Chauffant.

Sebastian se tenait dans l'encadrement de la porte, les bras croisés. Ce n'est qu'à cet instant qu'Arthur remarqua les hématomes qui les mouchetaient. Il s'approcha du jeune homme.

— C'est lui qui vous a fait ceci ? murmura-t-il.

— Il en a signé quelques-uns, oui. Ça arrive parfois quand je le déplace ; ça peut le déboussoler. Hier au soir, par contre… Enfin, j'étais seul et j'ai appelé un… ancien copain. Il est venu ici, et ça a dégénéré : il m'a un peu cogné…

— Vous avez prévenu la police ?

Sebastian fit « non » de la tête.

— C'était ma faute : je le connais assez pour savoir ce qui risquait de se passer. Le truc, c'est que j'avais besoin de quelqu'un pour tenir le coup. Vous avez idée de ce que c'est de se sentir seul à en mourir, Arthur ?

— Oui. Oui, je le sais bien.

Sebastian redescendit l'escalier, Arthur lui emboîtant le pas.

— Je vais bientôt devoir le descendre au rez-de-chaussée, mais je ne suis pas assez costaud.

— Il vous faut de l'aide : vous ne pouvez pas affronter cela tout seul.

— Il faudra bien.

Arrivé dans l'entrée, Arthur montra le bracelet à Sebastian : il refusait de laisser son périple s'achever sur la seule vision de De Chauffant recroquevillé sur son fauteuil comme une feuille morte.

— Dans ce petit livre, il y a une inscription : « Ma chérie ». Cela vous dit quelque chose ?

Sebastian effleura le charme, puis acquiesça.

— Oui, répondit le jeune homme. Oui, bien sûr. (Retourné au salon, il se pencha pour récupérer dans un buffet un livre qu'il tendit à Arthur.) Je connais l'œuvre de François par cœur : j'ai lu l'intégrale de ses romans, de ses poèmes, de ses pensées... Entre deux séances de ménage ou après lui avoir fait sa toilette. Vous trouverez un poème dans ce bouquin dont le titre est « Ma chérie ». Mais ce n'est peut-être qu'une coïncidence.

— Oui. Oui, sûrement.

Sebastian retrouva d'un pouce agile la page concernée.

— Il l'a écrit en 1963. Ce n'est pas l'année où vous m'avez dit que François et votre femme étaient amis ?

Arthur acquiesça. Si Arthur n'avait pas la moindre envie de lire ces vers de peur d'y découvrir ce qu'ils révélaient peut-être de la relation qu'avaient entretenue le romancier et sa femme, il savait qu'il n'avait pas vraiment le choix : il devait savoir.

— Gardez-le. Il doit l'avoir en dix exemplaires. Il a toujours été son plus grand fan. Personnellement, je n'aime pas ce qu'il écrit. C'est trop… ampoulé, emphatique. Ce que j'aime aujourd'hui chez lui, c'est le souvenir de celui qu'il a été… Parce que, voyez-vous, je le hais de me retenir ici. J'ai l'impression d'être prisonnier d'une cage dorée.

— Vous devriez contacter les services sociaux.

— Je n'ai pas de papiers. Je n'existe pas. Je dois taire mon nom, et je n'ai pas de numéro de téléphone ou de sécurité sociale. Je ne suis qu'un spectre… La vie n'a que deux choix à m'offrir : rester ou partir. Or, si je pars, où voulez-vous que j'aille ? demanda-t-il en levant les mains d'un air défait. Je n'ai nulle part où aller. Sans lui, je ne suis plus rien…

Arthur se sentit soudain responsable de ce jeune homme aux cheveux roses dont un vieil et indécrottable égoïste avait mis la vie sens dessus dessous.

— Vous ne pouvez continuer votre route sans le découvrir. Vous êtes jeune : vous avez encore toute une vie devant vous. Ici, vous vous privez d'aventure, d'une vie d'expériences et d'amour. Vous trouverez quelqu'un d'autre : ne vous encombrez pas d'un malotru qui vous tourmente. Partez à la recherche d'une personne qui vous aimera ; quelqu'un de votre âge, peut-être ?

Arthur se demanda où il avait bien pu trouver tant d'inspiration pour sa tirade, lui qui, lorsqu'il avait tenté de conseiller Dan lors d'un devoir de science, avait vu son fils balayer son livre d'un revers de main : « Me dis pas ce que j'ai à faire. C'est le boulot de maman, ça : toi, t'es jamais là. » Arthur lui avait lancé un regard noir, choqué par cette soudaine rébellion. Certes, il n'était pas aussi présent que Miriam, mais cela l'empêchait-il de s'impliquer auprès de ses enfants ? Toujours est-il que, après cet épisode, il avait pris garde à bien tenir sa langue et avait abandonné les devoirs au reste de la famille. Miriam était la plus empathique ; elle comprenait leurs enfants : son rôle à lui, il l'avait compris, était d'aller travailler pour subvenir aux besoins de la maisonnée.

— Merci, Arthur, lui dit Sebastian en se penchant pour déposer un baiser sur sa joue. J'espère avoir pu vous aider, moi aussi.

— Oui. Merci beaucoup.

Arthur n'avait jamais reçu de baiser d'un garçon, si l'on exceptait ceux de son fils lorsqu'il était haut comme trois pommes. Cela lui laissa une impression étrange et assez dérangeante, mais, au moins, cela le confortait dans l'idée qu'il avait aidé le jeune homme en détresse.

La journée avait été longue, et Arthur avait échoué à découvrir ce qu'il était venu chercher. Il se demanda si, comme Sebastian ici, Miriam s'était sentie prisonnière de leur mariage. Avec délicatesse, il saisit le bras de Sebastian, juste sous les hématomes.

— Si vous voulez quitter cette maison, allez-y, lui murmura-t-il. Je vais rester. Je vais me charger des démarches pour Mr De Chauffant. Tout ira bien pour lui.

Sebastian en resta interdit, mais n'en considéra pas moins la proposition d'Arthur.

— Je ne peux pas vous demander une chose pareille… Pas pour l'instant, en tout cas. Mais je vais y réfléchir. Vous êtes une bonne personne, Arthur. Je crois sincèrement que votre femme a eu de la chance de vous avoir.

— C'était moi, le plus chanceux des deux.

— J'espère que ce livre vous apportera les réponses que vous cherchez.

— Et moi que la vie vous sourira bientôt.

Arthur quitta la demeure de l'écrivain sous un ciel saphir. Toutes les maisons de la rue étaient éclairées, laissant deviner par leurs fenêtres une fraction de la vie de leurs occupants : tandis qu'il s'éloignait, Arthur vit ainsi une fille au carré brun prendre un cours de guitare, deux adolescents qui, assis sur le rebord de la fenêtre d'un salon, faisaient à quelque passant le V de la victoire, et une femme blonde décolorée batailler pour faire rentrer chez elle un transat pour bébé, puis un second.

— Les jumeaux, s'exclama-t-elle, c'est deux fois plus de boulot !

Arthur se demanda si ces gens se doutaient de ce qui se passait au 56 de leur rue : s'ils savaient qu'un jeune immigrant clandestin veillait sur son ancien compagnon, romancier autrefois renommé, que l'âge et Alzheimer avaient rendu sénile. Bien entendu, il ne pouvait en parler à personne au risque de compromettre la situation de Sebastian. Sans compter qu'il n'avait aucune envie de se mêler de ce qui ne le regardait pas.

Un peu plus loin, il s'installa sur un banc au bord d'une place où un couple et leur bull-terrier profitaient d'un pique-nique dans la pénombre, buvant du Prosecco à même la bouteille.

Comme un lampadaire baignait le banc de lumière, lorsque Arthur ouvrit le livre que Sebastian lui avait cédé, les pages brillèrent d'orange. De l'index, il chercha dans le sommaire le poème intitulé « Ma chérie ».

Ma chérie

Tinte ton rire alto sous tes yeux tout éclat,
Comment saurai-je un jour, alors, vivre sans toi ?
Tu souffles un vent de vie, prête oreille à mes larmes.
Tes lèvres du mensonge ont refusé les armes.

Corps gracile aux cheveux couronnés de noisette,
Tu as mis à ta vue, à tes pieds l'Inde, et moi,
J'ai succombé à toi, à l'ignorance feinte.
L'humble a mis à genoux ma reine inclination.

Une romance brève, vive comme ange au sein,
Nos doigts qui s'entrelacent et toi qui sais combien,
Mon sang au lit du tien bien vite a fait l'étude
Et du goût des lueurs et de la complétude.

Ma chérie

Arthur referma le livre, soudain désabusé : que le poème fût écrit pour sa femme ne laissait plus aucun doute, quand bien même De Chauffant préférait les hommes. Les références à la couleur de ses cheveux et à l'Inde où elle avait vécu étaient révélatrices.

Arthur ne douta pas de l'intensité de leur parenthèse amoureuse : une passion dévorante, de toute évidence, pour que De Chauffant l'ait mise en poème. Arthur, lui, n'avait même jamais écrit de cartes postales à sa femme, alors des poèmes !

« Qui ne veut pas trouver d'asticots ne va pas remuer la bouse », lui avait dit un jour sa mère. Si la phrase venait de lui revenir en mémoire, il eut beau fermer les yeux à s'en faire mal en tentant de se rappeler où et quand elle l'avait proférée, tout autre détail s'appliquait à rester terré dans l'oubli. Comme il aurait aimé se retrouver avec elle : redevenir un garçonnet insouciant exempt de toute responsabilité. Pourtant, lorsqu'il rouvrit les yeux, ce fut sur des mains parcheminées qu'ils se posèrent ; celles qui serraient l'ouvrage de De Chauffant.

Quoi qu'il en soit, il savait désormais ce qu'il en était du petit livre, de l'éléphant et du tigre. Il lui restait donc à découvrir les secrets de la palette de peinture, de l'anneau, de la fleur, du dé à coudre et du cœur.

Certes, Arthur n'était qu'un vieil homme assis sur un banc de Londres, avec une cheville endolorie et, sur le cœur, le poids d'abandonner le jeune Sebastian à sa prison de livres, mais il se devait de poursuivre sa quête.

Il referma le recueil de poèmes, le déposa sur le banc et, tandis qu'il s'éloignait, ne put s'empêcher de se demander lequel des charmes déciderait de sa prochaine étape.

Chapitre 13

Lucy deuxième du nom

Arthur n'avait pas la moindre idée d'où aller, désormais : il n'avait jamais réfléchi à ce qu'il aurait à faire après sa rencontre avec De Chauffant. Il avait quelques affaires de toilette dans son sac à dos, mais, comme il pensait être de retour chez lui avant la nuit, n'avait pas réservé ici de chambre d'hôtel. Il était déjà tard ; 22 heures passées. Alors, il avait bien noté sur un bout de papier les horaires des trains pour York, mais il ne se sentait pas vraiment l'énergie ni l'envie de grimper à bord d'un bus de nuit qui le porterait jusqu'à King's Cross ou de se frotter pour la première fois de sa vie au métro londonien.

Il déambula dans les rues de la capitale jusqu'à ce qu'il ne sût plus ni où ni même qui il était. Des images et des bribes de conversations défilaient dans son esprit : l'œil de Sebastian dans l'entrebâillement de la porte qui se juxtapose à la silhouette de Miriam endormie sur leur lit durant leur lune de miel ; lui qui essuie une larme après avoir déposé Dan à l'école pour la première fois, puis l'homme du *Pearly Queen* qui se demandait toujours laquelle de ses deux petites amies il devait épouser.

Comme tout était simple lorsqu'il n'était rien de plus qu'Arthur Pepper, mari aimant de Miriam et père dévoué de Dan et Lucy ! Certes, cela faisait un peu épitaphe de bas étage à son goût, mais c'était la vérité... Qu'était-il aujourd'hui ? Le veuf de Miriam. Non : il devait bien être un peu plus que cela, tout de même ! La mort de sa femme n'allait tout de même pas suffire à le définir... Aussi, où irait-il ensuite ? Où le mènerait le prochain indice ?

Arthur était trop las pour y réfléchir, fatigué par le chaos qui régnait dans sa tête.

Un peu de répit, par pitié..., songea-t-il en tournant à un nouveau coin de rue.

Il venait d'entrer dans une rue des plus animées : des gosses traînaient devant un fast-food, occupés à se gaver d'une pizza dont le fromage dégoulinait à même le carton, déjà impatients d'attaquer la suivante.

Un taxi noir pila et klaxonna à tout rompre, hué aussitôt par les gamins hilares. Les tables de gadgets attrape-touristes s'alignaient dans cette rue : écharpes en pashmina – une achetée, une offerte ! –, chargeurs de téléphone, tee-shirts, guides touristiques...

Le maelström de sons et d'images troubla encore plus l'esprit d'Arthur : il n'aspirait plus qu'à s'allonger quelque part au calme pour réfléchir aux événements de la journée et choisir sa prochaine destination.

Au bout de la rue, une plaque discrète sur une porte indiquait une auberge. Sans même réfléchir, Arthur entra.

Derrière le comptoir d'accueil se tenait une jeune Australienne dont le débardeur laissait apparaître le tatouage tribal bleu qui couvrait son épaule droite. Elle l'informa aussitôt qu'une nuit lui coûterait 35 livres et qu'il n'y avait plus qu'un lit disponible, avant de lui tendre une couverture grise roulée et un oreiller molasse et de le guider le long d'un couloir jusqu'à une porte au fond de l'établissement.

Arthur s'était attendu à devoir partager une chambre pour deux personnes, aussi quelle ne fut pas sa surprise lorsqu'il découvrit dans la chambre trois lits superposés et cinq jeunes Allemandes assises sur le sol : vêtues de shorts en jean, de chemisiers à carreaux anormalement moulants et de soutiens-gorge colorés, elles partageaient une grosse miche de pain, une belle tranche d'édam et quelques canettes de cidre.

Sans rien laisser paraître de sa surprise, Arthur les salua d'un « Bonsoir ! » jovial, puis se dirigea vers le seul lit qui, au fond de la pièce, ne croulait pas sous une montagne de vêtements et de sacs à dos. Comme il ne voulait pas se ridiculiser en grimpant sur son lit en hauteur – ses genoux risquaient fort de se bloquer à la moitié de l'échelle à peine –, il s'excusa, se rendit dans la salle d'accueil et lut un journal vieux de trois jours en attendant que les filles quittent la chambre. Bientôt, elles s'en furent bel et bien, filant pour la nuit, deux d'entre elles perchées chacune sur le dos d'une amie.

Il se rappela comme il s'était senti en vie, tandis qu'il s'apprêtait avant ses premiers rendez-vous avec Miriam : des papillons dans l'estomac, il se lavait, se rasait, se plaquait d'un coup de peigne les cheveux en arrière avant de les lisser d'une noisette de gomina. Il s'assurait qu'il avait bien repassé sa chemise et son costume, fait briller ses chaussures. Le peigne dans une poche, il allait ensuite la retrouver en sifflotant. Souvent, ils s'installaient chez un glacier, près d'une fenêtre, où ils dégustaient une limonade coiffée d'une cuillerée de glace à la vanille ; parfois, ils allaient au cinéma. Son statut d'apprenti le condamnant à un salaire de misère, il économisait toute la semaine au cas où Miriam aurait voulu profiter d'un repas un peu chic, mais la simplicité de leurs rendez-vous, de leurs balades ensemble, semblait chaque fois la satisfaire. Il ignorait à l'époque qu'elle avait vécu avec des tigres et qu'elle avait inspiré un poème à un célèbre auteur français !

Un groupe de jeunes femmes passa devant la fenêtre de l'hôtel : l'une portait un voile de mariée et une pancarte « En formation », les autres des cornes de démons, un tutu rouge et des bas résille. Toutes chantaient à tue-tête : « *Like a virgin !* », crut entendre Arthur.

Elles lui firent un signe de la main, auquel il répondit de la même manière. Miriam avait passé son enterrement de vie de jeune fille avec sa mère et deux amies dans un restaurant franchisé qui, alors, représentait le summum du raffinement. La veille de son mariage, Arthur avait assisté avec son ami Bill – décédé depuis – à un match de football, après lequel les deux copains étaient allés se régaler de deux pintes de panaché. Le seul fait de savoir qu'il épouserait Miriam le lendemain l'avait rendu euphorique, avait exalté tous ses sens : la limonade du panaché lui avait semblé savoureuse, et les chants des supporters bourdonnaient encore dans ses tempes. Il sentait même l'étiquette de sa chemise lui chatouiller la nuque. Chaque millimètre carré de son corps attendait, fiévreux, son mariage avec Miriam.

Le jour de leur union avait filé aussi vite que les confettis qui avaient plu sur leur passage au sortir de l'église. Pour la fête, ils avaient réuni une trentaine d'amis dans une salle des fêtes où ils avaient mangé les sandwichs et tourtes garnies à la viande que la mère de Miriam – au visage plus sévère que jamais – leur avait offerts en guise de cadeaux de mariage. Les parents d'Arthur, quant à eux, leur avaient offert deux nuits de lune de miel dans une ferme. Ils étaient partis le soir même, la Morris Minor d'Arthur parée d'un carton « Jeunes mariés » et d'une traîne de boîtes de conserve.

Le froid de cette ferme aurait eu raison des dents les plus solides, les moutons avaient bêlé toute la nuit et la propriétaire donnait l'impression d'avoir avalé une guêpe, mais Arthur n'en avait pas moins trouvé leur séjour fabuleux. Miriam s'était préparée pour la nuit derrière le paravent en bois de leur chambre, et Arthur dans les toilettes extérieures. Il avait dû coincer son pyjama dans ses bottes et traverser un champ boueux ses affaires dans les bras.

Miriam était magnifique dans sa robe de chambre en coton dont le col était brodé de roses aurore ; elle était si longue qu'elle caressait le sol. Il avait fait son possible pour ne pas grogner de désir en la prenant par la taille, lorsque Miriam avait glissé jusqu'à lui. Ils s'étaient allongés et avaient fait l'amour pour la première fois ; sa première fois à lui, aussi. Ensuite, ils étaient restés allongés dans les bras l'un de l'autre, parlant de l'endroit où ils vivraient et des enfants qu'ils chériraient. Aujourd'hui encore, ce jour demeurait le plus beau de la vie d'Arthur, placé sous le signe de la tendresse, du soulagement et du désir. Certes, ils eurent bien d'autres fabuleux moments après cela – les naissances de Dan et Lucy, leurs vacances en famille –, mais pour lui, ces premières heures passées avec Miriam comme mari et femme resteraient à jamais les plus belles. Il souhaita à la jeune fille qui portait la pancarte de ressentir cette même ivresse le jour de son mariage.

Pour Arthur, le problème résidait dans le fait que, à son âge, il était peu probable qu'il vécût encore de si enivrantes journées ; de ces instants qui vous laissent interdit, convaincu que vous ne les oublierez jamais. Arthur avait tenu Kyle et Marina dans ses bras lorsqu'ils étaient bébés, senti leur haleine à la douce odeur de lait, protégé leurs petits corps frétillants... Qu'avait-il encore à attendre de la vie ?

Il aurait préféré être bien loin de Londres à cet instant : à l'abri sous ses couvertures avec son habituel chocolat chaud et son journal. Au lieu de cela, il était à des lieues de chez lui, seul et troublé.

Comme il avait bien conscience de sombrer dans la mélancolie, il estima que la meilleure chose à faire était sans doute d'aller se coucher. Il s'en retourna à sa chambre et grimpa dans son lit, la cheville douloureuse. Il était minuit et des poussières. Il se réfugia tout habillé sous ses couvertures et essaya de repenser à sa lune de miel. Le vacarme des bus grondait à la fenêtre, on hurlait au-dehors, et Arthur finit par s'endormir à la complainte d'une sirène d'ambulance… pour être réveillé à 3 heures du matin au retour des jeunes filles : ivres, elles chantaient en allemand. L'une d'elles avait ramené un homme dans la chambre, qui grimpa avec elle dans le lit situé au-dessous de celui d'Arthur. Il entendit quelques ricanements et de suspects bruissements de draps.

Fort heureusement, les cahots grinçants du lit ne durèrent que quelques minutes. Les autres filles pouffaient, murmuraient… Les yeux grands ouverts, Arthur remonta sur son visage sa couverture rêche. Il se dit d'abord que ces jeunes gens ne pouvaient pas décemment être en train de faire l'amour : qui serait ainsi capable de sortir un soir, rencontrer quelqu'un, puis rentrer forniquer avec lui dans une chambre remplie de témoins ? Pour autant, les halètements et autres soupirs ne laissaient aucun doute sur la nature de l'activité à laquelle se livraient les occupants du lit du dessous. Il se dit que le monde avait bien changé et que, peut-être, il ne s'y sentait plus si bien que cela.

Les murmures s'égrainèrent peu à peu, et le couple s'embrassa quelques instants sans grande discrétion. Bientôt, on ouvrit une fermeture Éclair, un paquet de mouchoirs, puis le silence se fit.

Allongé là, il se fit la remarque que c'était la première fois depuis un an qu'il ne dormait pas seul. Il ne s'était pas imaginé qu'il passerait un jour une nouvelle nuit en compagnie d'autres personnes. Sensation étrange, il se rendit compte que les respirations et ronflements discrets qui commençaient à résonner dans la chambre l'apaisaient, tandis qu'il sombrait de nouveau dans le sommeil.

Au matin, lorsqu'il descendit de son lit, les filles dormaient encore. Alors qu'il enfilait ses sandales, l'homme du lit en dessous, assis par terre, laçait ses tennis, son jean rose ourlé aux chevilles jurant avec ses cheveux rouille bouclés.

— Chuuut…, fit-il, l'index posé sur les lèvres. On se taille d'ici, vieux…, ajouta-t-il comme si Arthur et lui étaient complices.

Arthur aurait aimé expliquer à ce jeune homme à l'accent américain qu'il voyageait seul et ne se sentait aucunement concerné par sa récente soirée cabrioles ; qu'il n'avait – ni n'avait eu – aucun rapport avec les jeunes Allemandes, mais il se contenta d'acquiescer.

— Savez-vous comment je pourrais rejoindre King's Cross, je vous prie ? lui demanda-t-il lorsqu'ils se retrouvèrent à la porte de l'établissement à froncer les sourcils sous la lumière du petit matin.

Le petit déjeuner de l'auberge consistait en un sac en papier marron laissé à la réception sur lequel était inscrit un prénom. Sur le sien on lisait : « Arthur Pipeur ». L'Américain, lui, s'était autorisé à faire sien le sac d'une certaine Anna.

— Euh… Il y a une station de métro à gauche, un peu plus loin. Tu devrais pouvoir aller jusqu'à King's Cross de là-bas. (Le jeune homme regarda dans le sac et grimaça.) Une pomme, une galette d'avoine et une brique de jus d'orange ? Putain, c'est tout ?

Arthur le trouva bien ingrat pour un bougre qui avait profité d'une partie de jambes en l'air, d'une chambre pour la nuit et d'un petit déjeuner gratuits.

L'Américain rangea la galette dans l'une de ses poches, la brique de jus d'orange dans l'autre, coinça la pomme entre ses dents, puis froissa le sac avant de l'abandonner sur le sol devant la porte de l'auberge.

— À plus ! lâcha-t-il avant de filer au pas de course comme s'il avait un rendez-vous urgent.

Arthur marcha jusqu'à la station de métro, puis s'engouffra dans le passage souterrain. S'entendaient là la flûte d'un homme et, un peu plus loin, une femme qui jouait de la guitare, un chapeau mou retourné à ses pieds. Arthur leur laissa chacun une pièce de cinquante pence, puis suivit le flot humain qui filait vers les tréfonds de la station.

Il nourrit une machine reluisante de quelques piécettes, et celle-ci lui vomit un ticket… Il se sentait perdu. Pas seulement parce que c'était la première fois qu'il descendait dans les méandres d'un métro, mais aussi parce que lui qui avait espéré trouver des réponses claires à Londres n'y avait découvert que de nouvelles couches de mystère. Voulait-il continuer à peler l'oignon géant qu'était cette énigme ou tout laisser tomber ?

Sur le mur carrelé en face de lui, le plan n'aurait pu être plus grand – ni plus clair, d'ailleurs, avec ses épaisses lettres noires –, pourtant il se trouva incapable de s'y repérer. Cette carte lui rappelait la fois où un technicien avait ouvert une cabine téléphonique dans laquelle se trouvait un embrouillamini – aux yeux d'Arthur en tout cas – de fils de couleur : il y avait de cela dans ce plan, mais en dix fois plus compliqué. Il aurait préféré pouvoir suivre les lignes de l'index pour pouvoir se repérer, car, en les suivant des yeux, il ne cessait de se tromper. Et tous ces gens autour de lui qui semblaient savoir ce qu'ils faisaient et où ils allaient : ils jetaient un coup d'œil à la carte, puis filaient d'un pas confiant et décidé… Lui, en revanche, se sentait tout petit parmi la foule ; insignifiant.

Il tenta de suivre une fois de plus un itinéraire jusqu'à King's Cross, mais ne parvint pas à trouver l'endroit où il devait prendre sa correspondance. Arthur ne savait plus s'il devait se résoudre à sauter dans la première rame venue et voir où elle le porterait ou remonter en surface pour y rallier un arrêt de bus, quand…

— Bonjour, l'interpella une voix amicale sur sa gauche. Je peux vous aider, peut-être ?

Arthur se tourna pour découvrir un jeune homme qui se tenait à côté de lui, épaule contre épaule. Les mains fourrées dans les poches, il portait un baggy qui lui tombait bas sur les hanches, révélant de trop nombreux centimètres de son caleçon rouge ; si « Fuck You ! » se lisait sur son tee-shirt noir et blanc, son sourire était aussi solaire que prévenant.

— Oh, vous êtes aimable… C'est la première fois que je prends le métro, pour tout dire.

— Première visite à Londres, hein ?

— Oui. Je n'ai pas trop l'habitude, alors pour trouver mon chemin, c'est un peu compliqué. J'aimerais me rendre à King's Cross pour rendre un train jusque chez moi.

— Vous habitez loin ?

— Près de York.

— Ah, c'est chouette, là-bas. Bon… King's Cross ? Ce n'est pas bien compliqué : ce n'est qu'à quelques stations. Vous avez un ticket de métro ?

— Oui.

— Laissez-moi y jeter un coup d'œil.

Reconnaissant au jeune homme de se montrer si disponible, Arthur sortit son portefeuille de sa poche arrière. Mais, alors qu'il s'apprêtait à l'ouvrir pour en tirer son ticket, il disparut purement et simplement d'entre ses mains : pouf ! Et voilà que le jeune homme cavalait désormais à toutes jambes, pour disparaître bientôt dans la mer de passants !

Comme dans ces séquences de film au ralenti, Arthur contempla ses mains vides, puis se tourna, incrédule, vers l'endroit où l'homme s'était volatilisé : on venait de lui voler son portefeuille. Mais quel idiot ! Quel retraité naïf il était ! C'étaient des mésaventures de gens de son espèce que les journaux se délectaient ! Les épaules lui en tombèrent, et il resta là quelques secondes, défait.

Pourtant, bientôt, cette sensation de se sentir stupide céda bientôt la place à un accès de colère : il y avait une photo de Miriam dans son portefeuille ! Cet instantané sur lequel elle souriait, les bras passés autour des épaules des enfants lorsqu'ils étaient petits ! Il n'en avait pas d'autre exemplaire… Comment cet homme avait-il pu profiter ainsi de lui ? La colère qui couvait dans ses tripes s'éleva bientôt jusque dans sa poitrine d'où, bouillonnante, elle fusa entre ses lèvres en mots explosifs :

— Reviens ici ! Voleur ! hurla-t-il aussi fort qu'il le put, surpris lui-même par l'intensité de son cri.

Il hurla de nouveau… puis se mit à courir.

Arthur aurait été bien en peine de dire quand il avait demandé pour la dernière fois à ses jambes de fournir un tel effort : deux ans auparavant, peut-être, il avait cavalé après un bus, mais qu'il le rattrapât ou non n'avait pas eu la moindre importance ce jour-là. Et avant cela ? Aucun souvenir. Il avait peut-être sué un peu derrière les enfants sur la plage… Arthur tenait plus du tatou besogneux que du guépard en matière de course à pied, mais c'était comme si ses jambes se mouvaient sous lui par leur volonté propre : ses membres inférieurs refusaient de laisser impuni le crime de ce filou !

Lancé après le jeune homme, Arthur ne songea pas une seconde au fait que ses jambes pourraient à tout moment flageoler dangereusement, voire le lâcher purement et simplement, tandis qu'il lançait à la volée quelques « Excusez-moi » et autres « Pardon ! » polis.

Il négociait au mieux sa traque, contournait des cadres portant papiers et attaché-case, doublait des touristes japonais dont les lunettes grosses comme des soucoupes pointaient au-dessus de plans gigantesques. Il dépassa une fille aux cheveux violets et son amie qui arborait une crinière verte et de nombreux piercings aux arcades. Tout ce petit monde ne montrait que peu, voire pas d'intérêt pour lui, comme si la vue d'un retraité galopant après des voleurs faisait trop souvent leur quotidien pour que cela les étonnât encore.

— Cet homme a volé mon portefeuille ! tonna Arthur à qui voulait l'entendre, l'index pointé en direction du jeune homme.

Il accéléra, le cœur battant la chamade et les genoux qui tremblotaient à chaque pas, pendant que défilaient sous ses yeux, floutés par l'urgence, les murs gris du métro recouverts d'affiches de films et de pièces de théâtre. Arthur vacillait, trébuchait parfois, les jambes de plus en plus fatiguées, mais n'en poursuivait pas moins sa course effrénée.

Malheureusement, le passage devant lui se remplit soudain d'une foule compacte, et il perdit la trace de son agresseur.

C'est peine perdue…, se dit Arthur, en profitant pour reprendre son souffle. *Laisse tomber, mon vieux…*

Alors qu'il était à deux doigts de renoncer, d'abandonner sa vindicte, il aperçut parmi la foule quelques centimètres de sous-vêtements rouges : le parfait mouchard ! Il intima à ses jambes l'ordre de se remettre au travail.

Allez, Arthur ! Du nerf !

Un souvenir lui revint en mémoire au même instant : Lucy et Dan étaient encore jeunes, ils étaient tous les quatre en vacances, et Miriam achetait des cornets de glace à un marchand en camionnette. Les enfants jouaient à chat, se tapotant l'un l'autre le bras ou le dos avant de filer à toutes jambes : Lucy courait les bras tendus pour toucher Dan à la jambe, mais il l'esquiva d'un écart. Chaque fois que Lucy tentait de le toucher, le garçon se soustrayait à l'assaut d'un petit bond en arrière, toujours plus loin, jusqu'à ce que, bientôt, il se retrouvât au bord du trottoir…, puis sur la chaussée. Lucy continuait d'avancer vers lui, trop impliquée pour penser à quoi que ce soit d'autre qu'à toucher son agaçant grand frère. Une voiture était passée près d'eux, une autre, dangereusement proche… puis un semi-remorque avait déboulé dans un grondement. Figé par la rapidité à laquelle se déroulaient les événements, Arthur, alors à dix mètres, avait tenté d'interpeller Miriam : elle ne l'avait pas entendu, occupée à lécher la glace à la framboise qui commençait à couler le long de l'un des cornets. C'est alors qu'Arthur avait trouvé en lui une énergie insoupçonnée, comme un superpouvoir : sans trop savoir comment il était arrivé là, il avait tiré Dan et Lucy par le bras, les éloignant du danger. Un seul mot lui était venu à l'esprit, alors : Superman. Il avait jeté à ses enfants un regard noir. Lucy avait donné une tape triomphante à son frère, alors même que leur père venait de les projeter purement et simplement sur le trottoir. Une larme avait roulé sur la joue d'Arthur. Ignorant tout de ce qui venait de se passer, Miriam était arrivée et leur avait tendu une glace à chacun. Lui seul savait qu'ils avaient échappé de peu à la catastrophe.

Puisant dans ce souvenir pour y trouver l'énergie nécessaire à sa course-poursuite, il remonta dans la rue, à la lumière du jour. Les yeux blessés par le soleil aveuglant, il continua à courir d'un pas gauche : bientôt, habitué à la luminosité, il discerna un autobus à impériale rouge, des arbres et un long serpent d'écoliers revêtus de gilets de sécurité.

— Au voleur ! hurla-t-il de plus belle.

L'homme prenait sur lui une belle avance : ses foulées étaient plus amples, et la distance qui le séparait d'Arthur s'étirait. Mais Arthur continua de courir, le cœur battant, les pieds au supplice : défilaient sous lui des dalles fatiguées, des plateaux de friterie abandonnés, des paquets de chips vides et d'innombrables paires de pieds. Soudain, il ressentit une vive douleur dans la poitrine.

Oh non, ce n'est pas vrai…

Il ralentit, puis s'arrêta : c'était comme si quelqu'un enserrait son cœur de toute sa poigne. Il entendit la voix de Miriam dans sa tête : « Laisse-le filer. Ça n'en vaut pas la peine… » Cette fois, c'était sûr : ce filou avait gagné. Il tenta de faire mentalement l'inventaire de ce qui se trouvait dans son portefeuille : sa carte bleue, quelques billets de dix ou de vingt, des photos. Il avait déjà de la chance de ne pas s'être fait poignarder…

Arthur haletait, abattu, quand un autre jeune homme s'approcha de lui d'un bond. Vêtu à la même mode que le précédent, il portait, en plus de son jean baggy, un sweat à capuche vert troué à l'épaule.

— Il vous a volé quelque chose ? lui demanda le nouvel arrivant au nez moucheté de taches de rousseur et aux cheveux couleur de rouille.

Arthur acquiesça.

— Mon portefeuille.

— OK, ne bougez pas.

À ces mots, ce nouveau jeune homme fourra une sorte de bout de cordelette dans la main d'Arthur et disparut… Arthur baissa les yeux et découvrit dans sa paume une bande de tissu rose effilochée qui, laisse improvisée, était lâchement nouée autour du cou d'un chien.

Petit, l'animal à la fourrure noire et rêche leva vers Arthur un regard orange des plus perplexes.

— Ton maître ne devrait pas en avoir pour longtemps, le rassura Arthur. Ne t'inquiète pas.

D'une main, il gratouilla la tête du chien qui ne portait ni collier ni médaille à son nom. Sur le sol à côté d'eux gisait un chapeau en tweed que le jeune homme avait dû abandonner là.

Arthur et le chien attendirent là au soleil. Que pouvaient-ils faire d'autre ? Arthur entendit le tintement de quelques pièces : une femme vêtue d'un châle en laine violette caressa la tête du chien, puis jeta de la monnaie dans le chapeau. Bon sang ! Elle l'avait pris pour un mendiant ! Cela dit, à bien y réfléchir, cela n'était pas si surprenant qu'on le prît pour un gars des rues avec sa barbe de trois jours et son pantalon bleu maculé de taches.

— C'est ça, ton boulot, alors ? dit-il au chien. Tu t'assieds ici et tu attends la paie ?

Le chien cligna des yeux.

Arthur n'avait plus qu'une envie : s'asseoir. « Non, mais qu'est-ce que tu m'as fait subir ? », semblait hurler son corps entier.

Dix minutes passèrent, et Arthur commença à envisager ce qu'il ferait si l'homme ne revenait pas : il devrait sans nul doute se rendre au commissariat le plus proche et y déposer le chien. Il n'allait tout de même pas le ramener en train chez lui… Les chiens étaient-ils seulement autorisés dans le métro ?

Mais voilà que son maître reparut…

Il tenait à la main le portefeuille d'Arthur.

Arthur le dévisagea, incrédule.

— Vous l'avez récupéré ?

— Hé, hé…, sourit l'homme à bout de souffle, les mains sur les genoux. Ce n'est pas la première fois que je vois ce type chaparder dans le coin : il s'en prend surtout aux personnes âgées sans défense et aux étrangers. Ces types-là, c'est vraiment la lie de l'humanité… Mais bon ! J'ai réussi à le rattraper ! Un bon croche-patte et il s'est étalé comme un vieux flan, déclara-t-il en partant d'un rire triomphal. Que ça lui serve de leçon ! La prochaine fois, accrochez-vous bien à votre portefeuille.

D'instinct, Arthur aurait voulu répondre qu'il n'était ni âgé ni sans défense, mais ça aurait été se mentir de belle manière.

— Je n'y manquerai pas, dit-il d'un ton plein de modestie. J'ai vraiment été idiot…

Ses genoux se raidirent soudain : le besoin de s'asseoir eut raison de son équilibre.

Le jeune homme ramassa son chapeau, puis, le réflexe vif, tendit le bras pour empêcher Arthur de tomber.

— Il y a un banc juste là, venez.

Arthur laissa l'homme le guider, puis se laissa tomber sur le banc. Le chien, lui, se fraya un passage entre ses genoux, s'assit sur le trottoir, puis reposa la tête contre sa jambe.

— Tiens ! Elle vous aime bien, dites donc. C'est rare, ça… C'est une timide. Des fois, elle a peur de sa propre queue…

— Elle est adorable.

Bernadette avait tenté à maintes reprises de le convaincre de prendre un chien, prétendant que cela donnerait du sens à son quotidien. Chaque fois, il avait tenu bon : il avait déjà du mal à s'occuper de lui-même, alors veiller sur une créature avec deux fois plus de pattes… Quelques années plus tôt, Miriam lui avait suggéré l'idée d'adopter un animal, mais il lui avait rétorqué qu'il y avait de fortes chances qu'il leur survécût, si bien qu'ils n'avaient pas tenté l'aventure.

— Comment s'appelle-t-elle ?

— Lucy.

— Tiens donc ! lâcha Arthur.

L'homme haussa un sourcil.

— Ma fille s'appelle Lucy.

— Oh, désolé… Ce n'est pas que ça fasse particulièrement nom de chien, hein ! C'est juste que… Enfin, c'est mon ex qui a voulu qu'on l'appelle comme ça.

— Ne soyez pas désolé : ça lui va très bien. Et puis, elles ont le même caractère : ma fille aussi est calme et sensible.

— Si vous voulez mon avis, cette petite s'inquiète bien plus pour moi que je ne m'inquiète pour elle. Un jour, j'ai ouvert la porte de chez moi, et elle était postée là, comme un ange gardien. Je lui ai dit : « Eh, tu pourrais trouver bien mieux que moi, petite : tâche de dégoter un maître qui a un job, au moins. » Je l'ai fait sortir de l'immeuble, mais le lendemain, quand j'ai ouvert ma porte, elle était revenue ! Elle est entrée dans mon appart en trottinant, s'est installée par terre... Depuis, on ne se quitte plus. Je ne sais pas quelle qualité elle me trouve, mais elle semble lui plaire...

Arthur ferma les yeux, et la chaleur du jour lui caressa les paupières.

— Je vais vous chercher un café, déclara le jeune homme. Une petite boisson ne vous fera pas de mal après cet incident. Vous devriez porter plainte au commissariat, d'ailleurs.

— Oh, c'est ma faute, vous savez... Je doute qu'ils en fassent grand cas.

— Ces flics... Je sais ce que c'est, on a souvent affaire à eux, Lucy et moi : ils n'arrêtent pas de nous déloger, alors qu'on essaie juste de gagner deux, trois sous...

Ce n'est qu'à cet instant qu'Arthur remarqua la flûte qui dépassait de la poche de l'inconnu.

— Une dame a laissé un peu de monnaie dans votre chapeau.

— Super... Enfin, c'est déjà chouette de savoir qu'il y a quelques personnes pour se soucier de nous. Bon, c'est pas ça qui nous rendra millionnaires, mais, hein...

Il haussa les épaules.

— C'est moi qui vous invite, pour le café. Je vous dois bien plus que cela.

— Comme vous voulez, répondit-il à Arthur en lui tendant la main. Moi, c'est Mike. Je prends mon café noir avec trois sucres.

— Arthur. Arthur Pepper.

— Cela vous dérangerait de prendre Lucy avec vous, Arthur ? Je pense qu'un petit pipi ne lui ferait pas de mal. Je ne la laisse pas faire près de l'entrée du métro.

Lucy sembla plus qu'heureuse de trottiner derrière Arthur. Ses griffes faisaient sur le trottoir un staccato cadencé. Ils allèrent ainsi jusqu'à une camionnette, de l'autre côté de la rue, où l'on vendait boissons chaudes et nourriture. Arthur commanda deux cafés et autant de hot-dogs. Au moment de payer, il repensa à combien Miriam détestait qu'on mangeât dans la rue, mais chassa aussitôt le souvenir de son esprit : Mike lui donnait l'impression de ne pas avoir mangé depuis un moment.

Arthur retrouva le jeune homme au son de sa flûte : il s'était assis en tailleur dans l'herbe, son chapeau à ses pieds. À l'approche d'Arthur, il posa son instrument.

— Je me suis dit que j'allais profiter de votre absence pour gagner deux, trois pièces. Tenez, ajouta-t-il en farfouillant dans son chapeau pour en tirer une pièce de deux livres. Pour mon café.

— Vous plaisantez ? C'est cadeau. Je vous ai pris un hot-dog, aussi.

Les yeux de Mike s'illuminèrent.

— Avec du ketchup ?

— Bien entendu.

Comme il n'y avait aucun banc pour s'asseoir, Arthur s'installa également dans l'herbe. Là, il arracha un bout de pain à son sandwich et le lança à un pigeon unijambiste. Aussitôt, le volatile fut pris d'assaut par cinquante congénères, dont l'un vint picorer la bride de l'une des sandales d'Arthur.

— Vous ne devriez pas nourrir ces vermines. Des rats volants, voilà ce que c'est… Tous les ans, la ville nettoie des tonnes de fiente sur la colonne Nelson. Littéralement. Vous le saviez ?

Arthur lui répondit que non.

Ils mangèrent là, assis ensemble. Si Miriam l'avait vu assis en compagnie d'un jeune homme et de son chien à se dorer au soleil en mangeant un hot-dog, elle n'aurait sûrement pas été contente…

Désolé, Miriam…

— Alors, Arthur, c'est quoi, votre histoire ? lui demanda Mike en chassant d'une main une guêpe perchée sur ses cheveux roux.

— Mon histoire ?

— Ouaip ! Je doute que ce soit votre pantalon, ça. De toute évidence, c'est votre premier séjour à Londres, mais vous vous baladez sans carte en agitant votre portefeuille sous le nez du premier venu. Il y a anguille sous roche !

Arthur songea d'abord à raconter à Mike qu'il était venu à Londres en simple touriste, mais il trouva incorrect de mentir à ce jeune homme qui avait pris tant de risques pour lui venir en aide. Ainsi, il lui raconta une version abrégée de sa véritable histoire, évoquant Miriam et son bracelet, Bernadette, l'homme aux tigres et celui aux livres. Après quoi, il demanda à Mike de lui parler un peu de lui, mais le jeune homme secoua la tête.

— Je doute d'avoir quoi que ce soit d'aussi intéressant à vous raconter, s'excusa-t-il. Je suis juste un type lambda qui essaie de s'en sortir. Par contre, je connais un type qui s'y connaît en bracelets en or : il a une boutique pas loin. On peut lui apporter le vôtre, si vous voulez. Il pourrait peut-être vous donner quelques infos dessus…

Arthur ne se sentait vraiment pas d'humeur à reprendre le train. Qui plus est, son retour chez lui ne pressait pas véritablement. En sus, il manquait cruellement de pistes concernant les charmes restants.

— Pourquoi pas ? répondit-il. Et puis, c'est une bien belle journée pour une balade.

Ce n'est que lorsqu'ils se retrouvèrent dans une nouvelle ruelle jonchée de boîtes de fast-food en polystyrène et chargée d'odeurs douteuses qu'Arthur se mit à s'interroger sur sa naïveté. Se pouvait-il que Mike fût de mèche avec l'autre brigand ? Que tout cela ne soit qu'un traquenard pour soutirer bien plus à ce vieillard qu'un pauvre portefeuille ? Il avait l'impression qu'ils marchaient depuis une éternité, et il n'avait pas la moindre idée de l'endroit où il se trouvait. Au coin de rue suivant, tous les passants qui grouillaient peu de temps avant autour d'eux avaient disparu : il n'y avait plus, dans cette sombre ruelle pavée, qu'Arthur, Mike et Lucy. De part et d'autre pesaient sur eux de hauts immeubles en brique. Lorsque le soleil se nicha derrière un nuage, Arthur ralentit le pas.

— Je marche un peu trop vite, peut-être ? On y est presque.

Des images de la comédie musicale *Oliver !* surgirent dans son esprit : il revit les crasseux gamins des rues qui volaient à la tire, Fagin et ce chien à l'œil noir... Comment s'appelait-il déjà ? Ah oui : Bull's Eyes... Celui qui s'en prenait sans crier gare aux pauvres gens de l'Angleterre victorienne ! Arthur se raidit, s'attendant à ce qu'une main jaillît d'une porte pour l'assommer d'un coup de matraque sur le crâne. Lui qui avait toujours voulu croire en la bonté des hommes allait s'en voir récompensé par une nouvelle agression...

Et puis, tout à coup, la vision d'un marché au bout de la ruelle le remplit d'espoir : là-bas, une rue grouillait de clients achetant aux marchands mangues, cigarettes électroniques, cache-oreilles et autres jupes colorées qui flottaient sous la brise. Boutiques et cafés s'alignaient tout du long.

— Voilà, c'est ici, annonça Mike en poussant la porte d'une minuscule échoppe.

Sur la devanture sombre était inscrit en lettres d'or : « OR. ACHAT-VENTE. NEUF ET OCCASION. »

Une clochette tinta au-dessus de leur tête. Des effluves de tourte à la viande et de patines embaumaient les lieux.

— Jeff ? lança Mike au hasard de la boutique. Jeff, t'es là, mec ?

S'en suivirent grincements et bruits de pas traînants derrière un rideau de perles, puis apparut un homme au visage brun aussi froissé qu'un vieux sac en papier. Le nouvel arrivant avait des épaules si larges qu'on aurait cru qu'il portait une palanche sous sa chemise rouge à carreaux.

— Mike, mon pote ! Comment ça va ?

— Bien, bien. Je t'amène mon ami Arthur. Il aimerait que tu jettes un coup d'œil à un bracelet. Un chouette bracelet en or.

Jeff se frotta la tête : ses ongles et phalanges étaient d'un noir de suie.

— Tu m'intrigues : c'est pas ton genre de me ramener du beau matos, Mike.

Arthur mit une main dans sa poche et serra les doigts autour du bracelet. Mike et Jeff attendaient… C'est que les deux hommes étaient intimidants : s'ils lui voulaient du mal, il n'aurait aucune échappatoire. Pour autant, il était trop tard pour faire machine arrière. Il posa le bracelet sur le comptoir.

Jeff laissa filer entre ses lèvres un sifflement admiratif.

— Une vraie beauté, dis donc. Très belle pièce… (Il prit le bracelet d'un geste empreint de respect, puis sortit une loupe d'horloger d'un tiroir.) OK, c'est plus pratique avec ça… C'est du travail d'orfèvre, vraiment… Combien en voulez-vous, Arthur ?

— Je ne cherche pas à le vendre. J'aimerais simplement en apprendre autant que possible à son sujet. Il appartenait à ma femme.

—Compris ! Eh bien, pour commencer, c'est du dix-huit carats : on ne rigole pas. Il a été fait en Europe, probablement en Angleterre… Il faudrait que je trouve le poinçon. Les breloques varient en âge et en qualité : elles sont toutes de bonne facture, mais certaines valent plus que d'autres. L'émeraude dans l'éléphant, Arthur, c'est digne de la place Vendôme ! Le bracelet en lui-même doit dater de l'ère victorienne ; les charmes sont plus récents. Le cœur fait très moderne : il n'est pas bien vieux. Regardez la fixation, elle n'est pas vraiment d'équerre. Il n'y a même pas de soudure : c'est fixé à la pression. Votre femme l'a acheté récemment ?

Arthur fit « non » de la tête.

—J'en doute…

—Eh bien, en tout cas, on l'a ajouté à la hâte. Le tigre est joli, mais c'est de la production en série ; il doit dater des années 1950-1960. Le dé à coudre et le livre sont de très belle facture, mais l'éléphant, vraiment, c'est une merveille.

—Il me semble qu'il vient d'Inde.

—C'est plus que probable, en effet, Arthur, acquiesça Jeff, avant de faire son inspection plus minutieuse encore. Hmm… Je me demande si la fleur n'est pas un acrostiche.

—Genre, comme quand on croit en une force supérieure ? réagit Mike.

Jeff pouffa.

—Non, ça, c'est agnostique. Les acrostiches, ce sont des bijoux qui avaient le vent en poupe à l'ère victorienne : des pièces de joaillerie serties de gemmes qui épelaient un nom ou un message. Souvent, on les offrait à un proche ou à l'élu de son cœur. Regardez… (Il sortit une bague en or d'une vitrine.) Vous voyez comme les pierres sont alignées ? Lues à la suite, les initiales de chacune des pierres épellent le mot « amour » : améthyste, malachite, opale, uvarovite, rubis.

— Vous pensez que la fleur épelle un message, alors ? demanda Arthur.

— Eh bien, nous allons le découvrir ensemble… Je pense que le charme date des années 1920, vu le style Art nouveau, et qu'il s'agissait d'un pendentif à la base : le maillon qui le retient est très fin. Je vois une nouvelle émeraude, un lapis-lazuli, une améthyste, un rubis et un péridot.

Arthur retourna les initiales dans sa tête à de multiples reprises.

— Cela pourrait épeler « Pearl[1] », non ? Et n'est-ce pas une minuscule perle au milieu ?

Jeff acquiesça.

— Exactement. Très impressionnant, Arthur. Cela vous évoque quelque chose ?

Arthur fronça les sourcils.

— Il me semble que c'était le prénom de la mère de Miriam.

Même après leur mariage, il avait toujours appelé cette femme Mrs Kempster. Elle était morte avant la naissance de Dan.

La première fois que Miriam avait invité Arthur à prendre le thé, la première remarque de sa mère avait été

1. « Perle » en français.

qu'il avait de grands pieds : il avait baissé les yeux vers sa paire de 45 et, s'il n'avait pas trouvé ses pieds si grands que cela, il en avait depuis conçu un complexe.

Mrs Kempster avait été une femme froide et sévère à la mâchoire carrée et au regard d'acier. Miriam ne l'appelait pas « maman », mais « mère ».

— Bingo, dans ce cas ! La période collerait ? Les années 1920 ?

— C'est probablement l'époque à laquelle elle est née, oui.

— C'était peut-être un cadeau de baptême, proposa Jeff dans un haussement d'épaules. Après quoi, elle l'aura donné en héritage à votre femme.

Arthur acquiesça. Tout cela paraissait bien pertinent.

— La palette de peintre me plaît beaucoup, aussi. C'est un bel objet. On y a gravé de minuscules initiales... « S. Y. » Ça ne me dit rien. (Il fit glisser le bracelet sur le comptoir pour le rendre à Arthur.) C'est un très beau bijou que vous avez là. Il doit bien valoir dans les 1 500 livres. C'est le prix que je serais heureux de vous en proposer, en tout cas, si vous voulez vous en débarrasser.

— Vraiment ? Tant que cela ?

— Les bracelets de ce type sont souvent de grande valeur, pour leur propriétaire en tout cas : les charmes représentent souvent des choses importantes à leurs yeux. Ce sont comme des bracelets de souvenirs, en somme. Vu ces breloques, votre femme a dû vivre une vie riche et palpitante... Elle a dû vous raconter de sacrées histoires, non ?

Arthur baissa les yeux.

Mike s'en rendit compte.

— Bon ! Merci, Jeff, t'es un vrai pote, salua-t-il le joaillier.

Lorsqu'ils furent de retour dans la rue, Arthur sentit le bracelet peser dans sa poche. Cette rencontre l'avait laissé plus troublé que jamais. Ainsi, le cœur était peut-être récent… Quant à la mère de Miriam, il n'était pas non plus certain qu'elle s'appelait bien Pearl. Il ne savait rien non plus des initiales « S. Y. ».

— Vous avez hésité à le vendre ?

— Je ne sais pas trop… (Arthur se sentait quelque peu ébranlé d'avoir tant appris d'un inconnu ; d'avoir découvert tant de nouvelles pistes quand il pensait que sa quête avait touché à sa fin.) Bon… Je ferais mieux de filer.

— Où donc ? Vous avez votre billet de retour ?

Arthur lui répondit que non, posant sur les alentours un regard absent.

— Vous savez où dormir ce soir ?

— Je n'avais pas prévu de passer la nuit à Londres… Je pense que je vais me trouver un hôtel, ajouta-t-il, effrayé à l'idée de repasser une nuit en auberge de jeunesse.

— Dans ce cas… pourquoi ne pas dormir chez moi ? proposa Mika après une brève hésitation. Ce n'est pas un palace, mais c'est peut-être moins impersonnel qu'un hôtel. Et puis, ça peut vous coûter bonbon, un hôtel, par ici.

Cette folle odyssée déconcertait Arthur de plus en plus : après celui de l'inconnu du café, c'était son esprit dans lequel il jetait le trouble. Il n'avait aucune envie de dormir sous le toit d'un inconnu, mais son corps entier lui donnait l'impression de s'être changé en pierre tant la tension lui broyait les muscles. La seule pensée de devoir endurer une nouvelle excursion dans le métro l'effrayait.

Il acquiesça et se saisit de la laisse de Lucy.

Chapitre 14

L'appartement de Mike

Située au bout d'un couloir de béton, la porte en bois vert bouteille de l'appartement de Mike était percée d'un trou qui laissait supposer qu'on l'avait défoncée à coups de pied. Elle s'ouvrait sur un intérieur aux meubles vieillots aussi usés que rares : une table basse seventies orange au plateau décoré d'une mosaïque bleue et blanche, un canapé aux pieds de bois recouvert d'un drap à fleurs... Au sol, marques d'usure et taches de peinture criblaient les lattes du plancher.

Arthur s'intéressa quelques secondes à la bibliothèque richement fournie de deux mètres de haut : s'y trouvaient thrillers, biographies, une bible, des albums de *Star Wars*...

— Vous en avez, des livres, commenta-t-il.

— Oh... Oui, je sais lire..., rétorqua Mike d'un ton presque blessé.

— Navré, je ne voulais rien sous-entendre...

— OK... (Mike se fourra les mains dans les poches.) Désolé d'avoir réagi au quart de tour : pour la plupart des gens, si on vit dans la rue, on est forcément décérébré.

J'ai été l'heureux bénéficiaire d'une tripotée de remarques condescendantes, alors je suis un peu chatouilleux sur le sujet. Bon, je nous prépare un truc à boire ! Un café, ça ira ? Je n'ai plus de thé.

Arthur acquiesça, puis s'assit sur le canapé ; Lucy vint s'installer d'un bond sur ses genoux. Arthur lui caressa la tête, et elle leva vers lui ses yeux orange.

— Alors, votre prochaine étape ? lui demanda Mike en plaçant deux mugs fumants sur la table basse. À quel charme allez-vous vous intéresser ?

— Je ne sais pas encore. La palette de peintre m'intrigue, je dois dire. Et puis, cette histoire avec ma belle-mère... Je n'avais pas repensé à elle depuis des années, d'ailleurs. Ou peut-être que je devrais abandonner mes recherches : cela me torture l'esprit...

— Allez au bout, Arthur ; n'abandonnez pas. Ces charmes pourraient être la clé d'un nouveau bonheur.

Arthur secoua la tête, dubitatif : après ce qu'il avait vécu, il se permettait d'en douter.

— Un nouveau bonheur ?

— Oui. Pourquoi ces charmes ne seraient-ils pas vos porte-bonheur, comme Lucy pour moi ?

— J'en doute...

— Quel âge avez-vous, Arthur ?

— Soixante-neuf ans.

— Bon, vous n'êtes plus tout jeune, c'est sûr, mais vous n'êtes pas non plus grabataire. Il vous reste peut-être vingt ans à vivre : vous voulez vraiment les passer à planter des jacinthes et à boire du thé ? Vous pensez que c'est la vie que votre femme aurait souhaitée pour vous ?

— Je ne sais pas trop, soupira Arthur. Avant la découverte du bracelet, je ne faisais pas grand-chose de plus au quotidien, et je me disais que c'était ainsi que Miriam aurait voulu me voir vivre. Désormais, je ne sais plus vraiment... Je pensais la connaître par cœur, et voilà que je découvre toutes ces choses à son sujet ; ces choses qu'elle m'a cachées. Si elle m'a tu tout cela, qu'est-ce que j'ignore encore ? M'a-t-elle été infidèle ? S'ennuyait-elle avec moi ? L'ai-je tenue éloignée de certaines passions ?

Il baissa les yeux et riva le regard sur la vieille carpette multicolore posée sur le plancher.

— On ne peut pas faire obstacle à la passion. Peut-être trouvait-elle que son mode de vie passé ne présentait plus d'intérêt pour elle. Parfois, vous n'avez pas forcément envie de relire un chapitre de votre vie... J'ai perdu cinq ans de la mienne à me droguer : tout ce dont je me souviens, c'est de m'être senti comme une merde chaque matin au réveil, d'avoir passé mes journées à déambuler à la recherche d'un fix, et des trips hallucinés qui suivaient. Ce chapitre de ma vie, je préfère ne pas le relire. Ce que je veux, c'est me remettre sur pied, trouver un vrai boulot et, qui sait, peut-être une copine avec qui je me sente bien.

Arthur acquiesça. Néanmoins, s'il comprenait ce que Mike voulait dire, sa situation lui semblait différente.

— Parlez-moi donc de vos livres, dit-il. Je serais très heureux d'en discuter avec vous.

— J'adore les livres. C'est aussi simple que ça. Je me rappelle encore l'un de ceux que j'avais étant gosse ; l'histoire d'un ours qui essayait d'ouvrir un pot de miel coûte que coûte, sans jamais se décourager. J'ai gardé cette histoire en tête tout du long, pendant ma cure de désintox : j'ai essayé sans relâche d'ouvrir mon pot de miel à moi.

— J'adorais lire des histoires à mes enfants quand ils étaient petits. Mon fils préférait largement que ce soit ma femme qui s'en charge, mais chaque fois que j'ai pu m'en occuper, j'ai passé un moment touchant. Et puis, les histoires me plaisaient à moi aussi.

— Des histoires, tout le monde en a de chouettes à raconter, Arthur. Regardez : si l'on m'avait dit hier que j'hébergerais bientôt un vieux globe-trotter, je ne l'aurais pas cru… Pourtant, vous êtes là. D'ailleurs, vous êtes plutôt sympa pour un vieux coincé…, le taquina-t-il.

— Et vous pour une jeune vermine.

Les deux hommes partirent d'un rire franc.

— J'avoue être assez fatigué. M'en voudrez-vous si je vais me coucher ?

— Pas du tout, l'ami. La salle de bains est au bout du couloir. Je vous laisse mon lit ; je dormirai sur le canapé.

— Hors de question : le sofa est on ne peut plus confortable, et j'ai bien l'impression que Lucy se fera un plaisir de m'y tenir compagnie.

La petite chienne, recroquevillée à côté de lui, s'était endormie.

Mike quitta la pièce et revint bientôt avec une couverture en laine verte qui sentait quelque peu le moisi.

— Vous aurez chaud avec ça.

— Sans aucun doute, acquiesça Arthur en s'en couvrant les jambes.

— Bon, eh bien… bonne nuit, Arthur.

— Bonne nuit.

Avant de s'endormir, il tenta une nouvelle fois de téléphoner à Lucy histoire de lui faire savoir où il était et de lui parler de son homonyme à fourrure, mais elle ne répondit pas. Il fourra son téléphone portable sous son oreiller, s'allongea, et ses yeux se fermèrent presque aussitôt : la dernière image qu'il eut de cette journée fut celle de la palette de peintre scintillant sous la lumière d'un lampadaire.

Lorsque Arthur s'éveilla le lendemain matin, Lucy n'était plus là. Il bâilla et balaya des yeux le salon de Mike du regard ; lentement, il posa le regard sur la table basse. Il n'y avait plus rien sur le plateau : le bracelet n'y scintillait plus. Il avait disparu.

Il se redressa d'un bond, les yeux écarquillés, une boule d'angoisse dans la gorge. Où était-il passé ? Il était convaincu de l'y avoir laissé. Il se releva si vite qu'il manqua de retomber en arrière : les genoux bloqués, le dos voûté, il se redressa lentement. Mike n'aurait jamais pu lui voler le bracelet… Non : il avait confiance en lui. Et puis, il était dans son appartement… N'est-ce pas ? Il se mit à en douter : il n'y avait aucun effet personnel ici, et Mike s'était braqué quand Arthur lui avait parlé des livres.

— Lucy ? appela-t-il d'une voix désincarnée.

Il tendit l'oreille, espérant entendre le cliquètement de ses griffes sur le plancher, mais ne perçut que les cris d'un couple dans l'appartement d'à côté : l'homme traitait la femme de « sale glandeuse », et elle lui donnait du « gros nase ».

Il laissa la couverture verte tomber sur le sol et commença à faire le tour de l'appartement : une fois de plus, il trouva le mobilier bien minimaliste. Il n'y avait ici pas une traître photo ni la moindre décoration. Hormis un tube vide de dentifrice Colgate sur le lavabo et un demi-litre de lait dans le frigo, il n'y avait rien ni personne dans l'appartement. Arthur était seul. Désespérément seul.

Il se laissa tomber sur le canapé et se prit la tête dans les mains. Lorsqu'il sortit son téléphone de sous l'oreiller, il remarqua que Lucy ne l'avait pas rappelé. Il n'aurait jamais dû se lancer dans ce périple… Comparée aux montagnes russes émotionnelles qu'imposaient à son estomac les récents événements, sa vie ennuyeuse à la maison lui paraissait d'un confort infini. Il repensa soudain à son sac à dos : avait-il également disparu ? Il avait rangé son portefeuille dans la poche avant. Comment diable allait-il pouvoir traverser Londres sans argent ? Il ignorait même où il était !

— J'ai été con comme un balai, ma pauvre Miriam…, lâcha-t-il à voix haute.

Son retour chez lui allait être un vrai chemin de croix…

Il n'aurait pu sentir son cœur plus lourd… quand il entendit une clé dans la serrure. Son sang ne fit qu'un tour.

— Mike ? cria-t-il. Mike, c'est vous ?

— Je m'appelle Mike, oui, mais je vais devoir changer de prénom si vous l'usez avec une vigueur pareille.

La porte claqua, et Lucy déboula bientôt vers lui. Quand elle bondit à répétition contre ses jambes, il la gratifia de gratouilles sous le cou.

Mike lança un sac en plastique sur le canapé.

— Je suis sorti acheter deux, trois trucs à manger. Je ne suis pas Crésus, du coup, on n'a que du pain et du beurre pour les tartines, mais bon, c'est déjà ça. Je n'avais pas assez pour le lait et celui qui est au frigo est rance, donc… ce sera café noir.

Soulagé, Arthur ne put s'empêcher de s'approcher de Mike et de le serrer dans ses bras. Le jeune homme se raidit.

— Euh… tout va bien ?

— Oui.

Arthur poussa un soupir de soulagement, et désigna d'un regard la table basse.

— Oh ! Vous vous demandiez où était votre bracelet… Vous vous êtes réveillé, vous avez vu qu'il n'était plus là et en avez conclu que je m'étais arraché avec.

— Ça m'a traversé l'esprit, oui, je vous présente mes excuses. J'ai la confiance capricieuse, ces temps-ci.

— Ça peut se comprendre. (Mike se dirigea vers une étagère de livres et en tira un dictionnaire derrière lequel était caché le bracelet.) On m'a cambriolé le mois dernier. Je ne laisse plus traîner d'objets de valeur, depuis. Cela dit, je n'ai plus grand-chose de précieux à laisser traîner…

— On vous a pris quelque chose auquel vous teniez ?

— La montre de mon père. Une Rolex en or. Jeff m'en proposait une fortune, mais je n'ai jamais pu me résoudre à m'en séparer. J'aurais préféré crever de faim plutôt que de la vendre : c'était le seul objet de mon père que je possédais encore. Les autres, je les avais vendus pour payer mes fix. Je le regrette amèrement aujourd'hui… Il est mort quand j'avais trois ans.

— Je suis navré de l'entendre.

— Le truc, c'est que je crois savoir qui l'a prise : les enfoirés d'à côté. Dès que je sors ou que je rentre, ils le savent. Je rangeais la montre dans une boîte, dans le placard de la cuisine. Un jour, je suis rentré après avoir fait la manche toute la journée, et on avait forcé ma porte : quand j'ai frappé chez les voisins, le type m'a répondu de façon trop polie pour être honnête. D'habitude, il n'avait jamais une minute à m'accorder et là, tout à coup, il m'a offert une tasse de thé. Quand je lui ai parlé de la montre, il n'a pas arrêté de lancer partout des regards de fouine. Je suis sûr que c'est lui qui l'a… Le nom de mon père est gravé sous le cadran : Gerald.

Il y avait bien peu de choses qu'Arthur pouvait faire pour le réconforter : il savait mieux que personne combien un bijou pouvait être chargé de souvenirs et d'émotions.

— Je suis bien ennuyé pour vous… Mike, laissez-moi vous donner un peu d'argent pour votre accueil.

— Certainement pas. (Mike leva un coussin, mais le laissa retomber aussitôt.) Je ne vous ai pas accueilli par intérêt. Où est passée ma flûte, merde ?

— Elle est sur l'étagère.

— Ah oui, c'est vrai… Merci.

Il la fourra dans sa poche, puis s'empara de la laisse de Lucy, posée sur la table basse, avant de la nouer autour du cou de la chienne. Elle secoua la tête, puis leva la truffe vers Arthur.

— Je ne viens pas avec vous, aujourd'hui, déclara celui-ci en la caressant sous le menton. Je te laisse avec Mike.

Ils prirent un rapide petit déjeuner composé de café et de quelques tartines, puis quittèrent ensemble l'appartement. L'atmosphère n'était plus vraiment la même : Arthur avait le sentiment d'avoir offensé le jeune homme et craignait d'enfoncer un peu plus le clou. Mike ferma la porte à clé, et ils descendirent l'escalier de béton.

— Bon, eh bien, Arthur…, commença Mike d'un air distrait quand ils furent arrivés en bas, je vais vous laisser, maintenant. Il y a un arrêt de bus de l'autre côté de la rue. Le 87A file droit à la gare de King's Cross.

— Merci. Vous êtes sûr que je ne peux rien vous laisser en remerciement ?

Mike fit « non » de la tête.

— Rien. Ça m'a fait plaisir de vous dépanner. À plus, Arthur.

Sur ces mots, il se retourna et commença à s'éloigner.

Arthur riva le regard sur lui. Ils avaient partagé quelque chose d'intense, tous les deux : ils avaient droit à autre chose qu'à d'aussi fades adieux. Pour tout dire, son nouvel ami avait redonné à Arthur une certaine foi en l'Humanité. Il fit un pas en avant.

— Mike ! l'interpella-t-il.

Son sauveur se retourna, les sourcils froncés.

— Merci pour tout.

— Pas de quoi. Promettez-moi de ne pas vous perdre, OK ? Ne parlez pas non plus aux inconnus, et souvenez-vous de toujours regarder le bon côté des choses : je ne serais pas étonné que ces charmes finissent par vous porter chance.

Chapitre 15

La fleur

Suivant les instructions de Mike, Arthur prit le bus jusqu'à King's Cross. Là, il monta dans le train et dormit durant tout le trajet du retour jusque chez lui. Il fut réveillé lorsqu'une main squelettique se referma sur son épaule.

— Nous sommes en gare de York, l'informa un vieil homme dont les sourcils formaient sur ses arcades comme deux plumes blanches. Vous descendez ici, peut-être ?

Arthur le remercia d'un hochement de tête. Il acheta une bouteille d'eau dans un distributeur de la gare, s'en versa un peu dans les mains et se rafraîchit le visage. S'il se sentait épuisé, Arthur n'en ressentait pas moins un plaisir vivifiant à se trouver ici.

Il quitta la gare et resta un instant sur le parking à observer les taxis et autres voyageurs qui couraient après leur train, ceux qui accueillaient leurs proches, parents, amis ou amants. Il était heureux d'être de retour et de reconnaître autour de lui ces détails qui lui étaient si familiers. Pourtant, si une part de lui-même brûlait de rentrer chez lui – d'arroser Frederica et de se préparer une bonne tasse de thé–, une autre ne se sentait pas prête à reposer ses valises, à retrouver sa routine. Pas encore. Avant cela, il aurait aimé en apprendre davantage au sujet de la mère de Miriam.

Sur le chemin du retour, il fit un détour par le centre de Thornapple. Il y avait plus direct comme itinéraire, mais il avait besoin d'un peu de temps pour réfléchir avant de retrouver son foyer : les événements de ces derniers jours l'avaient remué, et il aurait aimé remettre un peu d'ordre dans son esprit.

Il avait donc découvert où Miriam avait vécu durant ses aventures prémaritales, et rencontré certaines de ses connaissances, mais n'avait pas encore compris ce pour quoi elle était partie de Thornapple : il était bien rare pour les locaux de faire quoi que ce fût d'autre que se marier, avoir des enfants et s'installer au sein même du village.

Avait-elle été heureuse de vivre dans un manoir parmi les tigres, ou avait-elle enduré l'expérience le temps de trouver plus à son goût ? Savait-elle que François De Chauffant était homosexuel ou cet homme avait-il été, sans réserve, l'amour de sa vie ? Sa mère, d'un abord si froid, avait-elle souri en lui tendant le petit pendentif en forme de fleur ? La mère et la fille avaient-elles partagé un moment de tendresse ? Il ne le saurait probablement jamais.

Au final, c'était surtout lui-même qu'il avait appris à connaître davantage. Par exemple, il n'aurait jamais pensé faire preuve d'autant de courage face à un tigre sur l'offensive : il avait su garder la tête froide, quand il se serait attendu à hurler et à succomber à la panique. De la même façon, il avait survécu à une nuit dans cet étrange manoir, alors qu'il n'avait avec lui ni son dentifrice ni son pyjama ! Dire que la veille, le seul fait d'avoir chamboulé sa routine avait moucheté son front de gouttes de sueur glacées.

Aussi, lorsque, dans un café, il avait conseillé un inconnu sur sa vie sentimentale, il ne lui avait pas parlé en vieux schnoque réactionnaire, ce qu'il pensait pourtant être. Il avait également trouvé le courage de se présenter à un ancien rival – alors qu'il eût été bien plus simple de fuir –, et avait même aidé le jeune Sebastian. En outre, il avait été surpris par l'ouverture d'esprit et la tolérance dont il avait fait preuve à l'égard d'un punk à chien hanté par le spectre de la drogue. Autant de qualités qu'il ne se connaissait pas avant le début de son aventure ! Il s'était révélé plus déterminé et profond qu'il ne le pensait, et ce n'était pas pour lui déplaire.

Ce que ces événements et ces gens avaient fait naître en lui, c'était une certaine forme de désir. Non qu'il fût devenu lubrique ou particulièrement envieux d'autrui, non : c'était simplement qu'au contact d'individus dans le besoin, il avait ressenti ce désir bienveillant de leur venir en aide. Aussi, lorsque le tigre l'avait attaqué, avait-il senti naître en lui le désir de vivre : pris au piège sous la bête orange, c'était à l'avenir plus qu'au passé qu'il avait songé.

Voilà qui était tout à l'opposé de ce qu'il avait éprouvé des mois durant, après la mort de Miriam, lui qui, une fois couché, n'aspirait qu'à s'endormir pour ne jamais plus se réveiller, et avait envisagé d'écrire à Terry – de l'autre côté de la rue – de venir le retrouver mort dans son lit.

Jamais Arthur ne s'était demandé à quoi ressemblait la vie d'autrui : pour lui, il ne faisait aucun doute que les habitants de la nation entière vivaient dans des maisons semblables à la sienne, agencement intérieur compris. Tout le monde s'éveillait au même moment pour entamer sa routine quotidienne, tout comme lui. Il avait lu des dizaines d'articles de journaux à propos d'émissions de téléréalité qui suivaient le quotidien de citoyens moyens : ce devait être d'un ennui, se disait-il chaque fois, sans se rendre compte que la vie des autres était radicalement différente de la sienne.

Désormais, il avait découvert ce qu'étaient la différence et la diversité : il existait autant de prisons dorées que d'individus. Ainsi, il repensa à Sebastian qui attendait pieds et poings liés des signes d'affection d'un homme dont il n'avait habité le cœur que quelques mois, avant de devenir à ses yeux un illustre inconnu. Il songea aussi à lord Graystock et à sa dame qui se convoquaient l'un l'autre d'un tintement de cloche… Tous ces gens rendaient son propre quotidien aussi terne que les gilets abandonnés dans la garde-robe de Miriam.

Auparavant, quand il regardait en arrière, il revoyait sa vie passée tout en Technicolor : le ciel, le sable, les vêtements de sa femme… Aujourd'hui, à chaque nouvelle découverte, ses souvenirs perdaient en chaleur, se mêlaient en une sombre boue de couleurs. Il aurait aimé tout arrêter : retourner en arrière et mettre les bottes en daim marron de Miriam dans le sac destiné aux œuvres caritatives avant d'y avoir risqué la main. Alors, il n'aurait plus toutes ces troublantes idées en tête, se contenterait de n'être qu'un veuf insouciant observant le spectacle de sa vie passée au travers de lentilles d'un rose naïf et rassurant qui l'auraient convaincu de sa perfection.

Sauf que sa vie n'avait pas été si parfaite que cela, il le savait bien. Ses deux enfants, notamment, s'étaient éloignés de lui : Lucy lui parlait d'une voix teintée d'affection et d'inquiétude, certes, mais ne s'en faisait pas moins distante. Si distante, d'ailleurs, qu'il n'avait pas eu le courage de lui parler du bracelet. Elle aussi lui cachait des choses, il le sentait bien. Lorsqu'il appelait Dan, le brouhaha de sa vie de famille s'invitait chaque fois en fond sonore… Tous les trois avaient échoué, sans Miriam, à retrouver leur rythme familial.

Il allait devoir reprendre les choses en main : tout comme il refusait aux mystères des charmes de demeurer enfouis, il ne laisserait pas sa famille lui échapper. Il faudrait, dès lors, qu'il comprît pourquoi ses enfants et lui n'étaient plus aussi proches, et travaillât à reconstruire leur cellule familiale. Parfois, Arthur se sentait telle une graine abandonnée à une terre en jachère ; pourtant, contre toute attente, une pousse s'était frayé un chemin laborieux jusqu'à l'air libre et se montrait sans frémir, d'un vert bien vivant. Plus que tout, Arthur voulait continuer de pousser. Lorsque les feuilles de Frederica s'étaient asséchées et teintées de brun, il avait su la couvrir d'attentions, la nourrir, et c'est exactement le traitement qu'il s'offrait désormais.

Un courage engageant couvait en lui, aussi, comme il décida que Mike devrait être justement remercié pour tous ses efforts, il prit vaillamment la direction du bureau de poste : il s'aventurerait en territoire ennemi et y dénicherait une carte de remerciements !

Lorsqu'il arriva devant le modeste bureau de poste rouge, une pancarte indiquait : « Fermé pour le déjeuner. » Il rouvrirait à 13 h 30. Il savait que Vera prenait un malin plaisir à attendre près de la porte pour retourner du bon côté le panneau « Fermé » à 12 h 25 précise : les retardataires pourraient s'acharner tant qu'ils voudraient sur la poignée, ils trouveraient porte close.

Avec quinze minutes à attendre, Arthur se mit à faire les cent pas sur le trottoir accidenté : plus d'un retraité s'était retrouvé ici à mordre le pavé à cause des nids-de-poule.

Il observa, au bas de la rue, les minuscules maisons de campagne, toutes identiques : Miriam avait vécu dans l'une d'elles, celle avec la porte rouge. Une jeune famille habitait là désormais : deux femmes et leurs enfants. On prétendait qu'elles avaient toutes deux quitté leurs maris pour vivre ensemble.

Miriam était fille unique, et sa mère s'était toujours montrée très protectrice envers elle, aussi Arthur s'était-il efforcé de s'attirer ses bonnes grâces en s'assurant que ses chaussures étaient correctement cirées, en apportant des gâteaux et en l'écoutant radoter pendant des heures à propos de ce jour où elle s'était coincé le doigt dans l'une des machines de la filature de coton. Miriam et lui échangeaient des sourires complices sitôt qu'elle se mettait à pépier : « Vous ai-je déjà raconté mon accident ? »

Sur les photos de mariage de Miriam et Arthur, on voyait les jeunes mariés tout sourires, joue contre joue, heureux de ce que leur promettait l'avenir : Mrs Kempster, elle, semblait s'être trompée de cadre avec son immense sac brun plaqué contre la poitrine et des lèvres aussi retroussées que si elle venait de boire une citronnade atomique.

Lorsqu'ils avaient vidé sa maison, ils avaient entassé le peu qu'elle possédait à l'arrière d'une camionnette. La dame était pingre. Arthur se demanda si Miriam avait récupéré le charme dans le débarras, mais ne se rappelait pas – une fois encore – que sa femme lui eût dit quoi que ce soit à ce sujet.

Il s'aventura un peu plus loin et se trouva bientôt devant la porte du numéro 48… qui s'ouvrit soudain. L'une des femmes sortit de la maison.

— Tout va bien, monsieur ? lui lança-t-elle d'une voix aimable.

Elle avait noué dans sa chevelure un foulard violet et portait un débardeur vert qui ne laissait aucun doute sur le fait qu'elle ne s'encombrait pas de soutien-gorge. Ses cheveux faisaient des torsades ébène et sa peau avait le brun du café. Elle essora un torchon à vaisselle sur le perron, puis le secoua d'un coup sec.

— Très bien, merci, répondit Arthur en la saluant d'un geste de la main.

— Vous cherchez quelque chose, peut-être ?

— Pas vraiment. Enfin, si, pour tout dire : il se trouve que ma femme vivait dans votre maison, lorsqu'elle était jeune. J'y pense chaque fois que je passe devant chez vous.

— Oh, je vois. Quand a-t-elle quitté les lieux ?

— Nous nous sommes mariés en 1969, mais je ne crois pas qu'elle ait quitté la maison avant 1970 ou 1971, à la mort de sa mère.

La femme désigna la maison d'un signe de tête.

— Entrez donc jeter un coup d'œil, si vous voulez !

— Oh, non, je ne vous en demandais pas tant. Je suis navré de vous avoir dérangée.

— Vous ne m'avez pas dérangée le moins du monde, alors n'hésitez pas à entrer jeter un coup d'œil. Il faudra juste que vous fassiez attention à ne pas vous prendre les pieds dans les jouets des enfants…

Il s'apprêtait à refuser une fois de plus, mais se ravisa… Et pourquoi pas ? Peut-être qu'une petite visite des lieux raviverait quelque souvenir en sa mémoire…

— Eh bien, avec plaisir, alors : c'est vraiment très aimable de votre part.

La maison était méconnaissable : colorée, lumineuse et en pagaille. Y régnait une impression d'authentique joie de vivre. Lui revint l'image de Miriam et lui assis docilement sur deux chaises de part et d'autre de la cheminée, Mrs Kempster trônant au milieu, faisant fièrement cliqueter ses aiguilles à tricoter de ses doigts noueux. Les murs étaient bruns à l'époque et le tapis effiloché. Arthur sentait encore le feu de cheminée, autant qu'il se souvenait de la fumée qui s'élevait de la fourrure du chien couché à quelques petits centimètres de l'âtre.

— Cela vous rappelle des souvenirs ? lui demanda la femme.

— Fort peu. Je reconnais bien la disposition générale des lieux, mais tout est si différent d'autrefois. La maison est plus vivante, joyeuse... Plus moderne, aussi.

— On fait ce qu'on peut avec nos petits revenus. La vue est plutôt sympa, quoi que puisse en dire la femme du bureau de poste. Je vis avec ma compagne : déjà que, pour cette dame, c'est toute une histoire, il faut en plus que nous formions un couple mixte !

— Vera n'est pas des plus ouvertes d'esprit. Et puis, elle a un goût assez prononcé pour le commérage.

— Ce n'est pas moi qui vous contredirai : tout ce qui sort de son ordinaire n'a pas de raison d'être.

Arthur entra dans la cuisine et y découvrit des appareils électroménagers blancs et clinquants assortis d'une table à manger jaune. La cuisine de Mrs Kempster avait été aussi sombre que peu invitante avec son plancher grinçant et le filet d'air arctique qui se glissait sous la porte de derrière. Non, rien ici ne ressemblait à l'intérieur de ses souvenirs.

Il monta ensuite à l'étage et, immobile quelques secondes dans le couloir, jeta un coup d'œil, par la porte entrouverte, à l'ancienne chambre de sa femme. Les murs étaient peints en rouge vif. S'y trouvaient un lit superposé, d'innombrables peluches et, affichée au mur, une grande carte colorée. Il riva le regard sur cette dernière découverte, et ses yeux s'écarquillèrent : un souvenir lui revenait en mémoire.

Mrs Kempster ne l'avait autorisé qu'une unique fois à l'étage, pour réparer l'un des pieds de son lit. Elle aimait les garder à l'œil, Miriam et lui, de façon à s'assurer qu'ils ne se lanceraient pas dans quelque activité répréhensible. D'ailleurs, lorsqu'il arrivait à Arthur de devoir utiliser les toilettes, il devait se rendre dans celles du bas, au fond du jardin.

Pour accomplir sa tâche, il avait apporté un tournevis, des vis et un petit bidon d'huile. Lorsqu'il était arrivé en haut de l'escalier, il n'avait pas résisté à l'envie de jeter un coup d'œil furtif dans la chambre de Miriam : une couette en patchwork recouvrait son lit, une chaise en bois accueillait une poupée et, sur le mur, on avait affiché une carte du monde à peu près au même endroit que celle qu'Arthur voyait à présent. Elle était plus petite, cependant, ses couleurs passées et ses coins cornés.

À l'époque, Arthur avait trouvé la présence de cette carte quelque peu singulière : jamais Miriam ne lui avait parlé de voyage ni ne lui avait fait part d'une quelconque envie d'explorer le monde. Il se souvint de trois punaises rouges fichées sur la carte, et d'être rentré dans la chambre pour étudier le planisphère de plus près. Le rouge des punaises était éclatant comparé au vert terne des continents : il les avait effleurées, se disant que sa femme appréciait peut-être la géographie, voire que la carte ne lui appartenait pas. L'une des punaises indiquait le Royaume-Uni, une autre l'Inde et une dernière la France.

Après cela, il était allé réparer le pied du lit de Mrs Kempster, s'était assis dessus pour s'assurer qu'il ne s'écroulerait pas sous sa propriétaire, puis, satisfait, avait rassemblé ses outils avant de redescendre.

Jamais il n'avait parlé de cette carte à sa femme, craignant de passer pour un fouineur. Ça n'avait été pour lui qu'un détail sans importance qu'il avait remisé au fin fond de sa mémoire après coup… Jusqu'à aujourd'hui.

Arthur savait désormais que Miriam avait fait un séjour à Londres et vécu en Inde, et il se demandait à présent si elle avait ou non voyagé en France. Il jeta ensuite un bref coup d'œil dans la chambre parentale, s'attendant qu'une voix hurlât dans son esprit que, oui, Pearl avait bien été le prénom de la mère de Miriam, mais il n'en fut rien. Sans compter que, lorsque Miriam avait trié les affaires de sa mère, elle n'y avait trouvé aucun acte de naissance et seulement une poignée de photos de famille.

En définitive, il n'y avait guère qu'une personne capable d'aider Arthur à retrouver le prénom de Mrs Kempster ; une résidente qui savait tout sur tout le monde, ici, à Thornapple : Vera, du bureau de poste.

Il redescendit l'escalier, remercia la femme qui l'avait invité à entrer, puis rebroussa chemin jusqu'au bureau de poste. La porte de l'établissement lui sembla bien lourde et, lorsqu'il entra, il entendit Vera retenir bruyamment son souffle : il n'avait pas remis les pieds ici depuis le jour où il s'était emporté contre Vera après qu'elle l'avait interrogé à propos de Bernadette.

Prenant son courage à deux mains, il fit quelques pas dans le bureau de poste, s'empara d'un petit rouleau de scotch, d'un paquet de bonbons à la menthe, d'un sachet d'étiquettes à bagages, d'une carte de remerciements avec un chien coiffé d'un chapeau de fête pour Mike, et d'une autre avec un chat pour les Graystock. Tout du long, il sentit le regard de Vera planté dans son dos. Comme ses mains furent vite pleines, qu'il ne pouvait plus rien transporter, il alla déposer ses trouvailles sur le comptoir : Vera fit pivoter la partie mobile de la cloison vitrée, puis prit chaque objet, cherchant son prix d'un air théâtral avant de le taper sur sa caisse enregistreuse.

— C'est… hmm… une belle journée, n'est-ce pas ? lança Arthur pour engager la conversation.

Vera grogna, puis cilla lentement pour lui signifier qu'il ne l'impressionnait pas le moins du monde.

Arthur déglutit.

— J'ai fait un saut dans l'ancienne maison de ma femme. Au 48. La dame qui y vit m'a vanté votre érudition concernant les résidents de Thornapple.

Vera continua de marteler les touches de sa caisse.

— N'est-ce pas…, reprit Arthur. J'ai eu du mal à reconnaître les lieux ! C'est que le temps a filé depuis que la petite Miriam vivait là…

Si les lèvres de Vera tressautèrent comme si elle mourait d'envie de participer à la conversation, elle quitta son comptoir pour aller vérifier le prix du rouleau de scotch, puis revint avec une étiquette orange qu'elle colla sur son bureau.

— C'est que vous avez dû assister à un sacré nombre de départs et d'arrivées ici au fil des ans. Quel privilège ce doit être de gérer ce bureau de poste et de compter parmi les membres les plus éminents de la communauté ! Je crains de m'être montré un peu cinglant lors de ma dernière visite… C'est que je peine toujours à me remettre sur pied depuis que Miriam est… Enfin, vous voyez…

Il regarda ses pieds : c'était peine perdue. Vera n'avait pas la moindre envie de lui parler. Il avait tout fichu en l'air.

— C'était une femme adorable, votre dame.

Arthur releva aussitôt la tête : les lèvres de Vera ne formaient encore qu'une fine ligne droite.

— Comme vous dites.

— Comme sa mère avant elle.

— Oh, vous connaissiez sa mère ?

— C'était une amie de la mienne.

— Dans ce cas, il se pourrait que vous puissiez m'aider : voyez-vous, je ne suis plus très sûr du prénom de Mrs Kempster. Pearl, non ?

— En effet. Un jour, je m'en souviens très bien, ma mère m'a demandé de m'asseoir : elle avait deux choses importantes à me dire. La première, c'était que Marilyn Monroe était morte. La seconde, c'était que Pearl Kempster avait invité son amant à s'installer chez elle, alors même que son divorce n'avait pas encore été prononcé.

— Oh, Marilyn Monroe est morte en 1962, donc…

— Exactement.

— Vous avez une sacrée mémoire.

— Merci, Arthur. La mémoire, il faut savoir l'exercer. Bref : ce nouveau jules de Pearl, c'était pas franchement un… un chouette type, voyez ? Mais ça, elle a rien vu, elle. Pas étonnant que la pauvre Miriam se soit carapatée comme ça.

— Oh, vous êtes au courant ?

— Que oui… Une jeune voit ses parents divorcer, puis sa mère se caser avec un type violent : ça m'étonnerait pas que ce soit pour ça qu'elle a filé avec le docteur pour qui elle bossait quand il est parti en Inde. Pourquoi aller se paumer à l'autre bout du monde, sinon ?

Arthur cilla : il venait de comprendre… Pas étonnant que Mrs Kempster se fût montrée si revêche avec lui : la pauvre femme avait souffert un divorce, et sa fille s'était envolée à l'étranger avec un chevalier errant. La vie n'avait pas été tendre avec elle.

— Merci, Vera : tout cela m'aide beaucoup.

— Je vous en prie, c'est un plaisir. (Elle remonta sur son nez la monture de ses lunettes en écaille.) Vous devez penser que je passe mes journées à cancaner, n'est-ce pas ?

— Je… hmm…

— Eh bien, vous vous trompez : je parle avec les gens de ce qui les concerne, de ce qui fait leur quotidien. Le bureau de poste est un lieu communautaire très important pour la vie du village.

— Je comprends bien. Merci encore.

Il se sentit soudain un peu honteux ; Vera lui avait apporté un précieux soutien.

Lorsqu'il se retourna pour partir, il tomba nez à nez avec une demi-douzaine de retraités postés près de lui en arc de cercle ; chacun tournait la tête à sa façon pour mieux capter quelques bribes de la conversation. L'espace d'un instant, la scène lui rappela un film de zombies qu'il avait regardé une nuit à la télé, et durant lequel les revenants encerclaient leurs victimes pour mieux leur dévorer le cerveau… Mais il se montrait médisant : ces gens se sentaient probablement seuls et rien de plus, tout comme lui.

— Bonjour, leur lança-t-il en les saluant d'un geste. Content de vous voir, tout le monde. Je profitais d'une fort agréable discussion avec Vera. Je peux me faufiler ? Merci… Merci beaucoup.

Il sortit du bureau de poste : le soleil se montrait enfin. Il venait de découvrir le secret d'un autre charme. Celui-là ne lui avait rien révélé de bien folichon, et il espéra que ce serait également le cas des autres ; que plus aucun n'attirerait son attention sur d'autres amants de Miriam, ne soulèverait d'autres questions ou ne ferait naître en lui davantage de malaise. Oui, il pouvait le dire : il se sentait bien mieux à présent.

De l'autre côté de la rue, Bernadette, qui venait de l'apercevoir, le salua de la main, avant de faire signe à Nathan de traverser.

— Oh, Arthur, bonjour ! Regardez-vous ! Une visite chez les Graystock, et vous avez attrapé la fièvre du voyage ! Vous vous êtes métamorphosé en Michael Palin !

Arthur sourit.

— Je suis passée chez vous, aujourd'hui : je vous avais préparé une tarte. Le gentil monsieur qui vit en face de chez vous, celui qui a la tondeuse, m'a dit que vous étiez sorti. J'ai donné la tarte à Mrs Monton, du coup.

— Navré, j'aurais dû vous prévenir.

— Vous n'avez aucun compte à me rendre, Arthur ! Je ne suis pas votre tutrice. Quoi qu'il en soit, je suis bien heureuse de vous voir dehors, en train de faire vos petites affaires.

— Alors, cette recherche d'université ? demanda Arthur à Nathan.

Le jeune homme haussa les épaules.

— Ça roule.

— La fac de Manchester n'a vraiment pas l'air mal du tout, intervint Bernadette. Très moderne.

— Excellent.

— Vous avez un sac à dos, remarqua-t-elle.

— Oui. Et des sandales.

— Vous avez vraiment des airs de globe-trotter comme ça !

— Je suis allé à Londres.

Nathan releva la tête avec sur le visage l'air de celui qui attend la suite avec impatience. Malheureusement, Arthur n'entra pas dans les détails : il n'avait pas la moindre envie de parler de De Chauffant.

— Que faites-vous demain ? lui demanda Bernadette. Je vais préparer un pudding à la graisse de rognons : je les fais mijoter dans des mouchoirs de coton blanc.

Arthur se mit à saliver, mais il avait déjà prévu quelque chose.

— J'ai l'intention de rendre visite à ma fille, demain. On ne s'est pas vus depuis trop longtemps.

Arthur n'avait pas la moindre envie de voir Lucy disparaître de sa vie comme Miriam avait quitté celle de Pearl.

— Adorable. Eh bien, c'était un plaisir de vous croiser, Arthur. À bientôt, peut-être ?

— Oui, à très bientôt. Salut !

Arthur sortit son téléphone et appela sa fille. Comme elle ne répondait pas, il raccrocha… puis rappela et laissa un message : « Lucy, c'est papa ! Je suis allé à Londres. Je t'appelle, car j'aurais aimé qu'on… prenne un nouveau départ, toi et moi. Tu… hmm… tu me manques, et j'aimerais que l'on travaille un peu à reformer une famille, tous. J'aimerais aussi te parler de quelque chose : cela concerne ta mère. Je passerai chez toi demain à 10 h 30. J'espère t'y voir. »

Sur ce, il fourra dans son sac à dos ses achats au bureau de poste, puis s'en retourna à sa maison. Il savait désormais pourquoi Miriam avait commencé à voyager ; ce qu'il ignorait, en revanche, c'est la raison pour laquelle elle ne lui en avait jamais parlé…

Chapitre 16

Des pousses bien vertes

Lorsque Arthur se réveilla le lendemain matin, il y avait eu du changement : déjà, il avait dormi bien plus que de coutume. Son réveil s'était arrêté en pleine nuit : ses chiffres figés indiquaient 3 heures. Il se doutait bien qu'il n'était pas si tôt que cela, car le ciel au-dehors était d'un blanc éclatant et qu'il entendait la tondeuse de Terry. Sa montre, elle, indiquait 9 heures. D'ordinaire, en de telles circonstances, Arthur aurait ni plus ni moins cédé à la panique : il aurait dû prendre le petit déjeuner une heure plus tôt. Pourtant, il resta là, allongé sur le dos, ne pensant à rien d'autre qu'à sa visite à venir chez Lucy.

Lorsqu'il se leva, il ne disposa pas, comme à l'accoutumée, ses vêtements sur son lit, mais descendit en pyjama. Plutôt que de prendre son petit déjeuner à la table bien trop spacieuse du jardin, il décida de s'en régaler devant la télé, son bol de céréales sur les genoux. Pour tout dire, il trouvait un plaisir certain dans ces infractions zélées à sa routine.

Il quitta sa maison à 9 h 45, ce qui lui laisserait amplement le temps de réfléchir en chemin. En le voyant passer, Terry le salua d'un geste.

— Arthur ! Vous êtes de retour ! Votre fille vous cherchait, l'autre jour.

— Il me semble, oui.

— Hé, hé. Elle m'a eu l'air inquiète, la petite. C'est vrai que vous ne sortez pas bien souvent.

— Ce n'est pas faux. (Arthur posa un pied devant l'autre, prêt à poursuivre sa route, mais il se ravisa et traversa la rue pour parler à son voisin.) Je suis allé à Graystock Manor, à Bath, puis j'ai fait un petit tour à Londres. J'ai fait un peu le touriste, quoi…

— C'est génial, ça, si vous voulez mon avis ! s'exclama Terry en s'appuyant sur sa tondeuse. Vraiment. Quand mon père est mort, ma mère était au trente-sixième dessous : elle s'est repliée sur elle-même, et puis elle a baissé les bras. C'est chouette de vous voir sortir comme ça et profiter de la vie.

— Merci, Terry.

— Faut pas hésiter à passer si vous avez besoin d'un peu de sucre ou de taper le bout de gras : vous êtes toujours le bienvenu. Et puis, je suis tout seul, alors ça me fera du bien à moi aussi. C'est que c'est pas chouette tous les jours, la solitude.

— Je ne vous le fais pas dire.

— Et puis, ce serait sympa de vous revoir chez les Troglodytes, aussi.

— Bobby aboie toujours autant ?

— Comme un chef ! Et mes créations sont toujours aussi épouvantables : mes tortues ont toujours l'air de pick-up !

Arthur se hissa sur la pointe des pieds.

— D'ailleurs, en parlant de tortues...

Il fronça les sourcils : il venait de voir quelque chose bouger dans les graminées ornementales de Terry... Ce dernier poussa un soupir théâtral.

— Encore ? Bon sang... (Il se dirigea à grands pas vers la tortue en cavale et se pencha pour la ramasser.) Pourquoi les reptiles trouvent mon jardin si attirant ?

— C'est peut-être vous qu'elle aime bien.

— Peut-être. Ou peut-être qu'elle a l'âme aventureuse : elle ne tient pas en place, celle-là !

Sur le chemin de chez Lucy, Arthur s'efforça de prêter attention à ce qui échappait d'ordinaire à sa vue, guettait le moindre bruit, s'arrêtant à l'occasion pour admirer la beauté de cette terre sur laquelle il vivait. Au loin, les champs s'étendaient en un patchwork aux nombreuses nuances de vert. Des bouquets de pâquerettes avaient poussé dans les fissures du trottoir... Arthur avançait, tous ses sens en éveil, conscient aussi bien de la douleur dans sa cheville que de l'impatience qu'il ressentait à mesure qu'il se rapprochait de chez sa fille.

Le sommet de la cathédrale d'York scintillait d'or sous le soleil ; Arthur se demanda depuis combien temps il n'y était pas entré. Lui qui ne s'était jamais préparé de listes de choses à faire – prenant chaque jour comme il venait et acceptant sans jamais sourciller ce que Miriam et les enfants souhaitaient faire – se dit qu'il en rédigerait peut-être une...

Lorsqu'il arriva devant chez Lucy, il se rendit compte qu'il n'était pas venu là depuis des mois : c'était toujours Lucy qui venait chez eux – pour Noël, les anniversaires ou ses visites hebdomadaires –, avant qu'ils se perdent de vue suite à la mort de Miriam. Il doutait même qu'elle eût bien écouté son message lui indiquant qu'il lui rendrait visite aujourd'hui.

La porte, fraîchement peinte en rouge écarlate, tranchait avec le blanc éblouissant des boiseries des fenêtres. Lorsque Lucy ouvrit la porte, il dut refréner l'envie de s'élancer vers elle pour la prendre dans ses bras – comme il l'avait fait avec Mike –, redoutant sa réaction : il n'était plus bien sûr des sentiments qu'elle éprouvait à son égard.

— Entre, avait-elle lancé juste avant d'ouvrir.

Elle portait un tablier blanc et des gants de jardinage verts. Une traînée terreuse courait de l'un de ses yeux jusque sous son menton. Ce qu'elle ressemblait à sa mère... Arthur en resta interdit, plus troublé que jamais. Lucy et Miriam partageaient ce même nez retroussé, ces yeux aigue-marine et cet air serein.

— Papa ? Tout va bien ?

— Oh, très bien, oui ! Je... Tu ressembles tant à ta mère parfois, c'est... troublant.

Lucy détourna aussitôt le regard.

— Entre, répéta-t-elle. On va filer dans le jardin : il fait trop beau pour rester enfermé.

Arthur se souvint qu'il y avait de la moquette beige dans la salle à manger, à la place du simple parquet qu'il y trouvait aujourd'hui. Une paire de bottes en caoutchouc pour homme attendait près de la porte. Étaient-ce d'anciennes bottes d'Anthony ou appartenaient-elles à un autre homme ? Il ne savait même pas si Lucy avait rencontré quelqu'un d'autre ou si elle pleurait encore la fin de son mariage.

Comme si elle pouvait lire dans son esprit, Lucy suivit son regard…

— Elles sont trop grandes, mais je m'en sers pour jardiner. Je ne compte pas les rendre à Anthony, et elles sont de trop bonne qualité pour que je les donne à une association. Quelques paires de grosses chaussettes, et elles me vont pile-poil !

— Super. Elles sont l'air de belle facture ; bien solides. Il faut que je m'en achète de nouvelles, moi : les miennes sont trouées.

— Celles-ci, c'est du 46.

— Oh, j'ai fait du 45 autrefois, mais mes pieds ont rétréci, je chausse plutôt du 44 maintenant.

— Tu devrais les prendre.

— Non, non : tu t'en sers. Je ne vais pas t'en priver.

— Elles sont beaucoup trop grandes pour moi. (Elle les ramassa et les lui fourra dans les mains.) Prends-les, s'il te plaît.

Il allait protester, mais en lisant la détermination presque douloureuse qui embrasait le regard de Lucy, il s'en abstint.

— Merci beaucoup : elles sont vraiment super… Peut-être que ta mère en avait une paire qui t'irait ?

— Elle faisait du 36. Je fais du 39.

— Oh…

Ils papotèrent alors, et s'accordèrent sur le fait que, si l'année avait été bonne pour les carottes, pour les pommes de terre, ça n'avait pas vraiment été ça… Ils dressèrent la liste des différentes recettes à base de rhubarbe qu'ils connaissaient, et vantèrent les mérites de l'utilisation de bâtonnets d'esquimaux pour jalonner les rangs de légumes. En sus, ils étaient d'accord pour admettre que l'année avait été joliment ensoleillée, mais pas assez pluvieuse. Lucy lui demanda de quels délicieux petits plats le régalait en ce moment Bernadette, ce à quoi il lui répondit qu'il appréciait particulièrement ses roulés à la saucisse, mais espérait qu'elle ne se lancerait pas dans la préparation de pâte d'amandes, car, bien qu'il n'en aimât pas le goût, il serait contraint d'en manger pour ne pas la contrarier. Lucy acquiesça avec emphase, certifiant qu'elle n'avait jamais rien mangé d'aussi répugnant que la pâte d'amandes, chose d'autant plus surprenante que les amandes, eh bien, elle adorait cela ! De leur point de vue, tout gâteau de Noël emporterait bien plus de suffrages avec un simple glaçage…

Il faisait chaud aujourd'hui. Arthur, qui portait son pantalon habituel et une chemise à col dur, se demanda comment il avait pu un jour se sentir à l'aise dans cet accoutrement, et admit qu'il n'avait jamais vraiment aimé s'habiller ainsi : Miriam déposait ces vêtements sur son lit chaque matin, si bien qu'ils étaient devenus pour lui les différentes pièces de son uniforme quotidien.

De la sueur perlait le long de son cou pour venir alimenter une petite mare salée juste sous son col et, dès qu'il se penchait, sa ceinture lui sciait les hanches.

— Je te dois une explication, concernant mes récents déplacements, finit-il par annoncer à Lucy.

Elle creusa un trou à l'aide de son déplantoir, puis jeta des graines à l'aveugle, sans même s'assurer d'où elles atterrissaient.

— Je pense, oui. Tu as disparu à Graystock Manor, avant de m'envoyer un message pour m'avertir que tu t'étais fait attaquer par un tigre.

— Je suis allé à Londres, aussi.

Il était décidé à lui dire toute la vérité : il voulait qu'elle sache tout du bracelet et des histoires dont il s'était fait le gardien.

Lucy serra les dents, et des fossettes apparurent sur ses joues. Chaque fois que son regard se posait sur une mauvaise herbe, elle la dévisageait avant d'abattre sa truelle avec violence.

— Je me fais beaucoup de souci pour toi.

— Il ne faut pas, vraiment.

— Bien sûr que si. Tu te comportes bizarrement. Non, mais qu'est-ce qui t'a pris de te mettre à parcourir le pays, comme ça, sans crier gare ?

Arthur baissa les yeux : le bout de ses chaussures étouffait sous la terre évacuée par la truelle de Lucy.

— J'aimerais te parler de quelque chose. Tu comprendras mieux pourquoi j'ai agi de cette façon. C'est à propos de ta mère…

Lucy garda la tête baissée.

— J'écoute.

Arthur aurait préféré qu'elle le regardât dans les yeux, mais elle semblait prendre très au sérieux l'offensive qu'elle avait lancée contre son jardin qui, manifestement, avait été dévasté par des légions de taupes.

Il se lança.

— Le jour de l'anniversaire de… Enfin, il y a quelques jours, je faisais du tri dans les affaires de ta mère et, à ma grande surprise, j'ai découvert un bracelet en or caché dans l'une de ses bottes. Je ne l'avais jamais vu, ce bracelet. Il était décoré de nombreux charmes : un éléphant, un cœur, une fleur… Tu le connais, peut-être ?

Lucy fit « non » de la tête.

— Non, maman ne mettait pas ce genre de trucs… Un bracelet à breloques, tu dis ? Tu es sûr qu'il était à elle ?

— Eh bien, pour commencer, c'est dans sa chaussure que je l'ai trouvé. Qui plus est, Mr Mehra, en Inde, m'a confirmé que c'était lui qui lui avait offert l'éléphant.

— Un éléphant ?

— Un petit charme, hein, pas un vrai. Apparemment, ta mère était la nounou de Mr Mehra à Goa quand il était petit.

— Papa… (Lucy s'assit sur ses talons, les joues rosies.) Tu divagues… Maman n'est jamais allée en Inde.

— C'est ce que je pensais, moi aussi, mais c'est bel et bien le cas, Lucy. Elle y a vécu. Mr Mehra me l'a confirmé, et je le crois. Je sais que ça semble abracadabrant, mais…

Quoi qu'il en soit, j'essaie de découvrir à quel autre endroit elle a séjourné, d'en apprendre davantage sur sa vie avant notre mariage. C'est pour cela que je suis allé chez les Graystock, puis à Londres.

— Je ne comprends rien à ce que tu me racontes. Tu pourrais être un peu plus clair ?

Arthur poursuivit d'une voix plus lente.

— Une suite de chiffres est gravée sur l'un des charmes du bracelet. C'est un numéro de téléphone. Je l'ai composé et suis tombé sur un homme adorable qui m'a dit que Miriam le gardait lorsqu'il était enfant. Ce jour-là, j'ai découvert quelque chose que j'ignorais à propos de ta mère.

— Maman n'est jamais allée en Inde, insista Lucy.

— C'est difficile à croire, je le sais bien…

— Il doit y avoir un quiproquo.

— Mr Mehra est un homme instruit, un médecin : il m'a décrit le rire de ta mère à la perfection et m'a même parlé de son sac de billes. Je crois vraiment qu'il dit la vérité.

Lucy se remit à larder le sol de coups de truelle, ne s'arrêtant qu'un bref instant pour ramasser du bout de son outil un ver de terre qu'elle déposa dans une jardinière, avant de se remettre à supplicier la terre de son jardin. Tout du long, elle maugréa.

Arthur n'avait jamais su comment gérer les émotions d'autrui : lorsque les hormones avaient fait une entrée fracassante et dommageable dans la vie de Lucy – elle avait treize ans, à l'époque –, il avait estimé que la meilleure façon de gérer la crise était de garder le nez dans son journal et de laisser Miriam s'en charger. Ainsi, c'est elle qui s'était occupée des larmoyantes déconvenues sentimentales, de l'épisode de la mèche de cheveux bleus, des claquements de portes et des tasses de café jetées à l'occasion contre les murs. C'est elle qui, lorsque Dan se montrait un peu trop zélé, lui répétait de ne pas parler à son père de cette façon.

Arthur se persuadait que, s'il ignorait les états d'âme de chacun, tout finirait par se tasser. Pourtant, à présent, il se rendait bien compte que quelque chose d'intense troublait sa fille : c'était comme si elle avait avalé un essaim d'abeilles qui tentaient coûte que coûte de s'échapper de sa gorge. Hors de question qu'il la laisse dans cet état.

— Tout va bien, Lucy ? lui demanda-t-il en posant une main sur son bras. Excuse-moi de ne pas t'en avoir parlé plus tôt.

Elle plissa les yeux, aveuglée par le soleil, le front luisant de sueur.

— Oui, ça va.

Arthur resta silencieux un instant, se demandant s'il ne valait pas mieux qu'il en restât là, comme il l'avait fait si souvent par le passé..., mais décida de garder la main sur le bras de sa fille.

— Non, cela ne va pas. Je le vois bien.

Lucy se releva d'un coup et lâcha sa truelle.

— Je ne suis pas sûre de pouvoir supporter tout ça.

— Supporter quoi ?

— Tes voyages insensés, tes histoires étranges à propos de maman, le fait de devoir vivre sans Anthony, celui d'avoir perdu le… (Elle se passa une main dans les cheveux, puis secoua la tête.) Enfin, bref, peu importe.

—Non, Lucy, c'est important. Très important. Je ne voulais pas t'inquiéter, tu sais? Assieds-toi donc, on va discuter. Je te promets d'être attentif. Raconte-moi tout.

Durant quelques secondes, le regard de Lucy se perdit à l'horizon. Sa lèvre supérieure se leva un peu, à gauche, comme si elle pesait le pour et le contre.

—OK, finit-elle par dire.

Elle lutta pour sortir deux chaises longues de l'abri de jardin, puis les disposa côte à côte sur l'herbe, avant d'en ôter la poussière et la terre à l'aide d'un gant de jardinage. Son père et elle s'assirent, le visage tourné vers le soleil, plissant les yeux, de façon qu'ils pussent se parler sans croiser le regard de l'autre. La stratégie leur donnait une rassurante impression d'anonymat.

—Qu'y a-t-il, alors? lui demanda-t-il.

Lucy prit une inspiration profonde.

—J'aimerais te dire pourquoi je ne suis pas allée aux funérailles de maman… Tu mérites de le savoir.

—C'est de l'histoire ancienne, Lucy: tu étais effondrée. Tu lui as dit au revoir à ta manière.

Même si cela lui brisait le cœur qu'elle ne fût pas venue à l'enterrement, il lui pardonnait déjà ce qu'elle s'apprêtait à confesser. Quoi qu'il en soit, il brûlait d'envie de découvrir ce qui avait poussé sa fille à agir ainsi.

—Je n'étais pas en état, c'est vrai, mais… il n'y avait pas que ça… Je suis tellement désolée…

Subitement, Lucy se mit à pleurer. Arthur écarquilla les yeux : Lucy n'était plus une petite fille, alors que faire ? Devait-il la prendre dans ses bras ? Suivant son instinct, il se leva de sa chaise longue, demeura une seconde debout devant sa fille, sa silhouette noire imposante dans la lumière du soleil, puis se jeta à genoux. Alors il prit Lucy dans ses bras et la serra fort, comme il aurait dû le faire tant de fois à mesure qu'elle grandissait. Pendant quelques secondes, Lucy se raidit, insensible à sa marque d'affection... Et puis, tout à coup, Arthur eut l'impression qu'un marionnettiste invisible venait d'abandonner la poignée qui lui permettait de contrôler Lucy : sa fille s'effondra dans ses bras. Elle nicha sa tête sous le menton de son père, et ils restèrent ainsi de longues minutes, confortés l'un par l'autre dans leur lutte farouche contre les malheurs de la vie.

— Qu'est-ce qui t'arrive, dis-moi ?

Elle réprima un sanglot, mais ne put retenir le second. Alors s'échappa de sa gorge un bruit comme jamais Arthur n'en avait entendu ; un bruit venu du tréfonds de sa poitrine, comme un vagissement étouffé. Elle déglutit, puis essuya la salive qui avait coulé sur son menton.

— J'ai fait une fausse couche, papa. J'étais enceinte de quinze semaines. J'ai passé une échographie, et tout allait bien. J'allais vous l'annoncer, à maman et toi : je trouvais que c'était trop important pour vous prévenir par téléphone. C'était ça, le fameux truc dont je voulais vous parler quand je vous avais proposé de passer prendre le thé chez vous, tu t'en souviens ? J'allais vous annoncer que j'attendais un bébé, dit-elle en poussant un profond soupir. Le lendemain de l'échographie, j'ai commencé à avoir des crampes violentes dans le bas du ventre. J'étais pliée en deux dans la salle de bains, quand le bébé a commencé à arriver… Anthony a appelé une ambulance. Les secours sont arrivés quelques minutes plus tard, mais il n'y avait rien à faire. (Elle secoua la tête.) Désolée, c'est dur pour moi d'y repenser…

» Avant que j'apprenne que j'étais enceinte, déjà, ça commençait à ne plus aller très bien entre Anthony et moi. Et puis, peu de temps après, maman est morte. J'ai essayé de me remettre sur pied, de me lever chaque matin pour me laver et m'habiller, mais le jour des funérailles de maman, j'ai craqué : j'étais terrifiée à l'idée de me retrouver à l'église avec le cercueil, les prières et les larmes. C'était dans cette église qu'Anthony et moi nous étions mariés… Je suis tellement navrée, papa.

Arthur, silencieux, prenait la pleine ampleur de la révélation. Tout s'expliquait enfin, y compris cette distance qu'elle cultivait entre eux. Il tenta de chasser de son esprit l'image de sa fille recroquevillée seule sur le carrelage de sa salle de bains.

— Tu as fait preuve d'un grand courage, Lucy : ta mère le comprendrait mieux que personne. J'aurais tant aimé être au courant à l'époque…

— Tu devais organiser les funérailles… Tu portais le deuil…

— Nous aurions dû être ensemble, soudés, en famille. Il y avait tant à faire, c'est vrai : des certificats à signer, des médecins à contacter, des préparatifs, des fleurs à choisir… Je crois que ça m'a aidé de garder l'esprit occupé à l'époque. Je n'ai pas remarqué que tu n'allais pas bien, quand nous parlions ensemble.

Lucy acquiesça.

—Et petit à petit, on a commencé à s'éloigner, toi et moi, pas vrai ? J'avais le nez dans le guidon à essayer de sauver mon mariage… Et puis, il y a eu le départ de Dan.

Arthur essuya d'un pouce une larme qui coulait sur la joue de Lucy.

—Mais nous sommes ensemble, maintenant.

Lucy esquissa un sourire, puis balaya la pelouse du regard.

—Je l'ai vraiment laissé agoniser, ce jardin…

—Ce n'est que de l'herbe, rien de plus.

Elle s'affala sur sa chaise longue et se soutint la tête d'une main.

—Tu penses souvent à maman ?

—Sans arrêt.

—Moi aussi. Parfois, je décroche mon téléphone pour l'appeler, histoire de papoter, avant de me rappeler qu'elle n'est plus là… Je fais comme si c'était le cas, par contre : je m'imagine que vous êtes tous les deux à la maison, qu'elle s'affaire à tout faire briller ou qu'elle écrit ses lettres. Sans ça, je serais incapable de supporter son absence.

Arthur acquiesça, puis cueillit une pâquerette qu'il fit tournoyer entre ses doigts.

—Je suis vraiment content d'être venu te voir.

— Et moi heureuse que tu l'aies fait… Bon, je vais devoir appeler Dan et le prévenir que tout va bien.

— Ah ?

— Quand tu as pris la poudre d'escampette avec Bernadette, puis que tu m'as laissé un message à propos d'une attaque de tigre, je l'ai appelé. Je me suis dit que…

— Oui ?

— Que tu étais peut-être en train de perdre les pédales ; de devenir sénile ou je ne sais quoi…

— Oh, Lucy, ma puce… Navré de t'avoir inquiétée, mais je ne pourrais pas me sentir plus sain d'esprit. C'est juste que ce bracelet a fait naître en moi le besoin d'en apprendre davantage sur ta mère. Jamais je n'ai voulu te causer du souci.

Lucy étudia avec attention le visage de son père et lui trouva les mêmes yeux doux et le même nez rouge qu'à l'ordinaire. Oui, il allait bien ; elle le croyait à présent.

— Je suis soulagée de savoir que tu vas bien, dit-elle dans un soupir apaisé. Et cette histoire de bracelet, donc, c'est la vérité ? Les charmes, l'Inde, tout ?

— Oui.

Arthur sortit le bracelet de sa poche et le lui donna : elle examina chacun des charmes, puis secoua la tête.

— Je ne la vois pas du tout porter ce genre de chose…

— Pourtant, il lui appartenait. J'en suis convaincu.

— Dans ce cas, cette histoire m'intéresse. Tu me parles un peu de tes aventures ?

Arthur fit « oui » de la tête, puis lui raconta comment il avait trouvé le bracelet. Il lui parla ensuite du tigre – relevant sa manche jusqu'à l'épaule pour lui montrer sa blessure–, lui confia son inquiétude concernant le jeune Sebastian qui jouait l'aide à domicile pour le vieux De Chauffant, et lui fit remarquer que le chien de Mike s'appelait Lucy. Il lui raconta enfin sa visite au bureau de poste et sa discussion avec Vera.

Lucy fit pivoter l'émeraude enchâssée dans l'éléphant.

—C'est dingue… Comment aurais-je pu me douter que tu t'étais lancé dans un périple pareil ?

—J'aurais dû t'en parler, mais cela me paraissait si invraisemblable…

—Quoi qu'il en soit, maintenant, je le sais. C'est tout ce qui compte… (Elle lui rendit le bracelet.) Quelle est la prochaine étape, alors ?

Arthur haussa les épaules.

—Je ne sais pas trop… Il y a des initiales sur la palette : S. Y. Le joaillier ne savait pas à quoi elles correspondent.

—Tu devrais poursuivre tes recherches.

—Certes, mais que se passera-t-il si je découvre des choses qu'il aurait mieux valu garder secrètes ? Chaque réponse soulève dix nouvelles questions…

—N'est-ce pas mieux de savoir ? Je ne sais pas si tu t'en souviens, mais maman m'a donné une boîte rayée rose et blanche avant de mourir : elle est pleine de photos. Je n'ai pas encore eu le courage de les regarder. Je peux aller la chercher, si tu veux…

Elle laissa sa proposition planer quelques secondes.

Cette boîte aux allures de sucre d'orge –que Miriam remisait dans le placard au-dessus de leur lit– était totalement sortie de l'esprit d'Arthur. Miriam lui avait demandé si cela le dérangerait de la donner à Lucy, ce qu'il avait bien entendu accepté. Lui-même se souvenait sans mal des gens, des choses et des lieux, et comme il versait rarement dans le sentimentalisme, il n'était pas du genre à prendre des photos ou à conserver billets de train, cartes postales et souvenirs de vacances. Son regard se perdit quelques secondes au fin fond du ciel, puis se posa bientôt sur la pelouse mouchetée de terre.

— Fais comme bon te semble, finit-il par dire.

Lucy partit chercher la boîte et, quelques minutes plus tard, ils se retrouvèrent assis à la table de la cuisine. Lorsqu'elle souleva le couvercle, Arthur sentit s'échapper de la boîte une odeur de vieux papier, d'encre et de lavande. Il regarda Lucy en retirer un paquet de photos qu'elle se mit à examiner l'une après l'autre, les tournant tantôt dans un sens, tantôt dans l'autre, souriant à l'occasion. Lorsqu'elle lui en tendit une, il reconnut un cliché de son mariage avec Miriam : ses cheveux bruns bouclés pendouillaient par-dessus son sourcil droit, et les manches de son costume, trop longues, taquinaient presque ses phalanges. Miriam portait la robe de mariée de sa mère, celle qui se transmettait de mère en fille depuis plusieurs générations. Sa grand-mère aussi l'avait portée. Elle était un peu trop ample à la taille.

— Tu es sûr de ne pas vouloir y jeter un coup d'œil ?

Arthur secoua la tête : il n'avait pas spécialement envie de revoir des fragments de son passé.

Lorsque Lucy en eut terminé, elle regarda au fond de la boîte.

— Il y a un truc coincé au fond…

Elle tenta de l'attraper entre le pouce et l'index.

— Attends, je vais essayer, lui proposa Arthur.

Il parvint à extirper d'un coin de la boîte un morceau de papier froissé qu'il tendit aussitôt à Lucy ; elle le lissa sur la table. Il s'agissait d'une note grise à l'encre presque effacée.

— On dirait un papillon… ou une vieille facture. (Elle l'étudia de plus près.) Le nom de l'émetteur a l'air d'être… Le Dé à coudre d'or[1]… Il y avait autre chose d'écrit, mais c'est en partie déchiré… Des nombres, je crois.

Ils échangèrent un regard perplexe.

— Ça ne me dit rien, commenta Arthur dans un haussement d'épaules.

— Je vais voir si je trouve quelque chose sur Internet, dit Lucy. C'est peut-être le nom d'un restaurant…

Arthur prit le papier.

— Je me demande si ce n'est pas une date, ces chiffres… 1969, je dirais. C'est l'année de notre mariage.

Lucy tapota l'écran de son téléphone, se renfrogna, puis recommença.

— Ah, attends… Je crois que j'ai quelque chose. Le Dé à coudre d'or… C'est une boutique parisienne d'articles de mariage.

— Parisienne ? répéta Arthur.

Il repensa aux punaises sur la carte du monde de l'ancienne chambre de Miriam : Royaume-Uni, Inde… France. Il ne

1. En français dans le texte.

parvenait pas à se souvenir de l'emplacement exact de la punaise française… Indiquait-elle Paris ?

Lucy tourna l'écran vers son père : une photo montrait une boutique pleine de charme dans la vitrine de laquelle était exposée une magnifique robe fourreau blanche.

Arthur eut l'impression que son cœur venait de s'arrêter : ce ne pouvait être une coïncidence… Un dé à coudre d'or ornait le bracelet de Miriam, et voilà qu'il trouvait un bout de papier daté de leur année de mariage sur lequel se trouvait le nom d'une boutique appelée *Le Dé à coudre d'or* ! Il y avait forcément un lien entre les deux… Mais était-il prêt à en apprendre davantage sur sa femme ? Et s'il n'y avait rien d'autre à en tirer qu'un nouvel et douloureux étonnement ? D'autant plus que cette piste lui imposait de se rendre à Paris…

— Tu penses qu'on devrait y aller ? lui demanda Lucy d'une voix presque étouffée.

Arthur était justement en train de se poser la question…

— Ce me semble une bonne piste…

— Le jour où maman a touché l'argent de sa retraite, elle m'en a donné une partie en m'imposant de l'utiliser pour me payer quelque chose de totalement superficiel, ce que je n'ai jamais fait. Je me souviens mot pour mot de ce qu'elle m'a dit, ce jour-là : « Dépense cet argent pour te gâter ; et choisis quelque chose d'un peu fou : je t'interdis de t'en servir pour payer tes factures ou t'acheter une machine à laver. » Je m'étais toujours dit que je l'utiliserais pour payer un beau cadeau à mon futur bébé… Mais le destin en a voulu autrement… Cet argent, je l'ai toujours : il est dans un bocal, dans ma penderie.

— Je suis d'accord avec maman : tu devrais t'en servir pour te gâter un peu. Offre-toi donc un joli cadeau.

— Mais c'est ce que je compte faire. Sauf que ce sera un cadeau pour nous deux : ça te dirait, un petit voyage en France ? On pourrait aller faire un tour à la boutique de mariage.

Il ne fallut qu'une seconde à Arthur pour prendre sa décision : même s'il ne découvrait rien de nouveau à propos du bracelet, ce voyage lui offrirait de merveilleux moments avec sa fille.

— Ce serait fabuleux d'aller là-bas avec toi. Je suis d'accord…

Chapitre 17

Le dé à coudre

Si l'on avait demandé à Arthur de décrire comment il imaginait Paris, il aurait été forcé d'admettre qu'il n'avait jamais véritablement pensé à cette ville. Pour tout dire, sa connaissance de la capitale française se limitait à la tour Eiffel qu'il avait vue sur les sets de table que Miriam avait achetés en solde chez *Marks & Spencer*, et au reportage qu'il avait regardé à la télé à propos d'un bateau-mouche grouillant de touristes qui multipliait les allers et retours le long de la Seine et était conduit par un capitaine souffrant du mal de mer et d'un manque d'allant maladif. Ayant trouvé l'eau bien trouble, Arthur s'était dit que s'il devait un jour partir voguer au fil de l'eau, ce serait davantage sur ces élégants navires de croisière blancs équipés de piscines qui sillonnaient la Méditerranée. En un mot comme en cent, Paris n'avait jamais compté parmi les destinations qui le faisaient rêver.

Miriam, en revanche, avait toujours été attirée par tout ce qui était français. Lorsqu'elle bénéficiait d'un tarif préférentiel, elle n'hésitait pas à s'abonner à un magazine de l'Hexagone, *Viva*, qui regorgeait de photos de femmes aux tenues élégantes en train de danser dans des flaques d'eau, un parapluie à la main, de siroter un café dans des tasses minuscules ou de transporter des petits chiens dans le panier de leur vélo.

Pour autant, d'aussi loin qu'il s'en souvînt, jamais elle ne lui avait fait part de l'envie de visiter Paris. Elle trouvait d'ailleurs exorbitants les prix pratiqués dans les boutiques parisiennes, information qu'elle tenait probablement desdits magazines français. Lui-même n'avait guère que des clichés en tête lorsqu'il pensait à la capitale française, se figurant des foules de passants en pull rayé dont les sacs de courses débordaient de baguettes de pain et de guirlandes d'ail.

Une fois de plus, on venait de lancer un coup de pied dans la ruche de ses croyances : ces derniers jours, c'était comme si tout ce qu'il pensait savoir – voire ce qu'il supposait, simplement – se trouvait démenti…

Paris était magnifique.

Immobile sur un trottoir, il contemplait un décor aux allures de carte postale : un svelte chat noir traversa furtivement la chaussée devant lui, le dôme blanc du Sacré-Cœur brillait sous le soleil comme le glaçage d'un gâteau de maître et un air de violon s'échappait de la fenêtre à claire-voie d'un appartement perché au-dessus d'un café.

Un cycliste passa près d'Arthur en sifflant une mélodie ravissante, tandis qu'il humait l'odeur du pain chaud qui s'élevait d'une boulangerie proche et salivait à la vue des pyramides de macarons rose bonbon et de meringues dans la vitrine d'un pâtissier.

Les arbres soufflaient partout leurs fleurs, tandis qu'Arthur traversait la rue pour rejoindre la boutique. Lucy redoutait d'entrer dans le petit magasin parisien de robes de mariée, de peur de raviver des souvenirs de son propre mariage avec Anthony.

— Je vais me prendre un petit noir et un croissant dans le café, de l'autre côté de la rue. Je t'attends là-bas, dit-elle. Bonne chance.

Dans la vitrine, une robe de mariée avait été disposée sur une chaise de jardin métallique blanche. Au plafond, on avait fixé une cage à oiseau dans laquelle attendait une colombe en papier mâché décorée de belles plumes. La robe blanc nacré présentait un corsage orné avec expertise d'un coquillage fait de minuscules perles. La jupe était brodée de vaguelettes. Une vraie robe de sirène. L'enseigne indiquait : « Le Dé à coudre d'or », puis, au-dessous et en lettres plus discrètes, « Propriétaire : Sylvie Bourdin ».

Lorsqu'il tendit le bras vers la longue poignée cuivrée, son regard se posa sur le dos de sa main, sur sa peau translucide aux veines bleues qui dessinaient sur ses os comme une carte de réseau routier. Il avait les ongles épais et jaunis… Quand il découvrit son reflet dans la vitre de la porte, il n'y trouva pas ce jeune homme qui avait épousé Miriam, mais un vieillard aux cheveux blancs trop épais, ridé comme une noix. Le temps avait filé si vite… Parfois, il se reconnaissait à peine. Il esquissa un sourire grimaçant… et reconnut tout de même ses incisives : elles avaient toujours été légèrement tordues.

Il entra dans la boutique, et l'une des clochettes se mit à carillonner. Il faisait si froid qu'il frissonna. Le sol dallé de marbre blanc scintillait sous un lustre de la taille d'un pneu de tracteur. Sur tout un pan de mur, des robes de mariée pendaient sur un portant ; sur un trône d'or coiffé d'un coussin de velours bleu patientait un loulou de Poméranie au collier clouté du même bleu que celui du fauteuil.

Une femme apparut au sortir d'un passage voûté : elle portait un tailleur bleu cobalt et de nombreux joncs dorés. Arthur lui donna à peu près son âge, même si une cure de soins de peau quotidienne, une utilisation déraisonnée de mascara et des lèvres écarlates lui donnaient quinze ans de moins. Elle avait des cheveux platine coiffés en chignon perché haut sur sa tête, et la silhouette svelte d'une danseuse.

— Bonjour, monsieur. Comment puis-je vous aider[1] ? lui demanda-t-elle d'une voix aux inflexions mélodieuses.

Arthur se souvint soudain de ses cours de français, durant lesquels il cherchait ses mots à grand-peine : il n'avait jamais eu le don des langues, et n'avait jamais investi cet apprentissage, convaincu qu'il ne voyagerait jamais assez loin de York pour en avoir besoin.

— Bonjour, répondit-il, mais le peu d'autres mots français qu'il avait connus se volatilisèrent aussitôt de

1. En français dans le texte.

sa mémoire. (Il sourit pour compenser son ignorance.) Hmm… Madame Bourdin ?

— C'est bien moi, oui[1].

— Oh, quelle chance…

Il poussa un soupir de soulagement, et elle émit un petit éclat de rire qui s'éleva dans la boutique comme le tintement des clochettes au-dessus de la porte.

— Cherchez-vous une robe de mariée, monsieur ? demanda-t-elle en désignant ses vêtements d'un geste emprunté à une fée équipée d'une baguette magique.

Arthur baissa les yeux, se demandant presque s'il n'allait pas se découvrir une tenue de prince charmant.

— Oh, non… Je ne suis pas ici pour moi… Enfin, cela semble couler de source, mais… Non, c'est vous que je suis venu voir, pour tout dire. Enfin, il me semble.

— Me voir *moi* ? (Elle posa les mains sur son cœur.) Comme c'est adorable… Venez vous asseoir, je vous en prie.

Elle le guida jusqu'à un bureau blanc et l'invita d'un geste à s'installer sur le fauteuil opposé au sien : un autre trône au coussin de velours bleu.

— En quoi puis-je vous aider, dites-moi ?

Arthur sortit une photo de sa poche et la posa sur le bureau. C'était l'un des clichés de Miriam et des enfants sur une plage de Scarborough.

— Cela fait longtemps que vous tenez cette boutique ?

---

1. Dans le texte original, Sylvie Bourdin parle un anglais approximatif pour répondre à Arthur. Dans un souci de clarté et de cohérence, nous avons choisi de simplifier le passage en traduisant la discussion entière en français.

— Très ! J'officie ici depuis des années : c'est moi qui l'ai créée !

— En ce cas, vous avez sans doute connu ma femme.

Elle haussa un sourcil, mais ramassa tout de même la photo, avant de l'étudier quelques secondes. Quand elle releva la tête vers Arthur, ses yeux s'écarquillèrent.

— Ça alors… C'est Miriam, non ?

Arthur acquiesça, et elle posa de nouveau le regard sur l'instantané.

— Est-il possible que vous soyez… Arthur ?

Son cœur fit un bond dans sa poitrine.

— C'est moi, oui. Vous me connaissez ?

— Il y a très longtemps, Miriam m'écrivait – oh, pas très souvent, mais je n'étais pas plus douée qu'elle pour garder le contact. Pour créer des robes de mariée, j'ai un certain talent, mais pour écrire des lettres… Bref : dans un de ses courriers, elle m'avait annoncé qu'elle était sur le point d'épouser un homme adorable, un certain Arthur. J'ai été invitée à votre mariage, mais, malheureusement, j'ai dû rester en France pour prendre soin de ma mère. J'ai proposé à Miriam une robe de ma boutique, mais il me semble qu'elle voulait porter celle de sa mère, je me trompe ? Du coup, je lui ai offert un cadeau à la place. Un petit charme que j'avais trouvé chez un antiquaire : un dé à coudre en or. C'est le nom de ma boutique !

— Ma fille et moi l'avons trouvé sur un bout de papier, pour tout vous dire.

— Je l'avais effectivement noté sur une petite feuille, lorsque j'ai envoyé le charme à Miriam.

Arthur tira le bracelet de sa poche et le lui montra.

—Mais c'est mon charme ! s'exclama Mme Bourdin. Miriam portait toujours ce bracelet, alors, quand j'ai vu le charme chez l'antiquaire, je me suis dit que je ne pouvais lui faire d'autre cadeau que celui-ci !

—J'essaie de découvrir les histoires qui se cachent derrière ce charme et les autres, madame.

—Madame ? Tss... Appelez-moi Sylvie. Vous cherchez des explications ? Pourquoi ne pas demander à Miriam ? (Sa voix grimpa soudain d'une octave.) Est-elle avec vous ici ? Je ne l'ai pas vue depuis si longtemps !

Arthur baissa les yeux.

—Je suis navré d'avoir à vous l'annoncer, mais elle est morte il y a un an.

—Non, ce n'est pas vrai ! Je suis tellement navrée, Arthur... Quelle triste nouvelle ! J'ai si souvent pensé à elle au fil des ans : chaque fois, je me disais qu'il me fallait la retrouver et reprendre contact, puis la boutique m'accaparait, et une nouvelle idée me faisait oublier Miriam. Mais il y a des gens que l'on n'oublie jamais véritablement... Que l'on garde toujours dans notre cœur, vous ne pensez pas ?

—Comment vous étiez-vous rencontrées ?

—Nous avions une connaissance en commun. Un homme : François.

—De Chauffant ?

—Oui. Vous le connaissez ?

—Un peu.

— Je comptais parmi ses petites amies à l'époque où Miriam travaillait pour lui. Il ne s'est pas montré plus respectueux avec elle qu'avec moi, si bien que, lorsque j'ai vu la vérité en face et que j'ai décidé de repartir pour Paris, j'ai proposé à Miriam de m'accompagner. Nous avons pris la poudre d'escampette ensemble ! Nous n'avions pas plus d'argent que de véritable plan, alors quelle aventure ! (Elle se fit hésitante.) Que lui est-il arrivé ?

— Une pneumonie l'a emportée. Ça a été un choc terrible…

Sylvie secoua la tête.

— C'était quelqu'un de bien. Lorsque nous nous sommes rencontrées, je ne parlais que quelques mots d'anglais, et elle à peine plus de français, mais nous avons tout de suite accroché. Saviez-vous qu'elle m'avait aidée à ouvrir cette boutique ? J'avais toujours rêvé d'ouvrir un magasin de robes de mariée… Miriam et moi avions l'habitude de nous asseoir sur un banc en bord de Seine et de donner du pain aux cygnes ; nous discutions de nos rêves… Tout du moins, je lui parlais des miens. J'ai toujours été une grande rêveuse !

Arthur acquiesça.

— Un jour, nous passions près d'un grossiste en passe de fermer – ils vendaient des robes de mariée pour une bouchée de pain –, et nous avons vu deux hommes charger des caisses dans une camionnette garée dans la rue. Nous les avons observés un moment. Lorsque le véhicule s'en est allé, l'un des deux hommes, le propriétaire, a remarqué notre intérêt et nous a demandé si nous voulions les robes qui restaient.

Comme Miriam ne comprenait pas grand-chose de ce qu'il disait, je lui traduisais. Les robes étaient très bon marché, mais pas encore à ma portée : j'étais vraiment fauchée, et me nourrissais essentiellement à cette époque d'un peu de pain et de fromage. Mais Miriam a insisté pour que je ne laisse pas passer l'affaire, et elle m'a soufflé tout du long quoi répondre à cet homme. Je lui ai donc expliqué que je rêvais d'ouvrir une boutique de robes de mariée et qu'il avait la possibilité de changer ma vie. Ensemble, nous l'avons charmé…

» Je lui ai finalement acheté vingt robes à moitié prix ! Mon souci, après ça, c'est que je n'avais nulle part où les vendre : je n'avais pas de boutique, et mon appartement se trouvait au deuxième étage, juste au-dessus d'une laverie automatique. C'est là que Miriam m'a dit : « Mais bien sûr que nous avons un endroit où les vendre ! » Bientôt, nous les suspendions à une branche d'arbre en fleur et les vendions directement dans la rue ! Comme elles étaient belles, planant là au soleil comme des oiseaux exotiques ! Beaucoup de femmes très élégantes passaient près de notre boutique improvisée et, lorsqu'elles n'avaient pas de projet de mariage, elles en parlaient à leurs amies. Grâce au bouche-à-oreille, à la fin de la journée, il ne nous restait plus que deux robes ! C'est ainsi que mon commerce a commencé… Fleuri, devrais-je dire. Après la vente, nous sommes retournées voir le grossiste, lui avons racheté une caisse de robes… et avons procédé ainsi les trois jours suivants. Suite à cela, j'ai eu assez d'argent pour payer trois mois du loyer de ce local.

» Au fil des ans, la boutique s'est développée, agrandie. Aujourd'hui, je crée mes propres modèles, mais tout a commencé lorsque votre femme et moi avons suspendu ces vingt robes à une branche d'arbre…

— C'est une histoire des plus touchantes…

Et qu'Arthur n'avait jamais entendue, qui plus est ; pour autant, cela ne l'empêchait pas d'imaginer sans mal Miriam et Sylvie rire aux éclats en grimpant à un arbre en fleur.

— Quand elle est repartie en Angleterre, nous nous sommes écrit quelque temps. Moi, j'avais ma boutique, elle avait ses enfants… Le temps passe si vite…

À mesure que Sylvie parlait, quelques souvenirs s'éveillèrent dans l'esprit d'Arthur : oui, Miriam lui avait bel et bien parlé d'une amie propriétaire d'une boutique de robes de mariée. Cependant, il n'arrivait pas se rappeler si cette amie vivait ou non en France. Cette partie de sa vie, elle ne l'avait donc pas entièrement gardée secrète… Parfois, Miriam utilisait un mot français – « pourquoi » ou « merci », par exemple –, et Arthur se maudit de ne pas y avoir prêté plus attention. Le fait est qu'il avait bien du mal, à l'époque, à se concentrer sur autre chose que sa tasse de thé après sa journée de travail. Une fois les enfants couchés, Arthur avait toujours profité de beaux moments avec Miriam, mais ils parlaient davantage de leur journée que de leur passé… Comme il aurait aimé s'y intéresser un peu plus, aujourd'hui…

— Je ne vous laisse pas le choix : je vous offre une coupe de champagne et un petit quelque chose à manger en l'honneur de Miriam, décréta Sylvie. Je profiterai du moment pour vous en dire plus sur notre rencontre et les bons moments que nous avons passés ensemble. Nos routes ne se sont croisées que quelques mois, mais certains souvenirs ne s'effacent jamais. Et puis, vous aussi, vous aurez des choses à me raconter : vous pourrez me parler de votre mariage et de vos enfants. J'aimerais en apprendre davantage sur mon amie.

Arthur ne retrouva Lucy au café qu'une heure plus tard.

— J'ai cru que tu allais y passer la journée ! plaisanta-t-elle.

Il regarda sa montre.

— Zut, je ne m'étais pas rendu compte que j'avais disparu si longtemps... Tu es restée ici tout ce temps ?

— Oui, et c'était à tomber ! Anthony ne voulait jamais aller ailleurs qu'au *Starbucks* !

— Madame ?

Un serveur venait d'apparaître près d'eux. Il portait un pantalon noir, une chemise blanche et un tablier rayé bleu et blanc noué lâchement à la taille. Son nez légèrement cassé lui donnait des airs d'acteur de film muet des années 1920.

— Je vais vous prendre un autre café crème, s'il vous plaît, commanda Lucy.

— Et pour vous, monsieur ? (Arthur le regarda, pris de court.) Un café, peut-être ? Quelque chose à manger ?

— Un café, oui, ce serait extra. (Il se tourna vers Lucy.) Tu as faim ?

Elle se flatta le ventre.

— J'ai déjà mangé deux pains au chocolat : je passe sur le repas. La soupe à l'oignon a l'air délicieuse, par contre : j'ai vu deux, trois bols passer.

— Dans ce cas, une soupe à l'oignon, je vous prie.

Le serveur acquiesça.

Arthur disposa sa serviette sur ses genoux.

— Sylvia m'a appris que c'était bien elle qui avait offert le dé à coudre à ta mère. C'était un cadeau de mariage. Maman a vécu ici quelque temps.

— C'est tout de même curieux qu'elle ait vécu à Paris, mais qu'elle ne nous en ait jamais rien dit. Qu'est-ce qui a pu l'en empêcher, tu penses ?

Arthur secoua la tête.

— Aucune idée. En tout cas, un autre charme nous a livré son secret.

Ils terminèrent leurs boissons, et la soupe d'Arthur arriva quelques minutes plus tard. Il étudia le contenu du bol en terre cuite : un épais croûton gratiné flottait dans la soupe.

— Ce serveur a l'air de bien t'aimer, tu sais, annonça-t-il, avant de souffler sur sa cuillère. J'ai vu sa façon de te regarder quand je traversais la rue.

— Il espère surtout un joli pourboire, répliqua Lucy en rougissant.

— Permets-moi d'en douter.

— Je ne vois pas trop ce qu'il pourrait espérer d'autre.

Arthur leva les yeux pour observer sa fille : elle était si jolie avec ses taches de rousseur et ses clavicules rosies. C'était comme si la remarque avait débarrassé son visage du voile de tension et de chagrin qui ne la quittait plus depuis quelque temps. Il se demanda s'il fallait qu'il lui fît part de son observation, mais comme il peinait à trouver les mots justes, il se contenta de plonger le regard dans son bol.

— Cette soupe est délicieuse, je confirme, admit-il. Comment font-ils pour rendre les oignons si doux…

Ils gardèrent le silence jusqu'à ce qu'Arthur eût terminé son bol, Lucy récupérant sur la table d'à côté un journal abandonné là par un vieil homme accompagné de son caniche noir, avant de le feuilleter.

Arthur ne manqua pas de bien pencher son bol pour y récupérer l'ultime cuillerée de soupe : la chaleur qui se propageait dans son ventre, associée à celle du soleil qui perçait au travers des arbres, le gâtait d'un calme et d'une sérénité bienvenus. La tension dans ses épaules s'était apaisée. Ce moment partagé avec Lucy lui avait permis de porter un regard nouveau sur ces dernières semaines… Il tourna de nouveau la tête vers la boutique.

— Tu sais ce que m'ont appris mes voyages et mes rencontres avec les gens qui ont partagé la vie de Miriam ? Que nos actes et nos paroles peuvent véritablement marquer ceux que nous croisons. Ta mère n'est plus avec nous, mais elle vit encore dans le cœur et l'esprit de ses amis.

— C'est beau, je trouve…

— Je me demande si quelqu'un se souviendra de moi avec autant de tendresse…

— Ne dis pas de bêtises, papa…

— Je ne dis pas de bêtises : plus j'en apprends au sujet de la vie remarquable que ta mère a menée, plus je dois me rendre à l'évidence que je n'ai, moi-même, jamais rien fait de bien aventureux, jamais voyagé ni rencontré quiconque dans la vie duquel j'aie pu laisser une trace impérissable.

— C'est ce que tu fais en ce moment, papa. Il n'est jamais trop tard.

Arthur eut un petit haussement d'épaules.

Lucy secoua la tête.

— Tu es à fleur de peau, papa. Mais c'est bien normal, non ? Le voyage a été long, et, sitôt arrivé, tu découvres tout un tas de choses à propos de maman. En tout cas, tu peux être sûr d'une chose : tu feras toujours partie de ma vie. Jamais tu ne cesseras d'être quelqu'un de cher à mon cœur.

Arthur hocha brièvement la tête, touché par l'empathie de sa fille.

— Merci.

Il aurait aimé lui répondre d'aussi belle manière, dire à Lucy qu'il était tombé amoureux d'elle à l'instant même de sa naissance : Miriam le lui avait dit si souvent et avec tant d'aisance… Mais Arthur n'avait jamais été doué avec les mots. Lorsque Lucy était enfant, il parvenait, une fois qu'elle s'était endormie, à déposer un baiser sur son front en lui disant qu'il l'aimait, mais ici, en public, dans ce café… Non, c'était trop difficile.

— Je… hmm… Eh bien… Pareil.

— Papa…

Tout à coup, il sentit Lucy passer les bras à son cou.

— Tout va bien ? Qu'est-ce qui t'arrive, dis-moi ?

Lucy renifla.

— C'est juste que... Maman me manque... Ça aurait été tellement génial qu'elle partage ce moment avec nous...

— Comme tu dis...

À défaut de trouver quoi que ce soit qui pût changer les choses, il lui tapota le dos.

Lucy rompit leur étreinte pour récupérer un mouchoir dans son sac.

— Madame ? (Le serveur venait d'apparaître près de leur table, un sourcil levé.) Tout va bien ?

Il jeta un regard de travers à Arthur comme s'il l'accusait d'avoir attristé sa jeune compagne.

— Très bien, merci. C'est mon père... Nous sommes très heureux, tout va bien.

— Vous êtes... heureuse ?

— Oui. Très. Merci de vous en soucier. J'ai juste besoin d'un Kleenex.

Le serveur s'éloigna pour reparaître bientôt avec une boîte de mouchoirs qu'il déposa sur la table.

— Voici pour vous.

— Merci. C'est vraiment très gentil.

— Claude, se présenta le serveur. Vous pouvez m'appeler Claude.

— C'est moi qui paie, papa, insista Lucy une fois qu'elle se fut mouchée et qu'elle se fut essuyé les yeux. C'est mon argent, tu te rappelles ? Et je peux l'utiliser comme bon me semble.

— Très bien, ma puce.

Arthur sourit, comprenant la demande silencieuse de Lucy.

Il se rendit donc aux toilettes et, lorsqu'il en sortit, Claude parlait encore à sa fille. Le serveur avait calé son plateau sous son bras et papotait avec une Lucy souriante qui jouait distraitement avec l'une de ses mèches de cheveux.

Arthur se pencha pour refaire ses lacets et, comme en se relevant il vit qu'ils discutaient encore, il entreprit de compter les euros dans son portefeuille. Lorsque Claude s'éloigna enfin, il rejoignit Lucy.

— Tout va bien ? lui demanda-t-il.

— Ça va, oui…, répondit-elle, les pommettes roses.

— J'ai vu que vous discutiez, avec le serveur ?

— Ah, oui… Il… Hum… (Elle se racla la gorge.) Il m'a proposé d'aller me balader avec lui ce soir. J'ai été un peu… prise au dépourvu, je dois dire.

— Tu parles d'une coïncidence : Sylvie m'a proposé de dîner avec elle, ce soir !

Ils échangèrent un bref regard, puis éclatèrent de rire.

— Je suis content que tu aies accepté sa proposition.

Chapitre 18

Paris galant

Arthur se barbouilla le menton de mousse, puis s'empara de son rasoir. Immobile devant le miroir de la salle de bains de sa chambre d'hôtel, il observa un instant son reflet : il y avait quelque chose de singulier dans le fait de soigner ainsi son apparence. Comment s'était-il retrouvé à aller dîner un vendredi soir à Paris avec une inconnue ? Cela le surprenait, d'ailleurs, qu'une personne aussi charmante que Sylvie n'ait rien eu de prévu ce même soir.

Il sentait des fourmillements au bout de ses doigts, mais tâcha de ne pas trop y penser, de peur de faire machine arrière. Le vendredi soir, c'était ce fameux soir que Miriam et lui passaient chaque semaine devant la télé avec leur plateau thé, frites, poisson, purée... Pourtant, se rassura-t-il, Sylvie et lui allaient passer un peu de temps à discuter de Miriam, partager divers souvenirs et anecdotes. Plutôt que de redouter ce dîner en tête à tête, ne devait-il pas l'attendre avec impatience ?

En sus, Arthur tenta comme il put de ne pas trop s'inquiéter de ce qu'ils allaient manger : les restaurants français ne servaient-ils tous que des cuisses de grenouilles et autres plats saturés d'ail ? Pourvu que non. L'espace d'un instant, il fut ému en repensant aux tourtes de Bernadette. Les bons petits plats de cette dernière lui manquaient, sa compagnie aussi. Il espérait que Sylvie le ménagerait.

Après le repas qu'ils avaient pris dans le petit café situé de l'autre côté de la rue où se trouvait la boutique de robes de mariée, Lucy et lui étaient allés faire le tour des magasins, une activité à laquelle il ne s'était prêté que rarement avec Miriam. Les rares fois où c'était arrivé, il s'était retrouvé à poireauter devant une cabine d'essayage en regardant sa montre toutes les trois secondes. Miriam, aussi, plaquait contre lui chemises et pantalons : parfois, elle acquiesçait et les ajoutait à son panier, parfois, elle les ajoutait au tas de vêtements destinés à retourner en rayon. Et puis, comme par magie, ces habits apparaissaient dans sa penderie, les plis vaincus au fer chaud et les étiquettes volatilisées, prêts à être portés. Par le même enchantement, à Noël ou lors des anniversaires, des cadeaux choisis avec soin faisaient leur apparition sur le plan de travail de la cuisine assortis de leurs belles boucles de bolduc et d'étiquettes sur lesquelles on pouvait lire : « De la part de Miriam et Arthur ». Pour tout dire, il appréciait beaucoup l'idée de faire des emplettes pour sa famille pour dénicher quelques cadeaux qui seraient susceptibles de leur plaire ; c'était juste que l'achat de cadeaux était le domaine exclusif de Miriam, une activité à laquelle elle s'adonnait avec un plaisir non dissimulé.

Cette fois-ci, pourtant, l'expérience lui fut des plus agréables, Lucy et lui déambulant dans les rues parisiennes sans le moindre empressement. Ensemble, ils goûtèrent différents fromages français, ainsi que plusieurs huiles d'olive. Lorsqu'ils tombèrent sur une boutique de vêtements proposant des promotions avant fermeture, Lucy insista pour qu'il achetât cinq nouvelles chemises, deux pulls et un nouveau pantalon : debout devant le miroir de la cabine d'essayage, il fut bien forcé d'admettre que ces nouveaux vêtements le rajeunissaient. Il acheta un petit bouquet de freesias pour Sylvie et, lorsqu'elle eut le dos tourné, une broche en émail représentant un chat noir pour Lucy. Devant la vitrine d'un antiquaire, il avait fait la remarque à Lucy, en découvrant un rang de perles discret, que sa mère l'aurait adoré.

— Tu la connaissais si bien…, avait-elle commenté.

Arthur portait justement ses nouveaux vêtements, tandis qu'il attendait Sylvie devant la boutique de mariage. Les lumières étaient éteintes à l'intérieur et, l'espace de quelques secondes, Arthur espéra presque qu'elle eût changé d'avis. Il fit les cent pas sur le trottoir, s'efforçant de ne pas martyriser le pauvre bouquet de freesias d'une poigne trop ferme.

Manifestement, le vendredi soir était, à Paris, le soir des sorties à deux : des couples de tous âges défilaient près de lui d'un pas léger, tous aussi beaux que bien mis. Tous, ils lui souriaient, l'air de dire : « Ne vous inquiétez pas, mon vieux, elle sera bientôt là. »

Dix minutes plus tard, il entendit vibrer la porte de la boutique, et Sylvie apparut.

— Je vous présente mes excuses, Arthur : j'étais sur le départ, lorsque j'ai eu le malheur de prendre l'appel d'une future mariée en pleine panique. Elle s'est affamée pour son mariage, et elle a perdu tant de poids qu'elle n'a plus assez de poitrine pour remplir sa robe ! Je lui ai dit de ne pas s'inquiéter et de venir me voir demain : son mariage n'est que dans trois semaines, donc elle devrait avoir le temps de se remplumer un peu. Personnellement, je ne suis pas partisane des altérations physiques dans ces cas-là... À mon avis, un coussinet dans chaque bonnet suffirait amplement... Mais bref! conclut-elle en se passant une main dans les cheveux. Je ne sais pas trop pourquoi je vous raconte tout ça ! L'idée, Arthur, c'est que je suis vraiment confuse de vous avoir fait attendre.

Sur ces mots, elle accepta le bouquet avec un sourire, pencha la tête pour le humer, le rentra dans la boutique, puis referma la porte derrière elle. Lorsqu'il se rendit compte qu'elle portait la même tenue que lorsqu'il l'avait rencontrée un peu plus tôt – agrémentée seulement d'un scintillant collier de turquoises et d'un châle crème en crochet –, il se sentit un peu moins nerveux : au moins, elle ne s'était pas apprêtée plus que cela pour leur dîner.

Ils marchèrent ensemble le long des rues pavées serpentant jusqu'au fleuve. Un moment, Sylvie manqua de tomber, et Arthur lui proposa son bras de façon qu'elle pût recouvrer son équilibre. Ils marchèrent ainsi, la main de Sylvie nichée là, au creux du bras d'Arthur. Arthur se raidit : ils allaient presque comme deux amants, et la sensation lui était trop familière pour le mettre à l'aise... Et si quelque passant les croyait ensemble ? Arthur peinait à penser à autre chose... Il espérait que Sylvie n'avait pas vu dans cette sortie autre chose qu'un rendez-vous purement amical... Non, ce devait être ainsi que vivaient les Français, se dit-il pour se rassurer. Ici, les gens se faisaient aisément tactiles et affectueux.

Il la regarda du coin de l'œil : elle souriait et marchait d'un pas dansant, tandis qu'elle désignait d'un doigt, là une colombe sur un fil électrique, ici une fresque représentant une petite fille emportée dans les airs par le bouquet de ballons qu'elle avait à la main. Sylvie piocha quelques olives dans un bol placé devant une boutique, adressa un signe au propriétaire du magasin, puis passa une olive à Arthur. Lorsqu'il s'en saisit, de l'huile dégoulina le long de sa main, et il se hâta de récupérer son mouchoir dans sa poche... Après quoi il garda le bras plaqué contre ses côtes.

Ils poursuivirent leur route jusqu'à un petit bistrot qui ne comptait que huit tables, *Chez Rupert*. Sylvie expliqua à Arthur que l'établissement appartenait à un ami à elle.

— Je leur ai dit de nous apporter un assortiment de ce qui serait susceptible de nous plaire, non sans les avoir informés que vous étiez un Anglais aux goûts des plus simples, expliqua-t-elle avant de partir d'un petit rire. On essaiera un peu tout, comme ça.

— Façon tapas ? suggéra Arthur.

Miriam et lui avaient participé à une nuit espagnole dans la salle des fêtes de leur village, un événement destiné à lever des fonds pour rénover le plafond de l'église : ils s'étaient chacun vu servir un verre de sangria plein à ras bord de morceaux de pommes et d'orange.

— C'est une sorte de salade de fruits alcoolisée, en fait…, avait-il déclaré après en avoir siroté un peu.

On avait ensuite servi à chaque table six petits plats en terre cuite contenant chacun un mets différent que Miriam et lui avaient goûté à tour de rôle : s'il n'avait pas réussi à déterminer clairement la nature de chaque plat, cela ne les avait pas empêchés de s'en régaler jusqu'à la dernière fourchetée. La soirée avait été fort agréable, même si, sur le chemin du retour, ils avaient dû, comme ils avaient encore faim, faire halte à la friterie locale.

— Oui, c'est un peu l'idée, acquiesça Sylvie.

En attendant leur plat, ils terminèrent sans mal une délicieuse bouteille de merlot et en commandèrent une seconde. Arthur se sentait d'humeur plus légère, comme si ses soucis s'évaporaient peu à peu. Il se surprit à goûter des moules au beurre à l'ail, ainsi que cette épaisse soupe de poisson française qu'était la bouillabaisse. Il mangea du veau, du ragoût de champignons et siphonna davantage de vin rouge, le tout en évitant de trop se demander pourquoi il ne s'était pas davantage montré ouvert à la nouveauté par le passé.

Lorsqu'un musicien de rue entra dans le bar et se mit à jouer de l'accordéon, Sylvie insista pour qu'ils dansent ensemble et si les déhanchements maladroits du vieil Anglais lui valurent quelques éclats de rire moqueurs, Arthur salua l'assistance et rit de bon cœur avec elle.

Après le dîner, Sylvie lui reprit le bras, mais, cette fois, cela sembla à Arthur plus naturel. Ils longèrent la Seine : spectaculaire, le coucher de soleil donnait l'impression que le ciel était en flammes. Si Arthur trouvait la compagnie de cette femme fort agréable, il ne pouvait s'empêcher de se dire que c'était avec son épouse qu'il aurait préféré se promener, rire et admirer le couchant. Il ressentit soudain le besoin de prononcer son nom, comme pour se rappeler que c'était grâce à elle qu'il profitait de tout cela.

— Miriam aurait adoré être ici, dit-il.

— Cela lui plaisait beaucoup, en tout cas, lui révéla Sylvie. Nous sommes venues ici quelques fois nous balader et parler de notre avenir. La jeunesse nous gonflait d'assurance : nul doute, pour moi, que je deviendrais la plus grande couturière de robe de mariée au monde ; que toutes les célébrités, les actrices hollywoodiennes, s'arracheraient les robes griffées Sylvie Bourdin. Et puis les semaines passent, les mois, les années, et vous vous faites plus lucide : vous comprenez enfin qu'il y a un monde entre les rêves et la réalité.

— Vous avez pourtant votre propre boutique : vous vous en êtes sortie de très belle manière et avez aidé d'autres que vous à accomplir leur rêve.

— Et Miriam ? L'a-t-elle accompli, son rêve ? Elle parlait de rencontrer un homme, d'avoir avec lui de nombreux enfants et de vivre à la campagne dans une maison avec un grand jardin.

— Ah oui ? Elle ne parlait pas d'élever des tigres ou de vivre une passion torride avec un romancier français ?

— Vous êtes bien taquin, Arthur !

— Un peu, je l'avoue.

Ils s'arrêtèrent pour observer non loin un canot qui fendait les eaux mercure de la Seine dans la lumière mourante du couchant.

— Nous avions une petite maison de banlieue, deux enfants…, reprit Arthur. J'ai bien peur que sa vie avec moi n'ait pas été à la hauteur de ses espérances.

— M'est avis que, de nous deux, c'est elle qui a fait le meilleur choix de vie. Je n'ai pas eu d'enfants, voyez-vous : j'ai toujours été trop occupée à travailler. À la place, j'avais ma boutique ; les jeunes femmes qui viennent me voir sont pour moi autant de filles que je n'ai jamais eues. (Elle rit.) Heureusement pour moi, certaines se souviennent encore de moi après le grand jour ! Parfois, j'aurais aimé avoir des rêves plus humbles, ou avoir eu suffisamment de temps pour fonder à la fois une famille et un commerce.

Lorsqu'ils croisèrent un petit bar d'où pétillaient des rires, ils s'installèrent en terrasse à une table noire en fer forgé.

— Moi-même, je ne connais pas cet endroit : vous avez fait de moi une exploratrice, Arthur !

Lorsqu'ils reprirent le chemin de la boutique de Sylvie, il était 2 heures passées. Arthur se sentit coupable qu'ils n'aient pas parlé tant que cela de Miriam : ils avaient surtout discuté de York, de Lucy et de Dan. Arthur lui avait parlé de Bernadette, de Frederica, et raconté ce qu'il avait appris à propos des autres charmes ; Sylvie, elle, des amants qu'elle avait eus au fil des ans, et de ce qu'elle avait failli quitter Paris pour partir vivre à la campagne dans un moulin à eau avec un artiste fauché, mais avait recouvré ses esprits peu avant de finir devant l'autel.

— Je vends des robes de mariée, mais n'ai jamais été mariée moi-même.

Tandis qu'ils approchaient de la boutique, Arthur sentit son cœur s'emballer. Que convenait-il de faire dans pareille situation ? Devait-il lui faire une bise sur une joue ? Sur chaque joue ? La prendre dans ses bras ? Il ne savait pas trop, si bien que, lorsqu'ils furent enfin devant la vitrine, il opta pour le silence total.

— J'ai passé un formidable moment, Arthur : cela faisait longtemps que je n'avais pas autant ri.

— Et moi donc !

Les choses étaient si simples avec Sylvie… Il partageait avec elle une connivence qu'il n'avait jamais ressentie avec une autre femme que la sienne. La proximité qu'avaient entretenue Sylvie et Miriam lui donnait envie de se rapprocher d'elle. Pour tout dire, il ressentait même l'envie de toucher les ridules près de ses yeux, de lui caresser la joue… Sylvie se rapprocha tant qu'il sentit son souffle lui flatter le cou, et put apprécier la courbe de ses cils et le pli discret entre ses sourcils.

Il avait envie de l'embrasser.

L'embrasser?

Comment diable avait-il pu penser une chose pareille? Il ne devait avoir envie d'embrasser personne d'autre que sa femme!

Sylvie lui sourit comme si elle avait lu dans ses pensées.

Il sentit sa main glisser malgré lui au creux du dos de Sylvie… Devait-il l'enlever avant qu'il ne soit trop tard?

Le temps d'y réfléchir, leurs lèvres s'étaient rejointes.

Quelle sensation étrange que d'embrasser une autre femme… Il aurait aimé se détacher d'elle et réfléchir à tout cela, mais il se sentait incapable de mettre un terme à ce baiser: il avait besoin de ce contact humain, de se sentir de nouveau désiré. Sylvie avait les lèvres douces et chaudes… Le temps suspendit son vol.

Sylvie se redressa la première.

—Il commence à faire froid… (Frissonnante, elle resserra son châle autour de ses épaules.) Tu veux monter prendre un café?

Voilà une question à laquelle il ne s'était pas attendu. Cela étant, n'était-ce pas le dénouement naturel de cette agréable soirée, que de s'asseoir confortablement pour poursuivre la discussion? Il avait bien d'autres questions à lui poser, celles qui lui avaient échappé durant leur escapade. Mais l'entreprise pouvait également s'avérer risquée: et si Sylvie avait en tête plus qu'un simple café?

—Il faut vraiment que je rentre à l'hôtel, dit-il. Lucy risque de se demander où je suis passé.

L'excuse lui parut absurde sitôt prononcée : leurs chambres étant séparées, il ne la reverrait pas avant le petit déjeuner.

— N'est-elle pas avec son ami serveur ?

— Oui. Claude.

— C'est une grande fille maintenant, tu sais ?

— En effet, mais j'ai du mal à ne pas m'inquiéter pour elle.

— Je suis sûre que Claude s'assurera qu'elle rentre sans encombre. Et puis, elle a un téléphone portable, non ?

— Bien sûr. (Arthur tira son propre téléphone de sa poche.) Oh, tiens… Elle m'a laissé un message.

Il l'ouvrit aussitôt : Lucy l'avait envoyé vingt-cinq minutes plus tôt. Elle lui disait de ne pas s'inquiéter, qu'elle serait bientôt de retour à l'hôtel et qu'elle le retrouverait à 9 heures en salle pour le petit déjeuner.

— Ah, voilà qui me rassure ! sourit-il.

— Ce café, alors ?

Arthur remisa son téléphone dans sa poche où sa main s'attarda quelques secondes.

— Je…, commença-t-il.

Sylvie intervint, relevant le menton avec fierté.

— Le fait est, Arthur, qu'il m'arrive de me sentir seule. J'ai l'impression que la vie file sur ses rails sans que j'aie pu monter à bord… J'aimerais beaucoup que tu montes boire un café, voire que tu restes pour la nuit. Je côtoie des hommes jeunes, de futurs mariés parfois, des papas de jeunes fiancées qui me font des propositions indécentes.

En bonne professionnelle, je refuse chaque fois. Il est rare que je rencontre des hommes qui me plaisent, pour qui je ressente quelque chose.

Arthur sentait une envie inattendue couver en lui : jamais il ne se serait attendu à ressentir de nouveau cela pour qui que ce soit. Si la sensation lui réchauffait l'âme, elle l'encombrait aussi d'une culpabilité amère : ce n'était pas comme s'il fantasmait sur une actrice ou toute autre célébrité inaccessible – ce qui, au sein d'un mariage, n'était peut-être pas si condamnable que cela –, non, il s'agissait là de Sylvie, une femme en chair et en os, superbe, qui lui proposait de partager son lit.

Cela donnait à Arthur l'impression de tromper sa femme… au point de provoquer chez lui un soudain blocage. Bien entendu, il aurait pu prétexter que sa femme était morte et que, de ce fait, on ne pouvait véritablement parler d'infidélité, mais il était certain de vivre cette parenthèse comme une relation adultère : Sylvie était l'amie de Miriam. Elles ne s'étaient pas côtoyées depuis des années, certes, mais il ne pouvait se résoudre à la trahir ainsi…

— Je suis navré, Sylvie, dit-il avec une expression de découragement. J'aimerais beaucoup profiter d'un café avec toi, mais…

Il baissa les yeux.

Sylvie se raidit, puis acquiesça d'un bref hochement de tête.

— Je comprends, je crois.

— Je l'espère, car je pense vraiment que tu es une femme formidable : tu es magnifique, gracieuse et lumineuse, en plus d'être une femme d'esprit. Cependant…

— Cependant, tu es encore amoureux d'une autre ?

Arthur fit « oui » de la tête.

— De ma femme, oui. Toujours. S'il devait un jour y avoir quelqu'un d'autre dans ma vie – ce dont je doute fort –, alors je préférerais que les choses se fassent en douceur. C'est ma dernière nuit ici, et ce n'est pas suffisant à mes yeux. Si je devais rencontrer quelqu'un d'autre, j'aimerais me dire que Miriam comprendrait et validerait mon choix.

— Ce que Miriam voudrait, c'est que tu sois heureux.

Elle sortit ses clés de son sac.

— Je ne suis pas sûr que je le serais au matin. Or j'aimerais l'être. J'aspire à une rencontre saine et magique qui ne me donnera pas l'impression d'avoir trahi Miriam.

Sylvie tritura son collier avec nervosité.

— Tu ne le croiras peut-être pas, mais il fut un temps où je n'avais même pas besoin de demander ; les hommes attendaient à ma porte et me suivaient où que j'aille.

— Je n'ai aucun mal à le croire. Tu es absolument magnifique, dit-il en singeant l'accent français. (Ils rirent à l'unisson de la médiocrité de sa tentative.) Mais… (Il tira le bracelet de sa poche.) Tant que ce bracelet ne m'aura pas révélé tous ses secrets, je ne serai pas prêt à m'engager. Je ne suis pas disposé à céder mon cœur à une autre femme que la mienne.

— C'est tout à ton honneur, Arthur. (Elle pinça les lèvres.) Néanmoins… Je dois te prévenir que si tu continues tes recherches, tu risques de découvrir des choses qui ne te plairont pas spécialement…

— En ce cas, ce ne sera pas la première fois.

— Que non…

Arthur perçut une froideur aussi soudaine qu'étrange dans le ton de sa voix. Il lui prit la main.

— Tu sais quelque chose que j'ignore, Sylvie ?

Il vit un éclair de mensonge zébrer son regard.

— Non. J'ai dit ça comme ça…

— Si tu sais quelque chose, s'il te plaît, dis-le-moi.

— Comme je te l'ai dit, Miriam m'a écrit de temps en temps…

— Et ?

Sylvie retint son souffle.

— Si tu veux vraiment le savoir, tu devrais essayer de trouver son amie Sonny.

— Sonny ? répéta Arthur.

— Si j'ai bonne mémoire, elle crée des bijoux.

Arthur pensa aussitôt au bracelet.

— Tu connais son nom de famille ?

— Hmm… Ça commence par Y, je crois… Ah oui ! Yardley. Je m'en souviens, car l'une de mes cousines a épousé un homme qui a le même nom de famille. J'ai bonne mémoire, n'est-ce pas ?

— En effet : une excellente mémoire. Sonny Yardley… Les initiales S. Y. sont gravées sur la palette de peintre. Ce n'est probablement pas une coïncidence. Tu sais où je pourrais la trouver ?

—Non.

—Te souviens-tu de quoi que ce soit d'autre à propos de cette femme ?

Sylvie fronça les sourcils.

—Il me semble que son frère était artiste, mais à part ça…

—Je vais tenter de la retrouver.

—Si tu y parviens, elle sera en mesure de te révéler ce que tu veux… ou aurais préféré ne pas savoir.

—Que sous-entends-tu ?

Sylvie haussa les épaules.

—Tu comprendras.

Arthur sentait bien que Sylvie s'impatientait, qu'elle voulait rentrer chez elle ; il avait blessé sa fierté en ramenant systématiquement la conversation à sa femme. Aussi, il déposa une bise sur sa joue, la remercia pour son hospitalité, puis s'en retourna à son hôtel. Le regret avait beau lui tordre les entrailles, il était convaincu d'avoir pris la bonne décision.

Déjà, le ciel se zébrait d'azur, s'apprêtant pour le jour suivant, et les étoiles se faisaient plus discrètes. Il noua les doigts autour du bracelet qu'il serra fort jusqu'à son arrivée à l'hôtel. Avant de franchir la porte-tambour, il fit une pause pour rajuster son col et, ce faisant, aperçut du mouvement du coin de l'œil. Il se tourna pour découvrir dans la rue Lucy en compagnie de Claude. Lucy embrassa le serveur sur la joue, puis se sépara de lui.

Arthur patienta pour qu'ils pussent entrer ensemble dans l'hôtel.

— Salut, papa ! lança-t-elle, d'un ton faussement naturel.

— Coucou. Tu as passé une bonne soirée ?

— Excellente, et toi ?

Arthur tourna le regard vers le soleil levant.

— Oui. Oui, une très bonne soirée. Cela dit, je doute de revoir Sylvie un jour. Je… disons… Ta mère, eh bien…

Lucy acquiesça et poussa la porte.

— Je comprends, papa. Claude aussi, c'était l'affaire d'un soir. Parfois, c'est très bien comme ça.

Chapitre 19

Face de bouc

Comme c'était agréable de se retrouver dans son propre lit, dans sa propre demeure ! Après avoir dormi dans une auberge de jeunesse, sur le canapé de Mike, dans un hôtel parisien et dans la chambre d'un manoir aux murs orange et noir, il n'existait pas de chambre dans laquelle il aurait préféré être que la sienne. Sa familiarité la rendait rassurante, comme un cocon. Ici, il pouvait savourer ses tasses de thé tranquillement.

Il resta un moment sur le dos à repenser au baiser que Sylvie et lui avaient partagé, revoyant en boucle l'instant où leurs lèvres s'étaient rejointes. Il sentait encore la douceur de sa taille, la douceur de sa peau contre la sienne. Une vague de chaleur envahit son ventre, et il y posa une main pour mieux la percevoir : lorsqu'il ferma les yeux, il se retrouva à Paris. Il sentait encore le parfum de Sylvie.

Pas une seconde il ne regrettait d'avoir refusé le café qu'elle lui avait offert, mais cela ne l'empêchait pas de se demander quel aurait été le dénouement de cette histoire : que se serait-il passé s'il avait gravi l'escalier et l'avait suivie jusque dans sa chambre ? Auraient-ils fait l'amour ou aurait-il saboté la soirée, incapable de passer à l'acte ? Il ne le saurait jamais. Arthur n'avait jamais couché qu'avec sa femme, et l'idée de passer la nuit avec une autre qu'elle l'intriguait autant que cela le mettait mal à l'aise. Il ouvrit les yeux, roula sur le côté, puis sortit du lit, troublé par ces pensées déplacées. Pourtant, l'étincelle d'envie qui luisait, discrète, au fond de lui refusa de s'éteindre…

Il enfila le pantalon et l'une des chemises qu'il avait achetés à Paris avec Lucy, et fourra dans le panier à linge celle sur laquelle s'était attardé le parfum de Sylvie. En se regardant dans le miroir, il fut surpris de se trouver bonne mine : ses cheveux avaient même un peu poussé sur le dessus du crâne. Miriam lui aurait probablement suggéré de se rendre chez le coiffeur du village, mais, pour tout dire, il trouvait cela plutôt pas mal, lui… D'une main, il ébouriffa ses cheveux avec une vigueur nouvelle.

L'espace d'une seconde, il envisagea de reprendre sa vieille routine, histoire de donner un sens à sa journée : il se prit même à regarder sa montre pour voir s'il n'était pas l'heure de se préparer des tartines.

Oh, et puis merde ! se dit-il soudain.

Il vivrait cette journée comme elle viendrait et verrait bien ce qu'elle aurait à lui offrir.

Debout pieds nus dans sa cuisine, il croquait une pomme en observant son jardin à travers la fenêtre. Il s'étonna de la taille insensée de la clôture qui ceignait le jardin : pourquoi Miriam et lui avaient-ils choisi d'ériger une structure dont la hauteur les privait de la vue sur les jardins de leurs voisins ? Une simple palissade aurait été amplement suffisante…

Quoi qu'il en soit, il n'y avait plus que trois charmes qui ne lui avaient pas encore livré leur secret, et il n'avait guère qu'une seule piste pertinente : un nom, celui de Sonny Yardley. Il avait beau se creuser les méninges, il ne se souvenait pas d'avoir jamais entendu Miriam la mentionner.

Il commença ses recherches par un coup d'œil dans l'annuaire, laissant les noms commençant par Y défiler sous son index : s'il trouva deux S. Yardley, les coups de fil qu'il leur passa lui apprirent que l'un s'appelait Steve et l'autre Stuart. Peut-être Sonny avait-elle adopté le nom de famille d'un éventuel mari… à moins qu'elle ne fût simplement morte, elle aussi. Frustré de ne pas savoir comment poursuivre son enquête, il nettoya la maison de fond en comble : non parce que cela faisait partie de sa routine, simplement parce qu'elle en avait bien besoin. Comme il avait passé deux semaines ou presque loin de chez lui, une fine couche de poussière recouvrait la moindre surface. Tout au long de son ménage, il sifflota l'air joué par l'accordéoniste dans le petit bar où Sylvie et lui avaient passé la soirée. Il arrosa Frederica, puis la sortit sur le gravier de façon qu'elle pût profiter d'un peu d'air frais.

Il venait de se préparer un verre de lait et un sandwich au jambon quand la sonnette retentit. Bernadette. Il se releva d'un bond et passa sa paume sur sa chemise sans même songer à adopter son habituelle stratégie de la statue grecque : il allait prendre un grand plaisir à la revoir ! Elle adorerait, c'était certain, le récit de son séjour à Paris. Il lui avait même acheté un petit cadeau : un sachet en tissu qui diffusait une douce odeur de lavande, décoré d'un oiseau tenant en son bec une enveloppe brodée. Tout sourires, il ouvrit la porte… et fut surpris de se retrouver nez à nez, non avec Bernadette, mais avec son fils.

— Ça roule, Tigrou ?

— Oh, Nathan… Bonjour, mon grand.

— Surpris de me voir, hein ?

— En effet ! Je m'attendais à voir ta mère, pour tout dire.

— Ah, elle n'est pas ici ?

Il s'essuya le nez d'un revers de main. Il portait un tee-shirt sur lequel s'affichait en grandes majuscules noires : « Parental Advisory[1] ».

Arthur s'attendait à ce que le jeune homme haussât les épaules, puis s'en allât d'un pas traînant en marmonnant qu'il la trouverait ailleurs, mais il resta planté sur le perron, comme enraciné. Ils échangèrent un bref regard.

— Voudrais-tu entrer boire une tasse de thé ?

Nathan haussa les épaules, mais entra tout de même.

— Entre, entre, je t'en prie. Fais comme chez toi.

— Ça ressemble pas mal à chez nous, ici, commenta Nathan en entrant dans le salon où il s'affala dans le canapé, les jambes jetées sur l'accoudoir. C'est agencé pareil, les pièces.

1. Avis parental : étiquette apposée sur les CD pour avertir les parents que l'album contient des paroles susceptibles de heurter les plus jeunes.

La différence, c'est que ma mère est dingue de couleurs bien flashy…, expliqua-t-il en levant les yeux au ciel. Ici, c'est plus discret. C'est apaisant.

— Tu crois ? Je trouve ça un peu vieillot, moi.

Nathan haussa de nouveau les épaules.

— Nan, c'est cool.

Une fois encore, un silence gênant s'installa entre eux, comme s'ils attendaient que l'autre engage la conversation, ou comme s'ils venaient de se rendre compte qu'ils n'avaient tout simplement rien à se dire.

— Je vais allumer la bouilloire, lança Arthur.

Il sortit du salon à la hâte, prépara une pleine théière dans la cuisine, puis disposa une soucoupe garnie de biscuits sur le plateau. De retour au salon, il découvrit Nathan en train de regarder les photos posées sur la cheminée : quelques-unes des enfants quand ils étaient tout jeunes et une photo de famille prise lors de la soirée des dix-huit ans de Lucy, lorsqu'ils avaient loué la salle des fêtes et que Vera – du bureau de poste – avait débarqué sans crier gare.

— Alors, vous l'avez trouvé, De Chauffant ? lui demanda Nathan.

— Oui. Je suis même allé chez lui, dit-il en posant le plateau sur la table. L'adresse que tu avais trouvée était la bonne.

— La grande baraque de bourge toute blanche, là ?

— Celle-là même.

Nathan émit un claquement de langue, puis se rassit sur le canapé.

— C'est quand même le gros *swag* de rencontrer une légende vivante. Y avait des rangées de bouquins partout, genre ? Il paradait chez lui en peignoir de velours violet en fumant un de ces cigares tout fins, là ? En mode *posey* ? Je parie qu'il avait une petite amie de, genre, vingt et un ans, non ?

Arthur revit le vieillard ratatiné assis seul dans son grenier… Pour autant, il n'avait pas le courage de briser les fantasmes de Nathan.

— C'était une visite très enrichissante, en tout cas. Et, oui, il avait des livres par centaines. Il était très occupé, cela dit, alors je ne me suis pas éternisé.

— Vous avez pu avoir un autographe ?

— Non. Mais je suis reparti avec l'un de ses recueils de poèmes, par contre.

— Chanmé. Je peux le voir ?

Arthur se souvint alors de la dernière fois qu'il l'avait vu : sous la lueur orangée d'un lampadaire londonien…

— J'ai bien peur de l'avoir perdu dans l'heure, mon pauvre…

— Oh…

Nathan baissa les yeux, et sa mèche se mit à pendouiller devant son visage.

Arthur servit le thé et tendit une tasse à son visiteur.

— Figure-toi que j'allais justement te contacter, Nathan. J'aurais besoin d'un coup de main.

— Ah ouais ?

— Un jour que j'étais au bureau de poste, j'ai entendu Vera parler de quelque chose qui s'appelait… Face…

de bouc, ou quelque chose comme ça. Apparemment, on peut se servir de cet outil pour retrouver des gens en tapant leur nom. (Ou pour harceler les gens, dans le cas de Vera, puisqu'elle tentait de retrouver la trace d'un ex-petit ami qu'elle avait fréquenté à l'école.) J'aimerais retrouver quelqu'un d'autre.

—Facebook, vous voulez dire ?

—Ah ? Peut-être… Facebook, alors. À quoi est-ce que ça sert, au juste ?

—Comme l'a dit la vieille croûte du bureau de poste, à retrouver des gens et à les demander en amis sur Internet. On peut poster des statuts, des photos, ce genre de trucs…

C'était du chinois pour Arthur, mais il hocha de la tête comme s'il avait tout compris.

—Avant, ça cartonnait de ouf, mais c'est *has been* maintenant ; y a plus que les vieux qui l'utilisent. Genre les trentenaires.

—J'essaie de trouver une certaine Sonny Yardley. Tu pourrais jouer de tes compétences en informatique pour me dépanner, s'il te plaît ?

Nathan but son thé à grand bruit.

—Je regarderai ce soir. Mon téléphone déconne, là. Vous saviez que tous les gens qui ont un iPhone le font tomber au moins une fois ? Le mien est tombé dans les chiottes, ce matin. Vous avez d'autres infos sur cette Sonny ? Son âge, par exemple ?

—Le même que le mien, peu ou prou.

—OK, jurassique, donc ! pouffa-t-il.

— Préhistorique, en tout cas.

— OK, je m'en occupe.

Ils burent leur thé, et Nathan dévora jusqu'au dernier des biscuits.

— Tu cherches ta mère, alors ? s'enquit Arthur.

— Pas vraiment. Elle est sûrement au village à s'occuper de ses causes perdues.

— Ta mère est vraiment une femme d'une grande bienveillance.

— Je sais. (Nathan entrouvrit la bouche, hésitant, puis secoua la tête.) Parfois, je comprends pas pourquoi elle veut m'envoyer dans une fac à l'autre bout du pays. Je veux dire, OK, j'suis un peu chelou, parfois, mais bon… C'est comme si elle voulait se débarrasser de moi.

— Si tu veux mon avis, elle veut simplement te dégotter le meilleur établissement, parce qu'elle souhaite ce qu'il y a de mieux pour toi.

— Je pensais qu'elle voudrait que je trouve une fac pas loin, comme ça, je continuerais à vivre à la maison avec elle, mais…

Il haussa les épaules.

— Tu lui en as parlé ?

— Nan : elle s'est mis en tête que j'irai à l'université pour y suivre un cursus d'excellence, et tout ; vous savez, pour que je puisse trouver un bon boulot quand je quitterai la maison, blablabla ; que je puisse devenir proprio blablabli… Sans déconner, on peut faire quoi avec un diplôme de lettres ? Je veux dire, je connais l'alphabet, déjà : ça suffit pas ?

— Je vois…, répliqua Arthur, conscient qu'il n'était peut-être pas le mieux placé pour conseiller un jeune homme de dix-huit ans. Et qu'aimerais-tu apprendre, toi ?

Nathan secoua la tête.

— Si je vous le dis, vous me croirez pas.

— Ah ? Pourquoi donc ?

— Parce que, c'est tout. Et puis, ma mère a rien voulu entendre, alors…

Arthur repensa à sa discussion avec Lucy dans le jardin, lorsqu'il lui avait promis de l'écouter, et que son oreille attentive leur avait permis de ressusciter le lien familial.

— Eh bien, moi, je serais ravi de t'écouter. Je fais cela très bien, en plus. Qui plus est, j'ai tout mon temps !

Nathan se mordit la lèvre inférieure.

— Y vous reste des biscuits ?

— Les pur beurre ?

— Je préfère les biscuits fourrés…

— Je vais voir ce que j'ai en réserve.

Arthur s'attarda dans la cuisine, de façon que Nathan eût le temps de décider si, oui ou non, il souhaitait se confier, surtout à quelqu'un qui peinait autant que lui à trouver des mots rassurants. De retour dans le salon, il tendit à Nathan la soucoupe pleine de sablés, certains à la prune, d'autres nature, parés d'un glaçage coloré.

— Raah, les colorés, trop cool ! s'exclama Nathan. Ils passent crème, ceux-là ! (Soudain, lui revint en mémoire que s'extasier devant des biscuits de toutes les couleurs n'avait rien de très cool.) Bon, OK, Tigrou… Vous voulez savoir ce que j'aimerais apprendre ? Ben… À faire des gâteaux.

Arthur prit le temps de digérer l'information, puis redoubla d'efforts pour ne pas sourire ni paraître surpris.

— Des gâteaux, répéta-t-il, impassible.

— Ah ! J'vous avais bien dit que vous m'croiriez pas…, lâcha Nathan, avant de souffler sur sa frange. Quand j'en ai parlé à ma mère, elle m'a regardé comme si j'étais teubé…

Arthur posa une main sur l'épaule du jeune homme.

— Pas une seconde je n'ai pensé que tu étais… teubé. Je ne suis pas là pour te juger.

Nathan lâcha un profond soupir.

— Oui, je sais… Désolé. J'adore cuisiner, c'est comme ça… Depuis toujours. Parfois, j'aide maman en cuisine. Mais elle arrête pas de me dire que c'est pas un vrai boulot, qu'il faut que je trouve un truc plus porteur. Chaque fois que je lui en parle, elle fait la sourde oreille. Quand c'est elle qui fait des roulés à la saucisse et des tourtes, c'est génial, mais quand c'est moi, c'est n'importe quoi…

— Je trouve ça porteur, moi, la cuisine : tu pourrais devenir chef ou ouvrir une pâtisserie.

— Ou ouvrir un resto, lancer ma propre marque de desserts… Je sais bien. C'est elle qui imprime pas. Elle pourrait y réfléchir un peu, si elle passait pas tout son temps à s'occuper des autres…

— Elle se soucie de toi plus que de tout autre, Nathan.

Nathan détourna les yeux.

— Je sais. Enfin, je crois… Dites, Arthur… vous pensez que vous pourriez en parler un peu avec elle ? Essayer de la convaincre d'accepter mon choix ?

— Je doute qu'elle m'écoute, tu sais…

— Moi, je sais qu'elle vous écoutera, rétorqua Nathan aussitôt. Elle a beaucoup d'estime pour vous. Je le vois bien…

Arthur sentit son torse se gonfler d'une certaine fierté.

— Je peux toujours essayer, en ce cas, accepta-t-il dans un hochement de tête.

Déjà que Bernadette estimait qu'il pouvait avoir une bonne influence sur son fils, et voilà qu'à présent Nathan venait de lui-même lui demander son aide !

— Merci… Ça vous dérange pas si je vous demande autre chose ? Et j'aimerais que vous soyez sincère avec moi…

Arthur baissa sa tasse de thé.

— Non, bien sûr, dis-moi.

Nathan se frotta le nez.

— Ma mère, elle va mourir ?

Arthur manqua de s'étouffer : du thé dégoulina le long de sa tasse jusque sur ses genoux. Il sursauta, fit un bond en arrière, et le thé se déversa entre ses jambes, laissant à penser qu'il était incontinent.

— Est-ce qu'elle va… Comment ?

Nathan poursuivit d'une voix désincarnée.

— J'aimerais être un peu plus préparé, cette fois. Quand mon père est mort, ça m'a mis un sacré coup… J'ai trouvé ses factures de rendez-vous à l'hosto…

Quels rendez-vous à l'hôpital? se demanda Arthur.

Il n'était pas au courant. Bernadette ne lui en avait rien dit. Lorsqu'elle lui rendait visite, ils ne parlaient jamais de rien d'autre que lui : de comment il allait, de ses projets... Jamais il ne lui demandait de ses nouvelles.

— Tu sais, ce n'est pas très correct de farfouiller dans le courrier de quelqu'un d'autre, sermonna-t-il en épongeant son pantalon à l'aide d'un mouchoir.

Nathan haussa les épaules.

— Elle avait qu'à mieux les cacher. Elle les a laissées traîner... Elle est allée au service d'oncologie. Elle a un cancer, c'est ça ? (Il n'attendit pas la réponse d'Arthur.) Je me disais que si j'étais au courant, je pourrais mieux m'occuper d'elle. Elle croit que me cacher des trucs est le meilleur moyen de me protéger, mais, la vérité, c'est que ça fait qu'empirer la situation... J'ai pensé que vous seriez sûrement au courant ; elle a bien dû vous dire quelque chose, non ?

— Non... rien du tout, figure-toi.

Peut-être que s'il avait été plus à l'écoute... Comment avait-elle pu supporter ainsi de le voir se morfondre à longueur de temps, d'apprendre qu'il se cachait d'elle, aussi ? Pour lui, Bernadette était et serait toujours là, immuable, acquise.

— Tu devrais lui en parler, conseilla-t-il à Nathan d'une voix douce. Vous devriez avoir une petite conversation à cœur ouvert. Dis-lui ce que tu penses de cette histoire d'université, et confie-lui tes inquiétudes la concernant. Discutez de tout cela sans détour, une bonne fois pour toutes.

Nathan riva le regard au fond de sa tasse, comme s'il lisait dans les feuilles de thé ; hypothèse d'autant plus improbable qu'Arthur avait utilisé des sachets...

— J'ai peur de craquer... La honte, quoi, laissez tomber... J'ai pas envie qu'elle me voie chialer !

— Elle ne t'en voudra pas, tu sais... Contente-toi de lui dire ce que tu as sur le cœur. Je regrette de n'avoir pas davantage parlé à mes enfants : je commence tout juste à poser un regard lucide sur ma vie passée. Ne fais pas l'autruche aussi longtemps que moi : tu ne le regretteras pas, je peux te l'assurer.

Nathan acquiesça, attentif. Il se leva.

— Merci, Tigrou. On peut dire que vous envoyez du lourd, lança-t-il en gratifiant le bras d'Arthur d'un petit coup de poing... pile à l'endroit où le tigre l'avait amoché.

Arthur sourit malgré la douleur.

Un peu plus tard, Arthur se rendit au bureau de poste où Vera l'accueillit avec entrain. Il lui demanda si elle avait vu Bernadette ce jour, et elle lui répondit que non, mais que, comme une femme de Bridge Street venait de perdre son mari, Bernadette avait probablement dû aller lui rendre visite histoire de l'empâter un peu.

Lorsqu'il rentra chez lui, Arthur vit que la loupiote rouge de son répondeur clignotait. Il appuya sur le bouton « Lecture » et écouta le message qui l'attendait :

« Yo, Tigrou ! J'ai fait des recherches sur Sonny Yardley : comme vous le pensiez, c'est une femme ! Y en avait deux sur Facebook, mais la première avait, genre, dix-huit balais, les cheveux roses et un piercing dans le nez, donc, bon… L'autre, par contre, est prof de fac à Scarborough ; ça doit être celle que vous cherchez. Elle donne des cours de joaillerie. Y a pas grand-chose de plus sur sa page d'accueil… C'est pas mal roots, quoi… genre, elle a que cinq amis, big lol ! Bon, j'espère que ça vous aide, en tout cas. Allez, bisous, Tigrou ! »

Chapitre 20

La palette de peintre

Le soir venu, Arthur téléphona à Bernadette, mais elle ne répondit pas. Il n'envisagea pas longtemps de passer la voir : cela aurait éveillé ses soupçons ; or il avait promis à Nathan de ne pas aborder le délicat sujet des rendez-vous à l'hôpital.

Elle devait probablement se trouver à son cours de danse du ventre, se dit-il, en plus de se faire la remarque qu'elle devait être plutôt séduisante dans sa tenue chamarrée et ornée de sequins à chasser ses soucis à coups de déhanchés orientaux. Il nota sur un papier de bien penser à la rappeler le lendemain.

Tout en regardant *NCIS* – série qu'il affectionnait, bien qu'elle fût souvent plus sinistre que nécessaire –, il chercha dans l'annuaire le numéro de téléphone de l'université de Scarborough : s'il n'y avait aucune entrée relative à une éventuelle faculté de joaillerie, il y en avait une pour une faculté d'art et de design.

Il dut rester un bon quart d'heure assis sur le canapé, combiné en main, avant de trouver le courage d'appeler.

Lorsqu'il avait contacté Mr Mehra, en Inde, l'appel avait été le point de départ d'une série de découvertes à propos de sa femme. Les avertissements de Sylvie résonnaient dans sa tête ; elle l'avait prévenu qu'il risquait de ne pas apprécier ce qu'il découvrirait. Si Miriam et Sonny avaient été amies, que pouvait-elle avoir de déplaisant à lui apprendre ?

Il composa le numéro, le cœur battant.

Ne t'inquiète pas trop : il n'y aura personne pour te répondre à une heure pareille..., se dit-il.

Lorsqu'il entendit le message du répondeur du secrétariat, il soupira de soulagement : on l'informait que l'université était ouverte de 9 heures à 17 heures, et qu'il pouvait laisser un message en prenant soin de bien indiquer le nom de la personne à qui s'adressait son message, ainsi que la faculté où elle exerçait.

Il demanda donc que Sonny Yardley contactât Arthur Pepper au plus tôt, et laissa ses numéros de téléphone fixe et portable.

Comme le lendemain matin, à 10 h 30, il n'avait toujours pas été recontacté, il laissa un nouveau message, puis un autre un peu après 16 heures. Entre-temps, il rappela Bernadette, mais, une fois de plus, elle ne répondit pas.

Le jour suivant, il décida de se rendre chez Bernadette. Lorsqu'il quitta sa maison, Terry tondait sa pelouse.

— Alors, ça s'est arrangé avec votre fille ?

— Oui, tout s'est déroulé à merveille, merci ! On a passé un long week-end à Paris.

— Elle m'en a touché deux mots. Ça avait l'air d'un superbe voyage !

— Elle vous en a parlé ? s'étonna Arthur, les sourcils froncés. (Il ne savait pas que Terry et sa fille se connaissaient assez pour discuter.) Quand donc ?

— Je suis tombé sur elle à l'école en allant chercher ma nièce, et on a bavardé un peu. (Il se mit à regarder dans le vague quelques secondes, puis se tourna de nouveau vers Arthur.) Elle va passer prendre le thé, un de ces quatre ?

— Probablement.

— Elle habite loin d'ici ?

— Oh… Non. Non, pas trop.

— Tant mieux. C'est bien que la famille ne soit pas trop éparpillée…

— Pourquoi est-ce que vous la tondez à longueur de temps ? demanda Arthur en désignant la pelouse. Elle n'a pas vraiment l'air d'en avoir besoin.

— C'est sûr. Disons que ça m'occupe. Ma femme m'imposait de le faire si souvent, quand on était ensemble…

— J'ignorais que vous étiez marié.

— On a habité dans les Midlands avant de revenir s'installer ici. Ça n'a pas fonctionné au final… Ça va faire un an que je suis divorcé. Ça commence à me peser : je crois que ça me ferait du bien de rencontrer quelqu'un avec qui partager un peu le quotidien. Est-ce que Lucy… hum… fréquente quelqu'un en ce moment ?

— Elle s'est séparée de son mari il y a quelque temps déjà.

Terry secoua la tête.

— Duraille, ça…

— Ça n'a pas été facile, pour sûr. C'est une fille adorable, ma Lucy.

— Elle a l'air très prévenante. C'est bien là tout l'intérêt d'avoir une famille, non ? De savoir qu'on est ensemble, qu'on veille les uns sur les autres. En fait, on avait déménagé pour que je puisse m'occuper de ma mère car elle s'était blessée en tombant. J'étais heureux de le faire : je n'allais pas la laisser lutter toute seule au quotidien ou demander à un inconnu de s'en charger à ma place. Mon ex-femme n'était pas vraiment partante à l'idée de déménager, mais, au final, elle s'est plu ici. (Il esquissa un sourire amer.) À tel point qu'elle a rencontré un autre homme et m'a quitté pour lui.

— Oh, je suis navré pour vous, Terry.

Il haussa les épaules.

— Je me suis battu pour que ça marche, mais le destin en a décidé autrement.

— Et… votre mère ? demanda Arthur avec autant de tact que possible.

— Oh, elle pète le feu, comme on dit ! pouffa Terry. Je la vois presque tous les jours : elle s'est même trouvé un petit ami ! Un chic type qui vit à deux maisons de chez elle. On se fait un resto presque tous les dimanches. Bon, bon… Je vais devoir me remettre au boulot, moi : j'ai une pelouse à tondre et des tortues à débusquer. Vous pourrez transmettre mes salutations à Lucy ?

— Je n'y manquerai pas, c'est d'accord. Salut, Terry.

Tandis qu'il s'éloignait, Arthur se demanda si Terry avait dans l'idée de faire plus qu'ami-ami avec Lucy, mais se dit que, le cas échéant, ce n'était pas forcément une mauvaise chose.

Une fois arrivé chez Bernadette, il frappa à la porte : les fenêtres du salon étant ouvertes, il était peu probable qu'il n'y eût personne. Tout à coup, il l'imagina dans l'entrée, dos plaqué contre le mur, qui se cachait de lui. Comment avait-il pu se montrer si cruel ? Si ridicule, aussi… Devinant, étouffé et lointain, un morceau de rock'n'roll, il leva la tête et tendit le cou.

— Nathan ! lança-t-il.

Aucune réponse.

Comme il trouvait un peu trop alarmiste et incorrect d'en arriver à contourner la maison, il s'en retourna chez lui. Sur son répondeur, la loupiote rouge ne clignotait pas : Sonny Yardley ne l'avait pas encore rappelé.

Il allait devoir provoquer un peu le destin…

L'université de Scarborough grouillait d'étudiants entrant d'un seul mouvement dans le hall pour se disperser dans les couloirs qui, pareils aux galeries d'une termitière, filaient dans les profondeurs du complexe. Arthur se sentit soudain d'un âge antédiluvien, plongé qu'il était dans cette foule débordant de jeunesse et de vitalité. Tous ces jeunes gens qui pensaient avoir la vie devant eux, sans se rendre compte qu'elle filerait en un clin d'œil…

Il imagina sans mal Miriam parmi la foule, tant certains styles avaient résisté au temps : yeux maquillés de noir, longues franges tombant jusqu'aux cils, jupettes gentiment provocantes. Elle s'était mise à s'habiller de façon plus adulte lorsqu'ils avaient commencé à sortir ensemble. D'autres, cependant, le surprenaient quelque peu : sourcils partiellement rasés, tatouages foisonnants…

Arrivé à l'accueil, il demanda où il pouvait trouver Mrs Yardley, professeure de joaillerie, de la faculté des arts. En face de lui, une femme feuilletait un dossier, un combiné de téléphone fixe plaqué contre une oreille et un portable contre l'autre ; elle parlait alternativement dans chacun des appareils.

— Besoin d'un autre bras ? lui demanda Arthur lorsqu'elle eut raccroché les deux téléphones.

— Hmm ?

Elle lui adressa le regard de la femme prête à accueillir le cinquantième étudiant de la journée à avoir égaré son iPhone.

— Vous savez, comme les pieuvres ? Manifestement, vous avez beaucoup à faire.

— Comme vous dites ! (La femme goba un chewing-gum ; elle avait le visage rondouillard et ses cheveux platine étaient coiffés en un chignon bien serré.) Vous êtes ici pour le club Surfeur d'Argent ?

— Vous faites du surf, ici ?

— Vous êtes venu vous moquer de moi ?

— Du tout. (Pourquoi diable s'était-elle imaginé une chose pareille ?) Je cherche les cours de joaillerie. J'aimerais rencontrer Sonny Yardley.

— N'y comptez pas aujourd'hui : elle est malade. Cela fait quelques semaines, en fait.

Arthur se sentit aussitôt abattu.

— Mais elle travaille bel et bien ici, n'est-ce pas ?

— Oui, mais à temps partiel, seulement. C'est sa dernière année, d'ailleurs : elle va prendre sa retraite. Vous devriez aller voir Adam : il a repris ses cours. Salle 304.

La réceptionniste lui indiqua comment trouver la salle située dans une partie plus ancienne de l'université : à son arrivée, il avait découvert une entrée moderne aux parois de verre. Un long sentier reliait le premier bâtiment à un second en briques rouges d'esthétique victorienne : les hautes fenêtres étaient composées de nombreuses petites vitres, et les murs recouverts de carreaux brillants vert bouteille et crème. Arthur eut l'impression d'être de retour à l'école : Mrs Clanchard, son ancienne maîtresse, menaçait à tout instant de sortir d'une classe en frappant sa règle en bois dans sa paume. Il tressaillit, mais poursuivit sa route, lisant les plaques fixées aux portes : atelier de céramique, sculpture, fabrication du papier, travail du verre… Puis, enfin, la salle 304.

Des étudiants formaient un cercle dans la pièce, certains à des chevalets, d'autres sur des bancs de bois, tous assis devant une feuille blanche. Un homme se tenait à l'entrée de la salle : plus âgé que les autres, il portait une chemise rouge à carreaux et un jean déchiré aux genoux. L'une de ses mains se perdait dans ses cheveux.

Arthur posa une main sur son épaule.

— Adam ?

— *Yes* ! lâcha l'homme comme si son équipe de foot préférée venait de marquer un but. Dieu merci, vous êtes là ! Je commençais à ne plus y croire !

La réceptionniste avait dû l'appeler pour le prévenir de l'arrivée d'Arthur.

— Arthur Pepper. Je…

— Arthur, OK, super ! (Adam sembla parcouru par une décharge électrique.) Écoutez, il faut vraiment que je passe ce coup de fil : ma femme me menace encore de claquer la porte. Si je ne l'appelle pas, elle va me couper les roubignoles. Attendez-moi dans cette pièce : j'en ai pour cinq minutes, pas plus !

L'homme le mena d'un pas vif jusqu'à une autre salle.

Arthur se dit que cinq minutes lui semblaient un laps de temps bien court pour calmer une épouse, qui plus est armée d'un couteau, mais il attendit sagement qu'on vienne le chercher.

— Je reviens…, lança Adam.

La salle, lambrissée de bois, lui rappelait Poudlard, cette école qu'il avait découverte à la télévision en regardant l'un des films de la série *Harry Potter* : s'y trouvait un vieux bureau en chêne au plateau gainé de cuir, et des dessins et tableaux d'art tapissaient les murs. Arthur déambula dans la pièce et admira les œuvres : après avoir étudié la troisième – un dessin au fusain particulièrement expressif –, il se rendit compte que les sujets de toutes ces œuvres étaient nus. Femmes et hommes. Ils prenaient la pose, debout ou assis, tandis qu'on les croquait. Arthur s'y connaissait peu, et s'il estimait que certaines œuvres étaient de qualité – coups de pinceau bien nets, couleurs subtiles, visages et expressions maîtrisés –, d'autres le laissaient quelque peu circonspect avec leurs traits rageurs, leurs gribouillages troublants et leurs taches de peinture anarchiques. Toutes étaient datées, et les dates semblaient se suivre : apparemment, on ajoutait une œuvre chaque année.

Il se trouva qu'il n'examinait pas les œuvres dans l'ordre chronologique, découvrant les plus modernes avant d'arriver aux années 1970, puis 1960. En bout de mur, un tableau attira son attention : contrairement aux autres sujets, la femme représentée sur la peinture souriait, comme si elle connaissait l'artiste et posait sciemment plutôt que pour honorer sa paie. Ses seins pointaient fièrement vers l'avant, ses lèvres étaient entrouvertes... et elle ressemblait étrangement à Miriam. La coïncidence lui tira un sourire.

Qui s'effaça bien vite.

Il examina de nouveau le portrait, s'approchant d'un pas : les yeux aigue-marine du modèle, la tache de naissance sur sa hanche... Miriam avait toujours détesté cette marque de naissance aux airs de montgolfière : un petit carré coiffé d'un rond obèse.

Arthur, les yeux écarquillés, se trouvait devant un nu de sa femme.

— Bien ! lança Adam en reparaissant dans la pièce, sans cesser de se passer la main dans ses cheveux. Elle n'a rien voulu entendre ! Elle m'a même raccroché au nez... Va falloir que je la rappelle. En général, elle ne décroche pas avant ma quinzième tentative : pour elle, il y a un rapport direct entre le nombre de coups de fil et mon envie de la voir revenir. C'est un jeu, de toute évidence, mais, si je veux la garder, je dois m'y prêter. La vache, je m'en passerais bien ! Mais bref, les étudiants s'impatientent : suivez-moi.

Arthur le suivit jusque dans la salle de cours où les étudiants patientaient tant bien que mal en bavardant d'un air las. Impossible pour Arthur de penser à autre chose qu'au portrait de sa femme. Quand Miriam avait-elle posé pour l'artiste ? Qui était-il, d'ailleurs ? Pourquoi était-elle nue ? Sidéré, il peinait à se souvenir d'où il se trouvait et de ce qu'il était venu y faire. À chaque pas, il avait l'impression de flotter plus qu'autre chose : lui qui s'était attendu à une conversation des plus banales qui lui aurait appris si, oui ou non, quelqu'un était en mesure de le renseigner sur la palette de peintre, voilà qu'il découvrait… cela.

Mais qui diable avait bien pu être Miriam Pepper ?

— Le paravent est ici : passez derrière, et nous pourrons commencer, lança Adam avant de claquer des mains.

Arthur fronça les sourcils sans trop comprendre. Une autre salle d'attente ? Où cela ?

Ah, juste ici… Bon, bon… Très bien…

Ses pieds le portèrent malgré lui : Arthur n'avait plus guère conscience que de lui-même et de son mal-être.

Plus qu'une autre salle, le paravent de bois dissimulait une simple chaise en plastique placée près d'une table basse sur laquelle attendait un verre d'eau. Et un peignoir.

Arthur s'assit et attendit Adam. Il se remit à penser à cette façon qu'avait Miriam, à la plage, de se cacher d'une serviette de bain, avant de se contorsionner à la Houdini pour retirer en toute discrétion son maillot humide et le remplacer pour ses sous-vêtements secs. Durant leur nuit de noces, elle avait insisté pour que les lumières fussent éteintes… Et voilà que sur ce tableau elle était nue ! Cela faisait quarante ans qu'une image de son corps dénudé s'affichait aux yeux de tous sur ce mur ! Troublé comme il l'était, Arthur ne savait même plus comment réagir : devait-il s'en retourner près de la peinture et la retirer du mur ? Et si, au fond, Miriam en avait été tout à fait satisfaite, elle, et que le malaise d'Arthur trouvait moins sa source dans le choix de sa femme que dans la présence de l'artiste qui avait peint ce tableau ?

Qui l'avait peint, d'ailleurs ?

Et voici que jalousie et confusion revenaient à la charge. Chaque fois qu'un charme lui avait livré son secret, il avait espéré que le suivant lui réserverait une révélation des plus banales. Compréhensible, à défaut d'être attendue. Quelque chose qui l'aurait rassuré sur le fait que leur vie commune avait été à la convenance de Miriam. Chaque fois, pourtant, il était tombé des nues : sa vie lui avait semblé si simple avant qu'il se laisse aller à la curiosité ! Il avait tout gâché.

De l'autre côté du paravent, les bavardages se firent plus discrets. Quelques minutes passèrent, et Adam passa la tête.

— Vous êtes prêt ?

— Prêt, répondit Arthur. Quand vous voulez.

Il prit une gorgée d'eau, puis tendit une main vers le peignoir en éponge blanc, raidi par d'innombrables lavages. Quelques minutes de plus passèrent…

Cette fois, ce fut une fille – cheveux noirs et frange fuchsia, kilt à carreaux et bottes de motard – qui passa la tête derrière le paravent.

— Adam a dû sortir passer un autre coup de fil, et on se demandait si vous étiez prêt.

— Oui, oui : je l'ai dit à Adam. Je l'attends ici, justement.

— Oh… Parce que… vous êtes toujours habillé.

La perspicacité de cette jeune fille avait quelque chose de particulièrement troublant.

— Eh bien… En effet, oui.

— Hum… Adam ne vous a pas prévenu que nous étudiions les courbes du corps humain ? (Arthur fronça les sourcils, ne comprenant pas trop où voulait en venir la jeune fille.) Nos dessins serviront de support à la conception d'une parure.

— Oh, c'est un beau projet !

— Il ne nous reste plus qu'une heure et quart, alors, si vous êtes prêt… Et puis, le chauffage est allumé pour vous, du coup, il commence à faire vraiment chaud…

Il fallut quelques secondes à Arthur pour comprendre de quoi parlait la jeune fille… Il déglutit.

— Vous… vous pensez que je suis venu poser nu ? balbutia-t-il.

— Eh bien… oui.

— Eh bien… non ! rétorqua-t-il en secouant furieusement la tête. Pas du tout ! Je suis venu voir Mrs Yardley, mais, comme elle est malade, la réceptionniste m'a dit de venir trouver Adam. Je voulais lui poser une question à propos d'un bijou, et il m'a demandé d'attendre d'abord dans la salle décorée de tous les tableaux, puis ici.

— Donc vous n'êtes pas notre modèle ?

— Je ne l'aurais pas mieux dit.

— Il nous a posé un lapin, alors ? en conclut la jeune fille, les yeux écarquillés. (Arthur les trouva soudain brillants, comme si elle était au bord des larmes.) Que diriez-vous de poser, vous ? Je vous en prie ! Si on ne réalise pas ces croquis, on sera tous recalés !

— Je ne pourrais en être plus désolé pour vous, mais je ne peux pas vous aider…

La jeune fille secoua la tête, dépitée, mais se redressa soudain, fraîchement remotivée.

— Je l'ai déjà fait, vous savez ? Je le referais bien, mais il faut que je dessine, moi aussi. Tout ce que vous avez à faire, c'est rester assis : ce n'est pas plus compliqué que ça. Vous restez assis, et nous, on dessine !

— Certes, mais c'est d'un modèle nu dont vous avez besoin.

— Oui, bien sûr.

— Je ne suis pas modèle.

— Peu importe.

— Et Adam ? Pourquoi ne pourrait-il p…

La fille leva les yeux au ciel.

— Encore faudrait-il qu'il revienne… Parfois, il disparaît pendant toute la durée du cours. Sa femme est une vraie chieuse. Au fait, moi, c'est Edith, se présenta-t-elle en lui tendant la main. Aidez-nous, par pitié…

— Arthur. Arthur Pepper, se présenta-t-il en lui serrant la main.

L'image du nu de Miriam lui revint soudain en mémoire. Qu'avait-elle éprouvé lorsqu'elle avait posé pour l'artiste ? L'avait-elle fait pour dépanner quelqu'un ? Pour l'argent ? Il aurait pu craindre qu'on ne l'ait forcée à poser ainsi, mais que dire de son sourire, alors ? Elle avait l'air d'avoir pris un plaisir sincère à l'exercice. Peut-être qu'en se mettant dans la même situation, il comprendrait un peu mieux son ressenti…

Miriam avait un corps jeune et magnifique à l'époque du portrait ; celui d'Arthur, en revanche, décrépissait : c'était comme si sa peau fuyait ses muscles et ses os, lassée de les recouvrir.

Mais qu'y avait-il de honteux à cela ? Il n'aurait probablement jamais plus d'amantes, et pas davantage d'occasions d'aller patauger sur une plage… Les dernières personnes qui verraient peut-être son corps nu seraient les infirmières qui feraient sa toilette sur son lit de mort. De quoi avait-il peur, au juste ?

Un souvenir lui revint tout à coup, aussi suave que douloureux : celui d'un pique-nique dans un parc naturel. Les enfants étaient à l'école, et ils avaient profité d'un jour de vacances inopiné à la suite d'un rendez-vous professionnel annulé à la dernière minute. Miriam avait préparé des sandwichs et, tandis qu'ils se promenaient dans les bois, ils avaient découvert un champ de coquelicots si grands que, lorsqu'ils s'assirent tous deux, les fleurs filaient plus haut que leur tête. Après qu'ils eurent mangé leur repas, Miriam s'était plainte de ce que la chaleur plaquait sa robe à sa peau de manière fort désagréable. « Déshabille-toi, alors ! », avait-il plaisanté, tandis qu'il plongeait une main dans le panier pour y dénicher une orange qu'il avait aussitôt épluchée. Lorsqu'il avait relevé la tête, Miriam était assise là, nue à l'exception de sa culotte blanche en coton. « Bonne idée ! », avait-elle répondu, tout sourires… Un sourire qui s'était effacé aussitôt : incapables de résister au désir, ils s'étaient jetés l'un sur l'autre, Arthur grognant de plaisir au contact de sa peau si chaude et luisante au soleil. Ils avaient fait l'amour à la hâte, Miriam chevauchant Arthur encore vêtu. Après leurs ébats, elle était restée allongée dans l'herbe quelques minutes, sur le dos, nue comme au premier jour. Jamais il n'avait rien vu d'aussi sublime.

— Miriam, on…, avait-il dit alors, sa réserve naturelle revenue au galop. Quelqu'un pourrait nous surprendre.

— Je sais, avait-elle répondu avant de récupérer sa robe, de l'enfiler, puis de pencher la tête pour déposer un baiser sur le bout du nez d'Arthur. Tu as bien pensé à apporter du gâteau ?

Ils avaient alors mangé du gâteau de Battenberg comme si de rien n'était, échangeant tout de même quelques regards complices lorsqu'ils saluèrent un promeneur et son chien.

Certes, ces petites incartades n'étaient pas monnaie courante avec Miriam, mais il la savait capable de s'abandonner à ce genre d'actes aussi spontanés qu'insouciants.

Le problème, c'est qu'il avait toujours pensé qu'elle n'en avait jamais été capable que pour lui.

— Alors vous êtes d'accord ? lui demanda Edith dont les longs cils noirs lui rappelaient ceux de Miriam. (Elle se frotta le nez, y laissant une trace de fusain, puis joignit les mains.) Pitié, Arthuuur…

Arthur se rendit compte qu'il tremblait : si Edith n'avait pas été là, il se serait pris la tête à deux mains pour pleurer, abattu par ce deuil implacable, ces instants de tendresse partagée avec Miriam…

— Si j'accepte, puis-je garder mes sous-vêtements ? lui demanda-t-il, l'air de rien.

Elle secoua la tête.

— J'ai bien peur que non. Ben imagine une parure inspirée du sexe masculin, et il a besoin de détails. Vous êtes déjà allé vous baigner, non ? Ce ne serait pas la première fois que des gens vous voient nu ?

— Certes, mais nager et… poser… c'est tout différent…

— Il n'y a rien de plus naturel que la nudité, Arthur, vous savez ?

— Le naturel et moi avons quelques divergences sur ce point…

— Ce n'est pas comme si nous allions tous vous reluquer, hein…

Voilà qui était bien vrai. D'ailleurs, il était bien plus probable que la vue de son corps nu provoquât surtout clignements d'yeux amusés et haussements d'épaules blasés.

— Et puis, ce n'est pas comme si on allait se revoir après ça, ajouta-t-elle dans un sourire.

— Navré, mais ça ne m'aide pas vraiment…

Il releva l'une de ses jambes de pantalon, laissant apparaître quelques centimètres de cheville : la peau de ses jambes était toujours brune, même en plein hiver. Il ferma les yeux et repensa à sa femme, le jour du pique-nique.

Déshabille-toi…, se motiva-t-il en esprit, répétant les mots qu'il avait adressés à Miriam.

Il se rappela la rapidité et l'insouciance avec lesquelles elle avait quitté sa robe.

Déshabille-toi…

Il pouvait y arriver…

— OK, accepta-t-il d'une voix posée.

— Génial !

Edith se volatilisa avant qu'il n'ait le temps de changer d'avis.

Arthur se figea quelques instants, se demandant dans quelle galère il venait de se fourrer, mais finit par déboutonner tout de même sa chemise. Son torse, parsemé de poils cendrés, n'avait rien de risible – il avait même conservé une certaine fermeté. Miriam lui avait toujours trouvé un corps esthétique, mais chaque fois il avait pensé qu'elle disait cela parce qu'elle manquait de points de comparaison. Il joua des hanches pour faire tomber son pantalon, puis ôta ses chaussettes et son slip. Voilà : il était nu. Le peignoir maintenu des deux mains au niveau de l'aine, il fit un pas de côté pour échapper au couvert du paravent et s'exposer aux regards des étudiants assis dans la pièce. Sa femme avait-elle posé pour un artiste seule ou dans une pièce pleine de témoins ? Quelques élèves levèrent les yeux : il aurait été bien difficile à Arthur de déceler sur leurs visages autre chose qu'une profonde lassitude. Il se déplaça jusqu'à la chaise, s'assit et croisa les jambes, couvrant toujours sa parure à lui. Edith lui adressa un hochement de tête, et il consentit – à grand-peine – à laisser tomber le peignoir sur le sol.

Soudain, des frottements rassurants de crayons, de fusains et de gommes sur le papier se firent entendre. Il braqua le regard droit devant lui et le riva sur un abat-jour poussiéreux qui laissait deviner par transparence, grouillant, un asticot égaré. Edith avait raison : il se sentait plus libéré qu'autre chose, un peu comme un homme de Néandertal qui, sorti de sa grotte, aurait atterri par hasard dans un atelier d'art. Ce n'était pas loin d'être la vérité, d'ailleurs…

Si, à un moment, il crut voir la tête d'Adam dépasser de l'encadrement de la porte, il préféra ne pas bouger pour vérifier, de peur de compromettre sa pose. Réchauffé par le radiateur électrique qui projetait sur ses tibias une lueur orangée, il laissa son esprit divaguer et repensa au jour du pique-nique : il revécut chaque seconde de cette délicieuse journée, si bien qu'il se trouva bien heureux d'avoir gardé les jambes croisées…

— Vous pourriez changer de pose ? cria quelqu'un au bout de dix minutes.

Sans plus se soucier de sa nudité, Arthur se leva et laissa tomber les bras le long du corps, le regard toujours rivé droit devant lui.

— Vous pourriez… prendre une pose, n'importe laquelle ? Vous avez l'air dépressif, là.

— Qu'aimeriez-vous que je fasse, dites-moi ?

Un jeune homme s'approcha à grands pas, saisit les bras d'Arthur, puis les disposa de façon qu'Arthur se retrouva avec un bras tendu et l'autre replié.

— Faites comme si vous tiriez à l'arc, OK ? J'imagine une parure d'inspiration guerrière.

— Oh, vous êtes Ben, donc ?

— C'est moi.

— En ce cas, n'hésitez pas à me dire exactement quoi faire, Ben.

Grâce à son aide, ces jeunes gens allaient pouvoir créer une superbe parure de bijoux ! Après sa mort, son souvenir lui survivrait peut-être, sous la forme d'une braguette d'inspiration médiévale ou d'un brassard, comme le tableau dans la salle d'attente lambrissée avait rendu Miriam immortelle.

Une pensée le frappa soudain ; une conviction, en fait, et plutôt saugrenue : il venait de se rendre compte qu'il voulait que ce portrait de Miriam restât accroché dans cette pièce, quand bien même on l'y voyait nue ; quand bien même elle ignorait peut-être qu'on exhiberait ce tableau durant tant d'années. Cette œuvre, en plus d'être magnifique, ne faisait pas partie de sa vie à lui, mais de celle de Miriam, et il était bien normal que tous pussent en profiter.

— Vous avez assuré, le félicita Ben à la fin de la session. Vous voulez jeter un coup d'œil ?

Arthur se rhabilla, puis suivit Ben et Edith dans toute la salle : comme c'était étrange de se voir ainsi croqué de tant de façons différentes sur autant d'œuvres d'art. Il découvrit son corps dessiné au fusain, au pastel, en frottis ou peint. Les étudiants avaient imaginé Arthur en modèle, en guerrier, en archer ; soit, chaque fois, en être à la fois beau et utile. Il se demanda ce que deviendraient ces œuvres, désormais : sans doute rejoindraient-elles des portfolios ou s'afficheraient fièrement sur des murs. Dans vingt ans, lui ne serait plus de ce monde, mais on admirerait encore son image… Des larmes lui picotèrent les yeux. Il se reconnaissait sur certaines œuvres, moins sur d'autres, mais chaque fois il s'y découvrait un visage serein bien éloigné de celui, parcheminé et las, que lui montrait chaque matin son reflet dans le miroir de la salle de bains.

— Satisfait ? lui demanda Edith.

— Ils sont tous magnifiques.

— Ma femme veut bien me donner une seconde chance ! s'écria Adam en réapparaissant dans la pièce d'un pas traînant, le teint livide et les épaules tombantes. Oh, le cours est terminé ? (Il balaya la salle du regard, puis baissa les yeux vers sa montre.) Beau travail, tout le monde ! lança-t-il.

Ben et Edith lui lancèrent un regard méprisant, puis quittèrent la pièce.

— Qu'est-ce qui leur arrive, à ces deux-là ? s'enquit Adam, incrédule. J'ai raté quelque chose ?

— Le modèle leur a posé un lapin.

— Mais ces dessins, alors… Est-ce qu'ils… (Sa voix se fit traînante sitôt qu'il reconnut le modèle reproduit sur les feuilles.) Oh…

Arthur redressa son col avec une certaine fierté.

— Je m'appelle Arthur Pepper. Peut-être pourrions-nous enfin discuter de ce pour quoi je suis venu ici. J'aimerais vous parler d'un charme doré en forme de palette de peintre sur lequel sont gravées les initiales « S. Y. ». Je me disais qu'elles renvoyaient peut-être à Sonny Yardley.

Adam lui expliqua que l'université n'archivait pas l'intégralité des productions des étudiants, mais conservait tout de même les croquis ou photos des élèves les plus prometteurs de l'année. Quand Arthur lui expliqua qu'il recherchait des informations au sujet d'un bijou créé dans les années 1960, Adam tira des étagères quelques lourds volumes, les ouvrit, puis les agença devant lui.

— Vous auriez dû me dire que vous étiez ici pour retrouver le travail d'un étudiant. Je suis vraiment désolé que vous ayez dû vous désaper… C'est la deuxième fois que ça arrive : si ça venait à se savoir, je prendrais la porte et pourrais dire adieu à ma femme. Vous ne le direz à personne, d'accord ?

Arthur le rassura sur ce point.

— Pourquoi menace-t-elle si souvent de vous quitter ?

— Pourquoi ? Regardez-moi, le vulgaire prof de fac ! Ma femme est avocate… Pas facile pour un pigeon de retenir une colombe. Elle me domine de la tête et des épaules, celle-là... En général, elle est trop occupée par son boulot pour se soucier de ce que je fais, mais, de temps à autre, elle aime me mettre un peu la pression en me menaçant de partir... Je ne sais pas combien de temps je pourrai supporter ça.

— Ce doit être pesant, en effet.

— Comme vous dites. Mais on y trouve notre compte ; on aime ça. Les parties de jambes en l'air, une fois qu'on s'est réconciliés, sont toujours particulièrement épiques...

— Oh..., lâcha Arthur qui feuilletait les livres dont il étudiait avec attention les dessins.

— Le projet de fin d'année devait porter sur des charmes, cette année-là..., annonça Adam. Cette année, les étudiants doivent réaliser une pièce d'armure ou une parure de bijoux.

— Oui, Ben m'en a parlé. Il est fort probable que mon pénis devienne bientôt un protège-nez ou une autre pièce du genre, annonça-t-il sans réfléchir.

Aussitôt, il pouffa, se rendant compte qu'en plus d'avoir prononcé le mot « pénis », il venait de passer une heure à poser nu devant des étudiants. C'était absurde ! Adam lui adressa un regard déconcerté, et Arthur en rit de plus belle au point qu'il dut bientôt essuyer d'un revers de main une larme sur sa joue. Le simple fait de penser à Ben en train de façonner un lingot de cuivre pour lui donner peu ou prou la forme de ses bijoux de famille suffit à solliciter douloureusement les abdominaux d'Arthur. Il se passa deux doigts sous les yeux pour sécher de nouvelles larmes : il craquait. Sa vie avec Miriam n'avait été qu'une imposture...

— Vous avez trouvé quelque chose, peut-être ? lui demanda Adam. À quelle date en êtes-vous ?

— Hum… 1964. Mes excuses pour le fou rire, en tout cas.

C'est alors qu'il le vit : sur la page qu'il venait de tourner figurait un dessin au trait complexe représentant une palette avec six taches de peinture assortie d'un pinceau délicat.

— C'est ce que je cherchais…

Il sortit le bracelet de sa poche, puis le posa sur la feuille.

Adam étudia la page quelques secondes.

— Ah ! C'est Sonny Yardley en personne qui a réalisé cette pièce. C'est vraiment une artiste d'un immense talent. Son travail m'inspire beaucoup. C'est une vraie chance pour vous de posséder un tel objet.

— J'ai cru comprendre que Sonny était malade, mais j'aimerais connaître l'histoire de ce charme et comment il est entré en possession de ma femme.

— Très bien. Dans ce cas, quand elle sera de retour, je lui dirai de vous appeler.

Arthur se leva et retourna près du tableau de sa femme. Il lui rendit son sourire.

Adam le rejoignit bientôt.

— C'est mon tableau préféré, à moi aussi. Il y a quelque chose de fascinant dans son regard, vous ne trouvez pas ? (Arthur acquiesça.) C'est une peinture de Martin Yardley, le frère de Sonny. Il n'a pas peint bien longtemps… Je ne sais pas trop pourquoi, d'ailleurs. (Adam baissa d'un ton.) Je ne l'avais jamais dit à personne, mais figurez-vous que c'est ce tableau qui m'a donné envie de devenir enseignant. Quand j'étudiais moi-même, je n'avais pas la moindre idée de ce que je voulais faire dans la vie : j'aimais l'art, bien entendu, mais jamais je ne l'avais envisagé comme une vocation. Et puis, un jour, notre classe a participé à une visite de l'université. Je me rappelle encore Sonny avec son pantalon orange incroyablement large et son foulard dans les cheveux. Vous imaginez sans mal les ricanements d'une bande de gosses de quinze ans devant des peintures de femmes dénudées… J'ai essayé d'aborder la chose en homme mûr, mais, honnêtement, faire le tour d'une pièce tapissée de peintures de seins nus, je n'avais jamais rien vécu d'aussi excitant… C'est ce jour-là que j'ai pris conscience du rêve que cela serait de peindre des femmes à poil pour gagner ma vie. Après la visite, je suis revenu souvent ici pour étudier les coups de pinceau… Surtout sur ce tableau-ci.

— C'est ma femme, annonça Arthur sans emphase, tout en se disant qu'il était pour le moins saugrenu de se retrouver à admirer le portrait de sa femme nue aux côtés d'un jeune homme.

— Vraiment ? Alors ça, c'est incroyable ! Vous devriez la faire venir, qu'elle voie le tableau accroché ici ! Dites-lui que cette toile m'a permis de devenir peintre et de rencontrer d'innombrables et magnifiques jeunes filles… Elle connaît Sonny, alors ?

Arthur riva le regard dans celui d'Adam : il était sur le point de lui dire que Miriam était morte, mais se ravisa.

Il n'avait aucune envie qu'on porte sur lui un nouveau regard compatissant, qu'il fût pour lui ou pour son épouse : au final, il ne savait rien d'elle. C'était une inconnue pour lui.

— Je crois qu'elles ont été amies, un temps.

Il salua bientôt Adam et quitta l'université. Dehors, il protégea d'une main ses yeux de la lumière aveuglante du jour, sans trop savoir quelle serait sa prochaine étape.

Chapitre 21

Bernadette

Lorsque Bernadette se présenta à sa porte, la sonnette sembla à Arthur – alors dans la cuisine en train de se préparer un thé – bien moins assourdissante qu'à l'accoutumée, ne rendant pas plus qu'un « driiiing » lointain. Aussitôt, il sortit du placard une seconde tasse. Il n'avait pas encore pu discuter avec elle des rêves de pâtisserie de Nathan et de ses rendez-vous médicaux.

Avant d'aller ouvrir la porte, il jeta un coup d'œil à son calendrier « Envoûtant Scarborough » : il fêterait son anniversaire le lendemain. Cela faisait des semaines qu'il voyait la date encerclée, mais il n'y avait guère prêté plus d'attention que cela. Il allait fêter ses soixante-dix ans, et il ne voyait pas quelle bonne raison il aurait de célébrer ce pas de plus vers sa tombe.

Il se sentait idiot depuis sa visite à l'université, et n'aspirait qu'à un peu de calme histoire de se ménager l'esprit : tels autant d'enfants turbulents, ses pensées se bousculaient à grands cris dans sa tête, et ils voulaient que cela cessât au plus vite. Pour tout dire, il commençait à oublier la sensation que procuraient ses anciennes journées, durant lesquelles il n'avait à penser à rien d'autre que l'arrosage de Frederica et le ménage… Tout cela commençait à lui manquer.

Il n'arrivait pas à comprendre comment Miriam avait pu être assez proche d'un homme pour poser nue devant lui, et pourtant ne jamais lui en avoir parlé. Il fouilla dans sa mémoire… Avait-il déjà rencontré cette Sonny ? Miriam lui écrivait-elle ? Non, conclut-il : jamais il n'avait entendu parler de cette femme.

La sonnette retentit une fois de plus.

— J'arrive, j'arrive ! lança-t-il.

La lumière dorée de cette magnifique journée ensoleillée baignait l'entrée de la maison et faisait scintiller comme autant de paillettes les poussières qui flottaient un peu partout. Il repensa à Miriam, elle qui aimait tant les levers de soleil… mais chassa aussitôt cette pensée de son esprit. Les avait-elle aimés tant que cela ? Comment pouvait-il en être sûr au final ? Que savait-il vraiment de celle qui avait été son épouse ?

Sonny Yardley appellerait probablement cette semaine l'université pour discuter de son retour, et Adam avait promis de lui demander de contacter Arthur ; en sus, Arthur trouverait peut-être quelque nouvel indice concernant l'un ou l'autre des deux charmes restants : l'anneau et le cœur. Il n'avait plus qu'une envie désormais : en finir avec cette quête une bonne fois pour toutes.

— Bonjour, Arthur, le salua Bernadette, debout sur le perron.

— Bonjour !

Il s'attendait à ce qu'elle déboule à grands pas dans l'entrée et se mette à y traquer la moindre poussière, mais elle resta là sans bouger. Il repensa à ce que lui avait dit Nathan à propos de rendez-vous dans un service d'oncologie et, craignant qu'elle ne lût quelque chose dans son regard, détourna les yeux.

— Entrez donc !

Elle secoua la tête.

— Je ne voudrais pas vous déranger. Je vous ai préparé ceci. (Telle une serveuse de café, elle lui tendit une tarte protégée par un sac en papier.) Tarte aux abrêtiers.

Malgré lui, Arthur s'était fait attentif au ton de la voix de Bernadette. Avait-elle l'air préoccupée ? Triste ? Il décida de se montrer plus prévenant avec elle, aujourd'hui.

— Aux abrêtiers ! Ça, vraiment ! C'est l'une de mes tartes préférées !

— Tant mieux. Bon, eh bien... j'espère qu'elle vous plaira.

Arthur ne la quitta pas du regard : si elle partait, il se retrouverait seul et aurait tout le mal du monde à se retenir de sortir ses lingettes pour astiquer son plan de travail. Qui plus est, il voulait savoir comment elle se sentait.

— Vous ne me dérangez pas le moins du monde, Bernadette ! Vous entrez me tenir compagnie ?

Bernadette resta immobile quelques secondes, puis finit par entrer.

Arthur l'observa du coin de l'œil : elle avait les yeux cernés et les cheveux plus sombres que d'ordinaire ; presque acajou.

Il ne pouvait lui parler des rendez-vous médicaux sans trahir la confiance de Nathan : il avait déjà perdu Miriam, alors il préférait ne pas penser à ce qu'il endurerait si la vie le privait de quelqu'un d'autre. Après tout, il était arrivé à un âge où amis et parents commençaient à se faire vieux et s'affaiblir… Un accès d'angoisse pareil à celui qu'il avait ressenti lorsqu'il s'était retrouvé sous la patte du tigre des Graystock lui brouilla l'estomac…

N'exagérait-il pas ? Il s'était fait une frayeur, rien de plus. Et puis, c'était normal de s'assurer de la santé de ses proches, non ? Il chercha quelque chose de positif à raconter.

— Nathan m'a dit qu'il aimait beaucoup cuisiner, lui aussi, dit-il, l'air de rien, tandis qu'il jetait un coup d'œil à la tarte à l'intérieur du sac.

— C'est vrai, commenta Bernadette d'une voix distante.

Arthur laissa glisser la tarte sur une plaque et alluma le four, optant pour une température suffisamment basse pour ne pas faire décoller la cuisinière.

— Ne vous sentez plus obligée de m'apporter à manger, Bernadette : je suis enfin sorti de la tourbière. Je ne compte ni me défenestrer ni m'abandonner au désespoir. Je ne suis plus une cause perdue ! Je vais même plutôt bien.

Il se retourna, tout sourires, s'attendant à ce qu'elle le complimentât d'un air solaire.

— Une cause perdue? Est-ce ainsi que vous vous considériez ? lâcha-t-elle, renfrognée.

Arthur sentit ses pommettes rosir légèrement.

— Euh… non. Du tout. C'est une expression que j'ai entendue au hasard d'une visite au bureau de poste. Vera pense que vous aimez aider celles et ceux qui ont connu un revers de fortune. Elle les appelle vos… causes perdues.

Bernadette leva le menton d'un air de défi.

— Cette femme n'a rien de mieux à faire que de commérer à longueur de journée, Arthur, rétorqua-t-elle, cinglante. J'aime mieux passer mon temps à aider les autres que le perdre à ne rien faire. Au moins, comme cela, je fais quelque chose d'utile.

Arthur comprit sans mal qu'il l'avait offensée : il était rare que Bernadette prît la mouche à propos de quoi que ce soit.

— Toutes mes excuses, dit-il, soudain dépité. J'aurais mieux fait de me taire : ce n'était pas très délicat de ma part.

— Non, j'aime autant que vous en ayez parlé. En tout cas, je ne vous ai jamais considéré comme une cause perdue : j'ai vu en vous un homme adorable qui venait de perdre sa femme et qui méritait probablement qu'on s'occupe un peu de lui. Est-ce un crime ? Suis-je une criminelle de donner un peu d'attention à ceux qui semblent en avoir besoin ? Plus jamais je ne mettrai les pieds dans ce bureau de poste : cette Vera peut parfois se montrer d'une cruauté inouïe…

Jamais Arthur n'avait vu Bernadette aussi énervée. Même son éternel sourire avait disparu. Arthur remarqua qu'elle avait mis davantage d'eye-liner que d'habitude, au point que les épaisses lignes noires montraient quelques craquelures, s'écaillaient presque. Il préféra ne pas y voir de mauvais augure.

— Cette tarte sent délicieusement bon, dites donc…, commenta-t-il sans grande conviction. Et si nous mangions dehors ? Il fait très beau.

— Ça va péter bientôt, renâcla-t-elle. La météo a annoncé des orages dans les prochains jours : ciel noir et pluie.

Sur ce, elle se leva, s'approcha de la cuisinière, regarda quelle température indiquait le thermostat, puis l'augmenta. Elle se saisit ensuite de la plaque, ouvrit la porte du four… et la tarte commença à glisser sur le côté, jusqu'à ce qu'elle se mît à pencher dangereusement, à moitié dans le vide. Ils la regardèrent tous deux vaciller au bord de la plaque, puis, lentement, se fissurer… Tout à coup, elle se brisa à angle droit, et la moitié de la pâtisserie s'écrasa au sol, répandant des miettes partout sur le lino. La garniture violette aux abrêtiers commença à dégouliner de la moitié encore à quai. La main de Bernadette tremblait. Arthur se hâta à ses côtés et récupéra la plaque.

— Badaboum, ha ha ! lança-t-il. Asseyez-vous, je m'occupe de nettoyer tout ça ! Je vais chercher la balayette et la pelle.

Lorsqu'il se pencha pour les récupérer, son dos craqua… Au même instant, il se rendit compte que Bernadette avait les yeux baignés de larmes.

— Ne vous inquiétez pas, regardez : il nous en reste une belle moitié ! Et puis, pour être tout à fait honnête, je n'ai jamais su ce qu'étaient les abrêtiers…

Bernadette se mordillait l'intérieur de la joue.

— C'est un peu comme les myrtilles…, expliqua-t-elle d'une voix tremblante. J'en cueillais souvent quand j'étais fillette. Chaque fois que je rentrais chez moi avec les doigts et la langue violets, ma mère n'avait pas besoin de me le demander pour savoir que j'en avais mangé… Elles étaient si bonnes… Et de première fraîcheur, toujours. Celles que je rapportais, nous les plongions dans l'eau salée, et plein de petits asticots remontaient à la surface : chaque fois que je croquais dans la tarte, je me demandais s'il n'en restait pas quelques-uns…

— Oh, le four devait bien avoir raison des rescapés, dit Arthur d'une voix douce.

— Mourir brûlé ou noyé, je ne sais pas ce qui est préférable.

— Je doute qu'il existe de bonnes façons de mourir de toute façon.

Ce n'était peut-être pas le sujet de conversation le plus pertinent en ces heures sombres…

— En effet.

Bernadette regardait par la fenêtre.

Arthur l'imita : Frederica trônait toujours joyeusement sur le gravier, les murs s'élevaient toujours trop haut… Il se dit que Bernadette allait faire un commentaire sur le jardin ou le temps, mais elle resta silencieuse. Il se creusa les méninges pour trouver quoi dire, d'autant plus qu'elle avait l'air fort attristée d'avoir gâché une moitié de la tarte. La nourriture ! Bien sûr ! À bien y regarder, c'était peut-être même la seule chose qu'ils avaient en commun.

— Pendant mon séjour à Londres, j'ai mangé un sandwich à la saucisse sur une pelouse. Assis dans l'herbe, je veux dire. Il était gras comme une bouteille d'huile, aspergé de ketchup et coiffé de filaments d'oignons bruns… Eh bien, figurez-vous que je n'avais rien mangé d'aussi bon depuis des lustres ! À l'exception de vos tartes et tourtes, bien entendu… Pour Miriam, manger en public était le comble de la mauvaise éducation ; et manger en marchant, là, c'était carrément le pompon ! Je me suis senti coupable de la trahir ainsi, mais… libre aussi, d'une certaine manière.

Bernadette se détourna de la fenêtre.

— Carl insistait pour que nous mangions du rôti de bœuf tous les dimanches sous prétexte que ça avait toujours été le cas dans son enfance. Un jour que j'avais préparé de la dinde, il m'a fait une scène terrible… À ses yeux, je piétinais une précieuse tradition familiale : le bœuf le dimanche, c'était sa routine, attendue, rassurante. Quand j'ai cuisiné cette dinde, c'est toute l'éducation qu'il avait reçue que j'ai remise en question ! Après sa mort, et alors que je n'avais jamais apprécié ce plat, j'ai continué à cuisiner du rôti de bœuf en sa mémoire. Et puis, un jour, je suis arrivée à saturation… et je me suis préparé un sandwich au cheddar avec des petits oignons au vinaigre. Chaque bouchée m'a coûté : j'avais l'impression de trahir Carl. Pourtant, la semaine suivante, je m'en suis préparé un autre… C'était le meilleur sandwich que j'avais jamais mangé. Depuis, je mange ce dont j'ai envie, quand j'en ai envie. C'est juste que du vivant de Carl, jamais je n'aurais changé ces repas pour la simple et bonne raison que même si je n'avais pas envie de ce plat-là, l'essentiel était pour moi de déjeuner avec l'homme que j'aimais.

Ils restèrent silencieux quelques secondes, chacun repensant à son conjoint défunt.

— J'ai du très bon cheddar, finit par dire Arthur. Et je ne manque jamais d'oignons au vinaigre. Et si je nous préparais chacun un sandwich, et que nous terminions le repas par de la tarte aux abrêtiers ?

Bernadette riva son regard dans le sien, et Arthur eut du mal à interpréter l'expression sur son visage.

— C'est la première fois que vous m'invitez à prendre le repas avec vous, vous savez ?

— Vraiment ?

— Vraiment. Et c'est très généreux de votre part, Arthur. Cela dit, je ne voudrais pas vous faire perdre votre temps.

— Mais vous ne me faites pas perdre mon temps, au contraire ! Je trouve ça très chouette de déjeuner ensemble, non ?

— Que vous pensiez ainsi à socialiser, Arthur, c'est un très grand progrès, vous savez ?

— Oh, progrès, progrès… Il ne s'agit pas non plus d'une expérience scientifique : je me suis juste dit que vous aviez peut-être faim.

— Dans ce cas, j'accepte votre invitation.

Bernadette semblait différente ce jour-là : d'ordinaire, elle se mouvait avec vivacité et assurance. Aujourd'hui, elle paraissait plus lente, plus pensive, comme si tout nécessitait une réflexion poussée. Là où il s'était attendu à un choc des Titans dans la cuisine – durant lequel Bernadette aurait insisté pour aller scruter toutes les deux minutes à travers la porte du four afin de s'assurer que tout allait bien, pendant que lui restait assis à lire le journal –, lorsqu'il sortit le fromage du réfrigérateur, elle annonça qu'elle allait faire un tour dans le jardin. Tandis qu'il coupait en deux quelques muffins et les tartinait d'une généreuse couche de beurre, Bernadette déambula à l'extérieur…

C'était le premier repas qu'Arthur partageait chez lui avec quelqu'un d'autre que Miriam depuis sa mort, et il trouva agréable d'avoir de la compagnie. D'ordinaire, Bernadette faisait le pied de grue devant lui pour s'assurer qu'il mangeait bien les roulés à la saucisse et autres tartes qu'elle lui apportait, mais jamais elle ne partageait son repas.

Une fois de plus, il se rappela avec culpabilité toutes ces fois où il s'était caché d'elle, jurant chaque fois que l'un de ses petits plats atterrissait sur son paillasson. Bernadette était une sainte, rien de moins. Comment avait-elle seulement pu lui pardonner ce comportement ? Jamais elle ne l'avait laissé tomber…

— Le déjeuner est prêt ! lança-t-il depuis la porte de derrière, une fois qu'il eut coupé les muffins en quatre, puis les eut disposés sur une assiette et accompagnés de quelques chips.

Mais Bernadette ne bougea pas, le regard rivé au-delà des champs sur le sommet de la cathédrale d'York.

Arthur enfila ses chaussons et s'aventura sur le gravier.

— Bernadette ? Le repas est prêt.

— Le repas ? répéta-t-elle, les sourcils froncés, visiblement perdue dans ses pensées. Oh, oui…

Ils s'installèrent à table. Depuis la mort de Miriam, il ne se souciait plus vraiment de la présentation lors des repas, se contentant de tout jeter à l'aveugle sur une assiette, puis de manger sans plus y réfléchir, mais il se trouva plutôt satisfait de l'aspect de ses sandwichs : il les avait coupés de façon bien égale et avait laissé un petit espace entre chaque quart. Bernadette s'était assise sur l'ancienne chaise de Miriam et y prenait bien plus de place. C'était une femme plus haute en couleur, également, qui, avec ses cheveux rouges et son chemisier violet, avait des airs de perroquet. Aujourd'hui, elle avait mis du vernis du même vert que l'émeraude enchâssée dans le palanquin de l'éléphant.

— Vous êtes allé à Paris, alors ?

Arthur acquiesça et lui parla de Sylvie, de sa belle boutique de mariage et du sympathique serveur qu'avait rencontré Lucy. Avant la fin du repas, Arthur lui tendit le sachet de lavande rose qu'il avait emballé pour Bernadette.

— Qu'est-ce que c'est ? lui demanda-t-elle, visiblement surprise.

— Oh, ce n'est qu'un petit cadeau en gage de remerciement.

— De remerciement ? Pour ?

Arthur haussa les épaules.

— Vous vous êtes toujours montrée d'une grande prévenance envers moi…

Elle ouvrit le présent, fit tourner délicatement le pot-pourri dans ses mains, puis le huma.

— C'est un très beau cadeau, Arthur.

Il s'était attendu à ce qu'elle lui offrît un grand sourire et lui prît les bras, reconnaissante, si bien que, lorsqu'elle n'en fit rien, il en fut légèrement attristé. Certes, ce n'était qu'un petit cadeau, mais, pour Arthur, le lui offrir ainsi était un geste d'importance : il voulait lui montrer qu'il l'appréciait, qu'il aimait sa façon d'être et se trouvait heureux de la compter parmi ses amis. Il avait mis beaucoup de ses émotions dans ce petit sachet… Cela étant, comment aurait-elle pu le savoir ? Il regretta de ne pas avoir ajouté un petit mot aimable à son cadeau, d'autant plus qu'elle semblait traverser une période difficile. La bouche sèche, il tenta de se rattraper avec quelques mots reconnaissants.

— Vous êtes une personne d'une grande bonté, Bernadette, parvint-il à la complimenter.

— Merci, Arthur.

Tandis qu'ils terminaient leur repas, Arthur se sentit de plus en plus préoccupé. En plus d'être barbouillé – il se demandait d'ailleurs si son estomac parviendrait à retenir longtemps le sandwich et la tarte – et de s'inquiéter pour Bernadette, il n'en pouvait plus d'attendre que Sonny l'appelât et répondît à toutes ses questions.

— Ne vous êtes-vous jamais demandé ce qu'avait été la vie de Carl avant votre rencontre ? lui demanda-t-il avec autant d'innocence que possible, tandis qu'il faisait la vaisselle.

Bernadette haussa un sourcil, mais répondit tout de même.

— Quand nous nous sommes rencontrés, il avait trente-cinq ans : bien entendu, il y avait eu d'autres femmes dans sa vie. Il avait même été marié. Je ne lui ai jamais posé de questions sur son passé, car je préférais n'en rien savoir, si c'est la raison pour laquelle vous me posez la question. De mon point de vue, qu'il ait partagé le lit de deux ou vingt femmes avant moi n'avait pas grande importance. C'est surtout à Nathan que j'ai pensé lorsqu'il est mort : perdre son père si jeune…

Arthur savait qu'il pouvait se confier sans crainte à cette femme d'une grande dignité qui, en sus, et bien qu'elle se montrât un peu distante aujourd'hui, était désormais son amie. Néanmoins, le moment semblait malvenu pour lui parler de ses rendez-vous médicaux.

— Vous avez quelque chose à me dire, Arthur ? lui demanda-t-elle.

Arthur ferma les yeux et se revit, assis nu sur un tabouret, le corps pâle et parcheminé ; il revit aussi Miriam, séductrice, souriant à l'artiste qui la peignait.

— Je…, commença-t-il avant de s'interrompre, incapable de trouver les mots justes tant il redoutait de les entendre. C'est juste que je me demande pourquoi Miriam est restée avec moi si longtemps… Je veux dire : regardez-moi ! Je ne suis pas spécialement attirant, et je n'ai jamais eu ni grandes ambitions ni projets d'envergure. Je n'ai pas l'esprit créatif : je ne sais ni peindre ni écrire… Je n'étais qu'un foutu serrurier ! Comme elle a dû s'ennuyer avec moi…

Bernadette fronça les sourcils, surprise par cette soudaine tirade.

— S'ennuyer ? Qu'est-ce qui a bien pu vous mettre en tête une idée pareille ?

— Oh, je n'en sais plus rien…, soupira-t-il. (Il commençait à en avoir plus qu'assez de cette histoire et de tous ces mystères.) Elle a mené une vie palpitante avant de me rencontrer, et elle ne m'en a jamais rien dit. Elle me l'a cachée, disons les choses comme elles sont ! Je me demande si, durant toute notre vie de couple, coincée avec un mari insipide, elle ne repensait pas avec regret à sa vie en Inde, aux tigres, aux écrivains et aux artistes peintres qui comptaient parmi ses amis. Lorsqu'elle est tombée enceinte de moi, s'est-elle sentie forcée de subir la vie que je lui offrais, alors qu'elle aspirait à autre chose ?

Il se rendit compte, embarrassé, qu'il était à deux doigts de pleurer.

— Jamais je ne vous ai trouvé ennuyeux, Arthur, le rassura-t-elle d'une voix calme. Avoir des enfants et embrasser une vie d'adulte est une aventure en soi. Un jour, je vous ai vus tous les deux à une fête organisée par la paroisse, et j'ai tout de suite remarqué cette façon que vous aviez de vous regarder. Je me rappelle m'être dit que vous étiez faits l'un pour l'autre.

— Ah ? Et quand était-ce, cette fête ? la défia-t-il, dubitatif.

— Il y a quelques années.

— Vous devez vous tromper.

— Non, rétorqua-t-elle, péremptoire. Je m'en souviens comme si c'était hier.

Arthur eut un bref mouvement de tête. Il savait que rien de ce que pourrait dire Bernadette ne l'aiderait à se sentir mieux. De plus, mieux valait qu'il gardât ses idées noires pour lui et sa bouche fermée, plutôt que de propager sa morosité.

— On ne sait jamais ce que l'avenir nous réserve, Arthur.

Bernadette se leva, puis porta les assiettes jusque dans la cuisine. Elle commença à les rincer dans l'évier, quand bien même elle n'avait pas fini de manger.

— Laissez ! lui lança Arthur. Je m'en occuperai.

— Ça va aller, répondit-elle d'une voix tremblante.

Arthur se figea : il lui semblait que Bernadette pleurait. Il n'aurait pas dû parler de Carl ou se montrer si dubitatif concernant la fête organisée par la paroisse. Qu'était-il censé faire, à présent ? Les épaules raidies, il resta assis là, figé par l'incertitude. Quand Bernadette renifla, il riva le regard droit devant lui comme si de rien n'était : les séquences émotion, ce n'était pas vraiment son fort.

— Tout va bien ? demanda-t-il d'une voix mal assurée.

— Oh, oui, bien sûr, répondit-elle aussitôt en fermant le robinet.

Lorsqu'elle tendit la main vers le torchon à vaisselle, Arthur vit qu'elle avait les yeux humides.

Il se souvint d'une conversation qu'il avait eue avec Miriam : tandis qu'il lui demandait ce qu'elle désirait pour son anniversaire, elle lui avait répondu qu'elle ne voulait rien et qu'il n'avait donc pas à s'embêter à lui dégoter quoi que ce fût. Aussi s'était-il contenté de lui offrir une carte et un petit bouquet de freesias blancs. Ce même soir, elle ne lui avait pas décroché plus que quelques mots et, lorsqu'il s'était décidé à lui demander ce pour quoi elle se montrait d'aussi mauvaise humeur, elle lui avait rétorqué qu'elle s'était attendue à ce qu'il lui offrît quelque chose.

— Mais tu m'avais dit de ne rien t'offrir…, avait-il protesté.

— C'était une façon de parler… Quand tu vois qu'une femme n'a pas l'air dans son assiette, que tu lui demandes ce qui ne va pas et qu'elle te répond que tout va bien, ce dont elle a vraiment envie, c'est que tu insistes ; que tu reposes la question jusqu'à ce qu'elle se décide à te répondre. Eh bien, là, c'est la même chose. Je m'attendais à ce que tu aies envie de m'offrir un cadeau, quand bien même je t'avais demandé de ne rien m'offrir. C'était une occasion pour toi de me montrer combien tu tenais à moi.

Ainsi, Arthur savait que, parfois, lorsqu'une femme disait quelque chose, c'était tout le contraire qu'il fallait comprendre.

— Je n'ai pas l'impression que ça aille, Bernadette, fit-il remarquer avant de se lever et d'aller la rejoindre.

Il posa une main sur son épaule, et Bernadette se raidit.

— Peut-être, peut-être pas, à la vérité.

Elle prit une assiette, l'essuya d'un coup de torchon, puis la déposa sur l'égouttoir.

Arthur lui prit doucement le torchon des mains, l'essora, puis le posa sur le plan de travail.

— Que se passe-t-il ? Qu'est-ce qui ne va pas ?

Elle baissa les yeux. Il était manifeste qu'elle se demandait si elle devait ou non se confier à lui.

— J'étais à mon cours de danse, le mois dernier, et quand je me suis déshabillée dans les vestiaires, j'ai senti une sorte de bosse au niveau d… de l'un de mes seins. Je suis allé voir le médecin, et il m'a prescrit un examen mammaire. J'aurai les résultats demain.

— Je vois… Je… Hum…

Que pouvait-il répondre à cela ? Nathan avait donc raison.

— Selon le médecin, ce n'est qu'un examen de routine, mais il vaut toujours mieux vérifier. Le fait est que ma mère est morte d'un cancer du sein et que ma sœur en a un, elle aussi. Il y a toutes les chances pour que j'en sois affectée un jour ou l'autre. (Son débit se fit soudain plus rapide.) J'ignore comment je vais faire, avec Nathan qui entrera bientôt à l'université et Carl décédé. Je n'en ai pas parlé à Nathan ; je ne veux pas l'inquiéter.

— Je pourrais vous conduire à votre rendez-vous.

— Vous n'avez pas conduit depuis un an.

— J'ai conduit toute ma vie. Ce ne sera pas un problème.

Bernadette lui sourit.

— C'est très aimable à vous, Arthur, mais non.

— Je vous dois beaucoup.

— Je suis ravie d'avoir pu vous aider, mais je n'attends rien en retour.

— Je le sais bien et, de mon côté, je vous propose simplement de vous conduire là-bas… En plus de mon amitié.

Elle feignit de ne rien avoir entendu.

— Nathan n'a que dix-huit ans… Imaginez que les nouvelles soient mauvaises. Carl, d'abord, et maintenant moi…

— Essayez de ne pas trop vous inquiéter : mieux vaut ne pas extrapoler tant que vous n'avez pas les résultats. Demain, vous serez fixée.

Elle prit une profonde inspiration, retint son souffle quelques secondes, puis expira par le nez.

— Vous avez raison. Merci, Arthur.

— Je pourrais vous récupérer en taxi. Rien ne vous oblige à traverser seule cette épreuve.

— C'est vraiment très gentil, Arthur, mais je tiens à aller seule à l'hôpital.

— Nathan doit beaucoup s'inquiéter.

— Je ne lui en ai rien dit. Il ne sait rien.

Arthur ne savait pas s'il devait ou non lui parler de la récente visite et de la grande inquiétude de Nathan. Comme il cherchait ses mots, le téléphone sonna.

— Répondez donc, je vous laisse, lui dit Bernadette.

— Vous êtes sûre ? On me rappellera si c'est important.

Elle secoua la tête.

— Je file. Merci pour le repas. J'ai passé un très bon moment.

— Votre rendez-vous est à quelle heure ?

— Dans l'après-midi, c'est certain, mais à quelle heure… je ne sais plus trop. Votre téléphone sonne, Arthur.

— Tenez-moi au courant, surtout.

— Votre téléphone… Vous devriez décrocher.

Arthur ouvrit la porte à regret, et Bernadette sortit. Il la regarda s'éloigner le long du petit chemin qui filait à travers le jardin, tout en décrochant le combiné à contrecœur.

— Arthur Pepper ? s'enquit une voix de femme d'une telle froideur qu'Arthur en tressaillit.

— Oui ?

— Manifestement, vous cherchez à me rencontrer. Sonny Yardley à l'appareil.

Chapitre 22

L'Anneau

— Que vous soyez venu ainsi sur mon lieu de travail sans prévenir ne me plaît pas du tout, lui reprocha Sonny. Un travail, vous voyez ce que c'est ? J'aurais pu être en plein cours. Il se trouve que j'étais souffrante. Quoi qu'il en soit, je n'ai pas besoin qu'on m'importune de la sorte. Adam m'a informée à mon retour que vous vous étiez présenté en personne à l'université.

— Je vous présente mes excuses. J'avais appelé, pourtant, et vous avais laissé plusieurs messages.

— Que j'ai reçus. Mais cela ne vous donne en rien l'autorisation de me harceler.

Le venin de cette femme troublait Arthur. Il n'avait pas pensé une seconde que sa venue et ses appels pouvaient l'avoir offensée ainsi.

— Vraiment, madame Yardley, vous causer du tort n'était nullement mon intention.

— Le mal est fait, de toute façon. Adam vous a-t-il permis de trouver ce que vous cherchiez ? lui demanda-t-elle sur un ton toujours aussi cinglant.

— J'ai en ma possession un bracelet orné de plusieurs charmes. Vous avez conçu un charme représentant une palette de peintre, n'est-ce pas ?

— Oui.

— Eh bien, comme je le disais dans les messages que je vous ai laissés, je crois que vous connaissiez ma femme, Miriam Kempster. J'ai pensé que c'était vous qui lui aviez donné le charme.

Sonny resta silencieuse. Mal à l'aise, Arthur se rendit à la cuisine avec le téléphone et tenta de combler le silence.

— C'est Sylvie Bourdin qui m'a donné votre nom.

— Cela ne me dit rien.

— C'était une amie de ma femme. Miriam a vécu un moment avec elle à Paris. Elle m'a suggéré de vous contacter.

— Ah, vraiment…, lâcha Sonny sur un ton méprisant.

Arthur commençait à être agacé par l'hostilité manifeste de cette femme.

— Madame Yardley, ma femme est morte. Il y a un an. Le saviez-vous ? J'essaie d'en apprendre un peu plus sur sa vie avant notre rencontre.

Il s'attendait à ce qu'elle s'excusât, qu'elle se montrât désolée d'avoir été si incorrecte, mais, une fois de plus, elle resta silencieuse. Soit cette femme était furibonde, soit elle usait de son silence pour l'intimider… Peut-être, aussi, se sentait-elle encore fébrile après sa convalescence ? Dans le doute, Arthur se remit à parler, lui parlant pêle-mêle du bracelet, de ce qu'il l'avait incité à partir pour Paris,

Londres et Bath, et du fait qu'il ne lui restait plus qu'à percer les mystères de deux charmes : l'anneau et le cœur.

Arthur savait que Sonny écoutait encore au cliquetis occasionnel qu'il entendait dans le combiné, probablement ses boucles d'oreilles cognant contre le téléphone.

— Vous connaissez toute l'histoire, conclut-il.

— J'ignore ce qui me retient de vous raccrocher au nez, monsieur Pepper, répliqua-t-elle d'une voix glaciale.

— Pourquoi feriez-vous une chose pareille ?

— Votre femme ne vous a donc jamais parlé de moi ?

— Non. Il ne me semble pas. Cela dit, ma mémoire a quelques ratés, donc…

— Je me demande bien combien de cadavres elle cachait dans son placard… Une petite idée ?

— Je… euh… Non, je…

C'était comme s'ils ne parlaient pas la même langue, tous les deux, et Arthur commençait à en avoir assez de ce jeu de piste. Cette quête connaîtrait-elle un jour son dénouement ?

— Non, j'en ai bien l'impression, effectivement, rétorqua Sonny. En ce cas, j'en serais presque à vous prendre en pitié…

— Quand je suis venu vous voir à l'université, j'y ai découvert un tableau de votre frère. Un portrait de Miriam. Il était très doué.

— Il l'était, oui.

— Il ne peint plus ?

— Il nous a quittés. Vous ignorez vraiment tout de cette histoire, n'est-ce pas ?

Arthur n'avait pas la moindre idée de ce à quoi Sonny faisait allusion.

— Je suis navré de l'entendre. Que son travail soit exposé ainsi aux yeux de tous, c'est un bel hommage, je trouve.

— Je hais ce tableau. Il est d'une frivolité pathétique. Si ce n'était pas mon frère qui l'avait peint, et si j'avais mon mot à dire, on le décrocherait sur-le-champ. Je le brûlerais, même.

— Oh ? Je l'ai trouvé très plaisant, personnellement.

— Vous trouvez ça drôle, monsieur Pepper ? Bref : je n'ai pas de temps à perdre avec vous.

Arthur refusa de déposer les armes.

— Écoutez, j'essaie juste d'en apprendre davantage au sujet de ma femme : j'ai l'impression d'ignorer une partie de sa vie. Elle ne m'a pas tout raconté…

— Et c'est peut-être mieux comme ça. Cette discussion est terminée. Si vous voulez vous débarrasser de la palette de peintre, grand bien vous fasse. Elle représente une partie de ma vie que je préférerais oublier.

Tout se bousculait dans l'esprit d'Arthur qui tenait le téléphone d'une main tremblante. La suggestion était tentante… Il y avait pensé, d'ailleurs, à se débarrasser du bracelet pour reprendre enfin une vie normale. Mais voilà, il en avait trop appris pour faire machine arrière.

— Ma femme et vous, étiez-vous proches à l'époque ? demanda-t-il à Sonny d'une voix douce.

Sonny sembla hésiter à répondre.

— Oui, nous avons été très proches. Il y a bien longtemps.

— Martin aussi devait être son ami, s'il l'a peinte ?

— C'était il y a si longtemps…

— J'ai besoin de savoir ce qui s'est passé.

— Non. Oubliez tout ça.

— Je ne le peux pas, madame Yardley. Je pensais que Miriam et moi n'avions aucun secret l'un pour l'autre, et je découvre que je ne savais rien d'elle. Je suis confronté à tout ce… ce vide, et il faut vraiment que je le comble, quand bien même ce que j'apprendrai me laissera effondré.

— Ce qui se passera à coup sûr.

— Qu'importe : j'ai besoin de savoir.

— Très bien, monsieur Pepper… Si c'est la vérité que vous voulez, la voici : votre femme était une meurtrière. Agréable à entendre, n'est-ce pas ?

Arthur eut l'impression soudaine de tomber dans un puits sans fond ; ses entrailles se chargèrent de plomb, et ses jambes manquèrent de céder sous lui.

— Excusez-moi, mais je… je ne suis pas sûr de comprendre, haleta-t-il.

— Elle a tué mon frère, Martin.

— Non, ce n'est pas possible…

— C'est la stricte vérité.

— Dites-moi ce qui s'est passé…

Sonny déglutit.

— Nous étions amies de longue date, Miriam et moi… Nous jouions et faisions nos devoirs ensemble. Lorsqu'elle avait des contrariétés, c'est à moi qu'elle se confiait. Je l'écoutais, la conseillais… C'est moi qui l'ai encouragée à suivre les Mehra en Inde. Le bracelet, c'était mon cadeau de départ pour elle ; comme un porte-bonheur. Quand elle a dû partir pour Paris, j'étais là pour la soutenir et, oui, ce nom, Sylvie Bourdin, me dit vaguement quelque chose. Durant ses voyages, Miriam et moi n'avons cessé de nous écrire. Nous n'aurions pu être plus proches…

» Et puis, après ses séjours à Paris, en Inde et à Londres, lorsqu'elle en a eu assez de voyager, elle est rentrée. Mais, au lieu de concentrer sur moi toute son attention et de cultiver notre amitié, c'est à mon frère qu'elle s'est intéressée… Elle a battu deux ou trois fois des cils, et il est tombé amoureux. Quelques mois plus tard, ils étaient fiancés. Vous étiez au courant ?

— Non, murmura Arthur.

— Martin a voulu lui acheter un diamant, histoire de faire les choses bien comme il fallait ; aussi, il s'est mis à économiser jusqu'à sa dernière piécette. En attendant d'avoir assez d'argent, il lui avait offert un anneau à ajouter à son bracelet.

— Je l'ai avec moi, oui…, confirma-t-il d'une voix qu'il peina lui-même à reconnaître. Et c'est bien vous, alors, qui avez conçu la palette ?

— Oui. C'était un cadeau d'anniversaire.

— Et… Miriam et Martin étaient fiancés, dites-vous ?

Lui qui pensait avoir été le premier amour de Miriam…

— Ils l'ont été quelques semaines… Jusqu'à la mort de mon frère. La voiture qu'il conduisait s'est fracassée contre un arbre.

— Je suis tellement désolé… Mais pourquoi dites-vous que ma femme l'a tu…

— Ils roulaient dans la voiture de notre père. Martin n'avait pas encore passé son permis de conduire, mais il tenait tant à impressionner Miriam qu'il a pris les clés de la voiture à l'insu de mes parents ; ils étaient sortis, ce soir-là. Miriam l'incitait à le faire, l'encourageait… Je l'ai entendue lui dire qu'elle brûlait de vivre une nouvelle aventure. Miriam… avec ses yeux soulignés de noir, sa choucroute impeccable, ses vêtements élégants et ses perles… Comment le jeune type qu'était mon frère aurait-il pu résister quand elle a jeté son dévolu sur lui ? Il peignait, oui, mais ce qu'il aimait par-dessus tout, c'était l'écriture, vous savez ? Il voulait devenir journaliste. Quand il a appris qu'elle était amie avec ce romancier français, De Chauffant, il a totalement succombé et n'a plus pensé qu'à l'impressionner. La fin de journée était ensoleillée, ce jour-là… Je me souviens du chant des oiseaux, quand mon frère et Miriam sont sortis de la maison, bras dessus bras dessous. J'ai dit à Martin qu'il ferait mieux de ne pas prendre la voiture, mais ils m'ont ri au nez, tous les deux. Miriam, qui me reprochait d'être rabat-joie, m'a demandé de garder mes recommandations pour moi… Martin a hésité : je l'ai vu, j'en suis sûre, mais Miriam l'a tiré par le bras, et je n'ai rien pu faire d'autre que regarder la voiture s'éloigner.

» D'après un témoin, Martin a trop tourné dans un coude : il a perdu le contrôle de la voiture, et elle s'est écrasée contre un arbre. Ils ont tous les deux fini à l'hôpital. Miriam s'en est sortie avec une petite coupure au front… Mon frère est resté trois semaines dans le coma, mais ce n'était qu'un sursis. Tout ça parce qu'il voulait impressionner Miriam, lui prouver qu'il était digne d'elle. Si elle ne s'était pas intéressée à lui, il serait encore là aujourd'hui, marié à quelqu'un d'autre. Il aurait peut-être même des enfants, et mes parents des petits-enfants. Moi, je n'ai pu leur en offrir, mais qui sait, peut-être que lui l'aurait fait…

— Mais si votre frère était au volant, pourquoi dites-vous que Miriam l'a…

— Parce que c'est comme si elle l'avait tué elle-même !

Il repensa à la petite cicatrice que Miriam avait près de la tempe… Elle lui avait dit être tombée quand elle était enfant.

— Elle ne vous a donc jamais parlé de Martin ? Elle n'a jamais… ne serait-ce que prononcé son nom ?

— Non. Pas plus qu'elle ne m'avait parlé de fiançailles avant les nôtres.

— Au moins, maintenant, vous savez que votre femme était une menteuse.

— Elle ne m'a pas menti : elle ne m'a rien dit, c'est différent. C'était comme si elle avait fermé la porte qui donnait sur son passé. Jamais elle ne parlait de la vie qu'elle avait menée avant notre mariage. J'ai toujours pensé que c'était parce qu'elle n'avait pas eu grand-chose d'exceptionnel… Que Miriam n'avait rien de bien palpitant à raconter. Or il se trouve que c'était tout le contraire. Serait-elle mariée à Martin, aujourd'hui, si cette tragédie n'avait pas eu lieu ? Pensait-elle à lui chaque jour qu'elle a passé à mes côtés ? Qu'importe, je l'aime toujours… Je l'aime tant. Parfois, j'ai même l'impression de ne pouvoir vivre sans elle.

Sonny se racla la gorge.

— J'aimerais vous dire que je suis navrée d'avoir parlé d'elle en ces termes, mais ce n'est pas le cas. Elle a ruiné ma vie et celle de ma famille.

— En ce cas, c'est moi qui vous présente des excuses. Pour ce que ça vaut, je vous présente mes excuses pour ce qui s'est passé.

— Elle est venue le voir chaque jour à l'hôpital. Elle s'asseyait à son chevet… Je ne supportais pas de l'y voir. Sa seule présence me révulsait. Auparavant, nous avions toujours traité Martin comme mon enquiquineur de frère et voilà que, tout à coup, elle s'était entichée de lui et clamait qu'il pouvait bien être l'homme qu'elle avait toujours espéré rencontrer. Elle voulait se poser. Moi, je voulais qu'il rencontre quelqu'un d'autre, une femme moins frivole… C'est comme si elle m'avait jetée pour mon frère.

Arthur sentit son corps entier se mettre à trembler avec violence : peu importait ce qu'il venait de découvrir sur sa femme, il n'allait pas écouter cette inconnue la critiquer de façon si venimeuse sans rien faire.

— Quoi que vous puissiez penser de Miriam, madame Yardley, je peux vous dire qu'elle a été la femme la plus gentille et prévenante que j'aie jamais rencontrée. Nous avons été mariés pendant quarante ans. Je suis vraiment navré de ce qui est arrivé à votre frère, mais vous parlez de faits qui remontent à plusieurs dizaines d'années. La femme que vous décrivez n'a rien à voir avec la mienne.

Les gens changent… Vous donnez l'impression d'avoir été jalouse du bonheur de votre frère.

— C'est vrai. J'ai été jalouse de lui, je l'avoue. C'était moi, son amie, pas Martin. Nous partagions tout, tout ! Et voilà qu'à son retour elle le choisit et m'oublie ! C'était avec lui qu'elle voulait passer tout son temps, désormais…

Arthur laissa ses mots planer un instant, usant du silence comme elle l'avait fait un peu plus tôt.

— Vous êtes toujours là, monsieur Pepper ?

— Oui.

— Elle l'a tué. Je me fiche de qui conduisait cette foutue voiture. J'estime, moi, qu'elle l'a tué. Elle a privé mes parents de leur fils, comme elle m'a privée de mon frère. Elle est venue à ses funérailles, après quoi je ne l'ai jamais revue : je ne voulais plus jamais la revoir, et je le lui ai bien fait comprendre. Plus tard, j'ai appris qu'elle avait épousé un autre homme : elle me l'a écrit dans une autre de ses maudites lettres… Elle avait tourné la page ; tourné la page comme les Yardley n'ont jamais pu le faire. Voilà qui, je l'espère, répond à toutes vos interrogations, monsieur Pepper. Vous connaissez la vérité, désormais.

Arthur éloigna le combiné de son oreille : il ne supportait plus d'entendre la voix de Sonny.

— Je l'aimais. Qu'importe ce qui s'est passé… Je l'aimais de tout mon cœur.

Sur ces mots, il raccrocha et se mit à pleurer.

Chapitre 23

Joyeux anniversaire, mon cul !

C'était l'anniversaire d'Arthur. Il fêtait ses soixante-dix ans. C'était un jalon, disait-on… Miriam lui aurait offert un petit cadeau : une paire de chaussettes à rayures, peut-être, ou un nouveau livre. Ensemble, ils seraient allés au *Crown & Anchor* au village pour manger du haddock et des chips, voire un sandwich jambon-moutarde. Ils auraient bu quelques panachés, dégusté peut-être des parts de tarte aux pommes et, par pure gourmandise, un petit biscuit fourré. Sa femme avait toujours aimé les choses simples…

C'était du moins ce qu'il avait toujours cru.

Lucy ne l'avait pas encore contacté, et il n'attendait pas de Dan qu'il se souvînt de sa date d'anniversaire ; quant à Bernadette, elle avait bien plus important à faire. De toute évidence, aucune carte n'échouerait aujourd'hui sur le tapis de l'entrée.

La veille, il s'était couché en pensant à Sonny et Martin, et s'était réveillé d'innombrables fois pendant la nuit, incapable de les chasser de ses pensées. Son sommeil agité lui avait rendu difficile de savoir lesquelles de ses pensées étaient vraies, et lesquelles il avait rêvées. Il avait imaginé Miriam rire aux éclats, le bras de Martin passé autour de ses épaules comme si elle lui appartenait, comme si c'était son rôle de la protéger du danger. Il s'était représenté cette voiture, vert bouteille, décapotable, coupant les deux voies à toute allure pour se planter dans un arbre. Il s'était vu sur place, courant au secours des victimes : Miriam gisait là, la tête brinquebalante, un filet de sang le long de la tempe. L'homme à ses côtés, lui, avait la tête collée au volant et le cou tordu en un angle étrange, telle une feuille d'origami pliée avec maladresse. Il avait touché d'une main la tête de l'homme, vu ses cheveux poisseux d'une mélasse noirâtre… Alors Martin avait levé la tête et était parti d'un rire hystérique, les dents rouges de sang : « Elle m'a tué ! Ta femme m'a tué ! Joyeux anniversaire, Arthur ! »

Il s'était assis d'un bond dans son lit, son haut et son pantalon de pyjama mouillés plaqués contre lui comme une seconde peau. Il les avait enlevés, essorés, puis, après les avoir jetés en tas sur le sol de la salle de bains, il avait pris une douche, alors qu'il n'était même pas 5 heures du matin.

Immobile, il avait laissé l'eau ruisseler sur son visage, espérant qu'elle chasserait ces images et pensées macabres. Miriam n'était plus là… et elle avait tué un homme : comment pouvait-on vivre toute une vie avec une personne et ne rien savoir d'elle ? Avait-elle un jour envisagé de le lui dire ? Il devait être bien idiot pour ne s'être jamais douté de rien ni ne lui avoir jamais rien demandé sur son passé… Au lieu de cela, il s'était convaincu qu'ils étaient bien semblables, elle et lui, et qu'ils n'avaient rien vécu avant leur mariage qui soit digne d'être conté. Il s'était trompé.

Il se sécha, puis enfila d'instinct l'une de ses vieilles chemises et le pantalon bleu de Graystock. Dehors, il faisait encore sombre. Arthur n'aurait pu se sentir plus abattu, désespéré, impuissant, inutile... Une vraie cause perdue. Plus rien de ce qu'il envisageait de faire n'avait de sens. Ça aurait pourtant dû être un jour de fête, un jour heureux : c'était son anniversaire, après tout... Pourtant, il se tenait là, seul, au fond du gouffre.

Il s'assit du côté du lit où Miriam avait pour habitude de dormir, ouvrit le tiroir de la table de chevet, en sortit un bloc de feuilles lignées et un stylo et, sans plus réfléchir, commença à rédiger une lettre. Sa femme avait correspondu longtemps avec Sonny et, ce jour, il allait lui écrire, lui aussi. Si Miriam avait été impliquée dans la mort de Martin, il ne l'en avait pas moins aimée de longues années, ce bien qu'elle ne se fût pas confiée à lui.

Il ressentait le besoin de le faire. Tout troublé et blessé qu'il était, il se refusait à devenir amer et combattrait avec virulence son aigreur. Choqué par la révélation téléphonique de la veille, il ne lui avait pas tout dit.

Chère madame Yardley,

J'ai aimé ma femme de tout mon cœur. Elle n'était pas parfaite, mais qui pourrait se vanter de l'être ? Pas moi, en tout cas.

Je suis un homme discret, ni particulièrement futé ni particulièrement charmant. Longtemps, je me suis demandé ce que me trouvait Miriam, mais il n'en demeure pas moins qu'elle voyait en moi quelque chose qu'elle affectionnait. Nous avons été très heureux ensemble.

J'ai découvert de sa vie des choses que j'ignorais. Je n'avais pas plus entendu parler de vous que de Martin, de l'Inde ou de Paris. Je pourrais rester prostré chez moi à me demander jusqu'à mon dernier souffle pourquoi elle m'a caché tout cela, mais je préfère me dire qu'elle a eu ses raisons de le faire ; des raisons qui, je le pense sincèrement, n'avaient rien d'égoïste. Au fond, je pense que si elle ne m'a rien dit, c'était simplement par amour.

Peut-être me prenez-vous pour un vieillard sénile et bien naïf, mais j'aimerais que vous gardiez de moi le souvenir de cet homme qui a aimé Miriam autant que Miriam l'a aimé. J'estime avoir été l'homme le plus heureux du monde ; j'ai eu le privilège de passer avec elle toutes ces années. Je me suis bonifié à son contact.

M'est avis qu'elle ne vous a pas aimés avec moins de tendresse, Martin et vous…

Il continua d'écrire sans trop savoir ce qui motivait vraiment cette soudaine effusion : ces mots, en fait, se faisaient les véhicules de toute la colère, la frustration et l'amour qu'il éprouvait pour sa femme.

Une fois qu'il eut terminé, il se retrouva avec quatre pleines pages noircies entre les mains. Son poignet le lançait et, les yeux larmoyants, il se sentait vidé. Il ne prit pas la peine de relire son courrier, sachant qu'il y avait couché tout ce qu'il avait à dire. Il ajouta simplement au bas de la dernière page :

Après toutes ces années, je vous conjure de chercher au plus profond de vous la force de lui pardonner et, si cela vous est impossible, de vous souvenir au moins de la merveilleuse amitié qui fut un jour la vôtre.

Bien cordialement,
Arthur Pepper

Il détacha les pages du bloc, les plia et les glissa dans une enveloppe sur laquelle il écrivit le nom de sa destinataire. Cela fait, il retroussa l'une de ses manches, pinça fort son avant-bras et attendit que sa peau eût repris sa place habituelle, marquée seulement de traces de doigts roses. Comme il n'avait rien senti, il recommença, fichant carrément ses ongles dans sa chair : tout ce qu'il voulait, c'était ressentir quelque chose, fût-ce une vive douleur physique, pour s'assurer qu'il était en vie et que tout cela lui arrivait bel et bien.

Dehors, il faisait un temps épouvantable : de sa chambre, le ciel avait l'air d'un bout de coton imbibé d'encre noire… Le beau temps n'avait pas duré, comme l'avait annoncé Bernadette.

Pour autant, il ne pourrait rester chez lui : être cloîtré entre quatre murs avait quelque chose d'oppressant, ce matin. Et puis, quelle tristesse ce serait de passer son anniversaire ici : qu'aurait-il d'autre à y faire que de penser à ce qu'aurait pu être sa vie ou ce qu'il aurait peut-être mieux valu qu'elle fût… Miriam avait-elle passé quarante ans à pleurer Martin et à maudire le destin d'avoir fait d'elle la femme d'Arthur plutôt que de son amour perdu ?

Ses questions l'affligeaient de vertiges, si bien qu'il dut poser ses mains à plat sur le mur pour garder l'équilibre en descendant l'escalier : il fallait qu'il sorte d'ici au plus vite.

Une fois dans l'entrée, il enfila un manteau, des chaussures sans même se soucier de si elles étaient ou non adaptées à la météo, puis sortit en fourrant l'enveloppe dans sa poche.

Les étoiles et la lune brillaient encore dans le ciel. Qui se souvenait encore que, soixante-dix ans plus tôt, un poupon joufflu et potelé nommé Arthur avait vu le jour ? Cette journée était pareille à toutes les autres, sans grande aspérité. La seule chose d'une réelle importance était que, l'après-midi, son amie Bernadette saurait si elle avait ou non un cancer.

Rien que d'y penser, il s'arrêta soudain de marcher. Il espérait de toute son âme qu'elle n'avait rien. Comment supporterait-il la mort d'un autre proche ? Il se rendit soudain compte que Bernadette avait été davantage pour lui qu'une simple béquille en ces temps troublés : elle était son amie. Une amie chère, même.

Terry sortait de chez lui.

— Fait moche, hein, Arthur ? Je vous dépose ? lança-t-il en rabattant la capuche de son anorak.

— Non merci, c'est gentil.

— Où est-ce que vous allez, de si bon matin ?

— Je pars pour la journée.

— Vous allez chez Lucy ?

Comme il n'avait pas la moindre envie de discuter, Arthur fit mine de ne pas avoir entendu la question de Terry et s'éclipsa. Il marcha et, lorsqu'il arriva au troisième arrêt de bus sur son chemin, décida d'y attendre un bus qui le mena jusqu'au centre d'York. Là, il prit le train jusqu'à Scarborough. Pendant les quarante-cinq minutes que dura le voyage, il regarda par la fenêtre : les nuages formaient dans le ciel d'un blanc aveuglant une épaisse couverture noire.

Lorsqu'il sortit du train, la pluie gouttait des branches des arbres, mais cela ne l'arrêta pas. Il se rendit à grands pas à l'université et, les vêtements détrempés, tendit l'enveloppe à une réceptionniste aux cheveux platine.

— Bon sang, mais dans quel état vous êtes ! s'exclama-t-elle, sitôt qu'elle le reconnut. Vous n'avez pas de parapluie ?

Il ne répondit pas.

— J'aimerais que vous donniez ceci à Mrs Yardley dès qu'elle arrivera pour ses cours. C'est d'une très grande importance.

Sur ce, il tourna les talons et se dirigea vers les portes d'entrée en verre, feignant de ne pas entendre la femme lui hurler qu'elle était prête à lui céder sa propre veste.

Il fendit la foule d'étudiants qui fumaient, papotaient ou farfouillaient dans leur téléphone, tandis qu'ils se dirigeaient vers l'université pour leur journée d'étude. Il ne remarqua pas les salles de jeux vidéo tout juste ouvertes où des familles étaient entrées s'abriter de la pluie, n'entendant rien des mélodies électroniques des bornes d'arcade et des bruits métalliques des pièces disparaissant dans les fentes à monnaie. Lorsqu'il fut arrivé sur la plage, il était seul : personne d'autre n'était assez stupide pour sortir par un temps pareil, encore moins pour aller à la plage.

La mer s'étendait devant lui comme un grand tapis gris ondoyant, infatigable. Il resta là, debout, à la regarder, hypnotisé par la respiration des vagues. L'eau détrempait le bout de ses chaussures, le vent lui mordait les cuisses et, plus il restait debout ainsi, plus ses chevilles rougissaient et le lançaient.

En l'espace de quelques semaines, il était passé du veuf pleurant son épouse défunte à l'ancien époux qui remettait toute sa vie en question.

Miriam et lui se connaissaient si bien… Et c'était justement ce qu'il aimait tant dans leur mariage : il les voyait comme deux âmes sœurs qui pensaient, aimaient et ressentaient à l'unisson. Mais voilà : ils ignoraient leurs passés respectifs. Pourquoi n'avait-il jamais demandé à Miriam quelle avait été sa vie avant de le rencontrer ? Tout simplement parce qu'il ne s'était jamais dit qu'elle en avait eu une…

Que lui restait-il sans elle, exactement ? Lucy, Bernadette… Son fils à l'autre bout du monde. N'empêche que, sans Miriam, une blessure le faisait souffrir qui ne se refermerait jamais. Il souffrait de ne plus vivre avec cette femme qu'il aimait et que, pourtant, il connaissait si mal. Sans elle, sa maison n'avait plus rien d'un foyer : ce n'était plus qu'un assemblage de quatre murs tapissé de moquette à l'intérieur duquel s'agitait un vieux type sénile.

Comment pouvait-il continuer à vivre sans sentir sa joue contre son épaule ? Sans son chant, tandis qu'ils préparaient ensemble le petit déjeuner ? Plus rien ne serait jamais comme avant, en ces temps où, tous, ils formaient une famille unie, et cette seule pensée l'engloutissait comme s'il s'était embourbé dans des sables mouvants.

La pluie redoublait : si elle avait commencé par éclabousser son visage, le faisant ciller à répétition, elle tombait à présent si dru qu'on eût pu penser qu'il pleuvait des épingles. Les gouttes battaient son visage, roulaient le long de ses joues, et son pantalon détrempé lui collait aux jambes. Il mit ses mains en porte-voix.

— MIRIAM !

Sa voix, kidnappée par le vent, tonna au loin.

— MIRIAM !

Il hurla son nom, encore et encore, sachant qu'elle ne pouvait l'entendre, que ses cris étaient vains.

— Miriam…

Lorsqu'il en eut fini de hurler, il se sentit vide, épuisé, comme si le nom de sa femme était la seule chose qui, jusqu'ici, lui avait encore permis de tenir debout. La mer roula sur ses pieds, emplit ses chaussures, et il bascula en arrière, trébuchant contre un caillou et s'effondrant sur le sable mouillé dans un bruit de chute étouffé ; ses genoux craquèrent, et ses mains et son dos claquèrent contre le sable. La vague suivante s'écrasa contre ses jambes, le trempant davantage, et un halo d'écume blanche l'encercla bientôt.

— Miriam…, répéta-t-il d'une voix presque éteinte en enfonçant les doigts dans le sable qui les engloutit avant de s'éparpiller au gré de l'eau.

Pourquoi ne l'avait-il pas conservée intacte, parfaite en son souvenir ? Pourquoi avoir ainsi fouillé dans son passé, traqué en prédateur les révélations ? Il avait ouvert des portes qu'il aurait préféré garder fermées. Comme il regrettait d'avoir mis la main dans cette botte… La personne qui aurait acheté la paire de chaussures auprès d'une œuvre de charité aurait eu une belle surprise en découvrant le bracelet ; cela lui aurait sûrement porté chance…

Il sortit le bracelet de sa poche, ce bracelet qu'il détestait tant désormais ; ce bijou qui avait corrompu ses souvenirs… Arthur se sentit comme interpellé par l'eau grise et, le bracelet pesant dans sa paume, leva la main à hauteur d'épaule : il imaginait déjà le bijou tournoyer dans les airs et disparaître dans une gerbe d'eau. Il coulerait, dériverait, puis se perdrait des siècles sur les fonds marins, jusqu'à ce que quelqu'un le trouvât et s'interrogeât sur l'origine des charmes. Sauf que, pour cette personne, le bracelet n'aurait pas la moindre valeur sentimentale : il n'aurait d'intérêt que par sa valeur marchande ou la curiosité que susciteraient les breloques.

Arthur se demanda s'il ne se sentirait pas mieux en s'en débarrassant… mais il restait un charme dont il ne savait rien : le cœur. Une boîte en forme de cœur, un cadenas en forme de cœur, un charme en forme de cœur… Peut-être était-ce le signe de l'amour véritable que sa femme lui portait ; la preuve que leur mariage n'avait pas été un choix par défaut. C'était peut-être là que se trouvait la réponse à ses questions.

Il le fallait.

Arthur trouvait néanmoins tentante l'idée de s'avancer dans la mer avec le bracelet. Les vagues l'attiraient lentement. S'il portait le bijou plus loin, au moins, il serait sûr de le voir disparaître. Ses pieds étaient trempés, ses chevilles aussi, alors pourquoi pas ses hanches, sa taille, son torse, ses épaules ? Pourquoi ne pas laisser la mer couvrir sa bouche, son nez, ses yeux, jusqu'à ce qu'il ne restât plus de lui qu'une touffe de cheveux blancs que la mer n'aurait aucun mal, alors, à prendre pour elle ?

Qui s'en soucierait, de toute façon ?

Quelques mois plus tôt, à cette question, il aurait répondu que personne ne s'en serait soucié… Et puis, Lucy et lui s'étaient réconciliés, Sylvie l'avait embrassé et Bernadette s'était occupée de lui.

C'est de repenser à sa fille qui l'incita à se relever : elle avait besoin de lui comme il avait besoin d'elle. C'est avec soulagement qu'il entendit les galets crisser sous ses pieds, qu'il prit conscience qu'il ne s'était pas laissé envoûter par le chant des sirènes. Lucy… Cette fausse couche, son divorce et la mort de sa mère l'avaient déjà suffisamment fait souffrir. Quel vieil égoïste il serait s'il se suicidait, déposant devant la porte de sa vie un nouveau et sinistre colis ! Arthur recula, encore et encore, jusqu'à poser pleinement les pieds sur un tapis de galets. Là, il s'assit sur un rocher et contempla le bracelet dans sa main : il jurait tant avec le gris sombre des pierres, de la mer et du ciel. Le cœur semblait rougeoyer…

Ses pieds baignaient dans une flaque où, ballotté, surnageait un minuscule crabe gris immobile au point d'en paraître mort. Arthur l'observa un instant… Il était pris au piège : bientôt, la marée l'abandonnerait ici, et le soleil assécherait la flaque avant de dessécher son corps insignifiant.

Arthur plongea les doigts dans l'eau. Le crabe bougea une pince, puis s'immobilisa, un peu comme s'il lui faisait un geste, si bien qu'Arthur enfonça sa main un peu plus dans la flaque. Son petit ami s'était lancé sous ses yeux dans sa propre interprétation de la stratégie de la statue grecque.

— Tu risques d'y passer si tu restes ici, dit Arthur à voix haute. Tu vas rester coincé. Tu serais plus en sécurité en pleine mer.

Arthur creusa la paume, et le crabe s'y laissa dériver. Il releva délicatement la main, et ils échangèrent un bref regard. Le crabe avait des yeux noirs pas plus gros que des têtes d'épingle.

— N'aie pas peur, va…

Il le porta jusqu'à la mer et attendit qu'une petite vague vînt rouler sur la plage ; là, il déposa le crabe au bord de l'eau. Le petit animal s'immobilisa un instant, comme pour le remercier et lui dire au revoir, puis fila de côté jusqu'à la mer. Une vaguelette balaya alors le sable d'une caresse délicate et, lorsqu'elle se retira, le crabe avait disparu.

Arthur garda quelques secondes les yeux rivés sur le sable, là où il avait déposé l'animal…

Peut-être que, moi aussi, je suis prisonnier d'une flaque d'eau, se dit-il. *La mer a beau me sembler terrifiante et inconnue, c'est peut-être là qu'est ma place. Si je ne m'y jette pas, je vais flétrir et, bientôt, la mort me prendra…*

Il se demanda ce qu'aurait dit Lucy si elle l'avait vu ici, trempé jusqu'aux os, à sauver la vie d'un crabe : « Tu vas attraper la mort ! Viens te mettre au chaud ! »

C'est ce qu'il lui aurait dit, d'ailleurs, quand elle était enfant. Cette inversion des rôles avait un goût étrange… Miriam l'aurait sans doute trouvée singulière, elle aussi.

Qu'importe ce qu'il faisait, désormais : il était veuf, et il n'y avait plus personne pour lui dire comment mener sa vie. S'il lui prenait l'envie de danser la gigue en pleine mer sous le déluge, c'était son affaire. Qu'est-ce qui l'en privait, d'ailleurs ? Une jambe levée, il attendit qu'une vague approchât. Il donna un coup de pied au rouleau, puis se mit à danser.

— Regarde-moi, Miriam ! lança-t-il, hilare, malgré les larmes qui, mêlées aux gouttes de pluie, coulaient le long de ses joues. Je me lâche ! Et je te pardonne, tu sais ? Tu m'as caché des choses, oui, mais c'est parce que tu pensais que c'était mieux comme ça ! J'ai besoin de croire que tu l'as fait pour de bonnes raisons. Et puis, je suis encore en vie ! J'aimerais que tu le sois, toi aussi, mais tu es morte ! Ça a beau être douloureux, je veux vivre, Miriam ! Je ne veux pas finir rabougri et desséché comme un crabe au soleil !

Il se mit à courir au bord de l'eau, alternant ainsi marche énergique et petit trot, trempant parfois les pieds dans la mer dont les doigts glacés lui rappelaient chaque fois qu'il était en vie. Il ouvrit grands les bras et affronta le vent, le laissant siffler à travers ses vêtements et lui piquer les yeux.

Il n'aurait de salut que dans le pardon et l'oubli. Il n'avait pas d'autre choix.

Les bras croisés sur son ventre pour se réchauffer, il marcha dans le vent jusqu'à un café en bord de plage. Au-dessus, les nuages noirs commençaient à passer leur chemin, ouvrant la voie à quelques rayons de soleil, tandis que sur la marquise rayée bleu et blanc du café scintillaient des gouttes de pluie. Sur le trottoir, les flaques d'eau brillaient comme autant de miroirs.

Un couple ouvrit la porte de l'établissement et entra, suivi par un fox-terrier au poil trempé et frisé. De l'eau dégoulinait de leurs pantalons et vestes imperméables.

Je ne suis pas plus mouillé qu'eux, se dit-il, pensant tout de même à ce qu'aurait dit Miriam : « Tu ne peux pas entrer dans cet état… »

Que si, il le pouvait ! Il entra donc et tressaillit sitôt qu'une bouffée d'air chaud bienvenu vint lui fouetter les joues.

— Mon pauvre, regardez-vous ! lui lança une femme au tablier d'un jaune chaleureux. On va essayer de vous sécher un minimum… (Elle disparut derrière le comptoir, puis lui apporta une serviette bleu ciel bien moelleuse.) Tenez, pour vous essuyer…, dit-elle, avant de tendre au couple une vieille serviette pour leur chien. C'est un enfer, le temps, là-dehors. Vous vous êtes laissé prendre par l'orage en pleine balade ? La météo change en un claquement de doigts, ici. (Elle joignit le geste à la parole.) Il fait un temps superbe et d'un coup – hop ! – ça devient sinistre au possible ! Le beau temps finit toujours par revenir, par contre, mon chou. Ça ne devrait pas tarder, d'ailleurs : il fera bientôt un grand soleil.

Arthur utilisa la serviette pour s'éponger, se frotter et se sécher le visage. Il était encore trempé, mais, au moins, son visage était sec. Un jeune couple partageait un chocolat chaud : la fille avait la même chevelure brune que Miriam, et le garçon, maigrichon, était coiffé d'une tignasse fournie. Leur chocolat, servi dans un grand verre, était garni de crème fouettée saupoudrée de chocolat. Lorsque la femme en tablier jaune vint prendre sa commande, Arthur en demanda un qu'on lui servit bientôt avec une crêpe dentelle au chocolat et une longue cuillère. Assis près de la fenêtre, il regarda les gouttes échouées sur la vitre. Il savoura chaque cuillerée de crème, avant de souffler puis de se régaler du breuvage chaud et sirupeux.

Quand il eut terminé sa boisson, il partit prendre le train, puis le bus qui le ramena chez lui. Ses vêtements trempés lui collaient à la peau et bruissaient à chacun de ses pas. Il approchait de sa maison lorsque son téléphone vibra dans sa poche. Bernadette lui avait laissé un message :

Rappelez-moi.

Chapitre 24

Souvenirs

L'entrée de la maison d'Arthur était plongée dans l'obscurité et le froid. Il jeta un nouveau coup d'œil au message de Bernadette ; un message succinct, sans détour.

Bon sang, non…, pensa-t-il, espérant de tout son cœur qu'elle allait bien.

Dès qu'il aurait enfilé des vêtements secs, il la rappellerait.

Comme il s'y était attendu, il n'y avait nulle trace de cartes d'anniversaire sur son tapis : Lucy devait être à l'école à noter des cahiers d'exercices, et Bernadette encore à l'hôpital. Il était seul.

Alors qu'il déposait ses clés sur l'étagère près du pot-pourri, il crut entendre un bruissement discret… Il se figea. Étrange… Il resta immobile quelques secondes, tendant l'oreille. Rien. Voilà que son âge avancé l'affublait de mirages auditifs ! Il entrebâilla la porte du salon… et son cœur manqua de s'arrêter : une silhouette se découpait contre la fenêtre. Celle d'un homme musculeux. Immobile.

Un cambrioleur !

Arthur ouvrit la bouche pour crier, hurler, produire n'importe quel son tant que cela pouvait attirer l'attention, mais il avait la gorge nouée. Il se serait bien retourné pour filer, mais il avait refermé la porte derrière lui et ne voulait pas prendre le risque de batailler avec ses clés.

Pourquoi faut-il que ça tombe sur moi ? Je n'ai plus rien… Je ne suis plus qu'un vieux cinglé !

Alors une vague de fierté l'envahit : il en avait affronté assez pour ne pas laisser un intrus l'enfoncer davantage ! Il se satisfit de ce que Miriam n'était pas avec lui, car elle aurait sans doute eu peur. Hardi, il entra d'un pas décidé dans le salon et se mit à hurler :

— Il n'y a rien de valeur, ici ! Si vous partez tout de suite, je ne préviendrai pas la police !

Un bruit dans la cuisine. Un complice. Arthur sentit sa bouche sèche : il était fichu. Comment raisonner deux cambrioleurs ? Ils ne l'écouteraient pas. D'une main, il chercha autour de lui quelque chose de lourd qui pût lui servir d'arme, mais ne trouva qu'un parapluie qu'il saisit par la pointe. Tendant le cou pour mieux épier par l'interstice, il se prépara à abattre la poignée de sa massue improvisée sur la tête de son premier agresseur.

Derrière lui, le néon de la cuisine s'alluma en clignotant. Il battit des paupières, pris au dépourvu.

— SURPRISE !!! tonna une petite chorale rassemblée dans la salle à manger.

Tressaillant, il tenta de se concentrer sur le visage des intrus… puis reconnut Bernadette vêtue d'un tablier blanc !

Terry aussi était là – mais pas sa tortue –, ainsi que les deux petits rouquins aux pieds nus !

— Joyeux anniversaire, papa…, murmura Lucy qui venait de s'avancer vers lui pour le prendre dans ses bras.

Arthur lâcha son arme.

— J'ai cru que vous aviez oublié…

— Ça fait des heures que nous attendons tous dans le noir. Je vous ai envoyé un message, lui lança Bernadette.

— J'allais justement t'appeler, répondit-il, trouvant tout à coup plus approprié de la tutoyer. Tout va bien, alors ?

— On en discutera plus tard, dit-elle. Pour l'instant, on fête… ton anniversaire, le tutoya-t-elle à son tour.

— Tu es trempé jusqu'aux os ! s'étonna Lucy. Terry nous a dit que tu étais parti pour la journée, mais on pensait que tu serais rentré à cette heure-ci.

— J'avais besoin de prendre l'air. Je… Oh, Lucy… (Il la reprit dans ses bras.) Ta mère me manque, tu sais…

— Je sais, papa. Elle me manque, à moi aussi.

Leurs fronts se rejoignirent.

Des petites flaques s'étaient formées sur le tapis aux pieds d'Arthur. Son pantalon était plaqué sur ses jambes comme du film plastique, et son manteau lesté par l'eau de pluie.

— Je suis sorti en balade, mais l'orage m'a surpris.

— Allez : va te changer, et rejoins-nous ici, lui conseilla Lucy. Mais tu ne vas pas encore dans le salon, OK ?

— Il y a quelqu'un dans le salon, d'ailleurs : j'ai cru que c'était un voleur.

— Eh bien… C'était censé être ta grosse surprise d'anniversaire, mais… (Lucy regarda par-dessus l'épaule de son père.) Pourquoi tu ne pourrais pas en profiter tout de suite ?

— Salut, papa…

Arthur n'en crut pas ses oreilles : il se retourna, raidi par la surprise… pour découvrir son fils debout devant lui, les bras grands ouverts.

— D… Dan… ? bredouilla-t-il. C'est… c'est bien toi, mon fils ?

Dan acquiesça.

— Lucy m'a appelé et… je ne voulais pas manquer ton anniversaire.

Le temps sembla suspendre sa course. Arthur brûlait d'envie de prendre son fils dans ses bras, de le sentir tout contre lui. Lorsque Dan s'était envolé pour l'Australie, les deux hommes n'avaient guère réussi à échanger qu'une tape amicale dans le dos. Là, dans l'entrée, ils se serraient fort dans les bras l'un de l'autre. Arthur s'abandonna sans retenue au contact du menton râpeux de son fils contre le sommet de son crâne, à sa puissante embrassade. Les invités restèrent silencieux, soucieux de laisser le père et le fils savourer cet instant.

Dan rompit le premier leur étreinte, mais, les mains posées sur les bras de son père, il l'étudia avec étonnement.

— La vache, papa ! Qu'est-ce que c'est que cette tenue ?

Arthur baissa les yeux vers son pantalon bleu et s'esclaffa.

— C'est une longue histoire…

— Je reste une semaine. J'aurais aimé que ce soit plus long, mais…

— Ce sera pile ce qu'il faut pour que je te raconte toutes mes aventures.

Lorsqu'il monta à l'étage pour se changer, rires et bavardages s'élevèrent jusqu'à lui. Les fêtes et autres réunions de famille ne l'avaient jamais amusé plus que cela : n'ayant rien d'amusant ou d'intéressant à dire, il s'y trouvait toujours mal à l'aise. En général, il se réfugiait dans la cuisine où il remplissait les verres des convives et grignotait pendant que Miriam se chargeait des interactions sociales. Ce jour-là, cependant, le bruit des autres – chaleureux, invitant – avait à ses oreilles quelque chose de mélodieux. C'était cette promiscuité dont il manquait.

Sans plus y réfléchir, il récupéra son pantalon habituel, ainsi qu'une chemise dans sa garde-robe, les disposa sur le lit, retira ses vêtements mouillés… puis contempla les habits secs : ce pantalon de vieux bonhomme le grattait aux chevilles et lui sciait la taille lorsqu'il s'asseyait. Cette façon de s'habiller, c'était une autre composante de sa routine : l'uniforme du veuf. Comme les vêtements qu'il avait achetés à Paris avec Lucy faisaient un peu trop habillé, il farfouilla au bas de l'armoire et y dénicha un vieux jean de Dan – qu'il mettait avant d'avoir les jambes de Popeye – et un sweat portant l'inscription « Je baigne dans la classe ! ». Cela le fit d'autant plus rire qu'il était bel et bien trempé jusqu'aux os. Il se sécha avec sa serviette, s'essuya les cheveux, enfila les vêtements, puis descendit au rez-de-chaussée.

Dans la salle à manger, on avait disposé un buffet sur la table rustique : se trouvaient là roulés à la saucisse, chips, raisin, sandwichs et de la salade verte. Scotchée au mur s'affichait une flamboyante banderole : « Joyeux anniversaire – 70 ans ! », et, sur la chaise d'Arthur, l'attendaient cartes et cadeaux.

— Joyeux anniversaire, Arthur ! lui souhaita Bernadette en plantant une bise sur sa joue. Si tu ouvrais tes cadeaux ?

— Je les regarderai un peu plus tard. (Il était toujours mal à l'aise de faire cela en public, quand il fallait surjouer la surprise ou une immense satisfaction ; lui aimait retirer le papier de chaque paquet sans empressement et prendre le temps d'en considérer le contenu.) C'est toi qui as organisé tout ça ?

Elle sourit.

— En partie. Dan et Lucy y ont mis beaucoup d'énergie. Terry, ton voisin, s'est proposé pour garder les petits rouquins pendant la sortie cinéma de leurs parents, de façon qu'ils puissent être là aussi.

— Mais… (Arthur ne savait comment aborder la question.) Ton rendez-vous à l'hôpital… Tu m'as laissé un message. Quelles nouvelles, alors ?

— Tss… On en parlera plus tard. C'est ta journée.

— C'est important pour moi : plus que tout, j'aimerais entendre que tu vas bien.

Bernadette lui tapota le bras.

— Je vais bien, Arthur. Les résultats sont négatifs : la masse était bénigne. J'étais tellement inquiète que ça m'a fait du bien de me plonger dans les préparatifs de ta fête. C'est Lucy qui m'a téléphoné. Elle a appelé un peu tout le monde, à vrai dire. (Arthur eut un grand sourire.) Nathan m'a dit s'être confié à toi. Je suis heureuse de savoir qu'il a trouvé quelqu'un à qui parler après avoir trouvé mes feuilles de rendez-vous à l'hôpital. Quoi qu'il en soit : je me porte très bien.

— Bernadette…

Il ressentit un soulagement soudain et si intense que ses genoux se dérobèrent. La gorge nouée, il ouvrit grands les bras, embrassa Bernadette et la serra fort contre lui.

— Je suis tellement heureux que tu ailles bien.

— Moi aussi, dit-elle, la voix chevrotante. Moi aussi…

La sonnette retentit.

— J'y vais ! cria Lucy.

Quelques secondes plus tard, la porte de la cuisine s'ouvrit.

— Eh, oh, lâche ma mère, Tigrou ! lança Nathan.

Arthur relâcha aussitôt son étreinte, mais découvrit avec soulagement que Nathan arborait un grand sourire.

Ses cheveux fraîchement coupés découvraient ses yeux d'un bleu de porcelaine. Il tendit à Arthur quelque chose recouvert de papier aluminium.

— Pour vous.

— Pour moi ?

Arthur s'en saisit et souleva le papier aluminium qui dissimulait un gâteau au chocolat d'une beauté telle qu'il semblait tout droit sorti d'une pâtisserie de luxe. Écrite à la douille sur le glaçage brillant se lisait l'inscription : « Joyeux 65e anniversaire, Arthur ! »

— C'est moi qui l'ai fait, l'informa Nathan. On a discuté, maman et moi, et ça roule de nouveau entre nous. Elle est contente que j'aie choisi la pâtisserie. Elle vous a dit que les analyses étaient négatives ?

— Oui. Je ne pourrais être plus heureux pour tous les deux. (Il n'avait pas la moindre intention d'avouer au jeune homme qu'il n'avait pas soixante-cinq ans, mais soixante-dix.) C'est incroyable, ce que tu as fait… Il a vraiment l'air délicieux.

Au même moment, Arthur manqua de finir les quatre fers en l'air, renversé par les deux petits rouquins dont l'un venait de heurter son coude.

— Eh, tous les deux ! leur lança Nathan en posant le gâteau. Gaffe où vous allez ! Et puis mettez vos chaussettes et vos chaussures !

Les deux gamins s'arrêtèrent net et obéirent docilement.

— Ils ont juste besoin d'attention, ces deux-là, déclara Nathan. Terry est un ange de s'occuper d'eux comme ça.

Lucy reparut.

— Papa ? On aimerait te montrer quelque chose. Ton cadeau, en fait.

— Il y a déjà toute une pile de cadeaux que je n'ai pas ouverts, ici.

— Je te parle de ton gros cadeau : celui qu'on t'a fait, Dan et moi. Il t'attend dans le salon.

Arthur secoua la tête.

— Il ne fallait pas vous embêter pour moi…, dit-il, lui emboîtant tout de même le pas.

Arrivé dans le salon, Arthur fut submergé par une avalanche de couleurs et de visages : les murs étaient entièrement tapissés de photographies disposées en lignes et colonnes parfaites comme sur un nuancier. Il s'avança et étudia les visages de plus près… Il y avait le sien ici… Et là ceux de Miriam, de Dan, de Lucy…

— Mais… Qu'est-ce que c'est que toutes ces photos ?

— C'est ta vie, papa, répondit Lucy. Tu ne voulais pas regarder dans la boîte rose et blanche, alors je t'ai apporté les photos. J'aimerais vraiment que tu les observes toutes avec attention ; que tu les regardes et que tu te souviennes de la vie fabuleuse que vous avez partagée, maman et toi.

— Tu ne sais pas tout, Lucy. J'ai… découvert des choses…

— Peu importe ce que tu as découvert : ça ne changera rien à la vie que vous avez eue ensemble ; à toutes ces années de bonheur. Le passé a fini par t'obséder, papa. Tu es devenu obnubilé par la vie de maman avant votre rencontre, et tu t'es convaincu qu'elle avait été plus palpitante, riche et heureuse que celle que vous avez partagée.

Arthur se retourna vers les photographies : il y en avait des centaines de Miriam et lui. Ensemble.

— Regarde un peu ta vie, papa. Regarde le sourire de maman. Regarde le tien, aussi : vous étiez faits l'un pour l'autre. Et vous étiez heureux. Alors, peut-être que vous n'avez pas connu les tigres, les poèmes enflammés, les emplettes à Paris et les contrées exotiques… En tout cas, vous avez eu une vie entière aux côtés l'un de l'autre. Regarde-la… et chéris-la.

Les photos formaient sur les murs une sorte d'édifice immense aux mille minuscules fenêtres donnant chacune sur un fragment de son passé. Lucy et Dan les avaient disposées par ordre chronologique, si bien que les photos à sa gauche, les plus proches de la porte, étaient en noir et blanc : les clichés datant de sa rencontre avec Miriam. Il se souvint de la première fois qu'il avait posé les yeux sur elle, lorsqu'elle était entrée avec nonchalance chez le boucher, son immense panier pendant au creux de son bras. Il se souvenait même du contenu de ce panier à l'osier fatigué, rompu par endroits : un chapelet de saucisses enroulé dans du papier posé sur une motte de beurre. Arthur balaya lentement la pièce du regard, étudiant les photographies… Sa vie s'étalait là, devant ses yeux.

Bernadette, Nathan et Terry eurent la délicatesse de se retirer dans la cuisine où ils embarquèrent les petits rouquins.

Arthur tendit la main vers l'un des clichés. Le jour de leur mariage. Il avait l'air si fier, et Miriam qui le regardait comme s'il était paré d'or. Ici, une photo de Miriam qui poussait un landau à l'intérieur duquel babillait Lucy… C'est à cet instant qu'il remarqua quelque chose de brillant au poignet de Miriam.

— Où est-ce que tu vas, papa ? lui lança Lucy tandis qu'il se précipitait hors de la pièce, jusque dans l'escalier, puis à l'étage.

— Je reviens tout de suite !

Il reparut quelques instants plus tard, sa boîte à miracles dans les mains. Il en sortit sa loupe d'horloger, désigna la photo de l'index, puis riva l'instrument dans son orbite : le bracelet d'or pendait au poignet de Miriam.

— Il n'avait rien de secret, alors…, commenta Lucy en s'approchant pour mieux étudier l'instantané. Elle l'a bel et bien porté… Je n'en ai aucun souvenir.

— Moi non plus.

— Ça ne lui va pas du tout, tu ne trouves pas ?

— Pas du tout.

— Mais tu vois comme vous êtes heureux ? Alors, qu'importe ce bracelet en or ?

Arthur restait là, les bras ballants ; enivré par l'amour et la fierté qu'il ressentait. Il avait fallu ses enfants et du ruban adhésif à ne plus savoir qu'en faire pour le convaincre de l'amour de sa femme… Il avait fini par s'aveugler sur l'essentiel. Les douze derniers mois de solitude et de routine quotidienne stricte avaient privé sa vie de ses couleurs. Il lui avait fallu trouver quelque chose pour combler le vide de son nouveau quotidien, ce qu'il avait fait en cédant à cette obsession pour un vieux bracelet à breloques. Il se sentait désolé pour ce qui était arrivé au frère de Sonny : cela avait été un accident infâme…, mais un accident tout de même. Miriam avait compris qu'il lui fallait tourner la page si elle voulait continuer à vivre, et c'est ce qu'elle avait fait. Et Arthur remerciait le destin qu'elle ait décidé de poursuivre sa route avec lui.

Par deux fois, il parcourut la pièce : il se souvenait, riait, se rappelait la première fois qu'il avait tenu Lucy dans ses bras, sa fierté quand il poussait le landau des enfants. Il revit comme Miriam avait été resplendissante le jour de son quarantième anniversaire, trente ans plus tôt tout juste, et comme ses yeux brillaient d'amour pour lui.

— Bon, tout le monde est prêt ? cria soudain Dan.

— Dan ! l'interpella Lucy. Sois pas si impatient, papa est encore en train de regarder ses photos !

Dan haussa les épaules.

— Eh, je pensais juste qu…

Lucy secoua la tête.

— Oh, et puis, hein…, consentit-elle finalement.

— Quoi donc ? les interrogea Arthur. Que se passe-t-il ?

Les lumières faiblirent. Bernadette craqua une allumette et alluma les bougies fichées sur le gâteau.

Arthur sentait son cœur tambouriner dans sa poitrine. Tout le monde avait entonné « Joyeux anniversaire » et, il aima comme chacun chanta un mot différent au moment où il s'attendait à entendre son prénom : Lucy et Dan lancèrent « papa », les petits rouquins « voisin », Bernadette « Arthur », et Nathan se contenta d'un marmonnement inintelligible. Arthur se surprit à être heureux comme il n'espérait plus l'être depuis la mort de sa femme.

Il s'assit dans son fauteuil, un cocktail à la main : Bernadette avait insisté pour lui préparer un *Sex on the beach* sucré et savoureux qui lui réchauffa le cœur. Arthur n'était pas très sociable, mais, comme ses invités venaient le voir à tour de rôle, la fête s'avéra plutôt agréable. Dan s'accroupit près de lui et lui avoua que l'Angleterre lui manquait, sa campagne comme ses haricots blancs Heinz à la sauce tomate ; Terry, fort poliment, l'informa qu'il avait proposé à Lucy d'aller au cinéma la semaine suivante pour voir un film qui leur plaisait à tous les deux, et qu'elle avait accepté. Il espérait que cela ne le dérangeait pas. Au contraire, Arthur s'était enthousiasmé. Il les regarda d'ailleurs discuter ensemble durant la fête, et c'est en voyant Lucy rire qu'il se rendit compte qu'il ne l'avait jamais vue rire ainsi avec Anthony.

— J'ai discuté un peu avec Lulu : elle m'a parlé du bracelet de maman, lui annonça Dan.

Arthur avait abandonné le bracelet dans la poche du pantalon détrempé qui gisait par terre dans sa chambre. Il n'avait pas la moindre envie de repenser à ce bijou de malheur. Peut-être aurait-il bel et bien dû le jeter à la mer : ce n'était plus pour Arthur qu'une relique qu'il préférait laisser au passé.

— Je préférerais ne pas en parler ce soir.

Au moment où Dan ouvrait la bouche pour répondre, Bernadette déboula et fourra une assiette garnie d'une tranche de gâteau au chocolat dans la main d'Arthur.

— Nathan t'a dit que c'était lui qui l'avait fait ? Qu'en penses-tu ?

Arthur joua de sa fourchette, puis goûta l'offrande.

— Il est vraiment très bon… Ton fils a du talent, tu sais ? Il tient de sa mère !

Bernadette sourit jusqu'aux oreilles, puis annonça qu'elle allait chercher une autre tranche de gâteau pour Dan, quand bien même il lui avait dit ne pas en vouloir.

Lucy se glissa près de Dan.

— Alors, tu lui as dit ?

— Me dire quoi donc ? (Ses deux enfants se tenaient devant lui, les lèvres pincées comme avant l'annonce d'une mauvaise nouvelle.) Qu'y a-t-il ?

— Et voici ! Une part de délice pour chacun ! lança Bernadette en reparaissant, des assiettes alignées sur le bras. Il y en a bien assez pour tout le monde !

— Dan ? dit Arthur, tandis que Bernadette forçait son fils à prendre une assiette.

— On en parlera demain.

— On peut peut-être dormir chez toi, ce soir ? lui demanda Lucy.

Arthur sentit une vague de joie inonder sa poitrine.

— Bien sûr…

— Et demain matin : réunion de famille, annonça Lucy. Dan a quelque chose à t'annoncer.

Chapitre 25

Le cœur

Arthur avait la gueule de bois : c'était comme si son cerveau tentait de fuir par ses tempes… Si le calme régnait sur la maison, il entendait des bruits étrangement familiers : Dan ronflait dans son ancienne chambre, et il était prêt à parier que Lucy lisait dans la sienne. En tendant l'oreille, il entendrait probablement le bruissement des pages qu'elle tournait. Il se tourna sur le côté et contempla la place vide près de lui sur le matelas.

— Les Pepper sont encore là, soudés. Et nous n'avons pas cessé de t'aimer.

Il avait oublié la quantité astronomique de céréales que mangeaient les enfants, et la place folle que prenait Dan autour de la table. Ils insistèrent pour lui préparer un petit déjeuner, quand bien même il leur avait dit ne pas avoir très faim. Il avala deux comprimés de paracétamol avec son thé, puis ils mangèrent et rirent ensemble. Dan renversa la bouteille de lait, Lucy lui cria de faire gaffe, essuya la table, puis lui lança qu'il avait deux mains gauches.

Les yeux rivés sur son fils, Arthur peinait à retrouver en Dan le jeune garçon au visage rond, aux yeux de palets au chocolat et aux cheveux ébouriffés qui bondissait d'excitation dès les premières notes du générique du *Muppet Show*.

— Tu avais quelque chose à me dire, alors ? demanda-t-il à Dan.

Lucy et Dan échangèrent un bref regard.

— J'ai parlé à Dan de ton périple aux quatre coins du pays, annonça Lucy.

— C'est que t'es un vrai baroudeur, papa !

— Je lui ai aussi parlé du bracelet.

— Et je me suis souvenu que maman me l'avait montré, quand j'étais gosse, lui révéla Dan.

— Elle te l'a montré ? répéta Arthur, stupéfait.

— Un jour, Lucy était à l'école, et moi, je suis resté à la maison avec maman : j'avais mal au ventre, et elle m'a autorisé à rester ici et à regarder la télé. J'ai fini par m'ennuyer, alors elle m'a demandé de la suivre dans votre chambre. Là, maman s'est penchée pour récupérer quelque chose dans votre armoire : le bracelet. Elle m'a montré les charmes et m'a raconté une petite histoire sur chacun d'eux. Bon, comme vous vous en douterez, c'est entré par une oreille et c'est ressorti par l'autre, ces récits ; toujours est-il que j'ai joué avec tout l'après-midi. Après quoi, elle l'a rangé, et je ne l'ai jamais revu. Je lui ai demandé de temps en temps si je pouvais rejouer avec, mais elle m'a dit qu'elle l'avait « mis de côté ». Pourtant, je n'ai jamais oublié ce bracelet… Mon charme préféré, c'était l'éléphant. Je me souviens encore de la pierre verte…

— Moi aussi, c'est mon préféré. Il a un côté très noble, je trouve… Qu'avais-tu à me dire, alors, Dan ?

— Il reste un charme dont tu ne sais rien, non ?

— Oui : le cœur.

— C'est moi qui l'ai acheté, lui révéla Dan.

Arthur en lâcha sa tasse qui percuta le sol, la porcelaine volant en éclats dans toute la pièce. Lucy s'empressa d'aller chercher serpillière, brosse et balayette.

— Je te demande pardon ?

— Le charme en forme de cœur : c'est moi qui l'ai acheté. Enfin, ce sont Kyle et Marina qui l'ont choisi, plus exactement. Dans une boutique de Sydney. Maman me répétait tout le temps que je devais faire plus d'efforts pour tes cadeaux, d'ailleurs…

— Et moi, je me disais que tu devais faire davantage d'efforts pour les siens.

— Eh bien, cette fois-là, c'est ce que j'ai fait. On passait devant une bijouterie, et tout un tas de breloques en or étaient alignées dans la vitrine. Marina a voulu s'arrêter pour regarder, et ça m'a rappelé le bracelet de maman. Je l'avais totalement oublié, et soudain, j'avais l'impression de l'avoir sous les yeux tellement je m'en souvenais avec précision. C'était comme si j'étais redevenu gosse et que je jouais avec le tigre et l'éléphant… J'ai dit à Marina qu'elle pouvait choisir l'un des charmes et qu'on l'enverrait à sa mamie d'Angleterre. Tu l'aurais vue ! Elle était folle de joie. Elle a choisi le cœur dans la seconde. J'ignorais si maman avait encore le bracelet, mais peu importe, avec ou sans, ça restait un beau cadeau.

— J'ai montré le bracelet à un joaillier londonien qui m'a dit que le cœur était plus moderne que les autres, en plus de ne pas avoir été fixé bien solidement.

— Peut-être que maman a pioché dans ta boîte à miracles de quoi le fixer elle-même ?

— Elle ne m'en a jamais parlé, en tout cas… Pas plus qu'elle ne me l'a montré, lui fit remarquer Arthur.

— On ne lui a envoyé que quelques semaines avant sa mort. Peut-être qu'elle avait prévu de te le montrer, mais qu'elle n'en a pas eu le temps…

Ou peut-être que si elle me l'avait montré, je lui aurais posé des questions, songea Arthur. *Je lui aurais demandé de me raconter l'histoire des charmes, et cela aurait été trop difficile, si proche de la fin… Cela aurait pu réveiller chez elle le souvenir douloureux de Martin. J'espère que le cœur a ajouté un peu de joie à l'ensemble…*

— Tu as sûrement raison, acquiesça Arthur. Elle m'en aurait parlé, oui… C'est forcé.

Dan conduisit Arthur et Lucy à Whitby dans sa voiture de location. Si le soleil était de sortie, le vent l'accompagnait, si bien qu'Arthur, cette fois, s'était habillé en conséquence : imperméable rembourré et chaussures montantes. Il avait prêté quelques affaires à Dan, son fils ayant oublié le caractère capricieux de la météo anglaise.

Ils traversèrent la vieille ville, puis gravirent les quatre-vingt-dix-neuf marches qui les séparaient de la vieille abbaye. Arthur entreprit l'ascension en homme mesuré, n'hésitant pas à s'asseoir sur les bancs qui ponctuaient l'itinéraire, contemplant les toits aux tuiles orange des maisons et chambres d'hôtes en contrebas. Lorsqu'ils furent arrivés au sommet, Lucy libéra quelques mèches de cheveux prisonnières de ses lèvres, et Dan courut dans le vent, les bras en croix.

— Yahaaaaaa ! hurla-t-il. Kyle et Marina adoreraient cet endroit !

— Tu penses pouvoir les faire venir un jour ? se risqua à lui demander Arthur.

Il ne les avait pas vus depuis bien longtemps.

— Je viendrai avec eux, oui, papa. Je te le promets. On essaiera de passer une fois par an, dorénavant. Je ne m'étais pas rendu compte de combien la mort de maman m'avait affecté… Je voudrais… m'excuser, aussi.

— T'excuser de ?

— Je n'ai pas toujours été très sympa avec toi ; tu sais, quand tu voulais me lire des histoires ou que tu rentrais tard du boulot. Avant d'avoir des enfants moi-même, je ne soupçonnais pas à quel point être parent pouvait être difficile parfois. J'étais un chieur de premier ordre à l'époque… (Il se retourna vers sa sœur.) Avec toi aussi, Lulu, je n'ai pas été facile.

Arthur secoua la tête.

— Pas la peine de t'excuser, fiston.

— Personne n'est parfait, Dan…, le rassura Lucy en donnant un petit coup de poing dans le bras de son frère. Toi encore moins que tout le monde, d'ailleurs.

Dan feignit une douleur terrible, puis partit d'un grand rire.

Ensemble, ils firent d'un pas nonchalant le tour du cimetière, contournèrent l'abbaye en ruine, puis allèrent à flanc de coteau, sur les hauteurs qui dominaient la mer.

— Tu te souviens de la fois où Lucy et moi sommes allés acheter une glace avec maman à un marchand itinérant ? demanda Dan à son père. Tu sais, le jour où on a fini sur la route en jouant à chat ? Avec le poids lourd qui est arrivé à tout berzingue ? On ne l'avait même pas remarqué… Tu es sorti de nulle part et tu nous as tirés si fort que j'ai cru que mes bras allaient se décrocher… Le camion a fusé derrière nous. Tu nous as sauvé la vie, ce jour-là. J'ai failli faire dans mon froc, tellement j'ai eu peur…

— Oh, tu t'en souviens ?

— Ben tiens… Superman ne faisait plus le poids face à toi après ça : j'en ai parlé à tous mes potes à l'école. Mon père, ce superhéros !

— Pourtant, si j'ai bonne mémoire, tu as filé aussitôt manger ta glace.

— J'étais complètement déboussolé, à vrai dire… mais tu étais mon héros.

Arthur sentit ses pommettes rougir.

— On y est, annonça Lucy. C'était un des endroits préférés de maman. Si je me rappelle bien, il y a un rocher qui ressemble à une tête de chien, pas loin d'ici.

— Et un juste là qui ressemble à un volcan, ajouta Dan. On se posait toujours sur ce banc pour contempler la mer.

Les souvenirs resurgirent peu à peu dans la mémoire d'Arthur comme autant d'amis émergeant de la brume. La curiosité qu'avaient suscitée en lui les charmes mystérieux commençait à s'évanouir, comme s'ils n'étaient qu'autant d'artefacts de contes de fées, de reliques d'une époque lointaine. Arthur se plaisait à sentir ses propres souvenirs, ceux de sa femme, de ses enfants et de sa vie, chasser dans son esprit les événements passés.

— Je me souviens d'un jour où on t'a supplié – supplié, vraiment ! – de venir te baigner avec nous, dit Lucy. Tu nous as répété que tout ce que tu voulais, c'était te poser un peu pour lire ton journal, alors maman, Dan et moi sommes partis sans toi vers la mer. Et puis, quelques secondes après, tu étais à l'eau quand même, avec nous, à rire en nous aspergeant d'eau ! Maman portait ce maillot de bain blanc au travers duquel on voyait quand elle restait au soleil.

— Je m'en souviens aussi, acquiesça Arthur, mais j'étais persuadé d'être resté sur le sable et de vous avoir regardés jouer dans l'eau.

— Non, non, tu es venu, le contredit Dan. Je crois qu'on t'a tellement harcelé que tu as fini par craquer.

Arthur s'étonna de cette faculté qu'avait le temps d'altérer les souvenirs : au gré de l'humeur, ils s'oubliaient, nous revenaient en mémoire, se faisaient plus heureux ou plus sombres… Il avait tenté de deviner ce qu'avait ressenti Miriam à propos de ceux qui lui avaient offert les charmes, en vain. Comment aurait-il pu le savoir ? Ce qui était manifeste, en revanche, c'est que Miriam l'avait aimé, que Dan et Lucy l'aimaient encore, et qu'il lui restait bien d'autres raisons encore de faire le choix de la vie.

— Eh, Superman…, l'interpella Dan en lui tapotant le bras. On file sur la plage patauger un peu ?

— Et comment…, répondit Arthur en prenant chacun de ses deux enfants par la main. Allez !

Chapitre 26

Correspondances

Lorsque Arthur rentra de sa sortie à Whitby avec Dan et Lucy, il trouva un paquet de lettres reliées par un bout de ficelle jaunissante sur le paillasson de l'entrée. Toutes avaient été écrites sur du papier lavande et, toutes – à l'exception de celle quasi intacte en tête de lot –, semblaient avoir été lues de nombreuses fois. Arthur y découvrit l'écriture de sa femme.

Il prit la première, une enveloppe kraft encore fermée, et l'ouvrit.

Cher monsieur Pepper,

Vous trouverez ci-joint certaines des lettres que Miriam m'avait envoyées il y a bien longtemps. Elles vous seront probablement plus utiles qu'à moi.
S'il nous arrive de nous accrocher à certains événements du passé, c'est moins par envie que parce qu'il nous est ardu de les oublier. J'espère que ces plis apporteront

quelques réponses aux questions que vous vous posez à propos de votre femme.

J'apprécierais que vous ne me recontactiez plus, mais ne vous en adresse pas moins mes sincères condoléances, à vous et à votre famille.

Sonny Yardley

— Qu'est-ce que c'est que ces lettres ? lui demanda Lucy, tandis qu'elle et Dan retiraient leurs bottes dans l'entrée.

— Oh, rien ! répondit Arthur d'un air détaché. Quelques petits courriers qui peuvent attendre.

Il les fourra dans sa poche. Si sa femme lui avait caché son passé, c'est qu'elle estimait que c'était la meilleure chose à faire, mais lui s'était montré trop curieux pour laisser ce secret reposer. Néanmoins, il était certaines choses qu'il valait mieux abandonner au passé, des choses que ses enfants n'avaient pas besoin de savoir... Ces choses à propos de Sonny et Martin Yardley.

— Allez, lança-t-il. Rentrons nous réchauffer bien comme il faut ! Ça vous dit, des sandwichs à la saucisse avec du ketchup et une partie de jeu de l'oie ?

— Et comment ! lancèrent Lucy et Dan à l'unisson.

Le soir venu, après avoir enfilé son pyjama, Arthur s'assit sur son lit, le paquet de lettres à ses côtés. Il s'en empara d'une main hésitante. Si l'idée lui traversa l'esprit de ne pas les ouvrir et de les oublier, elle fut des plus fugaces.

Il les étudia à tour de rôle, lisant les dates sur les timbres. La première était la plus récente, à tel point, même, qu'elle donnait l'impression d'avoir été envoyée la veille. Il l'ouvrit d'une main tremblante, en sortit la lettre et la déplia.

Janvier 1969

Ma très chère Sonny,

Comme il m'est difficile de t'écrire cette lettre… Je peine à croire que je ne t'ai pas donné de nouvelles depuis deux ans ! Nous qui nous écrivions si souvent…
Tu me manques énormément, et je pense souvent à toi. Mais je comprends que tu ne veuilles plus de moi dans ta vie. Cela me rend très triste, mais le fait qu'il s'agisse de ton choix m'aide à l'accepter.
Martin et toi avez toute ma vie été des jalons immuables. Vous avez été là pour moi dans les difficiles moments de ma jeunesse, comme vous m'avez soutenue de loin lors de mes voyages parfois chaotiques. Je n'arrive pas à croire que Martin soit parti… Je ne pourrais être plus désolée du rôle que j'ai joué dans cette tragédie. J'ai tant de fois essayé de te faire part de mes condoléances et de ma peine…

Aujourd'hui encore, je repense à Martin et à la vie que nous aurions dû mener ensemble, et ces souvenirs me sont aussi doux qu'amers. Vous me manquez tellement, tous les deux…

Longtemps, j'ai porté le deuil et, aujourd'hui, j'essaie d'aller de l'avant. C'est la raison pour laquelle je t'écris aujourd'hui de nouveau, ma bonne amie : je ne voudrais pas que tu apprennes la nouvelle par qui que ce soit d'autre que moi.

J'ai rencontré un homme adorable : il s'appelle Arthur Pepper. Nous nous sommes fiancés et nous marierons à York au mois de mai.

Arthur est un homme discret et bienveillant, en plus d'être fiable et de m'aimer d'un amour sincère et paisible que je lui rends. Je prends plaisir aujourd'hui aux choses simples de la vie, et pense ma quête terminée : il n'existe plus d'endroits où je désire davantage me trouver qu'en mon foyer. Un foyer que je veux partager avec lui.

Je n'ai pas parlé de Martin à Arthur et j'ai pris la décision de ne rien en faire : n'y vois là nul affront à la mémoire de ton frère, mais une simple tentative de ne plus vivre dans le passé pour mieux préparer mon avenir. Je n'ai en aucun cas l'intention d'oublier le passé, simplement celle de m'en détacher.

Une fois de plus, je te le demande : aimerais-tu me revoir, que nous puissions discuter et faire renaître notre amitié d'alors ? Sans nouvelles de ta part, je prendrai cela comme un « non » et ne t'importunerai plus. J'espère que votre famille va bien ; que le temps a pu apaiser les tourments du passé.

Ton amie,
Miriam

Ce soir-là, Arthur resta éveillé et lut jusqu'à 2 heures les lettres que sa femme avait adressées à Sonny.

Il termina par une relecture de la première lettre, celle dans laquelle Miriam parlait à Sonny de l'amour qu'elle éprouvait pour lui… Après quoi, il prit toutes les autres et les déchira en minuscules carrés de papier qu'il rassembla dans un mouchoir. Au matin, il le jetterait à la poubelle.

Arthur connaissait Miriam mieux que personne : ils avaient vécu ensemble plus de quarante ans. Il était grand temps pour lui de laisser derrière lui les démons du passé.

Chapitre 27

CEUX QUI DÉCOUVRENT ET CEUX QUI VEILLENT

Six semaines plus tard

AVANT D'ENTRER DANS LA BOUTIQUE LONDONIENNE DE Jeff, Arthur observa les bracelets, colliers et bagues exposés en vitrine. Chaque bijou recélait ses propres récits d'amour, de joie et de tristesse, et attendait là qu'une personne l'achetât et en écrivît de nouveaux.

Il poussa la porte de la boutique et attendit quelques secondes que ses yeux se fussent habitués à l'obscurité.

— Une minute ! lança Jeff de sa voix grave. (Il franchit bientôt le rideau de perles et retira sa loupe d'horloger.) Oh, bonjour, hmm…

— Arthur.

Il tendit la main, et Jeff la serra aussitôt.

— Arthur, voilà ! Vous étiez passé avec Mike avec un magnifique bracelet en or, celui avec les charmes. J'en étais tombé complètement amoureux ! Il était à votre femme, si j'ai bonne mémoire ?

— Vous avez bonne mémoire, oui.

— Je vois pas mal de bijoux dans mon boulot : pas étonnant, vous me direz, puisque c'est mon boulot d'en vendre… Mais, ce bracelet, il avait vraiment quelque chose de saisissant.

Arthur déglutit.

— J'ai décidé de le vendre, et je me suis dit que cela pourrait vous intéresser.

— Je veux, mon neveu ! Je peux y rejeter un coup d'œil ?

Arthur fourra une main dans son sac à dos et tendit bientôt à Jeff la boîte en forme de cœur.

— Magnifique…, commenta ce dernier. Encore plus que dans mon souvenir. (Il le prit, le fit tourner un peu dans ses paumes, exactement comme Arthur l'avait fait quand il l'avait découvert.) C'est un bijou pour une femme d'une grande assurance : pas question de parader avec un bracelet pareil. Celle qui l'achètera le prendra parce qu'elle aime les charmes et les histoires qu'ils recèlent. Vous êtes certain de vouloir le vendre ?

— Oui.

— Je connais une femme de Bayswater qui en tombera amoureuse à coup sûr. Une productrice hyper bohème. C'est pile son genre.

— J'aimerais qu'il finisse au poignet d'une bonne personne, déclara Arthur en se rendant compte que sa voix chevrotait.

Jeff rangea avec délicatesse le bracelet dans l'écrin en forme de cœur.

— Vous êtes sûr et certain, l'ami ? Ce n'est pas une décision à prendre à la légère.

— Il n'a aucune valeur sentimentale pour moi. Je l'ai retrouvé dans une cache où on l'avait abandonné depuis des années.

— C'est vous qui voyez : en tout cas, moi, je ne bougerai pas d'ici. Ça fait quarante ans que je tiens la boutique, comme mon père avant moi, alors je serai encore là la semaine, le mois ou l'an prochain : vous pouvez prendre le temps de la réflexion.

Arthur déglutit, puis, d'un doigt, repoussa l'écrin vers Jeff.

— Non. Je veux le vendre. J'aimerais juste conserver l'un des charmes. Si je prends l'éléphant, vous êtes toujours intéressé ?

— C'est votre bracelet : si vous voulez l'éléphant, vous le gardez. Je me contenterai de repositionner les autres charmes pour égaliser les intervalles.

— C'est ce filou qui m'a lancé dans cette odyssée, alors…

Arthur resta assis sur un tabouret devant le comptoir de Jeff pendant que ce dernier s'affairait dans son arrière-boutique. Il fit glisser vers lui un magazine au dos duquel s'affichait une publicité pour un nouveau type de bracelet à breloques : au lieu de charmes qui pendaient autour du bracelet, on nous présentait des perles ornant une chaîne. La réclame suggérait que l'on s'en servît pour garder en mémoire quelque événement important, comme cela avait été le cas pour les breloques du bracelet de Miriam. Arthur s'amusa de ce que les choses ne changeaient parfois qu'en apparence.

Arthur repoussa le magazine et observa l'or et l'argent qui l'encerclaient : il y avait là des anneaux que l'on avait dû porter des dizaines d'années avant d'être vendus ou cédés. Pourtant quelqu'un d'autre l'aimerait bientôt, l'utiliserait, offrant au bijou une nouvelle vie. Il essaya de se figurer la productrice que connaissait Jeff : il l'imaginait coiffée d'un turban de soie rouge et d'une robe flottante à motif cachemire. Le bracelet de Miriam pendait à son poignet, et cela lui allait à ravir.

— Et voici ! lança Jeff avant de déposer l'éléphant dans la main d'Arthur.

Isolé des autres breloques, il paraissait encore plus majestueux ; c'était comme si l'animal était destiné à marcher seul. Arthur fit pivoter l'émeraude d'un doigt.

Jeff tendit à Arthur un rouleau de billets.

— Mon prix n'a pas changé. Même sans l'éléphant, le bracelet les vaut.

— Vous en êtes certain ?

Jeff acquiesça.

— Merci d'avoir pensé à moi. Vous faites quoi aujourd'hui, sinon ? Vous allez passer voir Mike ?

— Je vais essayer de le trouver, oui. Vous l'avez vu ces derniers temps ?

— Tous les jours, ça vous convient comme réponse ? dit Jeff en levant les yeux au ciel. Non, c'est un amour, celui-là : il passe pour s'assurer que je vais bien. Mon cœur m'a fait quelques frayeurs, il y a peu et, que ça me plaise ou non, Mike a décidé de jouer l'ange gardien avec moi. Tous les jours, je subis son interrogatoire : est-ce que j'ai assez mangé ? Est-ce que j'ai fait un peu d'exercice physique ?

— C'est un jeune homme très prévenant.

— Comme vous dites. Il a un cœur en or. Il se remettra bientôt sur pied, j'en suis sûr, pour peu qu'il reste à bonne distance des crapules. Alors, Arthur, une idée de ce que vous allez faire de cet argent ?

— Mon fils habite en Australie : il m'a invité à passer un peu de temps là-bas.

— Vous faites bien de vouloir le dépenser, ce fric : utilisez-le pour quelque chose qui vous fait plaisir. On peut changer l'argent en souvenirs, jamais l'inverse : sauf, bien sûr, si vous donnez dans le commerce de vieilles bricoles… Gardez toujours ça dans un coin de la tête, jeune coq !

Arthur traversa ensuite Londres en métro pour aller frapper à la porte de De Chauffant. On ne vint pas lui ouvrir. Les rideaux étaient tirés à l'étage. Arthur avait mis de côté quelques billets de sa liasse pour Sebastian.

Tout à coup, une femme apparut sur le perron de la maison voisine, une valise sous un bras, un chihuahua sous l'autre.

— Dites-moi que vous n'êtes pas un de ces vautours de journalistes ! attaqua-t-elle, cinglante, en posant bagage et chien sur le sol.

— Non, du tout. Je viens voir un ami qui vit ici.

— L'écrivain ?

— Non, Sebastian.

La femme eut un petit mouvement de menton.

— Le jeune avec l'accent européen ?

— Oui, c'est bien lui.

— Il a déménagé il y a quelques semaines.

— Oh…

— Si vous voulez mon avis, il a eu un départ bienheureux : il est parti bras dessus bras dessous avec un homme plus vieux que lui, un type bien mis. Ils avaient l'air assez… proches, si vous voyez ce que je veux dire.

Arthur acquiesça. Alors qu'il s'était imaginé retrouver Sebastian aussi asservi qu'au moment de sa visite, il semblait que le jeune homme avait rencontré un nouvel amant.

— C'est probablement mieux pour lui que d'être resté ici à s'occuper de ce vieux salaud narcissique, lâcha la femme.

— Vous les connaissiez, tous les deux ?

— Les murs sont fins comme du papier à cigarette, ici : je les ai entendus se houspiller plus que je ne pouvais le supporter. La façon que cet écrivain avait de hurler sur ce pauvre garçon, c'était lamentable… Il a cassé sa pipe ce matin. Ils n'en ont pas encore parlé aux infos.

— De Chauffant ? Il est mort ?

La femme acquiesça.

— Un agent de service l'a retrouvé ce matin. Le pauvre petit, ça l'a traumatisé. Il est venu frapper à ma porte, et on a appelé une ambulance. Dès que le véhicule est arrivé, le gosse s'est volatilisé... Les paparazzis et les fans ne devraient pas tarder à rappliquer... J'ai cru que vous en étiez.

— Non. Je suis juste... Arthur. Arthur Pepper.

— Eh bien, Arthur Pepper, je ne sais pas ce que vous en pensez, mais ce que ça nous apprend, tout ça, c'est qu'on ne peut jamais vraiment savoir ce qui se passe dans la vie d'autrui.

— Comme vous dites. Je m'excuse de vous le demander, mais auriez-vous une feuille blanche et une enveloppe, je vous prie ?

La femme eut un haussement d'épaules, rentra chez elle, puis revint lui donner le nécessaire de courrier.

— J'ai rajouté un timbre, au cas où vous en ayez besoin.

Arthur s'installa devant chez De Chauffant, sur la dernière marche, plaça dans l'enveloppe quatre billets de cinquante livres, et y ajouta un petit mot :

Pour les croquettes des tigres, de la part d'Arthur Pepper.

Il inscrivit ensuite sur l'enveloppe le nom et l'adresse de lord et lady Graystock, puis la glissa dans une boîte aux lettres.

Prochaine escale pour Arthur : la station de métro où il avait rencontré Mike. Il avait tout du voyageur aguerri, désormais, avec ses tennis, son sac à dos et le portefeuille fermement enfoncé dans la poche. Il tendit l'oreille pour repérer quelques notes de flûte, mais n'entendit guère qu'une guitare : une jeune femme au visage piqué de piercings était assise en tailleur sur le sol, son écharpe en laine à rayures lui servant de sangle de guitare. Son interprétation de « Bridge Over Troubled Water » était d'une beauté envoûtante. Arthur déposa vingt livres dans son étui à guitare, puis prit le bus jusqu'à l'appartement de Mike.

Son ami ne s'y trouvait pas.

Arthur se métamorphosa en statue grecque, tendit l'oreille, puis regarda alentour pour s'assurer qu'il était bien seul. Le couloir était désert. Le son étouffé d'une émission de télévision – un jeu télévisé, semblait-il – lui parvenait de l'un des appartements au-dessus. Le cœur battant, il sonna à la porte de l'appartement voisin. Il attendit, mais personne ne répondit. Bien… Exactement ce qu'il espérait. Il sonna une seconde fois, juste pour être sûr… Comme on ne lui répondait toujours pas, il s'accroupit et sortit sa boîte à miracles de son sac à dos. Il farfouilla à l'intérieur, puis en tira un jeu de crochets qu'il étudia l'un après l'autre avec attention de façon à choisir le plus adapté. Il avait été compétent comme serrurier. Il ficha le crochet dans la serrure, tendit l'oreille, tourna l'outil, attentif à ses moindres réactions… Un petit « clic » retentit… Puis un autre, plus sonore : mission accomplie !

— Il y a quelqu'un ? lança-t-il d'une voix discrète en passant la tête dans l'entrebâillement de la porte.

Il repensa à la frayeur qu'il avait ressentie le soir de sa fête d'anniversaire, lorsqu'il avait cru que des voleurs s'étaient introduits chez lui, et espéra que personne n'était là pour l'entendre : il n'était là ni pour effrayer ni pour surprendre qui que ce soit. Tout ce qu'il voulait, c'était rétablir la justice.

La disposition de l'appartement était la même que celle de chez Mike. En premier lieu, Arthur s'empara d'une chaise et s'en servit pour bloquer la poignée : si les résidents rentraient chez eux, cela lui ferait gagner quelques précieuses minutes. Néanmoins, l'appartement étant au premier étage, il ne pourrait pas, avec sa cheville fragile, se contenter de sauter d'un bond dans la rue… Quoi qu'il en soit, il allait devoir agir vite.

Arthur se mit à se déplacer dans tout l'appartement, tira livres et tiroirs, se hissa sur la pointe des pieds pour regarder au-dessus des placards et glissa une main sous le matelas pour n'y trouver qu'une pile de *Playboy*. Mike s'était peut-être fourvoyé en accusant son voisin de lui avoir volé sa Rolex en or… En tout cas, si elle était ici, il la trouverait.

En fouillant davantage, Arthur trouva plusieurs petits tas de bijoux suspects éparpillés dans l'appartement – dont une poignée de chaînes en or sur le rebord de la fenêtre de la salle de bains –, une pile d'ordinateurs portables sur la table de la cuisine et, dans la chambre, plusieurs sacs à main de grandes marques étalés sur la couette, prêts à être photographiés. Quelques instants plus tard, il découvrit une petite boîte noire dans la table de chevet… à l'intérieur de laquelle reposait la Rolex de Mike. Arthur la retourna pour y trouver l'inscription dont avait parlé le jeune homme : « Gerald ». Il la fourra dans sa poche, puis retourna dans le salon où il récupéra son sac à dos qu'il referma et jeta sur son épaule.

Au même instant, il entendit un bruit… un cliquetis : le bruit de clés glissées dans une serrure. Quelqu'un essayait d'ouvrir la porte.

Oh, bon sang !

Arthur se figea. Seuls ses yeux agités balayaient la pièce avec nervosité.

Réfléchis, réfléchis…

— Merde, la porte est bloquée ! pesta une voix masculine.

Un nouveau cliquetis nerveux.

Arthur regarda autour de lui : la chaise bloquait toujours la poignée.

— Ouvre-toi, putain de porte…

Comme personne ne répondait à l'inconnu, Arthur estima que ce dernier parlait tout seul. Il entendit ensuite des bruits de pas, puis le tintement de la sonnette d'un voisin.

Arthur tira la chaise d'un geste, puis balaya une fois de plus l'appartement du regard : il devait sortir d'ici, mais comment ? Il se précipita comme il pouvait vers la fenêtre. Le sol était à près de trois mètres au-dessous : la chute lui briserait probablement les chevilles. Le souci, c'est qu'il n'existait aucune autre issue que la fenêtre et la porte. Arthur n'avait guère que trois possibilités : sauter par la fenêtre, se cacher ou repartir comme il était venu. La penderie du maître des lieux, à la victorienne, était trop minuscule pour qu'il pût s'y dissimuler, et il ne voyait pas trop comment il pourrait s'en sortir s'il se brisait les deux jambes en sautant par la fenêtre.

Arthur n'avait plus qu'une seule solution…

Il ouvrit lentement la porte, craignant de tomber nez à nez avec le voisin de Mike : si cet homme avait eu assez peu de scrupules pour voler une montre et tout ce qu'Arthur avait trouvé dans son appartement, de quoi d'autre était-il capable ? Lorsque la porte fut entrouverte d'une dizaine de centimètres, il jeta un coup d'œil au-dehors : l'homme se trouvait au bout du couloir, vêtu d'un tricot de corps crasseux à grosses mailles glissé dans un pantalon deux tailles trop grand. Ses cheveux emmêlés étaient teints noirs. Si Arthur filait maintenant, l'homme le verrait à coup sûr. Il se maudit d'avoir eu cette idée folle. Il aurait dû laisser Mike régler ses propres problèmes. Malgré tout, il était heureux de sentir la Rolex de Mike au fond de sa poche. Il se faufila dans le couloir aussi vite qu'il le put et referma la porte derrière lui ; le « clic » fut assez discret pour que l'homme ne puisse l'entendre. Arthur sentait son cœur tambouriner entre ses côtes – « boum… boum… boum… » –, tonnant si fort qu'il se demanda comment personne d'autre que lui ne pouvait l'entendre.

Sans plus tarder, Arthur fila dans la direction opposée.

— Eh ! l'interpella l'autre. Attendez !

Arthur accéléra : d'ici, il pouvait voir la sortie. Quelques pas de plus, et il serait dehors.

— Eh ! (Il entendit des bruits de pas qui fusaient dans sa direction, puis sentit une main sur son épaule.) Attendez.

Arthur se retourna… L'homme lui tendit le couvercle en plastique de son bac de crème glacée.

— Vous avez laissé tomber ça, non ?

— Merci. (Arthur avait encore sa boîte à miracles à la main… et les crochets s'exposaient au-dessus.) Je ne m'étais pas rendu compte que je l'avais laissé tomber.

— Pas d'quoi…, dit l'homme en s'apprêtant à repartir. Eh, ce sont des crochets de serrurier, non ?

Arthur baissa les yeux, puis acquiesça.

— Oui.

Il s'attendait à ce que l'homme lui assène un coup de poing en plein visage ou le traîne par le bras jusqu'à son appartement, mais…

— Ça tombe à pic ! Je suis coincé dans le couloir. Vous pourriez m'aider à rentrer chez moi ?

Arthur déglutit.

— Je peux toujours essayer.

Une fois devant la porte, Arthur feignit d'avoir affaire à une serrure récalcitrante, agitant son crochet à grand renfort de soupirs dépités. Au bout d'un moment, il ouvrit la porte.

— Génial ! Je vous paie un coup, lui lança le voisin de Mike. Pour vous remercier.

Arthur se souvint de ce que lui avait dit Mike : que cet homme se montrait adorable, jusqu'à ce qu'on découvre ses larcins.

— C'est gentil, mais ne vous embêtez pas : il faut vraiment que je file.

Lorsque Arthur quitta l'appartement, il jura entendre l'homme s'étonner dans un murmure du fait que la chaise avait changé de place.

Arthur aurait bien laissé un mot à Mike accompagné de quelques billets, mais il savait désormais que son ami avait sa fierté. Aussi, il souleva le clapet de sa boîte aux lettres et y glissa la montre. Le bruit discret qu'elle fit en atterrissant sur le tapis lui procura une profonde satisfaction.

Chapitre 28

La fin du voyage ?

— Indice 40 ? lança Lucy, les yeux rivés sur sa liste.

— C'est bon, répondit Arthur.

— Baume à lèvres ?

— Bon.

— Avec protection solaire ?

Arthur prit le petit bâtonnet bleu marine et plissa les yeux pour mieux lire la minuscule inscription.

— Oui. Indice… 15 !

— Hmm… Un peu plus, ce serait mieux pour toi.

— Ça ira très bien.

— Je verrai ce que j'ai dans ma trousse à maquillage.

— Ça va aller, Lucy. Ce n'est pas la première fois que je pars en vacances, tu sais.

— Certes, mais tu n'es jamais parti aussi loin… Et surtout pas dans un pays où il faisait aussi chaud, statua-t-elle. Je n'ai aucune envie de recevoir un appel me disant que tu souffres d'une insolation.

Arthur changea de sujet.

— Tu es allée au cinéma avec Terry, alors ?

Lucy sourit.

— Oui, c'était vraiment chouette. On va dîner ensemble vendredi dans le restaurant qui vient d'ouvrir en ville, tu sais ? Tu savais que Terry adorait les enfants ?

Arthur avait demandé à Terry s'il lui était possible d'avoir un œil sur la maison en son absence.

— Frederica aime être arrosée au plus tôt le matin : ça lui permet de profiter d'une belle humidité toute la journée.

— C'est la cinquième fois que vous me le dites, lui avait répondu Terry. Et je n'oublierai pas d'allumer toutes les lumières le soir venu et de tirer les rideaux, de telle sorte qu'on pense que vous êtes toujours là.

— Parfait. Et si un jour, en retour, tu veux que je m'occupe de la tortue, ce sera avec plaisir.

Arthur n'avait pas la moindre idée de la façon dont il fallait prendre soin d'une tortue, mais la seule idée de rendre service à Terry lui faisait plaisir.

— Tu as bien pris tes lunettes de soleil ? poursuivit Lucy.

— Oui.

— Attends un peu… Ce ne sont pas celles que tu avais quand on était petits ?

— Je n'en ai jamais eu qu'une paire. Elles sont de très bonne qualité, tu sais. En écaille de tortue et tout…

Il les posa sur son nez.

— Ce qui est bien, c'est que c'est de nouveau à la mode, ces vieilleries, plaisanta Lucy.

Arthur referma sa valise.

— Bon, eh bien, tout y est ! Et puis, si jamais il devait manquer quelque chose, je pourrais toujours l'acheter à l'aéroport.

— Tu n'as jamais vraiment été dans un aéroport, papa, mis à part le jour où Dan est parti… Tu es sûr que ça ira ?

— Eh, je suis plus une gamine ! lança-t-il, usant de la réplique favorite de Lucy lorsqu'elle était ado.

Ils s'esclaffèrent à l'unisson.

— Cela dit, je ne plaisante pas, papa : un mois à l'étranger, ce n'est pas rien. C'est important d'être bien préparé. Ce n'est pas comme si tu partais avec maman pour Bridlington.

— Mais je l'espère bien ! dit-il, avant de pouffer. J'ai hâte de découvrir de nouveaux plats, une toute nouvelle culture…

— C'est fou ce que tu as changé… Je me demande ce qu'en penserait maman si elle te voyait comme ça.

Arthur retira ses lunettes.

— Je pense qu'elle serait ravie, répondit-il, avant de jeter un coup d'œil à sa montre. Le taxi a dix minutes de retard.

— Tu n'es pas pressé, papa.

Dix minutes de plus s'écoulèrent, et Arthur commença à s'inquiéter.

— Je vais passer un coup de fil, annonça Lucy, avant d'emporter le combiné dans la cuisine. (Arthur attendit avec impatience.) Bon : ils m'ont dit que ta réservation n'avait pas été prise en compte. Ils vont envoyer quelqu'un au plus vite, mais comme ils ont peu de chauffeurs disponibles et qu'on est en pleine heure de pointe, la voiture n'arrivera peut-être que dans une heure.

— Une heure ?

— Je sais, tu vas rater ton avion si tu pars en taxi. Il faut qu'on trouve un moyen de te faire partir tout de suite, sinon, avec les embouteillages, c'est fichu... Tu vois quelqu'un qui pourrait te déposer ?

— Non, répondit Arthur, avant de songer soudain qu'il avait – bien sûr que si ! – une amie sur laquelle il pourrait compter pour le restant de ses jours.

Bernadette et Nathan arrivèrent chez lui dix minutes plus tard.

— Tu connais le chemin, hein ? entendit-il Bernadette lancer à Nathan de l'autre côté de la porte.

La sonnette retentit : DRIIIIIIIING !

— Comment elle fait pour la faire sonner si fort, bon sang ? demanda Lucy à son père.

Arthur haussa les épaules, puis ouvrit la porte.

— Tu n'as plus de souci à te faire, Arthur ! lança Bernadette en déboulant dans l'entrée, avant de lui fourrer un sac dans les mains. Des roulés à la saucisse tout juste sortis du four pour le voyage ! Nathan va te déposer à l'aéroport à l'heure pour ton avion !

Nathan acquiesça, prit poliment la valise et le sac de voyage d'Arthur, les rangea dans le coffre de sa voiture, prit place derrière le volant, puis patienta. Bernadette et Lucy debout dans l'entrée, Arthur avait l'impression d'être un écolier salué sur le perron par deux taties anxieuses.

— Personnellement, j'emporte toujours des barres de céréales avec moi, au cas où je n'aimerais pas la nourriture locale à mon arrivée, ajouta Bernadette.

Arthur serra Lucy dans ses bras et déposa un baiser sur sa joue.

— Je t'enverrai une carte postale.

— Tu as intérêt, dit-elle, avant de quitter la maison. Je t'aime, papa.

— Moi aussi, je t'aime.

Bernadette était visiblement très émue.

— Il va bien me manquer, Arthur Pepper, déclara-t-elle.

— Tu as assez de causes perdues sous le coude, Bernadette !

— Tu n'as jamais été une cause perdue, Arthur : tu étais un peu égaré, voilà tout…

— De qui je vais bien pouvoir me cacher, maintenant, hein ?

Ils pouffèrent tous deux et, pour la première fois, Arthur vit comme les yeux de Bernadette étaient clairs : d'un vert olive, ils étaient mouchetés de taches brunes. Il aimait cette façon que son amie avait d'embrasser la vie et de la serrer fort contre son cœur – d'une générosité immense – sans jamais la lâcher.

— Tu ne m'as jamais laissé tomber, lui dit-il, même lorsque moi, j'ai voulu lâcher prise.

Il tendit les bras pour l'embrasser. Bernadette hésita un instant, puis s'approcha de lui. Ils restèrent dans les bras l'un de l'autre quelques secondes, avant de se séparer : il aurait aimé que leur étreinte fût plus longue, et ce sentiment impromptu le surprit. Il trouvait que le corps de Bernadette épousait le sien à merveille, comme si c'était là sa juste place...

— On se voit dans un mois, dit-il en lui adressant un grand sourire.

— Oui, acquiesça-t-elle. Sans faute.

Nathan régnait en maître sur les routes : il se faufilait entre les véhicules, empruntait les petites routes et accéléra même deux ou trois fois au passage d'un feu à l'orange, fredonnant et tapant du pouce sur le volant au rythme d'une musique si discrète qu'Arthur peinait à l'entendre.

— Vous y serez à l'heure, pas d'galère, rassura-t-il Arthur. Mes potes vous kiffent grave. Ils voudraient tous que leurs grands-pères soient comme vous, genre baroudeurs et tout. Je leur ai dit que vous étiez un peu comme mon grand-père adoptif, vu que j'en avais plus...

Voilà un rôle qu'Arthur prendrait plaisir à endosser à son retour ; il nota dans un coin de sa tête qu'il lui faudrait absolument se constituer une petite réserve de glaçage, de farine et de petites billes décoratives comestibles au cas où Nathan aimerait improviser avec lui un petit atelier pâtisserie.

Il s'adossa confortablement à son siège et s'extasia de la métamorphose du jeune homme. Lui qui l'avait jugé à sa coupe de cheveux, il comprenait désormais que sa coiffure à la mode dissimulait en fait un être d'une grande sensibilité.

— Alors, ta mère, ça va mieux ?

— Clair ! L'angoisse... J'ai vraiment flippé de finir, genre, orphelin à dix-huit ans... Ça aurait craint grave...

Merci d'avoir été là pour elle. Ça me rassure de savoir que, quand je serai à l'école hôtelière, elle aura un ami pour s'occuper d'elle. Et puis, bon, Scarborough ce n'est pas bien loin, non plus…

— J'ai fait un tour dans cette université, lui apprit Arthur dans un sourire en repensant au cours de nu. Le département des arts est fort agréable.

— Je pourrai vous faire des plats aussi bons que ceux de ma mère, hein.

— Excellente nouvelle ! Par contre, je t'en conjure, épargne-moi la pâte d'amandes.

— Avec plaisir : je déteste ça.

— Et moi donc !… Je n'ose pas le dire à ta mère.

— Pareil.

L'aéroport était aussi lumineux qu'un cabinet de dentiste, et les boutiques regorgeaient de bijoux, peluches, vêtements, parfums et bouteilles d'alcool : Arthur s'y promena et acheta des billes, un éléphant en peluche et, pour lui, un guide touristique à la première page duquel se trouvait une carte du monde. L'Angleterre y apparaissait si petite…

Il y a tant à voir en ce monde…, se dit-il.

Lorsqu'il entendit l'annonce pour son quai d'embarquement, ce fut comme si une nuée de sauterelles venaient de s'éveiller dans son estomac. Il intégra la file d'attente, tint son passeport ouvert à la bonne page comme on le lui avait demandé, puis piétina dans la queue jusqu'à la petite navette qui le transporta jusqu'à l'avion. Arthur ne s'était pas attendu à ce que l'engin fût si grand, créature immaculée au nez aquilin et à la queue rouge. Une femme amène au carré blond l'accueillit à bord, et il trouva bientôt son siège sur lequel il s'assit ; il attacha sa ceinture, puis s'appliqua à tout absorber de cette ambiance nouvelle : les passagers qui cherchaient leur place, les annonces, le magazine gratuit glissé dans la poche du siège avant. Sa voisine proposa de lui céder son cale-nuque gonflable et un bonbon à la menthe. Le moteur de l'avion se mit à rugir. Arthur écouta avec attention les consignes de sécurité, se cala dans son siège et, lorsque l'engin commença à s'élever dans les airs, agrippa ses accoudoirs.

Il s'envolait vers une nouvelle aventure.

Chapitre 29

L'avenir

Assis au bord de son transat, Arthur avait enfoncé profondément ses pieds dans le sable blanc et chaud. Il avait remonté les jambes de son pantalon en lin crème à ses genoux, et son ample chemise blanche en coton n'était plus qu'à demi prisonnière de sa ceinture. La chaleur l'enserrait comme un étau, le frappait de léthargie, d'une lenteur pesante, et des gouttes de sueur le picotaient aux aisselles et perlaient sur son front. Cette sensation de se trouver en pleine fournaise lui plaisait beaucoup.

Il contemplait les vagues bleues qui fouettaient la plage, puis y laissaient une traîne d'écume blanche. Un groupe de petits garçons se ruèrent dans l'eau tout habillés et s'éclaboussèrent les uns les autres. Autour de lui, retournées, attendaient des barques de bois, les pêcheurs étant déjà rentrés de mer avec leur butin dont les odeurs s'élevaient des barbecues allumés dans les cabanons alignés sur la plage. Bientôt, des touristes débarqueraient en nombre avec leurs paréos et leurs bijoux de perles aux couleurs éclatantes, pour dîner et descendre quelques canettes de bière.

Le ciel du couchant, tel un sari, se parait déjà de rubans fuchsia et orange. Comme autant de mains désireuses d'attraper ces merveilles célestes, les palmiers s'élevaient un peu partout, et un arc-en-ciel de foulards, de sarongs et de serviettes accrochés aux cabines de plage ondoyaient sous la brise.

Arthur se leva et marcha jusqu'au bord de l'eau. Le sable faisait sous ses pieds comme une poussière brûlante. Dans une main, il serrait fort l'éléphant et, dans l'autre, le livre acheté à l'aéroport et qu'il avait déjà lu à moitié : *Voyager en Inde*.

Choisir Goa plutôt que l'Australie n'avait pas été une décision facile, mais il avait ressenti le besoin de se rendre à la source de son odyssée, à cet endroit révélé par le coup de téléphone échangé avec Mr Mehra qui avait modifié la façon dont il percevait sa femme et se percevait lui-même.

Lucy et lui avaient déjà prévu d'aller passer Noël avec Dan en Australie : il était plus pratique pour elle de caler ses congés avec les temps de vacances scolaires.

Il ouvrit la main, et l'éléphant en or se mit à scintiller. Lorsque le soleil eut plongé plus profondément dans la mer, sa lumière caressa l'animal de telle sorte qu'Arthur aurait juré qu'il lui avait fait un clin d'œil.

— Tu vieillis, dis donc…, lança-t-il à voix haute. Tu te mets à avoir des hallucinations.

Il se rendit aussitôt compte qu'il n'avait pas déclaré qu'il était vieux, mais simplement qu'il vieillissait… Il lui semblait qu'il avait encore de la route à faire avant d'être un vieil homme.

— Monsieur Arthur Pepper ! Monsieur Pepper ! appela un gosse d'environ six ans en cavalant vers lui. (Il avait des oreilles comme deux anses de tasse et une épaisse tignasse noire.) Monsieur ! C'est l'heure du thé à la maison !

Arthur acquiesça d'un hochement de tête, s'en retourna à son transat, enfila ses sandales, puis quitta la plage sur les talons du garçonnet. En chemin, ils croisèrent une vache en train de mâchouiller le cuir usé du siège d'une motocyclette rouge couverte de rouille.

— Suivez-moi, monsieur !

Le garçon devant, ils franchirent un lourd portail en fer turquoise pour entrer dans un grand jardin : comme Arthur était arrivé la veille en pleine nuit, il était bien heureux d'avoir eu le garçonnet pour le guider jusqu'à son hôte.

Rajesh Mehra l'attendait près d'une petite fontaine décorée d'une mosaïque où coulait et clapotait une eau pareille à de l'argent liquide. Juste à côté, on avait installé une petite table ronde sur laquelle étaient disposées une théière en argent et deux tasses en porcelaine. Mr Mehra, tout de blanc vêtu, n'avait plus un cheveu sur la tête ; il avait les paupières tombantes et le regard bienveillant.

— Je peine encore à croire que vous soyez ici, mon ami. Je suis si heureux que vous soyez venu séjourner chez moi quelque temps. Vous avez passé du bon temps au soleil ?

— Du très bon temps, oui. Je n'avais jamais connu une telle chaleur, pour tout dire.

— Ce peut être surprenant, en effet, mais non moins plaisant. Miriam adorait le soleil. Elle se plaisait à se comparer à un lézard, répétant qu'elle avait besoin du soleil pour se réchauffer les os.

Arthur sourit. Elle le lui avait déjà dit, à lui aussi : sitôt que le soleil se montrait, fût-ce en mince filet à l'horizon, elle s'allongeait dans le jardin avec un magazine et savourait le moindre de ses rayons.

Arthur et Rajesh prirent leur thé dans la cour.

— Je suis un monstre d'habitudes, annonça Rajesh. Je prends chaque jour mon thé à la même heure, aime plier mon journal chaque fois de la même façon et prends très précisément trente minutes par jour pour le lire, confortablement installé dans mon fauteuil.

— En ce cas, je sabote votre routine...

— Vous ne sabotez pas ma routine : vous enrichissez mon quotidien. Il est bon de mettre un petit coup de pied dans la ruche à l'occasion.

Arthur parla à Rajesh de sa routine, comment, d'un aménagement de confort, elle s'était muée en prison. Il s'apprêtait à dire qu'il devait le salut à une femme charmante, une certaine Bernadette, lorsqu'il prit conscience que c'était lui qui, en réalité, s'était libéré de ses habitudes. C'était lui qui avait trouvé le bracelet, lui encore qui avait appelé Mr Mehra ; lui, en somme, à qui il devait ce changement de vie.

— J'ai souvenir que Miriam appréciait peu les habitudes. C'était un esprit libre, ajouta Rajesh. C'était vraiment une femme exceptionnelle. A-t-elle bien vécu ?

Arthur n'hésita pas une seconde.

— Oui, annonça-t-il fièrement. Elle s'est occupée de vous, a fait joujou avec des tigres, a été la muse d'un poète, celle d'un peintre inspiré et brillant, et tout cela en plus d'avoir été une formidable mère pour nos enfants. Qui plus est, nous nous sommes aimés d'amour sincère. Miriam était une femme remarquable.

Il attendit que Rajesh eût terminé de lui verser son thé, puis en but une gorgée. En porcelaine délicate, la tasse était ornée de minuscules roses. Miriam l'aurait adorée.

Elle et lui avaient mené leur vie de façon radicalement opposée : là où elle avait été exubérante, dynamique et pleine d'entrain avant de s'assagir à leur rencontre, lui n'avait jamais rêvé d'autre chose que d'une vie tranquille auprès de sa femme et ses enfants, mais se trouvait aujourd'hui les chevilles brunies par le soleil et les sandales blanches de sable. Ce dénouement inattendu avait quelque chose de profondément revigorant, et c'était sa femme qui l'avait rendu possible.

— Voulez-vous que je vous montre sa chambre ?

Arthur acquiesça, la gorge serrée.

C'était une petite pièce, guère plus de deux pas de large sur quatre de long. S'y trouvaient un secrétaire et un lit simple en bois court sur pattes. Sur les murs de plâtre blanc, on décelait les minuscules trous laissés par les punaises qui y avaient maintenu photos et affiches au fil des ans. Arthur imagina Miriam assise au bureau, en train de regarder par la fenêtre et de rire en observant les enfants qui jouaient dans la cour, faisant rouler les fameuses billes entre ses doigts.

Ignorant tout des terribles événements qui surviendraient à son retour chez elle, peut-être avait-elle écrit ici même une lettre enthousiaste à Sonny ?

Debout devant la fenêtre, Arthur ferma les yeux et laissa le soleil couchant réchauffer son visage. Sa nuque, rose, le picotait déjà, sensation si plaisante.

Soudain, son téléphone se mit à vibrer dans sa poche.

— Arthur Pepper, j'écoute. Qui est à l'appareil ? dit-il sans avoir pris le temps de vérifier sur l'écran de son portable. Oh, Lucy, bonjour ! Je vais très bien, oui. Par contre, s'il te plaît, ne reste pas trop longtemps au téléphone : ces appels coûtent un argent fou ! En tout cas, ne t'en fais pas pour moi, je t'assure : Goa est magnifique, et Mr Mehra et sa famille sont des hôtes d'une grande prévenance. Quand je pense aux jeunes années de ta mère ici, je me dis qu'elle n'a pu que s'y sentir heureuse et libre, se disant chaque jour qu'elle avait la vie devant elle, comme toi aujourd'hui. Et comme moi. Vraiment, ma Lucy, nous devons en profiter au maximum : c'est ce que ta mère aurait voulu. Bon, bon… Je te dis au revoir, ma chérie : c'est toujours un tel plaisir d'entendre ta voix ! Je t'aime, ma puce.

Il rangea le téléphone dans sa poche, esquissa un sourire, déposa l'éléphant sur le lit – à sa juste place –, puis retourna dans la cour.

— C'était ma fille au téléphone : elle s'inquiète pour moi.

— Après une vie à s'inquiéter pour eux, ce sont eux qui s'inquiètent de notre bien-être, commenta Rajesh. Ainsi va la vie : apprenons à jouir de ses bienfaits.

— Je n'y manquerai pas.

— Saviez-vous que Miriam et moi nous rendions chaque jour à pied au village ? Notre petit plaisir, c'était de nous acheter chacun un petit pain, d'en retirer la mie – plus moelleuse au centre –, puis de la manger sur le trajet du retour. Le jour où je lui ai déclaré ma flamme, elle s'est montrée d'une tendresse inouïe : elle m'a expliqué que, lorsque je serais grand, je rencontrerais la femme de ma vie, et qu'ensemble nous partagerions un amour sans borne. Bien entendu, elle avait raison. Elle m'a confié qu'elle aspirait, elle aussi, au grand amour : « Je ne transigerai pas, m'avait-elle dit, Je ne me marierai qu'une fois, et avec l'homme qui m'accompagnera jusqu'à mon dernier souffle. » Je me suis souvenu de ses mots lorsque, en rencontrant Priya, j'ai ressenti cet amour embraser ma poitrine. J'ai toujours espéré que Miriam le trouverait aussi, et c'est ce qui s'est passé… lorsqu'elle vous a rencontré. Elle a su écouter son cœur.

Arthur ferma les yeux et revit en esprit les rangées et les colonnes de photographies dont Dan et Lucy avaient décoré son salon. Il revit Miriam, tout sourires, heureuse, et les mots tendres auxquels elle avait eu recours pour parler de lui dans l'une de ses lettres à Sonny.

— Je suis fier d'avoir été son âme sœur, comme elle a été la mienne. Je crois qu'elle a mené la vie qu'elle souhaitait vivre.

Rajesh acquiesça.

— Marchons un peu, voulez-vous ?

Les deux hommes allèrent ensemble jusqu'à la mer argentée. Derrière eux dansaient les flammes des feux allumés dans les huttes de pêcheurs, et planait dans l'air l'odeur des poissons grillés au barbecue. Deux chiens se pourchassaient sur la plage. Arthur ôta ses sandales et laissa la mer lui caresser les orteils.

—À Miriam, dit Rajesh en levant sa tasse de thé.

—À ma merveilleuse femme…, dit Arthur à son tour.

Ils se tinrent là à contempler le ciel orange tandis qu'il s'assombrissait, virait à l'indigo, jusqu'à ce que le soleil, enfin, s'abandonnât aux eaux marines.

Milady C'EST AUSSI…

… LES RÉSEAUX SOCIAUX

Toute notre actualité en temps réel :
annonces exclusives, dédicaces des auteurs, bons plans…

facebook.com/MiladyFR

Pour suivre le quotidien de la maison d'édition et
trouver des réponses à vos questions !

twitter.com/MiladyFR

Les bandes-annonces et interviews vidéo sont ici !

youtube.com/MiladyFR

… LA NEWSLETTER

Pour être averti tous les mois par e-mail de la sortie de nos romans.

www.bragelonne.fr/abonnements

… ET LE MAGAZINE NEVERLAND

Chaque trimestre, une revue de 48 pages sur nos livres
et nos auteurs vous est envoyée gratuitement !

Pour vous abonner au magazine, rendez-vous sur :

www.neverland.fr

Milady est un label des éditions Bragelonne.

Aubin
IMPRIMEUR

Achevé d'imprimer en août 2016
N° d'impression 1606.0063
Dépôt légal, septembre 2016
Imprimé en France
81121799-1